Notorious Pleasures
by Elizabeth Hoyt

無垢《むく》な花に約束して

エリザベス・ホイト
川村ともみ［訳］

ライムブックス

無垢《むく》な花に約束して

主要登場人物

ヘロ・バッテン……………………公爵家の娘。孤児院の後援者
グリフィン・リーディング…………侯爵家の次男
マキシマス・バッテン………………ウェークフィールド公爵。ヘロの兄
フィービー・バッテン………………ヘロの妹
バティルダ・ピックルウッド………ヘロのいとこ
トマス・リーディング………………マンダビル侯爵。グリフィンの兄。ヘロの婚約者
ラビニア・テイト……………………未亡人
ニック・バーンズ……………………グリフィンの仕事仲間
チャーリー・グレイディ……………グリフィンの商売敵
サイレンス・ホリングブルック……孤児院の責任者
ウィンター・メークピース…………サイレンスの兄。孤児院の経営者
ミッキー・オコーナー………………盗賊団の首領

1

昔々、遥《はる》か遠く離れたあるところに、〝漆黒の髪《レイブンヘア》〟という名の美しくも賢い女王さまがおりました。

『黒髪の女王』

一七三七年一〇月
イングランド、ロンドン

公爵の娘であれば、若くしてほとんどすべての礼儀作法が身につくものだ。どの料理にどんな皿を使うべきなのかとか、あるいは衆人環視の集まりの場であれば、どの時点で悪名高い未亡人に気づいたと周囲の者にわからせ、そのうえでいつ背を向けてやればいいかとか、そんなことだ。もちろんテムズ川を船で下るときにふさわしい服装も、そのあとのピクニックで言い寄ってくる収入の少ない伯爵をかわす方法もわかってくる。

レディ・ヘロ・バッテンもそうしたすべてを熟知していた。でも、他人の妻に熱心に言い寄る男性の心理だけはわからない。彼女は顔をしかめた。

「失礼」天井にある梨《なし》をかたどった装飾を見ながら、ヘロは声をかけた。

ソファにいる男女は自分たちが声をかけられたのに気づかなかったようだ。それどころか、暗褐色と茶色の縞模様《しまもよう》という実に趣味の悪いドレスを着た女性の方は、顔までまくりあげられたスカートの下で獣じみた声をあげつづけている。

ヘロはため息をついた。ここはマンダビル侯爵邸の書斎と隣りあった小さな居間だ。ストッキングを直そうと思っただけなのに、どうやらとんでもない場所を選んでしまったらしい。〈青い東洋の間〉を選んでおけばこんな恥知らずな場面には遭遇せずに、とうにストッキングも直し終わって、今頃《いまごろ》は舞踏室に戻っていただろうに。

慎重に視線を天井からおろす。男性はありふれた白いかつらをつけていた。刺繍《ししゅう》を施した上着を脱ぎ、シャツに鮮やかなエメラルド色のベストという姿で女性にのしかかっている。ズボンと肌着はゆるめてあるようで、動くたびに筋肉で引きしまったヒップがちらちらとのぞいていた。

不覚にも、ヘロは目の前の光景に見入ってしまった。たとえ誰であるにせよ、この紳士の肉体的な美しさは否定しようもない。

視線をふたりからそらし、彼女は扉をじっと見つめた。このまま居間から出ていったところで、誰に責められるわけでもない。部屋へ入る前に廊下でピンブローク卿《きょう》を見かけていなければ、とっくにそうしている。だが、あの悪趣味な縞のドレスはレディ・ピンブロークのものであることをヘロは知っていた。自身の恥につながりかねない状況は避けるに越したことはないが、もし決闘沙汰《ざた》にでもなったらふたりの男性が怪我《けが》をする可能性があるし、下手をすれば死者が出るかもしれないのだ。

ヘロは決断し、一度うなずいてからダイヤモンドのイヤリングを外して男性の背中に投げつけた。実際の生活の場で役に立ったことこそないけれど、的にものをあてるのは得意なのだ。イヤリングは見事に命中し、男性が奇妙な声をあげた。

悪態をつきながら、男性は振り向いた。肩越しにヘロを見つめる彼の瞳は、今まで見たこともないような美しい緑色だった。決して美男ではない。頬骨は幅が広すぎるし、鼻だって高すぎる。それに唇は薄く、皮肉っぽくゆがめられて理想的な男性美にはほど遠い。だが、瞳だけは別だった。この瞳だけで、同じ部屋にいるすべての女性が引き寄せられてしまうはずだ。いったんそうなったら最後、彼がごく自然に身にまとっている傲慢《ごうまん》なまでの雄々しさから目を離せなくなってしまうに違いない。

あるいは、この奇妙な状況が彼をそう見せているだけなのだろうか？

「なんの用かな、お嬢さん？」男性がゆっくりと言った。ヘロを見たとたん、怒りをたたえた彼の表情が、かすかに好奇心まじりになった。「今、取りこみ中なんだが」

ふつうでは考えられないような状況に、頬が真っ赤に染まっていくのが自分でもわかる。しかしヘロは男性から目をそらさず、うつむいたりしていないところをはっきりと示しつづけた。「ええ、見ればわかるわ。だけど、お知らせしておこうと思ったの。さっき外で――」

「もっとも、きみが見たいというなら話は別だ」

今や、ヘロの顔は火を噴き出さんばかりに赤くなっていた。でも、こんな……こんな悪党に言わせっぱなしにしておくわけにはいかない。視線を素早くおろし、険しい目でだらしなく乱れている男性のベストとシャツをにらみつけた。幸い、ズボンの前が開いたあたりはシャツの裾《すそ》で隠れている。彼女はあとずさりして、愛らしい笑みを浮かべてみせた。

「せっかくの余興なら、眠くならないものを見せてほしいわね」

相手が侮辱に怒りだすものと思って身構えたが、悪党は舌打ちを繰り返して応《こた》えた。

「きみにとっては珍しくもない光景なのかな、お嬢さん？」声にあからさまな誘惑をこめつつ、男は口元にえくぼをつくって微笑《ほほえ》んだ。「これからがいいところだというのに、眠ってしまうつもりかい？　まあ、自分を責めなくてもいいさ。〝あれ〟が退屈に感じる責任は相手にある。きみのせいじゃない」

ヘロに対し、こんな口のきき方をする相手はこれまでいなかった。

ゆっくりと皮肉めかして、彼女は左の眉をあげてみせた。一二歳の頃、何時間も鏡に向かって練習した仕草だ。相手にも間違いなく意図は伝わっているはずだ。この脅しを前にすれば、社交界の荒波でもまれてきた婦人たちだって震えあがるくらいなのだから。

しかし、悪魔のような男は顔色ひとつ変えなかった。

「ところがだ」彼は嫌味そのものの口調で言った。「わたしを相手にする女性たちは、そんな退屈とは縁がない。そこで見ていろよ。保証してもいい。きっと勉強になるぞ。終わったときにわたしの体力が余っていたら、きみにも――」

「ピンブローク卿が廊下にいるのよ！」相手がいやらしい提案を言葉にしないうちに、ヘロは大声で言った。

趣味の悪い縞模様のスカートが揺れた。「ユースタスが？」

「ええ、この部屋に向かっているわ」ヘロはかすかな満足を覚えながら、レディ・ピンブロークに告げた。

その瞬間、男がはじかれたように動いた。あっという間に立ちあがって女性から離れると、ヘロがまばたきをするよりも速くスカートをおろし、レディ・ピンブロークの白い腿を隠した。そのまま自分の上着をつかんで室内を見まわし、ヘロに向き直る。

「レディ・ピンブロークのリボンだかレースだかがちぎれてしまったから、きみが彼女を手伝ってやっている。そういうことにしておいてくれ」

「でも――」

男が人差し指をヘロの唇にあてた。あたたかくて、大きな指だ。彼女が言葉を返せなくなるほどに破廉恥な指でもある。ほぼ同時に、廊下から別の男性の声がした。

「ベラ！」

レディ・ピンブロークが恐怖に身を震わせた。

「いい子だ」悪党はヘロにささやいてからレディ・ピンブロークに体を向け、彼女の頬にキスをしてつぶやいた。「大丈夫、落ち着いて」そして大きな体をソファの下の隙間《すきま》にすべりこませた。

ヘロはレディ・ピンブロークに目をやった。美しいが個性的とは言えない顔が蒼白《そうはく》になっている。居間の扉が大きな音をたて、勢いよく開いた。

「ベラ！」大柄なピンブローク卿の顔は真っ赤だった。明らかに酒に酔っている。彼は剣に手をかけたまま、威嚇する目つきで部屋の中に視線を走らせたが、ヘロの姿を見るなり凍りついたように動きをとめた。「あなたがこんなところで何を――？」

「ピンブローク卿」ヘロはさりげなくソファの前に進み出て、飛び出ている男物の靴をスカートの裾で隠した。

左の眉をゆっくりとあげる。

ピンブローク卿が気圧《けお》されたようにあとずさりした。あの悪党には効果がなかったことを思えば上出来だ。ヘロは相手の反応に満足したものの、あとの言葉が続かずに口ごもった。

「わたし……わたしは……」

ドレスの肘についた派手な黄色い飾りを握りしめたレディ・ピンブロークの方を見て、声をかける。「さあ、これで飾りは直りましたよね？」

レディ・ピンブロークが驚いた様子で答えた。

「ええ！　そうですわね。ありがとうございます」

「お安いご用ですわ」ヘロはつぶやいた。

「用がすんだのなら――」ピンブローク卿が言う。「舞踏会に戻れるね、ベラ？」

言葉のうえでは質問だが、ピンブローク卿の口調からして、彼が妻の意向をうかがうつもりなどないのは明らかだ。

レディ・ピンブロークはむっとした顔つきで夫の腕を取った。

「ええ、ユースタス」

ふたりはヘロに形だけの別れの挨拶《あいさつ》をして部屋から出ていった。

その直後、ソファの下の男が彼女のスカートの裾を引っ張った。

「どいてくれ！　狭くて息ができない」

「あのふたりが戻ってくるかもしれないわ」ヘロは努めて冷静に言った。

「ここからだときみのスカートの中が見える」

その言葉に、彼女はあわててうしろへさがった。

男がソファの下から出てきて身を起こし、ヘロにかぶさるようにして立った。

だが、彼女も負けてはいない。下から男性の鼻をにらみつけた。

「そんなの見えるはずが――」

「ないね。もし本当に見えていたら、わざわざきみに言ったりしない」

ヘロはふんと鼻を鳴らした。われながら、親代わりのバティルダおばさまが不機嫌なときにそっくりだ。「いいえ、あなたなら自慢げに言うでしょうね」

男がさらに顔を近づけ、にやりとした。

「そう思っただけで燃えてくるんじゃないのか？　落ち着かなくなってきただろう？」

「かつらは頭に合っているの？」あくまでも冷静に尋ねる。

「なぜ？」

「おかしな考えで頭がふくらんで、きつくなっているのではなくて？」

にやついていた表情を変え、男はかすかに微笑んだ。

「ふくらんでいるのは頭だけではない。きみはそれを見に来たんだろう？　いや、のぞきに来たのかな？」

ヘロは呆《あき》れて天井を仰いだ。「あなたは恥というものを知らないの？　いけないことをしているところを見られれば、ふつうの男性なら少なくとも恥じているふりくらいはするものよ。それなのにあなたときたら、軽率なお調子者みたいにいばりちらして」

上着を着ている途中だった男が動きをとめた。まだ腕を片方通しただけの格好で、彼はヘロに向かって美しい緑色の目を見開いてみせた。

「なるほど。言ってくれるね。道徳というやつか。わたしのさっきの姿を見ただけで、自分の方が優れているとでも思ったのかい？　たかが――」

「わたしはあなたが不貞を働いているところを見たのよ！」

「いや、きみはわたしが快楽を追求しているところを見ただけだ」男はゆっくりと、熱のこもった口調で言った。

相手の粗野な言い草にヘロは身をこわばらせたが、こんな男の意見ごときに屈するつもりはなかった。彼女は公爵家の娘なのだ。相手が誰であろうと逃げだすのは自尊心が許さない。

「レディ・ピンブロークは結婚しているのよ」

「彼女にはこれまで何人も愛人がいたし、これからだって何人も増える」

「それであなたの罪が消えるわけではないわ」

男性がヘロを見て、低い声で笑った。

「それなら、きみは罪を犯したことはないわけだ。そういうことかい？」

考えるまでもない。彼女は即答した。「そうよ」

薄い唇をゆがめ、男は薄笑いを浮かべた。「自信満々だな」

相手をにらみつけ、ヘロは敢然と問いかけた。「わたしの言葉を疑うの？」

「まさか、これっぽっちも疑ってはないさ。ただ、小さな世界で暮らすきみの小さくて完璧《かんぺき》な心は、罪のなんたるかを真剣に考えたこともないはずだと思ってね」

男はしばらく頬をひくつかせて彼女を見ていたが、唐突に頭をさげた。

「きみが自分の信条に反して協力してくれたのには礼を言う。おかげでピンブローク卿を殺さずにすんだ」

ヘロはかしこまってうなずいてみせた。

「では、今後お互いの道がふたたび交差しないことを祈っているよ、レディ・パーフェクト」

思いもかけず、その言葉に彼女は胸がずきりと痛んだ。しかし、そんな心の弱さを見せるわけにはいかない。

「そうね、二度とあなたの姿を見て不快な思いをしたくないわ、恥知らず卿《シェイムレス》」

「最後にようやく同意できたというわけだ」

「そうね」

「よかった」

一瞬、ヘロは男性を見つめた。呼吸が乱れ、コルセットを巻いた胸が苦しく感じられる。得体の知れない感情が胸にこみあげ、頬も真っ赤に染まっていた。口論をしたせいでふたりの距離は近づき、男性の胸が彼女の胴着《ボディス》についたレースの飾りをなでそうなほどだった。彼もヘロを見つめ返した。鋭い顔つきをし、緑色の瞳が光り輝いている。

男の視線がヘロの口元までさがった。

昏がひとりでに開き、彼女は永遠にも思える一秒のあいだ、呼吸をするのを忘れた。

男は向きを変えて扉の方へ歩きだし、そのまま薄暗い廊下へと姿を消した。

まばたきして大きく息を吸いこむ。ヘロは身を震わせながら室内を見まわした。壁にかけられた鏡のところまで歩き、そこに映った自分の姿を見つめる。赤い髪は優雅に結いあげられたままだし、銀色に光って見える緑色のドレスもきちんとしていて、どこも乱れていない。頬はまだ少し赤いが、じきに落ち着くだろう。それなのに、何も変わっていない自分が不思議に感じられるのはなぜ？

いいえ、これでいいのよ。

ヘロはぐっと胸を張り、優美ながらも急いだ足取りで部屋をあとにした。今夜は大切な夜なのだ。真面目《まじめ》で愛らしく、完璧な女性でなければならない。なんといっても、マンダビル侯爵との婚約が発表される夜なのだから。

さっきの無礼な男が〝完璧《パーフェクト》〟という言葉を口にしたときの皮肉まじりの表情が、ふと頭をかすめた。どうして完璧であるのがいけないことなのだろう？

〝自己満足の完璧女め。よりによって、あんな赤毛があの部屋に現われるとは！〟

グリフィン・リーディング卿は最悪の気分で兄の舞踏室に向かっていた。まったく、とんでもない女と出会ってしまったものだ。嫌悪感もあらわな顔で彼の前に立ちはだかり、眉間《みけん》にしわを寄せて見下すとは。きっとあの女はぬくぬくと守られた人生を送ってきて、人間が持つ本能的な衝動を感じたことがないのだ。こちらをにらみつけているあいだ、彼女が浮かべた羞恥《しゅうち》のあかしといえば、白い喉に見てとれたかすかな赤みだけだった。グリフィンはさっきの女性をあらためて頭に浮かべ、思わずうなった。あの生意気な顔を目にしたら大概の男性の誇りは打ち砕かれ、気持ちが萎《な》えてしまうに違いない。

だが、グリフィンの反応は大概の男性とは正反対だった。ベラとの行為を終えられなかったせいではない。怒り狂った夫に見つかり、そのまま決闘になだれこむかもしれないという考えが興奮を冷ましたのは事実だ。ソファの下から這《は》い出るまでには、すでに気持ちも体も冷静さを取り戻していたはずだった。しかし、それもあの聖人気取りの女性と激しい言葉のやりとりをするまでの話で、彼の下腹部は口論がベッドでの前戯であるかのように反応していた。女性が敵意むき出しだったにもかかわらず、そしてグリフィン自身もまた彼女に敵意を感じていたにもかかわらず。

彼は廊下の物陰に立ち、気持ちを静めようとした。ポケットの中のダイヤモンドのイヤリングに触れてみる。さっきソファの下で拾ったものだ。レディ・パーフェクトに返そうと思って拾ったのだが、辛辣《しんらつ》な言葉を浴びせられているうちに、イヤリングのことなどすっかり忘れていた。もっとも、彼女がいつも紳士に対してあんな口のきき方をしているなら、イヤリングをひとつなくすくらいの罰があたってもいいはずだ。

肩をまわして力を抜く。グリフィンがこの舞踏室に到着してから一時間半ほどが経過していた。ベラがあからさまな誘いをかけてきたせいで、まだ母親や妹たちに挨拶もしていない。もしベラが夫と一緒に来ていると知っていたら、あえて危ない橋を渡ったりしなかったものを。

グリフィンはため息をついた。今さら自分を責めたところではじまらない。いっときの恥はさっさと忘れて前に進むことだ。妹のマーガレットとキャロラインは彼が来ていようといまいと気にもとめないだろうが、すべてを見抜く目を持つ母は彼を放《ほう》っておいてはくれないだろう。先延ばしは無意味だ。グリフィンは首巻き《クラバット》がまっすぐになっているのを確かめ、舞踏室に足を踏み入れた。

高い天井からさがるクリスタルのシャンデリアが光を放ち、人でごった返す室内を照らしていた。今日の集まりは今年いちばんの行事となるはずだった。ロンドンの社交界に属する者にとっては、参加しないわけにはいかない集まりというところだろう。グリフィンはさまざまな色の服をまとった人々のあいだを歩きはじめた。ここかしこで旧友たちや好奇心に駆られた知人たちと言葉を交わさねばならず、思うように進めない。

「よく来たわね、グリフィン」すぐそばから落ち着いた声が聞こえた。

笑い声をあげているふたりの若い婦人たちから向き直り、グリフィンは身をかがめて母の頬に挨拶のキスをした。「母上、お元気そうで何よりです」

言葉こそありふれたものだったが、わきあがる感情は本物だ。グリフィンがロンドンに戻ってきたのはおよそ一年ぶりだし、母がランカシャーにある一族の領地に彼を訪ねてからも八ヵ月以上が経《た》っていた。彼は首をかしげ、母親の顔をのぞきこんだ。きれいな髪は優雅に結いあげられてレースのキャップがかぶせてある。いくらか白髪が増えているかもしれないが、それ以外は美しい顔立ちに変化はないようだった。茶色の目はとても知的で、目元には笑いじわがある。こみあげる笑みを隠そうと閉じられたままの唇は、かすかな曲線を描いていた。それにまっすぐなはずの眉も、グリフィンと同様喜びを表わすかのようにわずかに曲がっている。

「ずいぶん日に焼けたわね。ナッツみたいに茶色いわ」母が手を伸ばしてグリフィンの頬に触れ、つぶやくように言った。「領地を駆けまわっているのね」

「あいかわらず鋭いですね、母上は」グリフィンは腕を差し出した。

母は腕を息子の腕にからませた。「今年の収穫はどう?」

こめかみに痛みが走ったが、彼は痛みを無視して陽気に答えた。「好調ですよ」

心配そうな顔の母が問い返す。「本当に？」

「夏に雨が少なかったですからね。たしかに予想より少し収穫量が落ちています」実際の収穫は惨憺《さんたん》たるもので、少し落ちているどころではなかった。そもそも一族の領地はさほど肥沃《ひよく》な土地ではなく、母もそれを知っている。だが、あえて真実を明かして母の不安をあおる必要もないだろう。「でも大丈夫です。母上の心配には及びません」

グリフィンは自分が収穫した穀物で何をしているのかを家族に伏せていた。それは母と家族のため、彼がひとりで背負わなければならない重荷だった。

母はグリフィンの答えに安堵《あんど》したようだ。「それならよかったわ。ボリンジャー卿がマーガレットに関心を示しているし、あの子に今年の社交シーズンのためのドレスをあつらえてやりたいの。だけど、家計に負担になるほどの出費は避けないといけないしね」

「大丈夫ですよ」グリフィンは応え、即座に頭の中で金額をはじいた。いつもながらぎりぎりの線だが、金の工面はできるはずだ——もっとも〝稼業〟の方であらたな損失がなければの話だが。彼はこめかみの痛みが増すのを感じた。「マーガレット——メグスの望みどおりにしてやってください。家計なら問題ありませんから」

つぎの話題は兄の件になるはずだ。覚悟はできているはずだったが、グリフィンはどういうわけか体が緊張してこわばるのをとめられなかった。

母が当然のように切り出す。「本当にあなたが来てくれてよかったわ、グリフィン。これであなたたち兄弟のちょっとしたいさかいをおさめられるわね」

グリフィンは鼻で笑った。兄はふたりのあいだの問題を〝ちょっとしたいさかい〟だとは思っていない。トマスは何事につけても体面がすべての男で、弟であるグリフィンとも本音で話しあったりはしない。そうするには感情を表に出さねばならず、トマスのような男にとって心の内をさらすのは教会を破門されるのに等しい苦痛なのだ。一瞬、グリフィンの頭に先ほどのレディ・パーフェクトの姿がよぎった。彼女なら間違いなく、堅苦しいまでに〝正しい〟兄とお似合いだろう。

トマスとの再会を楽しみにしているふりをしようと苦心しながら、グリフィンは言った。

「もちろん、トマスとの話しあいは望むところです」

息子の言葉を聞くなり、母は眉をひそめた。どうやらグリフィンが装った満足げな表情は、まだまだ練習が必要らしい。「トマスもあなたに会いたがっているわ」

彼は思わず、信じられないという顔を母に向けた。

「本当よ」グリフィンは母の顔色が変わったのを見逃さなかった。母でさえ、トマスが弟を歓迎するかどうか疑っているのだ。「こんないさかいは終わらせなければならないわ。家族のためにも、あなたたちふたりのためにもよくないことですもの。もちろんわたしにとってもね。どうしてこんなにも長いあいだ、あなたたちがいがみあわなくてはならないのか、わたしには理解できないわ」

深緑色のドレスが目の端をかすめた。グリフィンは急いでそちらの方を向いたが、彼の注意を引いた人影はすでに混雑に紛れて姿を消していた。

「グリフィン、聞きなさい」母がかすかに語気を強める。

母の方を向き、グリフィンは笑みを浮かべてみせた。

「すみません。ちょっと避けなければいけない相手を見かけたような気がしたもので」

「まさか。あなたが避けたがるほど評判の悪い女性がこの世にいるとは思えないわ」

「ところが、その女性はたぶん評判がいいんですよ」グリフィンは軽い口調で言って上着のポケットに手を入れ、小さなイヤリングに触れた。やはりこれは彼女に返すべきだろう。

「本当なの？」一瞬のあいだ、母は説教から気をそらされたようだったが、すぐに頭を振った。「話題を変えようとしてもだめよ。前にあなたとトマスがひどい口論をしてから約三年も経っているんですからね。これ以上はこちらの神経がもたないわ。あなたたちが言い争うのを聞くのはつらいし、家族で食事をするたびに話題に気をつかうのも、もうたくさん」

「約束します、母上」グリフィンは声をあげて笑い、むくれる母の頬にキスをした。「トマスと握手をして仲直りしましょう。小さな男の子みたいにね。わたしがロンドンにいるあいだ、家族で平穏な食事ができますよ」

「本当ね？」

「名誉にかけて誓います」グリフィンは自分の胸に手を置いた。「行儀よくして礼儀正しく振る舞いますよ。トマスが文句のつけようもないくらいに」

「そうなればわたしもうれしいわ」

「絶対にそうなります」彼は快活に言ってのけた。「この世の何ものにも、わたしの決意を邪魔はさせません」

「幸せか？」

男性の声がした方を振り返ると、兄であるウェークフィールド公爵マキシマス・バッテンが立っていた。一瞬、ヘロは兄の問いかけの意味がわからなかった。マンダビル侯爵との縁談が進められてきた二ヵ月というもの、満足かときかれたことは何度かあったが、幸せかときかれたのはこれがはじめてだった。

「ヘロ？」マキシマスが返事を促した。

彼女はいつも、兄ほど地位にぴったりな外見の持ち主はいないと思ってきた。もし目を閉じて完璧な公爵を思い描けと言われれば、大抵の人がマキシマスの姿を思い浮かべるだろう。背が高く、肩幅は広いが肉厚ではない。面長で引きしまった顔つきは、ハンサムと呼ぶにはいささか冷たい威厳が勝っている。髪は濃い茶色だが、きちんと手入れされた白いかつらをかぶることが多いので短く刈りこんであった。目は髪と同じ茶色で、世間では茶色の目はやさしい人の印象を受けると言われているが、ひとたびマキシマスの不機嫌な視線にさらされた者はそれが通説にすぎないと思い知らされることになる。〝やさしい〟などという言葉は、ウェークフィールド公爵を言い表わすのにもっともふさわしくない言葉だ。だが、公爵がどれだけ冷徹な人間であったとしても、ヘロにとって兄であることは間違いない。

その兄に笑いかけ、彼女は答えた。「ええ、幸せよ」

それを聞いた瞬間マキシマスの目をよぎったのは、安堵だろうか。そう思ったとたん、ヘロの心に裏切られたようないらだちが一瞬だけこみあげた。兄はこれまで、妹の幸せがこの縁談に関係があるようなそぶりすら見せてこなかったのだ。重要なのは領地と財産、そしてマンダビル侯爵家とのつながりがもたらす議会での発言力の強化だけ。縁談の交渉ではヘロの気持ちなど問題にもならなかったし、彼女もそれをじゅうぶんに承知していた。公爵家の娘として、自分の人生の目的が赤ん坊の頃からすでに決まっていたことくらいは知っている。

マキシマスは口元を引きしめて、混雑した舞踏室を見まわした。「もし心変わりを打ち明けるならまだ間に合う。おまえにそう知っておいてほしかっただけだ」

「そんな時間があるのかしら？」ヘロも舞踏室に視線を走らせた。マンダビル侯爵の屋敷は壮麗そのものに飾り立てられている。バッテン家の色である青と銀、そしてリーディング家の色である真紅と黒が編みこまれた花綱飾りがそこかしこに吊《つ》りさげられ、すべてのテーブルには花をいけた花瓶が置かれていた。それにマンダビル侯爵は家族が増えるのに備えて、早くもあらたな従者を大勢雇い入れている。「契約はもう結ばれて、署名もすんでいるわよ」

いかにも公爵らしく眉をひそめ、マキシマスが不愉快そうな表情を浮かべた。

「おまえが本気でこの結婚から逃れたいと思っているのなら、そんな契約は破棄するさ」

「心づかいには感謝するわ」事実、彼女は兄の荒っぽい物言いに感激していた。「でも、わたしはこの結婚に満足しているのよ」

マキシマスがうなずく。「では、じきにおまえの夫になる男に会いに行くとするか」

「ええ」ヘロは落ち着いた声で応えたが、深い青色の袖《そで》に包まれた兄の腕に手を置くときに指がわずかに震えるのをとめられなかった。

だが、幸いマキシマスはそれに気づかなかったようだ。兄はいつもどおり、自信に満ちたゆったりした足取りでヘロを舞踏室の反対側へといざなった。こんなふうにまっすぐ進んでいけるのは、行く手にいる人々があわてて道を空けるからだ。兄はその事実に気づいているのだろうか？

ダンスフロアの近くに、こちらに背を向けて立っている男性がいた。黒い衣服に身を包み、雪のように真っ白なかつらをつけている。ヘロたちが近づいていくと、男性が振り向いた。思いがけない衝撃に襲われ、彼女の鼓動が速くなった。男性のがっしりした肩と顎の線が、先ほど口論をした悪党に似ている気がしたのだ。男性が完全に向き直る。ヘロは振り向いたマンダビル侯爵に向かい、うやうやしく膝を折って礼をした。くだらない空想もいいかげんにしなければ。シェイムレス卿なんて、この未来の夫からはいちばん遠い存在だというのに。

マンダビル侯爵は背も高いし、なかなかの美男だ。あと少し笑う機会が多ければ、危うさをはらんだ無骨な美しさが感じられると言ってもいいくらいだろう。けれども実際には、〝無骨〟という言葉は洗練されたマンダビル侯爵を表わすのにもっともふさわしくない言葉でもある。

「閣下。レディ・ヘロ」侯爵が優雅に頭をさげた。「今日はまた一段とお美しい」

「ありがとうございます、閣下」ヘロは微笑んで侯爵を見あげ、いつもは厳しく引き結ばれた唇がわずかにゆるんでいることに小さな満足を覚えた。

侯爵の視線が彼女の顔の横あたりに移った。「イヤリングが片方しかないようだが？」

「本当ですか？」両手をあげ、耳たぶに触れてイヤリングを確かめる。片方しかない理由を思い出し、頬が赤く染まった。「なんてこと、きっと落としてしまったんだわ」

ヘロがあわてて残ったイヤリングを外して兄に差し出すと、マキシマスは黙ってそれをポケットに入れた。

「それでいい」マンダビル侯爵が満足げにうなずく。「では、行きましょうか？」彼はヘロに尋ねたけれど、視線はマキシマスに向けたままだ。

マキシマスがうなずいて答えた。

マンダビル侯爵は執事に合図を送ったが、執事が動くまでもなく場内はすでに静まり、客たちは侯爵に注目していた。ヘロは幼い頃から教わってきたとおりに上品な笑みを顔に張りつけ、姿勢を正してまっすぐ立っていた。彼女のような地位の女性がそわそわしてはいけないのだ。本当は人に注目されるのも好きではないが、公爵家の娘なのだから仕方ない。ヘロはマンダビル侯爵を見つめた。この先、侯爵夫人ともなれば、さらに人々の注目を集めることになる。

それもまた仕方ないだろう。

ため息をつきたいのを我慢し、息を吸いこんで静かに吐き出した。わたしは彫刻なのだと自分に言い聞かせる。こうした集まりをやり過ごすときに使う、いつもの手だ。中身は空洞の、完璧な公爵家の娘の外見をした像であればいい。本当の自分、女性としての中身など、この場にいる必要もない。

「わが友人たちよ」マンダビル侯爵が厳かに告げた。彼は議会でも雄弁家として知られている。低くてよく通る声だ。ヘロは彼の声の響きに芝居がかったものを感じたが、もちろんそんなことを本人に面と向かって言うつもりはなかった。「今夜の大切な祝いの席によく集まってくれた。わたしとレディ・ヘロ・バッテンの婚約を祝う舞踏会へようこそ」

侯爵が振り返ってヘロの手を取った。どこまでも優雅に身をかがめ、手の甲に口づけをする。客たちが喝采《かっさい》を送る中、彼女は微笑みを返してお辞儀をした。ふたりがふたたび姿勢を正すやいなや、客たちがわれ先にと詰めかけて祝福の言葉を浴びせた。

ヘロが耳の遠い老伯爵夫人に感謝の言葉を返していると、マンダビル侯爵が彼女の背後から声をかけた。「ウェークフィールド、レディ・ヘロ、紹介したい者がいる」

振り向いたとたん、ヘロの目をいたずらっぽい緑色の瞳がとらえた。いきなり登場したシェイムレス卿に手を取られ、手の甲にあたたかい唇で口づけをされるあいだ、彼女は言葉もなく相手を見つめるしかなかった。

すぐ隣にいるはずなのに、マンダビル侯爵の声がどこか遠くから聞こえてくるような気がした。

「レディ・ヘロ、わたしの弟のグリフィン・リーディング卿だ」

2

女王は先王でもあった夫の死後、みずからの王国を公平に、そして完璧におさめてきました。しかし、男性が中心の世界で女性が権力を握りつづけるのは並大抵のことではありません。相談役や閣僚たち、文官たちといった大勢の男性たちが周囲にいましたが、女王はその中の誰ひとりとして信用していませんでした。だからこそ毎晩バルコニーに出て、茶色の小鳥を両手でそっと包みこんでいたのです。そうして女王は毎日の秘密や心配事をささやきかけてから、鳥を高く夜空に飛び立たせてやるのでした。彼女の不安とともに……。

『黒髪の女王』

ヘロは大きく息をついて呼吸を整え、形だけの笑みを顔に張りつけた。しかし、恥知らず《シェイムレス》卿が義理の弟になるという衝撃はあまりにも大きく、なんともおかしな表情になってしまった。

「お会いできてうれしいですわ、グリフィン卿」

「本当に？」グリフィンはまだヘロの手を取って頭をさげた体勢のままだったので、その声は彼女にしか届かなかった。

「もちろんよ」

「嘘《うそ》だ」

ヘロはそれでなくともぎこちない笑みをこわばらせ、ささやき声で言った。

「妙な真似《まね》をして恥をかかせないで！」

「妙な真似？　わたしが？」うれしそうに目を細めたグリフィンを見て、彼女は自分が駆け引きを誤ったことを悟った。

手を引き抜こうとしたが、眼前の悪党はそれを許さず、ゆっくりと身を起こした。

「ようやく新しい義姉に会えてうれしいよ。〝姉〟と呼んでも構わないだろう、レディ・ヘロ？　きみとはなんだかずっと以前からの知りあいのような気がするんだ。じきに家族の集まりでも仲よく同席するようになる。ディナーや朝食、お茶の席でも会うし、一緒に風変わりな菓子だって食べることになるんだ。考えただけで、楽しみのあまり息をするのも忘れそうだよ。わたしたちは素敵な家族になれそうだ」

からかうように、グリフィンがにやりとした。

悪党のくせに、ふつうの人々があたりまえに使う親しげな言葉を用いるなんて。ヘロは胸が悪くなる気分だった。こんな男と家族になどなれるはずがない。「なれるわけが――」

「そいつは残念だな」グリフィンが先まわりして小声で言った。

歯を食いしばり、彼女は周囲に気取られないように手を引き抜こうとした。しかし、グリフィンはしっかりと力をこめて放そうとしない。

「グリフィン卿、わたし――」

「だが、ダンスくらいは踊ってほしいものだ。かまわないだろう、姉上？」彼は呆れるほど無邪気に尋ねた。

「でも、わたしは――」

グリフィンが眉をあげる。緑色の瞳が楽しそうに、それでいて意地悪く光っていた。

「――あなたと……」歯がみして言う。「ダンスなんて――」

「なるほど」彼がうつむいた。「きみのようなレディは、わたしみたいなろくでなしとは踊れないということか。しつこく迫ったりしてすまなかった」

グリフィンの唇が震えているのを見て、ヘロは不覚にも顔を赤らめてしまった。これでは周囲の人々にこちらが悪者だと思われてしまう。

「そんなことは……」彼女は唇をかんだ。

「どうということはないじゃないか、ヘロ。踊ってやったらどうだ？」彼女の隣に立っているマキシマスが言った。

兄の口出しにヘロは驚きを覚えたが、反応する前にグリフィンが彼女の手を握っている手に警告の意味で力をこめた。なんてこと。客たちでごった返す舞踏室の真ん中にいるのを忘れていた。人前で自分を見失ったことなどないヘロは、はじめての事態に混乱した。これまで、どこにいようとも公爵家の娘としての自覚を失ったことなんてなかったのに。自分がどう振る舞うべきか、いつだって完璧に理解していたのだ。

うろたえながらグリフィンを見ると、彼の顔からはいたずらっぽい笑みが消えていた。グリフィンは無表情な顔を兄のマンダビル侯爵の方に向けた。

「もちろん兄上のお許しがいただければの話だ。どうかな、トマス？」

並んで立つ兄弟を見て、ヘロはようやくふたりがよく似ていることに気がついた。背丈もほぼ同じだし、ふたりとも同じような角度で顎を上に向け、人を挑発するような傲慢そのものの態度を見せている。いざ見比べてみると、ヘロにはグリフィンが兄のように見えた。彼の方が目の輝きに深みがあるし、顔にしわも目立つ。それにずっと世間慣れしているふうで、トマスよりもずっと人生経験を積み重ねてきた感じだ。

侯爵は弟の言葉に返事をせず、気まずい沈黙が流れた。先代マンダビル侯爵の未亡人が兄弟のあいだに割って入り、心配そうなまなざしを長男に向けた。言葉にしないまま、息子に何かを伝えようとしているかのように。

トマスが笑みを浮かべ、弟に向かってうなずいた。もっとも、笑みというより唇を曲げただけに見えないこともない。

グリフィンはすぐにヘロを連れてダンスフロアへと向かった。急いでいるという速さではなかったが、気づいたときにはもう舞踏室を半分ほど横切っていた。

「何を企《たくら》んでいるの？」彼女はささやいた。

「メヌエットを踊ろうと思っているだけさ」

子供じみたやりとりをしている暇はない。ヘロはグリフィンをにらみつけた。

「そう怒るなよ、姉上。せっかく――」

「そんなふうにわたしを呼ばないで！」

「そんなふう？　姉と呼ぶのがまずいのか？」

ふたりはすでにダンスフロアに立っている。まわりの客たちが踊りだす準備をしている中、グリフィンはヘロの顔をのぞきこんだ。

彼女は眉根を寄せて答えた。「そうよ！」

「でも、きみはじきにわたしの義姉になる」グリフィンは幼児に言って聞かせるようにゆっくりと言った。「兄の妻だよ。年齢がわたしより下だとしても地位は上になるのだから、わたしとしてもつねに分をわきまえておかなければならない。姉がだめなら、なんと呼べばいいんだ？」いかにも困ったという様子で両目を見開く彼の顔を見て、ヘロは思わず笑いだしそうになった。

だが、幸運にもすぐに自分を取り戻した。兄ばかりでなく、マンダビル侯爵も見ているのだ。自分の婚約を発表した場で女学生のように笑い転げるわけにはいかない。

「だいたい、なぜわたしをダンスに誘ったりしたの？」

グリフィンが今度は傷ついた表情をしてみせた。

「なぜだって？　きみとわたしの兄との素晴らしい縁談を祝福しようと思ったからに決まっ

てるじゃないか」

ヘロは左の眉をあげてみせたが、悔しいことにやはり効果はなかった。

彼女の方へ身を乗り出し、グリフィンはぶっきらぼうに言った。

「きみだって、家族がいる前でわたしたちが出会ったいきさつの話をされたら困るだろう？」

音楽がはじまり、ヘロは膝を折ってお辞儀をした。「どうしてわたしが困るの？　さっきの件が公になったら困るのはわたしじゃなくてあなたよ」

「たしかにそれも一理ある」ふたりが円を描いて動きだしたところで、グリフィンがうなずいた。「だが、きみの意見はうちの兄上がとんでもない堅物だという事実を無視しているな」

彼女は顔をしかめた。「何が言いたいの？」

「つまりだ」グリフィンがつぶやく。「兄上は了見の狭い男だからね。ベラとわたしがいたところにきみが居合わせたと知れば、絶対に誤解をしてとんでもない結論に飛びつくに決まっている。そう言いたいのさ」

ダンスの動きの流れでふたりの体が離れた。今一緒に踊っているグリフィンという人は、自分の兄をここまで悪く言うほどに心が汚れてしまった人間なのだ。ヘロはその事実をかみしめようとした。

ふたりがふたたび近づいたとき、彼女はできる限り穏やかに言った。

「どうしてわたしにそんなことを言うの？」

グリフィンが肩をすくめる。「真実を口にしているだけだよ」

ヘロは首を振った。「いいえ、違うわ。わたしがあなたのお兄さまを嫌うように仕向けているんでしょう？　ひどいことをするのね」

右目の下の筋肉をひくつかせながら、彼が笑った。

「それでこそレディ・パーフェクトだ。やっとまた会えたようだな」

「その呼び方はやめて」ヘロはささやいた。「マンダビル侯爵はあなたが言うような方ではないわ」

「レディの言葉に異を唱えるのは本意ではないが、きみは自分が何を言っているのかわかってないとしか言いようがないな」

相手をにらみつけ、彼女は言った。「あなたは侮辱しているのよ、あなたのお兄さまとわたしの両方を。そんなひどい言い方をするなんて、お兄さまがいったいあなたに何をしたというの？」

グリフィンがぐっと顔を寄せるとふたりの距離が縮まり、ヘロの鼻にレモンとサンダルウッドの香りが届いた。「わからないか？」

この人は接近することでこちらを威嚇しようとしている。彼女は体の震えを抑えられなかった。ヘロも小柄ではない。知りあいの女性たちの中ではいちばん長身なくらいだ。だが、グリフィンは彼女よりも三〇センチはゆうに背が高かった。大きな体を使ってこちらを脅すつもりだ。

それでも簡単に屈するわけにはいかない。ヘロは鼻で笑い、グリフィンと向きあって目を見据えた。「ええ、わからないわ。それにあなたがお兄さまを悪く言っておとしめようとしても、わたしは信じない。そんなことをしても無駄よ」

「どうやらきみは想像力が欠如しているな」

「おかしいのはあなたの方かもしれないわよ」

「きみから見ればそうかもしれない。たしかにわたしは兄上のような完璧さとは縁がないからな。有力な議員でもないし、あれほどいい男でも優雅でもない。それに」グリフィンがふたたび彼女に顔を寄せた。「たいそうな爵位も持っていない」

つかの間、ヘロは信じられない思いで彼を見つめ、声を殺して笑いだした。

「お兄さまに嫉妬《しっと》しているの？　だからわたしが爵位のために結婚すると信じたいのね？」

グリフィンが顔色を変え、背すじを伸ばして顔を遠ざけた。相手の怒った表情を見て、彼女は満足感を覚えた。「わたしは嫉妬など――」

「していないというの？」あくまでも愛らしく、ヘロは彼の言葉をさえぎった。「だったら、あなたはただ愚かなだけなのね。マンダビル侯爵は誇り高き男性よ。善人でもあるわ。議会でも、周囲の人々からも尊敬を集めている。わたしの兄の友人たちや仲間たちからもね」

またしてもダンスの流れでふたりの体が離れる。ふたたび接近したとき、グリフィンはこわばった顔でうなずいた。「きみが正しいのかもしれない。わたしはただの愚か者なのかもな」

意表を突かれて、ヘロはまばたきをした。グリフィンが彼女の思っているとおりの悪党だとしたら、こんな簡単に自分の非を認めたりしないはずだ。

彼がヘロを見つめ、彼女の考えなどお見通しと言わんばかりに唇の端をあげた。「居間での件をトマスに話すか？」

「いいえ」話す気はさらさらない。

「それが賢明だ。さっきも言ったとおり、きみがあの場にいたことを兄上は喜ばない」

かすかな不安がヘロの心をかすめた。マンダビル侯爵が思いこみで誤った結論に飛びつくような軽率な人間だとは思いたくない。

頭を振って不安を振り払い、彼女はグリフィンの目をにらんだ。

「あなたの名誉を守るためよ。お兄さまだってお怒りになるわ」

グリフィンは首をのけぞらせて笑った。よく響く男らしい笑い声に、周囲の人々が振り返る。

「知らないのか？　わたしには守るべき名誉などないよ、レディ・パーフェクト。盾も剣も、光輝く鎧《よろい》も投げ捨ててくれてかまわない。わたしのためにドラゴン退治の旅に出ることはないんだ。守るべきものなんて、はじめから何もないんだから」

「何も？」ヘロは思わず尋ねた。ふいに好奇心が芽生え、頭で考えるよりも早く言葉が口から流れ出す。たしかに婚約者の謎《なぞ》めいた弟の噂話《うわさばなし》なら耳にしたことがある。だが、いずれもあいまいな話ばかりだった。「そんなに取り返しのつかない状況なの？」

「過去が過去だからね」グリフィンが音楽に合わせてゆっくりと彼女のまわりを歩き、背後からささやいた。「わたしは女性の敵、悪党、最悪の放蕩者《ほうとうもの》だよ。快楽のためならなんでもする男だ。酒を飲み、女性と体を重ね、悪い連中とつきあう。分別も道徳もないし、もちろんどちらも知ったことではない。つまり、わたしは悪魔そのものなんだ。だからきみも、何があってもわたしを避けた方がいい」

マンダビル侯爵トマス・リーディングは、いきなり響き渡った男性の笑い声に振り向いた。グリフィンがレディ・ヘロの話を聞いて、礼儀も何もなくあけすけに笑っている。幸い、レディ・ヘロの方はさほど楽しそうでもない。それでもトマスは無意識に肩がこわばった。

〝グリフィンめ、地獄に落ちろ〟

「きみの弟はいやに楽しそうだな」ウェークフィールド公爵がつぶやいた。

トマスは公爵を見て、冷たく光る茶色の瞳と目を合わせた。いつもであれば表情から公爵の頭の中を推測するのは絶対に無理だ。だが、今はまるでスフィンクスのモデルが務まりそうなほどに険しい表情を浮かべている。

嫌悪感のにじむうなり声をあげ、トマスは自分の婚約者と踊るグリフィンの方に向き直った。「まったくです」

ウェークフィールド公爵が腕を組んだ。「ヘロはずっと守られて育ってきた。地位にふさわしくな。だが、あの子は道徳を重んじる娘だ。誘惑されてもなびきはしないさ」

屈辱感を覚えつつ、トマスはうなずいた。公爵の遠まわしな言い方に、クラバットを引きはがしたい衝動がこみあげる。

「あなたを信じますよ、閣下。レディ・ヘロに対するわたしの信頼は揺るぎません。今後も敬意を払って接していくつもりです」

「それでいい」公爵は背中で手を組み、しばらく黙ったまま、踊る人々を見まわしてから言った。「法案の効果が思わしくない」

顔をあげ、トマスは鋭い目で公爵を見た。ロンドンの貧困層に蔓延《まんえん》するジンの害悪と闘うため、彼らは六月に新しい法案を議会に認めさせていたのだ。法案には、違法なジン販売業者の摘発に手を貸した密告者に報奨金を出すという内容が含まれていた。

「ジンを売りさばいている者たちのせいで、日々、帝国の安寧が脅かされているというのに」トマスは怒りを抑えてゆっくりと言った。「なぜそう言いきれるんです?」

公爵は肩をすくめ、抑制のきいた低い声で答えたが、やはり彼も怒っているのは明白だった。

「売り手のやつらはあの悪魔の飲み物を売りさばくのに、貧しい女性を引きこんで利用している。日に数ペニーしか稼ぎのない女たちだ。われわれが捕らえなければならないのは醸造業者だよ。女性たちを利用して大金をせしめている黒幕の大物連中を根絶する」

トマスは口をとがらせた。ちょうどダンスフロアではヘロがグリフィンを見て眉をひそめているところで、その光景がいくらかトマスの心を落ち着かせた。

「売っている者を地道に捕らえていけば、必ず醸造業者にも影響が及びます。間違いありませんよ。法案が発効してまだひと月しか経っていない。もうしばらく様子を見るべきでしょう」

「悠長に構えている時間はない」公爵が応える。「ロンドンの民衆が苦しんでいるんだ。この偉大な都市で、毎日生まれてくるよりも多くの人々が死んでいる。イーストエンドの路地や側溝にはそうした遺体が放置されているんだぞ。妻たちはジンでいかれた夫たちに見放され、赤ん坊は酔った母親に殺されている。捨てられた子供たちは死ぬか体を売るしかないありさまだ。労働者階級の心と体が酒で汚れきって、どうしてイングランドが栄えられる？もしロンドンからジンを駆逐できなければ国は衰退し、やがては滅びかねない」

ウェークフィールド公爵がジンの問題に真剣に取り組んでいるのはトマスも承知していた。それにしても、この件に関する公爵の執念は異常と言ってもいい。長年にわたって友誼《ゆうぎ》を結んでいる身としては、これほどの情熱は公爵その人に似つかわしくない気がするくらいだ。

そのときダンスフロアの向こう側で動きがあり、トマスの目と意識はそちらに引きつけられた。人ごみの中からひとりの女性が進み出たのだ。淡い黄色のペチコートの上に燃えるようなオレンジ色のスカートを合わせた女性。髪の色は信じられないほど鮮やかなワインレッドで、唇と頬には紅をさしている。ダンスフロアの向こう側の男性たちはみな、彼女に注目していた。その視線の中、女性は閉じた扇を手に連れの男性と腕をからませている。男性に何か声をかけられた彼女が白い喉をあらわにして笑うと、豊かな胸が揺れた。

「……ジンの製造に関する情報を持つ内部の者をこちらに寝返らせることができればな」ウ

エークフィールド公爵の声がした。

自分が話をほとんど聞いていなかったという事実に驚き、トマスは目をしばたたいた。あわてて公爵に顔を向けたものの、目の端にはまだ女性の姿が映っている。彼女はいたずらを仕掛けるように、みずからの手を胸のふくらみへと持っていった。「淫蕩《いんとう》な女め」

「誰の話だ？」

まずい。思わず大きな声を出してしまったようだ。トマスの目の前でウェークフィールド公爵が返事を待っていた。

トマスは苦い表情で答えた。「ミセス・テイトですよ」部屋の反対側にいる女性を乱暴に顎で示す。「見るたびに違う男を連れています。それも年下ばかりだ。女性なら、おかしな噂が立つような真似は慎むべきでしょうに。誰が見たって三五歳を超えた女性のすることじゃない」

「彼女は三八歳だ」ウェークフィールド公爵がつっけんどんにつぶやく。

猜疑心《さいぎしん》もあらわに、トマスは公爵に向き直った。「彼女をご存じなのですか？」

公爵は眉をあげ、呆れた表情を見せた。「ロンドンの社交界で彼女を知らない者はいない」

ふたたびミセス・テイトに視線を戻し、トマスはいぶかった。公爵はただの噂話について語っているのだろうか？　それとも、彼女とベッドをともにしたことがあるのか？

「頭がよくて気さくな女性だな」公爵が軽い口調で続ける。「もっとも、三倍も年の離れた男と結婚したんだ。未亡人になってから少々羽目を外したってかまわんだろう」

「あの女は自分をひけらかしている」トマスは歯ぎしりしそうなくらいに奥歯をかみしめた。ウェークフィールド公爵の視線が感じられるが、自分でもどうにもできない。

「たしかに。だが、相手は独身の男ばかりだ。彼女は婚約中の男と戯れてまわるほど軽率ではない」

婚約という言葉が聞こえたかのように、当のラビニア・テイトがいきなり顔をあげた。ふたりのあいだにはかなりの距離があるにもかかわらず、トマスと彼女の視線がぶつかった。ここからではっきりとは見えないが、ラビニアの瞳の色がありふれた茶色なのをトマスは知っている。彼女にもそれだけは変えられない。そう思うと、トマスの心はわずかばかりの満足を覚えた。どれだけ派手に顔を塗りたくろうとも、瞳だけは平凡な茶色のままなのだ。

ラビニアはトマスの視線を受けとめると顎をつんと上に向け、明らかに挑発的な表情をつくった。アダムに禁断の実を食べさせた、エデンの園のイブと同じだ。

トマスはラビニアの顔からあえて視線をそらした。もう禁断の実は口にしてしまったのだ。どれだけ難しくとも、あの罪深い甘さからは遠ざかっていなければならない。彼女はふしだらなあばずれで、それが明快で単純な真実なのだ。そしてトマスはすでにじゅうぶんすぎるほど、あばずれの相手を務めたはずだった。

レディ・ヘロは落ち着き払った厳粛な表情を浮かべている。美しいとさえ言えるかもしれない。グリフィンが芝居がかって並べたてた罪の数々を聞いても、彼女は動じていないようだった。

「あなたが悪い人だというのは最初の出会いでとっくにわかっていたわ」ヘロは正面に立ったグリフィンに向かって言い放ち、優雅に膝を折って礼をした。「でも、あなたはわたしの義理の弟になるのよ。いつまでも避けつづけるわけにはいかないものね」

この女性は男が己に抱く幻想を打ち壊す方法をよくわかっている。これだけたくさんの人がいる中、よりによって彼女がトマスの婚約者だったとは。グリフィンはあまりの皮肉に頭を打たれた思いだった。グリフィンに対する嫌悪感に動じず、彼を軽蔑《けいべつ》して絶対に許そうとしない女性。雪のように真っ白なみずからの魂に誇りを持つ女性だ。

彼女はまさにレディ・パーフェクトだった。完璧な兄には完璧な女性がふさわしいということか。

グリフィンは、鋭く問いかけるように左の眉をあげたヘロの顔を憎々しげに見つめた。この兄の婚約者は絶世の美女というわけではないが、代わりにイングランドの上流社会でもめったにお目にかかれない気品を持ちあわせている。なめらかな白い肌にやや面長の顔。すべてがきちんとまとまっていて、髪も派手でない程度の美しい赤毛だ。

彼女と似たような女性になら、これまで何度も出会ってきた。それでもレディ・ヘロは何かが決定的に違っている。たとえば先ほどの居間での一件にしても、彼女のように地位の高い女性であれば、ふつうはグリフィンを置き去りにしてさっさと立ち去っていたはずだ。しかし、ヘロは彼とベラのためにみずからの道徳心に背いて行動した。見知らぬふたりの他人に同情を感じたから？　それとも、自分が目にした光景に対する不快感をうわまわるほどの、つまり感情に左右されない確固とした倫理観を彼女は持っているとでもいうのだろうか？　あらためて周囲を見渡すとダンスが終わろうとしていた。ヘロをトマスのもとへ連れていかなければならない。もちろんそうするつもりだ――あと少ししたら。

頭をさげたグリフィンは、ヘロに向かってさりげなく腕を差し出した。

「気の毒なことだ。きみもそう思うだろう？」

ヘロは一瞬疑わしげな表情を浮かべたが、身についた礼儀のせいで彼の腕を取らずにはいられなかった。グリフィンは小さな勝利の高揚感がこみあげてくるのを抑えた。

「何が？」彼女が不安まじりの声で尋ねる。

「いや、きみのように高潔な女性は、たかが礼儀上の作法のためにわたしみたいなろくでなしの相手もしなければならない。気の毒だと思ってね」

「そうね」彼がヘロをいざなって人ごみの中をゆっくりと進むあいだ、彼女はずっと顎を上に向けていた。「自分の義務は心得ているわ」

グリフィンは呆れる思いで天井を仰いだ。「まあ、頑張ることだ。わたしの存在に我慢しつづけていれば、きみは聖人にだってなれる」

言い終えた瞬間にヘロの方を向かなかったら、彼女のやわらかそうなピンク色の唇がぴくりと動いたのを見逃していたところだった。なんということだ。レディ・パーフェクトは冗談を理解できる頭を持っている！　ヘロの笑顔を見たことがないわけではない。だが、今まで彼女が見せてきたのは、すべて偽りの笑みだった。心から笑ったとき、ヘロはどんな表情を見せるのだろう？

好奇心をそそられ、グリフィンは彼女に顔を寄せた。かすかに花の香りがする。

「もし爵位が目当てでうちの兄と結婚するのでなければ、何かほかに理由が？」

ヘロのグレーの目が驚きに見開かれた。彼女の顔はすぐそこにある。グリフィンがわずかに身をかがめれば唇が触れあってしまいそうなほどに。あと少しでヘロに触れることができ、味を確かめられるのだ。もしキスをしたら、彼女はそのまま彼の舌でとろけ、蜜《みつ》のように甘くやわらかに流れ出すだろうか？

〝何を考えている！〟グリフィンはあわてて頭をあげた。

幸い、ヘロは彼の葛藤《かっとう》に気がつかなかったようだ。「どういう意味？」

グリフィンは息を深く吸って視線をそらした。ふたりは今や部屋の端までたどりつこうとしている。ヘロは気づいていないが、トマスがいる場所の反対側に向かっていた。グリフィンは自分が火をもてあそんでいるという自覚があった。だが考えてみれば、彼はいつだって危険に引きつけられてきたのだ。

「なぜトマスと結婚するんだ？」

「わたしの兄と彼が友人同士だからよ。マキシマスに頼まれたの」

「それだけなのか？」

「いいえ、もちろん違うわ。マンダビル侯爵が人に尊敬されるやさしい男性で、しかも裕福でなければ、わたしの兄だってこの縁談を考えもしなかったでしょうね」

「きみはトマスを愛していないのか？」グリフィンは純粋な好奇心からきいた。まるで異国の言葉でも聞いたかのように、ヘロが眉間にしわを寄せた。

「いずれ愛情を感じるときが必ず来るわ。自然とね」

「自然と、か」馬鹿《ばか》げた勝利の高揚感をふたたび覚えながら、グリフィンはつぶやいた。「かわいいスパニエルみたいに。そういうことかい？」

ヘロが凍りついた。完全に礼儀作法が身に染みついていなかったら、漁師の女房のように両手を腰にあてて怒りをあらわにしていたところだろう。

「マンダビル侯爵はスパニエル犬なんかじゃないわ！」

「それじゃあ、グレート・デーンか？」

「グリフィン卿……」

彼はヘロの手を引き、舞踏室の端へといざなった。「わたしはつねづね理想だと思ってきた」

「何を？」

「夫が妻を愛する家庭さ。つまりきみの場合は、夫を愛する家庭ということになる」

一瞬だけヘロの表情がゆるみ、グレーの瞳がかすかに曇って唇が開いた。グリフィンは彼女の心の揺れに関心を抱いた。今、かいま見えたのはレディ・ヘロの本当の姿なのだろうか？

だが、つぎの瞬間には、彼女はレディ・パーフェクトに戻っていた。背すじをぴんと伸ばして口元を引きしめ、瞳からも感情が消えている。あまりの落差にグリフィンはかえって興味をそそられた。なぜ彼女はカメレオンのように振る舞うのだ？

「ずいぶん感傷的なのね」ヘロがそっけない声で言い、彼は歯ぎしりしたい気分になった。

「愛のある結婚を夢見ているなんて」

「なぜ？」

「わたしたちのような階級にある者にとって、結婚は家同士の契約にほかならないからよ。あなただって、それはよくご承知のはずだけど」

「しかし、契約以上のものであってもいいじゃないか」

「あなた、全部知っていてわからないふりをしているんでしょう？」ヘロはじれったそうに言った。「今さらこの社会の決まりについて、わたしが説明する必要はないはずよ」

「きみこそ、全部知ったうえで愚かなふりをしている。わたしの両親はそうだった」

「そうだったって、何が？」

「愛だよ」グリフィンはいらだちを声に出さないようにして答えた。「わたしの両親は愛しあっていた。めったにないことだというのはわかっている。でも、ありうる話なんだ。もしきみがそんな夫婦を見た経験がないというのなら――」

「うちもそうだったわ」

今度は彼が当惑する番だった。「なんだって？」

ヘロが顔を伏せてしまったので、グリフィンには彼女の唇しか見えなかった。その唇が悲しげにゆがむ。「わたしの両親よ。覚えているの……とても愛しあっていたのを」

グリフィンはいきなり――なんという馬鹿だ――思い出した。ヘロの両親は殺されたのだ。先代のウェークフィールド公爵夫妻が強盗に殺害された事件は、当時社交界でも大きな話題になった。「すまない」

ヘロは息を吸いこんで顔をあげ、はかなげで弱々しい表情を見せた。

「謝らないで。誰も両親の話はしてくれないの。まるで存在しなかったみたいにね。でも覚えているのよ。あの……事件が起こる前の両親の姿を」

グリフィンはうなずいた。この誇り高い、とげのある女性を守ってやりたいという気持ちがこみあげる。それからしばらく、ふたりは言葉もなく歩きつづけた。あいかわらず混雑しているにもかかわらず話しかけてくる者はなく、不思議とふたりは周囲から隔絶されていた。グリフィンも知人ふたりに会釈はしたものの、言葉は交わさずにそのまま足を進めた。

「あなたが正しいのかもしれないわ」やがてヘロが言った。「両親が愛しあっている家庭はたしかに理想的ですもの」

「それなら、なぜそうでない結婚で妥協するんだ?」

「結婚してから夫婦間で愛情が生まれることだってあるかもしれないでしょう」

「だが、生まれないかもしれない」

肩をすくめ、ヘロは憂いを帯びた表情で考えこんだ。「誰にとっても結婚は賭《か》けみたいなものよ。賢い選択をして失敗する可能性の少ない方を選ぶ人間だっているわ。相手がまわりから好かれていて、良家の出身で、やさしければ、失敗の可能性はぐんと低くなる」

「リーディング家は昔から官僚の家系で、その歴史にはこれといった汚点もないしな」グリフィンはつぶやいた。

ヘロが鼻にしわを寄せて彼を見た。

「わたしが問題を起こす家に嫁いだ方がいいとでも言いたいの？」

「まさか、違うよ」グリフィンは眉をひそめ、なぜ彼女が冷静な計算のうえで兄に嫁ぐのが面白くないのかを考えた。トマスの身を心配しているのでないのはたしかだ。「きみは愛のある結婚が理想的だと言った。それなら、どうしてその機会を待とうとしないんだ？」

「ずっと待っていたわ。わたしが社交界に出て、もう六年になるのよ」

「そのあいだ、ずっと真実の愛を待っていた？」

「そうかもしれない」ヘロはあからさまにいらついた様子で肩をすくめた。「それに近いものを期待していたのかもね。でも、あとどのくらい待っていればいいの？　数ヵ月？　数年？　わたしはもう二四歳よ。結婚を、それもいい結婚をする義務がある。いつまでも待ってはいられないわ」

「義務か」グリフィンは苦々しげに言った。そんなことはとっくに知っていたはずだった。たしかに彼女くらいの階級にある女性はみな、よい結婚をする〝義務〟を負っている。

ヘロは頭を振った。「真実の愛に出会うのが六〇歳だったら？　結局、出会えなかったら？

愛が見つかるという保証はどこにもないのよ。そんなかすかな希望のために、たとえ行き遅れようとも独身でいるべきだっていうの？」

グリフィンは好奇心をもって彼女を見つめた。

「運命の相手がどこかにいると信じているのかい？」

「真実の愛はひとつとも限らないし、どこかに誰かがいるのはたしかよ。そうね……信じているわ。誰だって激しい恋に落ちる可能性はあるし、この世のどこかにふさわしい相手がいると思う」ヘロはもう一度鼻にしわを寄せて、照れたような表情を浮かべた。「もっとも、あなたは真実の愛なんて馬鹿らしいと思っているでしょうけど」

「その逆だよ。わたしはこの世に愛情というものが存在するのを知っている。この目でも見てきたんだ」

「じゃあ、あなたのような放蕩者でも、いずれはたったひとりの女性と激しい恋に落ちると思っているの？」ヘロはからかうようにきいたが、口調には真剣さがにじんでいた。

グリフィンは肩をすくめた。

「たぶんね。だが、もし自分がそうなったら、ひどく居心地の悪い気がするだろうが」

「今まで誰かを愛したことは？」

「ない」

ヘロがうなずく。「わたしもよ」

「哀れなふたりだ」彼は口をとがらせて言った。「ものすごい情熱にさらわれるというのはどんな感じがするんだろう？　わたしはずっと考えてきたんだ。この世でたったひとり、その相手のためならすべてをなげうってもかまわないと思うのは、どんな気分なんだろうってね」

ヘロが落ち着かない様子で唇をゆがめた。「放蕩者にしては理想主義がすぎるわね。せっかく今まであなたの噂を聞きためてきたのに、印象が台なしだわ」

「こいつはあくまで表向きの顔だからね」グリフィンは軽口で応じた。「この下に隠された獣の存在を忘れちゃいけない」

探る目つきで彼の顔をのぞきこみ、ヘロは結論に達したようにうなずいた。

「最初の出会いが出会いですもの。絶対に忘れないわ」

グリフィンはかすかに感じた失望を押し隠して微笑んだ。

「でも、結婚にそんな理想を持っているのなら――」彼女が言う。「どうして今までつきあってきた大勢の女性の中のひとりと結婚して、幸せに暮らしていないのかしら？」

「わたしは愛について理想を持っているだけだよ。結婚はまた別だ。残りの人生をひとりの女性に束縛されて、悪たれ小僧どもに囲まれて過ごすだって？」グリフィンはいかにも恐ろしげに身を震わせてみせた。「願いさげだね。結婚も、それに伴う義務も喜んで兄上に譲るよ」

「じゃあ、いつか真実の愛に出会ったら？」ヘロは穏やかな口調で尋ねた。「そのときはどうするの？」

「すべてが終わるだろうね。放蕩者の人生はこっぱみじんに砕け散る。誇り高き独身貴族が結婚に縛られ、奥方の繊細な手に首根っこを押さえられるというわけだ」彼はさっと指を立ててから続けた。「だが、きみも知ってのとおり、そんなことが起こるとは思えないな。わたしの真実の愛の相手はどこか遠く、別の大陸の奥地にいるかもしれないしね。ひょっとしたら九〇歳の老婆かもしれないし、二歳の赤ん坊かもしれない。いずれ生きているあいだに出会う可能性は高くないし、そうであることを神に感謝したいくらいだ」

グリフィンのおどけた口調に、ヘロがやわらかな微笑を浮かべた。その笑みを見たとたん、彼は胸が高鳴りはじめた。この女性の微笑み――心からの微笑み――は、ほかの女性たちの服を脱いだ姿にも匹敵する。われながらおかしな考えだ。

「なぜそう思うの、グリフィン卿？」

「それは――」彼はヘロの耳に口を寄せた。息が赤い髪を揺らす距離だ。「きみの目にはわたしは完璧からほど遠く映っているかもしれないが、わたしの人生は完璧そのものだからさ。わたしは放蕩の日々を、自由を楽しんでいるんだよ。それに女性たちとの戯れも。わたしにとって真実の愛は完全な存在であると同時に、すべての終わりも意味するんだ」

ヘロはグリフィンの明るい緑色の瞳を見つめた。居間での粗野な振る舞いとは打って変わり、彼は遠まわしなものの言い方をしている。だからといって、驚きが薄れるような内容でもないのだけれど。

大勢の女性がベッドでグリフィンと寝そべっている光景が頭に浮かび、ヘロは息をのんだ。引きしまった彼のヒップが動くさまも思い出した。あんな場面を見たのだから、不快に思うべきだ。ところが代わりに頰が熱くなり、両手を顔にあてて頰を冷やしたくなる衝動に駆られた。グリフィンの目尻がさがって、口が開く。また何か恥ずかしいことを言うつもりなのだ。

幸い、そこで邪魔が入った。

「わたしの婚約者を返してもらってかまわないか？」マンダビル侯爵が陽気というには緊張の強すぎる声音で言った。

からかうような輝きがグリフィンの瞳から失《う》せ、やわらいでいた表情も変わった。あとに残ったのは感情のない仮面のような顔だった。ふざけていないときのグリフィンは、勝ち目がない戦いに臨むにあたって、ほかの人間がついていきたくなる男性なのかもしれない。先導者とか、政治家とか、預言者といったたぐいの。

誰もが認める放蕩者なのに、こんな想像が頭に浮かぶなんてどうかしている。

ヘロはまばたきをし、マンダビル侯爵が腕を差し出していることに気づいた。「行こう」微笑みを浮かべ、彼女はグリフィンにお辞儀をして婚約者の腕を取った。

グリフィンがトマスに向かって大げさに頭をさげてみせた。「おめでとう、トマス。レディ・ヘロとの婚約を祝わせてもらうよ」

そっけなく彼女にも一礼し、グリフィンは人ごみの中に消えていった。

ヘロは大きく息を吐き、いつの間にかとめていた呼吸を再開した。

「弟が無礼な真似をしていなければいいんだが」マンダビル侯爵がダンスフロアへ彼女をいざないながら言った。

「大丈夫よ」ヘロはすれ違う婦人にうなずきかけてから応えた。

目を合わせなくても、侯爵が鋭い視線を向けてくるのが感じられる。「あれを魅力的だと思う女性もいるらしい」彼の声は淡々としていたが、ヘロの耳には警告の叫びのように聞こえた。

「そうでしょうね。危険な感じがするうえに、あんないたずらっぽい笑い方をするんですもの。たくさんの女性の胸をざわつかせても不思議ではないわ。でもわたしは、自分の責任をしっかりと心得ている殿方が、遊びに人生を費やしている殿方よりずっと素敵だと思うけれど」

ヘロが手をのせた侯爵の腕の力がすっと抜けた。「ありがとう、ヘロ」

「何がですの?」

「ほかの者には見えない真実が、きみには見えていることに礼を言うよ」侯爵は言った。

「さて、婚約者とも踊っていただけるかな?」

ヘロは侯爵を見あげて微笑んだ。彼女を見るとき、茶色の瞳を抱く彼の目尻にかすかなしわができる。ヘロはそのしわを好ましいと感じた。「喜んで」

ふたりでメヌエットとカントリーダンスを踊ったあと、さすがにヘロも休憩が必要だと感じた。マンダビル侯爵が部屋の壁際に並べられた椅子のひとつに彼女をいざない、飲み物を取りにその場を離れていった。

人ごみの中に入っていく侯爵のうしろ姿を見ていたヘロは、彼の広い肩と自信に満ちた足取りに感銘を受けた。いつもと同じく、侯爵はわずかに進んでは立ちどまり、話しかけてくる者に律儀に応じている。今夜の客の中には婚約を祝福してくれる人たちもいるが、大半はマンダビル侯爵と話をしている自分の姿をまわりに見せつけたいだけの人々なのに。ヘロは安堵し、大きく息をついた。さすがにマキシマスだ。完璧な夫を探してくれた。

「そこにいたのね！」

バティルダ・ピックルウッド――バッテン家では〝バティルダおばさま〟で通っている――が堂々たる体軀《たいく》をヘロの隣の椅子に沈めた。母方のいとこにあたるバティルダは両親が亡くなってからというもの、ヘロと妹のフィービーを育ててくれた親代わりの女性だ。白い前髪をカールさせてレースの三角帽子を頭にのせ、お気に入りの色である深紫色のドレスをまとい、豊かな胸のあたりに白のレースと黒のリボンをあしらっている。腕のあたりから、黒、白、茶の三色の小さな顔がのぞいていた。愛犬のミニョンだ。バティルダはどこへ行くにも、この年老いた小さなスパニエルと一緒だった。

「あなたに話があるのよ！」

バティルダは大声で言ったが、いつものことなのでヘロは眉をあげただけで応じた。

「どうしたの？」

「グリフィン・リーディング卿と二度と踊ってはだめ！」バティルダは国の秘密でも告げるかのようにあわてふためいて言った。熱意あふれる主人の言葉に賛同したのか、ミニョンが一度だけ吠《ほ》えた。

「なぜ？」

「リーディング卿とマンダビル侯爵は犬猿の仲だからよ」

ヘロはミニョンの耳のうしろをかいてやりながらつぶやいた。

「たしかにあのふたりのあいだには緊張感みたいなものがあったけど、犬猿の仲というほどではないと思うわよ。あまり好きではない、というくらいのものじゃないかしら」

「好きではないどころじゃないわ！　わからないの？」バティルダが声を落としてささやいた。「グリフィン卿は侯爵の最初の奥方を誘惑したのよ！」

3

女王のバルコニーから離れた場所に王室の廏舎《きゅうしゃ》がありました。一日じゅう飛びまわって疲れた茶色の小鳥が、夜中にいつも翼を休める場所です。毎朝早く、廏舎頭はみずから女王の愛馬を手入れするのを日課にしておりました。その牝馬《ひんば》の栗色《くりいろ》の体をブラシでなでていると、垂木の方から鳥の小さなさえずりがいつも聞こえてきます。廏舎頭がよく耳を澄ませると、そのさえずりが歌のように聞こえるときもあったのでした。

〝お城の壁の遥か高く、素敵な女性がひとりで泣いている。ああ、誰かあの方を慰めてあげられないの？〟

『黒髪の女王』

独身でいるのが苦痛に思えるのはこんなときだ。舞踏会からの帰り道、ヘロは家へ向かう馬車にバティルダと乗っているときにつくづく思った。

「どうして今までマンダビル侯爵の最初の奥さまの話を、誰もわたしにしてくれなかったの？」ヘロは強い口調で尋ねた。

「若い女性にふさわしい話題じゃないからよ」バティルダが気のない様子で手を振ると、腕をあげた拍子に、腿にのっているミニョンの鼻を小突きそうになった。「誘惑だの、不貞だの、その手の話はね。それに、あなたがあの男と出会ってすぐに踊るなんて、わたしだって思いもしなかったもの」

「マキシマスの前で申しこまれたのよ」ヘロはあらためて言った。もう三、四回は同じことを言っている。「マンダビル侯爵もお許しになったの！」

「侯爵も周囲の手前、断れないものね」バティルダがもったいぶった言い方をした。「まあ、起きてしまったことは取り消せないわ。これからは気をつけなくてはだめよ」

「でも、なぜなの？」ヘロは反抗的に問いかけた。「まさかおばさまだって、わたしが放蕩者の誘惑にやすやすと引っかかるなんて思っていないでしょう？」

「あたりまえじゃないの！」バティルダは考えるのもおぞましいと言わんばかりに答えた。「でもね、あの男があなたのそばにいるときは、まわりがつねに目を光らせているのよ」

「そんなの公平じゃないわ」ヘロはむくれて腕を組んだ。「だいたい、どうしてグリフィン卿が侯爵の奥さまを誘惑したとわかるの？　それこそ意地悪な噂にすぎないのではなくて？」

「噂にすぎないとしても、マンダビル侯爵がその噂を信じているのは間違いないわ」バティルダが言う。「侯爵の最初の奥方を覚えてる？」

ヘロは鼻にしわを寄せた。「なんとなく」

「あなたはあの方のいる集まりには参加していなかったわね。あの方は若いわりに享楽的なところがあったけど、トレントロック家の出だからかしら」バティルダは意味深長に言った。「トレントロック家には運がないの。もちろん、それでも美男美女の家系ではあるんだけれどね。だからこそマンダビル侯爵の気を引いたに違いないわ。アン・トレントロックは掛値なしに美人だったのよ。由緒ある一族だし、裕福でもある。結婚が決まったと告げられたときは、みながいい縁組みだと思ったものよ」

ヘロは体に走る震えを抑えられなかった。今回の結婚だって、みなが同じふうに考えている。「何があったの?」

「グリフィン・リーディング卿よ」バティルダは頭を振った。「あの人はお父上が亡くなってからというもの、すっかり粗野になってしまったの。前の侯爵が亡くなったとき、グリフィン卿はケンブリッジ大学にいたわ。でも、父親の死の直後に学校もやめてしまって、ロンドンで放蕩三昧《ざんまい》をはじめたのよ。社会の底辺にいる悪い仲間とつきあいだして、人の奥方を誘惑するようになった。二度ばかり、決闘寸前の騒ぎも起こしているわ。弟がそれだけの醜聞をまき散らしているあいだも、マンダビル侯爵はずっと彼を信じつづけていたのよ。グリフィン卿が社交界の招待状を送られなくなりはじめてもなお、弟の悪い評判を認めようとしなかったわ」

「それから?」

「そして侯爵がアン・トレントロックと結婚したの。その年でいちばんの話題になった結婚だったわ。式にはもちろんグリフィン卿も招かれた」バティルダはため息をついた。「あなたが社交界に出る前の年の話よ。わたしはその場にいたわ。そこでアンはグリフィン卿に目を奪われてしまった。みんなが気づいていたわ。マンダビル侯爵に爵位がなかったら、アンはグリフィン卿を選んでいたに違いない。そんな噂が立ったのよ」

ヘロは眉をひそめた。「グリフィン卿はどうしたの？」

「いつもどおりに振る舞っていたわ。でも、あの方がアンの視線に気がつかなかったはずがないわ」

「マンダビル侯爵は？」

「侯爵に何ができて？」バティルダが肩をすくめる。「ふたりを引き離そうとしていたんじゃないかしら。けれども、グリフィン卿は弟ですからね。いずれグリフィン卿が兄の奥方を誘惑する機会を得るというのは避けられないことだったのよ」

「グリフィン卿が途方もない悪党だというのが本当なら、避けられなかったでしょうね」ヘロはつぶやいた。聞くだけで気が滅入《めい》る話だ。グリフィンが放蕩者だというのは知っている。でも、実の兄に本当にそんなことをしたというなら、ひどすぎる。

「そうね。だけどその当時だって、グリフィン卿がどんな人か、みんな承知していたのよ」ミニョンが鼻を鳴らして前脚を動かしたので、バティルダは顎の下をかいてやった。「アンがお産で亡くなったときには、あの兄弟はもう互いに口もきかなかったわ。子どもについての噂も絶えなかったから、生まれてこなくて幸せだったかもしれないわね」

「そんな言い方、ひどすぎるわ」ヘロはささやいた。

「そうね。あなたはやさしい子だし、そう思うのも無理はないけど」バティルダが口をとがらせて言う。「残念ながら現実は厳しいのよ。父親が誰とも知れないまま生きていくのは、子どもにとって途方もない重荷だわ。もちろんマンダビル侯爵にとっても」

「おばさまの言うとおりね」ヘロはつぶやき、鼻の上でしわを寄せた。無垢《むく》な赤ん坊の死が幸せだなどという現実は大嫌いだ。

バティルダが揺れる馬車の中で身を乗り出し、ヘロの膝を叩《たた》いた。

「でも、もう昔の話よ。あなたはグリフィン卿に近づかないように気をつけてさえいればいいの。過去の事件なんて、どうせじきに忘れられてしまうんだから」

ヘロはうなずいた。馬車の窓にかけられたカーテンを持ちあげて外に目をやったが、真っ暗で窓に映る自分の顔しか見えなかった。お産で亡くなるのだけでもひどい話だ。けれど、夫を裏切ったまま死んでいくというのはもっとひどい。彼女はカーテンを落とした。そんな運命に落ちていくのはごめんだ。

家に到着するまで、さらに二〇分ほどかかった。そのあいだにバティルダはうとうとしはじめ、ミニョンもいびきをかいて寝ていた。

「やっと着いたわね！」バティルダは馬車のステップをおりながらあくびをした。「素敵な舞踏会だったけれど、わたしは疲れたからもう寝るわ。夜遅くまで起きていられる、あなたたちみたいな若者とは違うの！」

ふたりはこぎれいな邸宅の大理石の白い階段をのぼっていった。三年前、マキシマスがへロと妹のフィービー、それからバティルダのために買った屋敷だ。それまではロンドンのもっとも洗練された地区にあるウェークフィールド公爵邸にみんなで暮らしていたのだが、三人のレディが独身男性の家に暮らしているのはよくないとマキシマスが言いだしたのだった。ヘロは兄がひとりになりたいだけなのではと疑ったけれど、異を唱えはしなかった。新しい家は公爵邸ほど広大ではないにしても、じゅうぶん優雅で暮らしやすかった。

執事のパンダースが玄関の扉を開け、やや丸みを帯びた腹を折り曲げるようにして礼をした。「こんばんは。おかえりなさいませ、おふたりとも」

「じきにおはようの時間になってしまうわね、パンダース」バティルダはショールと手袋を執事に手渡した。「メイドの誰かに頼んでミニョンに夜の散歩をさせてから、わたしの部屋に連れてこさせてちょうだい」

「かしこまりました」パンダースは小さな犬を両手で受けとった。ミニョンが顎をなめまわしても、実直な執事は真剣な表情を崩さない。

「ありがとう、パンダース」ヘロは執事に笑いかけ、ショールを外しながらバティルダのあとについて階段をのぼった。

「よくこの縁談を受けたわね。あなたを誇りに思うわ」バティルダが自分の部屋の前まで来て言った。もう一度あくびをして、片方の手で軽く口をぽんぽんと叩く。「いやだ、本当に疲れたわ。おやすみなさい」

「おやすみなさい」ヘロは小声で応え、自分の部屋に向かって歩きだした。とうに真夜中を過ぎているというのに、なぜかまったく眠くない。

扉を開けて寝室に入ると予想どおり、室内用の帽子《モブキャップ》をかぶったフィービーがベッドからさっと頭をあげた。「ヘロ!」

フィービーはバッテン家の末っ子だが、ヘロやマキシマスとはまるで似ていない。姉と兄はそろって長身なのにフィービーは背が低く、一五〇センチを少し超える程度だ。むしろ横にふくよかで、バティルダなどは心配している。明るい茶の巻き毛が寝る前に結いあげた髪からほつれて顔を囲うように落ちかかり、小さな丸眼鏡の奥で薄茶色の瞳が輝いていた。白い平織の夜着を着た姿は一二歳にも見えるが、実際は一七歳の誕生日を迎えてから半年ほど経っている。

「こんな時間まで起きて何をしているの?」ヘロはうしろ手に扉を閉め、履き物を脱ぎ捨てた。四つの枝付き燭台《しょくだい》に火がともっているせいで、部屋の中はじゅうぶんに明るく、そしてあたたかい。「それにウェズリーはどうしたの?」

フィービーがベッドから飛びおりた。「さがらせたわ。わたしがメイド代わりをすれば、そのあいだにお姉さまから舞踏会の話を聞けるでしょう?」

彼女はまだ社交界にデビューしていない。それゆえさんざんごねたにもかかわらず、今夜の催しにも出させてもらえなかった。

「そうねえ。そんなに話すこともないような気もするけど」

「じらさないで!」フィービーはすでにヘロのボディスの留め金に手をかけている。「ミセス・テイトは来ていたの？」

「ええ。彼女のドレス、すごかったわよ」気分がほぐれてきたヘロは言った。

「すごいって、どんなふうに？」

「真っ赤なの。ほとんど髪の色と同じだったわ。それにボディスの位置もうんと低くて、あと少しで下品と言われかねないくらいだった。ミスター・グリムショーなんてミセス・テイトの胸をのぞきこむのに必死なあまり、人ごみの中でつまずいていたほどよ」

フィービーがくすくす笑った。「ほかには誰が来ていたの？」

「みんないたわ」ヘロは妹に協力してボディスを脱ぎ、スカートを固定している紐《ひも》をほどきはじめた。自分の指先を見つめ、平静を装った声で言う。「マンダビル侯爵の弟にも会ったわ」

「その人は北の方で暮らしているんじゃなかったの？」

「舞踏会のために出てきたみたい」

「侯爵に似てた？」

「少しだけね。ふたりとも背が高くて髪の色が濃いの。でも、それ以外はまるで違うわ。グリフィン・リーディング卿はびっくりするくらい明るい緑色の瞳をしているの。顔つきは侯爵よりも輪郭がはっきりしているわ。それに侯爵よりも陽気で、笑ったり冗談を言ったりもするけれど、たぶんお兄さんより幸せではないと思う。彼の動き方といったら……」

ヘロは自分が語りすぎたことに気づいて顔をあげた。フィービーが好奇心に満ちた表情で問いかける。「何？　彼の動き方といったら？」

たちまち頬が熱くなった。ヘロはスカートから足を抜き、椅子にかける前に大きく振ってしわを伸ばした。こうしておけば明日の朝、ウェズリーがすぐに片づけられる。

「それが変なのよね。何事につけても人よりゆっくりしているようなんだけど、その気になると誰よりも早く動けるの」

「猫みたいね」フィービーが言った。

背すじを伸ばし、ヘロは眉をあげて妹を見つめた。

「ウェークフィールド家の廏舎のあたりに、オレンジ色の大きな猫がうろついていたのを覚えてない？」フィービーはヘロのコルセットを外しにかかった。「いつも寝ているか、のんびり歩いているかのくせに、鼠《ねずみ》を見かけたとたんに雷のような速さで駆けだすじゃない。それで何秒かすると鼠を捕まえてしまうの。グリフィン卿もそんな感じ？」

「近いかもしれないわね」ピンブローク卿が部屋に入ってきたときのグリフィンの素早い動きを思い出しながら答える。「ライオンみたいかも」

「素敵な人のようね」

「まさか！」ヘロは必要以上の大声を出してしまい、妹を驚かせた。「ごめんね、フィービー。帰りの馬車の中で、ずっとバティルダおばさまにグリフィン卿の悪い評判を聞かされたものだから。でも、あなたはあの人に近づいてはだめよ」

フィービーが口をとがらせた。

「わたしはどうせそんな面白い人に出会うことなんてないもの」

不幸にして、ヘロは妹の言い分も理解できるのだった。フィービーもいずれ外の世界に出るかもしれないが、それでも社交界のいちばん上に属するごく限られた人々としか交わる機会はないだろう。醜聞など縁のない人々だ。

「尊敬に値する立派な人たちの中にだって、同じくらい面白い人がいるわよ」ヘロは実際に感じているよりも自信ありげに言った。

フィービーが疑わしげな視線を返してくる。

ヘロは鼻にしわを寄せて降参した。「少なくとも、真っ当な人たちと話をしながら、醜聞の種になる人を見ていることはできるわ」

「会って話をするよりもつまらなそう」

「そうね。でも、ミセス・テイトが愚かな男性たちでいっぱいの舞踏場を歩く光景は一見の価値があるわよ」

「わたしもその場にいられたらいいのに」フィービーはため息をついた。

「来年はあなたも一八歳よ。あなたのデビューを祝う舞踏会も盛大に開くわ」ヘロは鏡台の椅子に腰をおろしながら言った。

妹がヘロの髪からピンを抜いていく。「だけど、その頃にはお姉さまは結婚していて、結婚した女の人たちがするようなことで忙しくなってしまうんでしょう？　わたしのお供はバティルダおばさましかいないわ。わたしだって、おばさまを愛しているわよ、本当よ。でも、やっぱり年上すぎるもの。それに——あっ！」ヘロが鏡に向かって顔をあげると、フィービーが背後で下を向いていた。「ごめんなさい、ピンを落としちゃった」

「いいのよ、フィービー」

「でも、お姉さまがお気に入りのエメラルドのピンよ」妹がくぐもった声で言う。

ヘロが椅子に座ったまま体をまわすと、フィービーは床に四つん這いになってカーペットを叩いていた。ヘロの胸が締めつけられる。エメラルドのピンは妹の目の前、ほんの三〇センチばかりのところに落ちているのだ。

急に息苦しくなり、ヘロは咳払《せきばら》いをした。「あったわ」身をかがめてピンを拾いあげる。

「あら！」フィービーは立ちあがって眼鏡の位置を直し、愛らしい顔を曇らせた。「わたしったら馬鹿ね。どうして気がつかなかったのかしら」

「気にしないで」ヘロはピンを鏡台の上にあるガラス皿にそっと置いた。「ここは暗いし、明かりといえばろうそくの光だけだもの」

「そうね」フィービーは口では同意したものの、すっかり眉をひそめてしまっている。

「舞踏場の飾りつけがどんなふうだったか知りたい？」ヘロはきいた。

「知りたい！」

フィービーに髪をとかしてもらっているあいだ、ヘロはマンダビル侯爵邸の飾りつけや食事、ダンスについて事細かに語って聞かせた。それを聞くうちに妹の表情は徐々に明るさを取り戻したが、ヘロの心は重く沈んだままだった。鏡に映る四本の燭台を見つめる。

ろうそくの炎は、部屋じゅうを昼間のように明るく照らしていた。

セントジャイルズは地獄そのものの街だ。ランカシャーの牧歌的な美しさを見たあとではなおさらそう感じる。グリフィンはその日の早朝、まだ夜が明ける前から物思いにふけっていた。暗闇《くらやみ》の中、橋の下を横切るように走っている、悪臭を放つ水路の上を褐色の愛馬ランブラーにまたがって越えていく。目的地まで最短距離の道は使えなかった。途中で非常に細い道を抜けなければならず、馬に乗ったままでは通れないからだ。ランブラーをこのあたりに残していくわけにもいかない。乗り手が姿を消したとたん、馬泥棒に盗まれるのは目に見えている。

グリフィンは雑貨店の看板がぶらさがっているのを、身をかがめてやり過ごした。ロンドンのもっとましな地区であれば角灯のひとつも掲げているはずだが、このあたりにそんなしゃれたものはない。それどころか、あてにできる唯一の光は月明かりだけだ。少なくとも雲がかかっていないことを神に感謝しなければなるまい。

前方の低い位置にある扉が開き、ふたりのごろつきが姿を現わした。グリフィンは右手を鞍《くら》に差してある銃に伸ばしたが、男たちは彼に目もくれなかった。ひとりが水路に向かって吐いているあいだはこれといって動きも見せず、彼らはそのままグリフィンから遠ざかっていった。

息を吐き出したグリフィンは銃から手を離し、ランブラーの首を軽く叩いた。

「あと少しだぞ、相棒」

道路をさらに進み、煉瓦《れんが》や漆喰《しっくい》の壁の建物が並ぶ、やや大きめの通りに出る。建物の中には上の階の部分が張り出ている造りになっているものもあった。高い煉瓦の壁には住人の正体をうかがわせる看板もなく、扉が中の様子を隠している。グリフィンはひとつの建物の前まで馬を進め、鞍から銃を抜いて柄の底で木の扉をノックした。

すぐにしわがれた男性の声が応えた。「誰だ?」

「リーディングだ。開けてくれ」

「本物の旦那《だんな》かどうか、わかるもんですかい」

グリフィンは呆れ、扉に向かったまま眉をあげた。

「おまえさんが以前、〈黒い雄鶏《おんどり》〉とかいう酒場で酔っ払ったときに何をしたか知っていると言ったらどうだ? それに――」

勢いよく扉が開け放たれ、中からいかにも抜け目のなさそうな黒い瞳をした男の顔がのぞいた。鼻は以前つぶされたためにあまり起伏がなく、息もうまくできないので、ほとんど唇らしきものがない口は開きっぱなしだ。頬や顎には年じゅう無精ひげを生やしていて、かつて患った疱瘡《ほうそう》の跡やいくつもの傷跡が残る顔は、どう見ても善人には見えない。身長こそ十人並みだが、丸太のような腕とがっしりした肩は背丈と不釣りあいなほどに太く厚く、手は分厚いハムのようだった。彼を見たほとんどの者が、プロのボクサーか金のために人を殺す極悪人だとあたりをつける。

どちらの答えも正解だ。

「いいところに来ましたね、旦那」ニック・バーンズが言った。「ちょうどほかの連中と一緒に見まわりをしていたところなんでさ。旦那にも手伝ってもらえるとありがたい」

「あれから攻撃はあったのか？」グリフィンはランブラーの背から飛びおりた。だが、銃は手にしたままだ。馬を引いて扉をくぐるときも、鋭い視線に変わりはなかった。壁の内側は小さな中庭になっており、小石を敷きつめて舗装してある。通りに面した壁以外の三面はいずれも大きな建物が立っていた。両脇《りょうわき》の建物は去年、用心のためだけに買ったもので、今の状況を考えると己の先見の明に感心するほかない。

「敵が何人か襲ってきましたが、返り討ちにして追い返してやりました」ニックが答え、頑丈な樫《かし》の木から切り出した棒を扉にかけて外から開けられないようにした。

グリフィンはランブラーを古い石桶《いしおけ》のある場所へと連れていき、水を飲ませた。

「これでやつがあきらめると思うか？」

「司祭の野郎は死ぬまであきらめたりしませんよ。それが現実ってもんだ、旦那」

ニックが深刻な面持ちで言う。

思わずうなり声が口をついて出た。グリフィンとて、そんな高望みはしていない。罰あたりにも〝ホワイトチャペルの司祭〟の異名を持つチャーリー・グレイディがこれしきであきらめるとは、グリフィンも思っていなかった。ビショップスゲートの東を縄張りとする司祭はこれまで、そこであらゆる違法な取引に手を染めていた。それが最近になって、みずからの帝国の領土を西に、セントジャイルズのセブンダイヤルズ地区にまで広げようとしはじめたのだ。

それはつまり、グリフィンの仕事にも大いにかかわってくる一大事だった。

愛馬を最後にもう一度叩いてから、グリフィンはニックに向き直った。

「とにかく中に入ろう」

ニックがうなずき、先に立って庭の壁の真向かいにある建物の方へ歩きだした。

鉄で補強された頑丈な木の扉を開け、ニックは叫んだ。

「おい、ウィリス！　おまえとトムで庭の警護だ！」

ふたりの男がグリフィンとすれ違いざまに帽子に手をやり、そのまま建物の外へと出ていった。ひとりは棍棒《こんぼう》を、もうひとりは剣と見まがうほどに長いナイフを手にしている。男たちが庭と外をつなぐ扉のそばに立ったのを見届けてから、ニックはグリフィンにうなずきかけた。「こっちです、旦那」

建物の一階には洞穴を思わせる大きな部屋がひとつ広がるだけで、あちこちが欠けた巨大な煉瓦造りの柱がそこかしこにあって上階を支えている。大人の背丈ほどもある銅めっきを施した釜《かま》が四つあり、それぞれの下にある大きな炉には火が燃えさかっていた。やはり銅のパイプが釜から何本も伸びてやや小さめの容器とつながっていて、さらにその容器と樫の木の樽《たる》をつないでいる。煙と発酵臭、それにビャクシンの実とテレビン油の匂《にお》いが部屋の湿った空気にまじりあっていた。この倉庫には一二人の男たちを配置しており、何人かは炉の具合や釜の中を見るための人員だが、それを除けば大半の者たちは腕っぷしの強さを発揮するために雇われたにすぎない。

「ほかの場所にあった醸造所をここに集約しました」ニックが釜を指差して言った。「司祭の手下どもに吹っ飛ばされたアボットストリートの分はどうにもならなかったですがね」

グリフィンはうなずいた。

「よくやった、ニック。一箇所の方が、こちらとしても守りやすいしな」

ニックが石の床に唾《つば》を吐いた。

「そういうことでさ。でも収穫した穀物が届く段階で、また別の問題があるんで」

「どんな問題だ？」

庭の方に頭を傾け、ニックが答えた。

「表の扉ですよ。穀物で満載の荷馬車をそのまま通すには小さすぎる。壁越しに袋を投げ入れることになるでしょうが、そうしているあいだ、うちの連中も荷馬車も、それに穀物の袋も、日曜の飯どきに絞められるのを待つ鶏みたいな状態になっちまう」

グリフィンは顔をしかめた。自分たちが置かれた状況に関するニックの身もふたもない分析に応える気にもなれず、数人の男たちが大きな銅の釜の下に火を入れようとしているのを眺めた。グリフィンの――彼ら一族の――収入のほとんどをこの稼業が生み出しているというのに、いまいましい司祭のやつは、すべてをぶち壊すつもりなのだ。ロンドンで自分以外にジンを密造している連中は叩きのめす――この街のジンの王を目指している司祭は、すでにそう公言していた。

そしてグリフィンは、セントジャイルズでいちばんのジンの醸造業者だった。

サイレンス・ホリングブルックは赤ん坊にまぶたをつつかれて目を覚ました。うなり声をあげて目を開けると、長いまつげに縁取られた大きな茶色の瞳が見えた。瞳の持ち主であるメアリー・ダーリンが小さな体を起こして座り、ふっくらした両手を叩いて、サイレンスを起こしたうれしさをあらわにした。

「マムー!」

サイレンスは赤ん坊に微笑みかけた――そうせずにいるのは難しい。

「何回言ったらわかるの? マムーの目をつついちゃだめよ、おちびさん」

メアリー・ダーリンがきゃっきゃっと笑う。まだ一歳になったばかりのメアリー・ダーリンが話せる言葉は限られている。〝マムー〟と〝いや!〟、そして猫の名前である煤《スート》の〝スー〟の三つだけだ。ちなみにスートの方は、メアリー・ダーリンが熱をあげているほどには彼女のことが好きではない。

屋根裏にある寝室の小さな窓を見あげ、サイレンスは縮みあがった。すでに日が高くのぼっているではないか。

「いけない。もっと早く目をつついてくれればよかったのに。また寝過ごしてしまったわ」

急いで朝の身支度をすませながらも、サイレンスは何か大切なことを忘れているような気がしてならなかった。メアリー・ダーリンのおむつを替えて服を着せ、自分も夜着から着替える。それが終わると同時に扉を叩く音がした。息を切らして扉を開けると、やつれた顔をした兄のウィンターが立っていた。

「おはよう、サイレンス」ウィンターは疲れた声で言った。兄はめったに笑わないのだが、サイレンスが抱いている赤ん坊を見て目を輝かせた。「きみもだ。おはよう、メアリー・ダーリン」

メアリー・ダーリンが声高に笑い、ウィンターの黒い帽子をつかんだ。

「ごめんなさい」サイレンスはまだ息を切らしたまま、やさしくメアリー・ダーリンの手をウィンターの帽子のつばから引き離した。「もっと早く階下《した》におりなきゃいけなかったんだけど、寝過ごしてしまって」

「いいさ」ウィンターは言ったが、非難のかけらも感じられない兄の声に、かえって申し訳なさが募った。

サイレンスが〈恵まれない赤子と捨て子のための家〉で働きはじめて、もう半年になる。それなのに、今もあれこれ学んでばかりの毎日だった。二九人の子供たちを抱える孤児院の仕事は楽ではない。ウィンターと三人の使用人の手を借りているとはいえ、大変なことに変わりはなかった。

以前、この仕事をしていたのは姉のテンペランスだったが、だからといってサイレンスの心が抱える葛藤が楽になるわけでもない。テンペランスのことは心から愛しているものの、ときに姉がこれほど完璧なお手本でなければよかったのにと思ってしまう。テンペランスが働いていた頃、サイレンスは何度も孤児院を訪れていた。姉は忙しそうで、混乱していて、限界を超えて疲れきっていたこともあったが、いつも自分を保ってすべてをしっかり管理していたように見えた。

ところが最近では、サイレンスは、自分が孤児院や人生、その他もろもろを見失っているのではないかという疑念を感じずにはいられなかった。

「ネルが子供たちを階下に連れていって朝食をとらせているよ」ウィンターが言った。

「そう！　そうだったわね」サイレンスはメアリー・ダーリンを抱き直し、赤ん坊がしゃぶっているリボンを口から出させようとした。「いい子ね、だめよ。これは食べるものじゃないの。じゃあ、わたしも階下に行って手伝ってくるわ」途中から兄の方を向いて告げる。

「ああ」ウィンターがつぶやいた。「それじゃ、また昼に会おう」

サイレンスは唇をかんだ。昨日、彼女がスープを火にかけ忘れたせいで、哀れなウィンターは昼食に冷たいパンとチーズしか食べられなかったのを思い出したのだ。

「今日はちゃんと用意しておくわ。約束する」

ウィンターが生真面目に結んだ唇の端をあげて笑った。「気にするな。そんなことを思い出させたかったわけじゃないんだ。チーズはぼくの大好物だしね」兄はサイレンスの頰に手をやった。「ぼくも仕事に行かなきゃ。子供たちより先に学校に着いていないと、どんないたずらを仕掛けられるかわかったものじゃない」

ウィンターはサイレンスに背を向け、階段をおりていった。兄は孤児院の仕事をしながら昼間は学校で子供たちを教えている。いったいどこからそんな元気が出てくるのか、彼女にはわからなかった。

ため息をつき、サイレンスはぼろぼろの階段を慎重におりていった。〈恵まれない赤子と捨て子のための家〉はかつて、古いながらもしっかりとした造りの建物にあったのだが、そこが今年のはじめに火事で燃えてしまった。今は、後援者である〝年長の方の〟レディ・ケールとレディ・ヘロの厚意のおかげで、新しい建物の工事がはじまったところだ。じゅうぶんな部屋数と大きな調理場、それに子供たちが新鮮な空気を吸える庭もできるらしい。しかし、残念ながら新しい建物はまだ完成していなかった。

それまでのつなぎとして、ウィンターとサイレンス、三人の使用人と猫のスート、そして乳母に預けたふたりの赤ん坊を除く子供たち全員は、セントジャイルズにある手狭で荒れた建物に身を寄せていた。サイレンスは夫のウィリアムとともに暮らす家に残ってもよかったのだが、夫は〈フィンチ号〉という商船の船長を務めていて、ほとんど家には戻ってこない。ワッピング地区にある家にひとりで暮らし、セントジャイルズまで毎日通うのも現実的でないような気がした。

それにメアリー・ダーリンのこともある。

サイレンスは階段をおりながら、赤ん坊のやわらかな頰にキスをした。メアリー・ダーリンは七月にサイレンスの家の玄関先に置き去りにされた子だ。ちょうど彼女にとってつらい時期で、ウィリアムは海に出てしまい、その直前には夫婦喧嘩《げんか》をしていた。メアリー・ダーリンの登場は、そんなサイレンスにとって希望に満ちたあらたな日々のはじまりのように思えたのだ。小さな赤ん坊はサイレンスの人生を癒《いや》した。そのせいもあって、彼女はたとえ夜だけとはいえ、メアリー・ダーリンと離ればなれになってしまうのがいやだった。メアリー・ダーリンを抱えたサイレンスが階段をおりきる前に、子供たちの声が聞こえてきた。暗く曲がった廊下はこの建物の台所に通じている。台所といっても黒くなった梁《はり》がむき出しの大きな部屋で、長いテーブルがふたつ、部屋の真ん中に置かれているだけだ。ひとつは男の子用、もうひとつは女の子用だ。ほかの子供たちの姿を目にして、メアリー・ダーリンがサイレンスの腕の中で跳ねるように体を動かしはじめた。

「はいはい、いい子ね」サイレンスは粥《ポリッジ》とスプーンを手に女の子たちのテーブルにつき、メアリー・ダーリンを膝に座らせた。「おはよう、みんな」

「おはようございます、ミセス・ホリングブルック！」女の子たち全員と男の子たちの何人かがいっせいに挨拶をした。暖炉の脇でミルクの皿に顔を突っこんでいたスートが、顎からミルクをしたたらせながら顔をあげたほど元気のいい挨拶だ。

サイレンスたちの隣に座っていたメアリー・イブニングが身を寄せて言った。

「おはよう、メアリー・ダーリン」

早くもポリッジを口いっぱいに頬張ったメアリー・ダーリンが、スプーンを振りまわして挨拶に応える。危うくスプーンがメアリー・イブニングの鼻にぶつかるところだった。

「気をつけなさい、メアリー・イブニング」ネル・ジョーンズがサイレンスの胸から腿へとナプキンをかけながら注意した。

ネルは陽気な顔つきをした金髪の女性で、使用人の中ではいちばんの年長だ。以前は旅芸人の一座で女優をしていたらしい。やっと三〇歳を超えたばかりという年齢のわりに子供の扱いにも慣れていて、サイレンスは孤児院の仕事をはじめてすぐにネルを頼りにするようになった。

「ありがとう、ネル」サイレンスは言った。赤ん坊を膝にのせて朝食をとるのはひと苦労なのだ。これもこの数ヵ月のあいだに彼女が学んだあらたな事実だった。

「どういたしまして。それにおちびちゃん」ネルが怖い顔をつくって赤ん坊の目をのぞきこんだ。「そんな大きなスプーンを振りまわしちゃだめですよ」

メアリー・ダーリンが大喜びでネルに笑いかけ、ポリッジを服の上に垂らした。サイレンスはため息をついてこぼれたポリッジをふき、赤ん坊の手からスプーンを取ってポリッジをすくうと、自分の口に持っていった。朝食の時間はじきに終わってしまう。今食べておかなければ、昼食まで何も口にすることはできないのだ。

急いでポリッジを食べ、ネルがいれてくれた熱い紅茶をすする。その合間にサイレンスは紅茶のカップとポリッジの器をメアリー・ダーリンの手が届かない距離に保ったまま、赤ん坊の小さな口にもスプーンを運びつづけた。メアリー・ダーリンはもう自分でスプーンを使えるのだが、それをさせるとあたりが汚れて大変なことになってしまう。

まわりでは子供たちが陽気に食事をとっていた。ネルともうひとりのメイドのアリス、カ仕事や使いのために雇っているトミーも一緒だ。

ネルがいきなり手を叩いた。「さあ、みんな、片づけてちょうだい。今日は忙しいわよ。大事なお客さまがいらっしゃるんですからね」

サイレンスは危うく最後のポリッジのひと口を喉に詰まらせそうになった。すっかり忘れていた。今日はレディ・ヘロが訪ねてくる日だ。彼女はこの孤児院の後援者であるというだけではない。公爵家の娘なのだ。サイレンスはかすかな不安を感じながら器を押しのけた。それにしても、この孤児院の仕事を続けていて、心が落ち着く日などやってくるのだろうか？

その日の午後、ヘロは慎重に馬車のステップをおりた。なんといっても、ここはセントジャイルズの路地なのだ。用心するに越したことはない。道端では男性が側溝に横たわっていた。ヘロはジンの匂いに鼻をひくつかせながら、男性のいるところを大きくまわりこんだ。ここにもあのひどい飲み物の犠牲者がひとりいるというわけね。残念ながら、近頃では珍しい光景でもなんでもない。ジンさえなくなれば、ロンドンからいくつの悲劇が取り除けることだろう！

酔っ払いを通り越し、ヘロは〈恵まれない赤子と捨て子のための家〉が仮住まいをしている建物がある細い路地へと入っていった。思わずため息が口をついて出る。後援者のひとりとして、子供たちが置かれている現状を思うと罪の意識を感じずにはいられない。

ヘロが建物に近づいていくと、孤児院の責任者であるミセス・ホリングブルックが落ち着かない様子で膝を折って出迎えてくれた。「こんにちは、レディ・ヘロ」

優雅に見えるであろう微笑みを浮かべて、ヘロはうなずいた。最初に彼女が後援者になったときの責任者は、今では〝若い方の〟レディ・ケールとして世に知られたテンペランス・デューズだった。当時はまだミセス・デューズだった彼女にはすぐに友情を感じられたし、ヘロも交流を楽しんだものだったが、ミセス・ホリングブルックとはそういった親密な関係を築くに至っていない。

ミセス・ホリングブルックは若く、姉のような落ち着きはまだ身についていなかった。彼女の顔を見るたびに、ヘロは色白で厳粛な顔立ちをした中世の聖人を思い出す。あるいは絵に描《か》かれた殉教者といったところか。あきらめにも似た憂鬱《ゆううつ》を胸に抱えているように見えるのだ。

「どうぞ中で紅茶でもお召しあがりください」ミセス・ホリングブルックがいつものように丁重に言った。

ヘロが敷居をまたぐと、玄関の壁にはひびが入っていた。顔をしかめないよう感情を押し殺し、建物の奥にあるやはり荒れた部屋に入っていく。そこにはお決まりの光景が広がっていた。椅子が四脚と低いテーブル、それに机が狭い部屋に置かれている。ヘロは椅子のひとつに腰をおろし、ミセス・ホリングブルックが紅茶の用意をしながら褒めそやした帽子を取った。

ようやくミセス・ホリングブルックが席につき、紅茶をカップに注《つ》ぎはじめた。「お砂糖はなしでよろしかったでしょうか、お嬢さま?」

ヘロは微笑んだ。「ええ、結構よ」

「いけない、スプーンをどこに置いたかしら?」ミセス・ホリングブルックが片方の手に紅茶のカップを持ったまま言った。色々とものが置いてあるトレーを彼女が探しているあいだ、熱い液体が危なっかしく波打ち、カップからこぼれそうになった。「でも、お砂糖をお入れにならないのでしたら、スプーンも必要ありませんわね」

「そうね、いらないと思うわ」ヘロは腕を伸ばし、ミセス・ホリングブルックがやけどをしないうちにカップを受けとった。「ありがとう」

ミセス・ホリングブルックが不安まじりの笑みを浮かべて紅茶を飲むのを見て、ヘロは自分のカップに視線を落とした。人々が彼女を見ておかしな態度になったり急に口ごもったりするのには慣れている。ヘロの地位が相手を委縮させてしまうのだ。どうすれば相手を落ち着かせられるか。それは彼女にとって永遠の課題のようなものだった。

ヘロは深く息を吸ってから顔をあげた。「新しい子がやってきたと聞いたけれど」

「ええ! そうなんです」ミセス・ホリングブルックが背すじを伸ばし、カップを慎重にテーブルに置いた。暗記した詩を朗読するかのごとく、両手をきちんと組んで腿の上に置く。「先月お越しいただいたあとで、男と女の幼児をひとりずつと、四歳の男の子を引きとりました。男の子の名前はヒーリー・プットマンで――」

ヘロが咳払いをし、ミセス・ホリングブルックは言葉をとめた。

「お話の途中で邪魔してごめんなさい。でも、ここでは男の子の名はジョセフと決まっているのでは？」

「ええ、いつもはそうなんですが、今回の子はヒーリー・プットマンという名前がわかっていますし、本人もその名がいいと言っておりますので、変えませんでした」

「そう」ヘロはうなずいた。「続けて」

ミセス・ホリングブルックが体を前に傾け、小声で言った。「ウィンターとテンペランスがどうして男の子の名前をジョセフ、女の子の名前はメアリーと決めたのか、わたしにはよくわからないんです。たまに混乱してしまいますわ」

「そうでしょうね」ヘロも深刻な口調で応じた。

その瞬間、ミセス・ホリングブルックの顔にぱっと笑みが咲いた。笑顔になったとたんに色白の顔が輝き、美しいとさえ言える表情に変わった。

「ええと……それから、このひと月でふたりの女の子を奉公に出しました。あなたと年長の方のレディ・ケールにいただいたお金で、彼女たちに服と靴、コルセットに聖書、櫛《くし》に冬物の上着を買ってやれました」

「よかったわ」ヘロは承認のあかしにうなずいた。少なくとも、自分もまるで役に立っていないわけでもなさそうだ。「では、建物の中を案内してくださる？」

「もちろんです」ミセス・ホリングブルックが跳ねるようにして立ちあがった。「どうぞこちらへ。子供たちは今週、あなたがおいでになるからとそれは一生懸命準備していたんですよ」

ミセス・ホリングブルックが暗くて細い廊下を先に歩き、ふたりはぼろぼろの階段をのぼった。二階を通過してさらに上の階へと向かう。二階は年長の孤児たちの部屋になっていると、ヘロは以前の訪問のときに聞いていた。三階にはそれよりも小さな子供たちの部屋と、教室として使っている小部屋がある。ミセス・ホリングブルックがその教室にヘロを招き入れた。教室の中には年長の子供たちが二列に並んでいた。

教室に入っていくと、子供たちが声をそろえて挨拶をした。

「こんにちは、レディ・ヘロ！」

いつもは厳粛な表情を崩さぬよう心がけているが、このときばかりは微笑まずにはいられなかった。「こんにちは、みなさん」

ミセス・ホリングブルックがうなずいて合図を送ると、子供たちがいっせいに上手とは言えない歌を歌いだした。賛美歌なのは間違いないだろうが、ヘロにはメロディも歌詞も何ひとつ聞きとれなかった。いちばん熱心に歌っている女の子が音程を外し、男の子のひとりが二度ばかり隣の子を肘でつついて叫び声があがっても、ヘロは顔に笑みを浮かべつづけた。

賛美歌が金切り声に近い高音で終わり、ヘロは眉をひそめないように苦心した。熱心に手を叩いてやると、隣を肘でつついていた男の子がヘロに笑いかけた。上の歯が二本ほど抜けている。

「とても上手だわ、みなさん」ヘロは言った。「素敵な歌をありがとう」

ミセス・ホリングブルックはヘロの先に立って階段をおりる段になっても、まだかわいらしく頬を染めていた。

「お越しいただいてありがとうございました、お嬢さま」玄関までやってくると、ミセス・ホリングブルックが言った。「子供たちもお嬢さまがいらっしゃるのを楽しみにしているんですよ」

ミセス・ホリングブルックが立場上、後援者であるヘロにお世辞を言わなければならないのはヘロも承知している。だが、彼女の手を取ったミセス・ホリングブルックは本心から言葉を発しているように見えた。

「わたしもここに来るのを楽しみにしているのよ」ヘロは言った。

もっと何か言ってあげられることがあればいいのに。子供たちはじきにこの仮住まいから出ていけると約束してあげたいし、春までには新しいベッドに新しい教室、それに大きな庭を子供たちに提供してやれると言ってあげたい。しかし、ヘロにできたのは最後にもう一度笑みを浮かべ、別れの挨拶をすることだけだった。

重たい心を抱えて、彼女は路地を戻っていった。今から訪れる場所では、満足とはほど遠い目に遭う気がしてならなかった。

「メイデン通りにやってちょうだい」馬車に乗りこみながら御者に告げる。

馬車が動きだし、ヘロは外に目を向けた。〈恵まれない赤子と捨て子のための家〉の命運はわたしの肩にかかっている。それなのに――。

「おい!」聞き覚えのある男性の声がすぐ近くから聞こえた。

馬車が急にとまり、車体が揺れた。

ヘロは身を乗り出した。まさか、そんなはずは――。

馬車の扉が開き、大きくてがっしりした体が乗りこんできた。まるで自分の馬車であるかのように、そのまま男性はヘロの向かいの座席に置いた赤いクッションにどっかりと腰をおろした。

彼女がぽかんと口を開けているあいだに、馬車はふたたび動きだした。

「また会ったな、レディ・パーフェクト」

グリフィン・リーディング卿がゆっくりと言った。

4

やがて女王が二度目の結婚を決意するときがやってきました。レイブンヘアは女王であり、女王は王国に王と世継ぎをもたらさなければならないからです。相談役たちや閣僚たち、そして文官たちと話しあい、高貴な生まれの完璧な結婚相手を探していたところ、問題が持ちあがりました。相談役たちはウエストムーン王子こそ女王の相手にふさわしいと考えたのですが、閣僚たちはウエストムーン王子よりもイーストサン王子の方が好ましいと訴えました。さらに悪いことに、文官たちはウエストムーン王子もイーストサン王子も毛嫌いし、ノースウインド王子こそが女王の完璧な配偶者だと言いだしたのです。

『黒髪の女王』

セントジャイルズでも治安の悪い地区で馬車に乗りこむレディ・ヘロの姿を見かけたとき、グリフィンは己の目を疑った。思わず馬車を呼びとめて御者に自分の身分を告げ、急いでラングブラーを馬車のうしろにつないで中に乗りこんだのだった。

そして今、ヘロは愛らしいグレーの目を細めてグリフィンを見ている。

「リーディング卿、またお会いできて何よりですわ」

グリフィンは頭をあげ、彼女に向かって笑みを浮かべてみせた。

「今の言葉にいささかの皮肉を感じたのは気のせいかな、お嬢さま？」

ヘロは取り澄ましたそぶりで視線をさげた。

「レディは紳士に対して皮肉など絶対に言わないわ」

「絶対に？」馬車が角を曲がり、彼は前に身を乗り出した。「あまり紳士的でない紳士に挑発されたときでも？」

「そういうときこそよ」ヘロが唇をとがらせる。「レディはいつだって自分を見失ったりしない。どんなときでも言葉を選んで慎重につかうの。どれだけ挑発されても、紳士をからかったりしないわ」

まるで何かを暗記したような台詞《せりふ》だ。物腰も堂々たるもので、危うくグリフィンは彼女の声の調子に隠された本心を聞き逃すところだった。だが、彼はヘロの声音に、かすかな不安がにじんでいるのを聞きとった。間違いない。彼女は今口にしたことを、トマス相手であれば完璧に実行してみせるだろう。しかし、グリフィンが相手となるとそうはいかない。興味深い事実だ。

グリフィン自身もかすかに不安を感じる事実でもある。

「どうやら挑発が足りないようだ」彼はさして考えもせずにつぶやいた。

一瞬、ヘロが目をあげ、グリフィンと視線を合わせた。彼女の瞳は大きく見開かれ、好奇心がのぞいている。とても正直だ。意識的であれ無意識にであれ、ヘロは男に関心を引かれた女性が見せる表情を浮かべていた。

グリフィンは思わず息をのんだ。

ふたたび彼女は自分の腿に視線を落とした。

「セントジャイルズでいったい何をしているの？」

「きみの馬車に乗っている」グリフィンは座席のあいだの狭い空間で脚を伸ばした。「これは〝きみの〟馬車だ。そうだね？」

「もちろんよ」

「よかった」彼は軽い口調で言った。「きみがセントジャイルズのごみためを散策してまわるのに馬車を貸しているからと、トマスをとがめるのは、わたしもいやだからな。まさか――」いきなり思いついたふりをして目を見開く。「ウェークフィールド公爵がきみにここへ来ていいと言ったのか？」

ヘロがつんと顎をあげた。「わたしは子供じゃないわ、グリフィン卿。行きたいところに行くのに兄の許可はいりません」

「それなら、わたしがどこできみに会ったのかを話したら、公爵はさぞ驚くだろうな」グリフィンはさらりと言った。

視線をそらしたヘロを見て、グリフィンは自分の勘が正しかったと確信した。彼女がここにいることを公爵は知らないのだ。

声を落とし、一転して不機嫌な口調で告げる。「そんなことだろうと思ったよ」

いきなり激しい怒りがこみあげ、グリフィンは思いもよらぬ感情の高ぶりをもてあました。高慢ちきで完璧なトマスの婚約者がセントジャイルズをうろついて危険に身をさらしているからといって、それがなんだというのだろう？　自分にはまるっきり関係のない話だ、とグリフィンの中の常識は訴えていた。

だが残念なことに、常識は感情を抑える役には立たないようだ。とにかく、ヘロがこんな場所にいるのはひどく間違っている。それでも彼女につかみかかって怒鳴りつけたいという衝動はこらえなければならなかった。本当は、女性の頑固さや、何も知らない兄やウェークフィールド公爵の愚かさ、温室育ちの若いレディがロンドンの貧民街で出会うかもしれない幾多の恐ろしい運命を大声でぶつけてやりたくても。

グリフィンは深呼吸をして目頭をもんだ。まったく、今必要なのは睡眠だというのに。「セントジャイルズは親切さで知られた地区ではない、お嬢さん」可能な限りやさしく言って聞かせる。「どんな用事があっても、この場所へ来ては――」

「保護者ぶるのはやめていただきたいわ」

「結構だ」グリフィンは歯を食いしばった。いまいましいことに、いまだかつてこうまで尊大な態度で彼の言葉をさえぎった者はいなかったし、女性となればなおさらだ。「それなら、きみがここにいる理由を聞かせてくれ」

ヘロが唇をかんで視線をそらした。

こわばった笑みを顔に張りつけ、グリフィンは言った。

「わたしに話すか、ウェークフィールド公爵に話すかのどちらかだ。きみが選べばいい」

「仕方ないわね」彼女はてのひらでスカートを伸ばした。「孤児院の建築現場を見に来たのよ」

どんな答えを期待していたのか自分でもわからなかったが、今のような答えでないのはたしかだった。「なぜ？」

一瞬だけ、ヘロがいらついたように眉をひそめた。「わたしが孤児院の後援者だから」

グリフィンは目を見開いた。「たいしたものだ。だが、どうして兄上に隠しているんだ？」

「隠しているわけではないわ」彼の疑いをこめた目を見て、ヘロが正した。「孤児院に出資しているのは秘密でもなんでもないの。マキシマスだって、わたしが援助を申し出たことを知っているわ。問題は孤児院の場所なのよ。兄はわたしがセントジャイルズに来るのを反対しているの」

「公爵には知性があるということだ」グリフィンはそっけなく言った。「それなのになぜここに？」

「わたしが後援者だからよ！」ヘロは責めを問われた女王のように顔をしかめたが、鼻のあたりにあるそばかすのせいで、やや威厳が損なわれている感じだ。「新しい建物の建設がちゃんと進んでいるかどうかを確かめるのが、わたしの義務なの」

「きみがひとりですべてを仕切っているのか？」

「もうひとり後援者がいるわ。レディ・ケールよ。でも今、彼女は国を出ているの」ヘロは唇をかんだ。「彼女の息子のケール卿か、その奥方の若い方のレディ・ケールに――彼女は孤児院の前の責任者で、今の責任者の姉なの――相談したいのだけれど、ふたりは結婚したばかりで、あと数ヵ月はケール卿の領地に行ったきり帰ってこられないのよ」

グリフィンは信じられない思いで彼女を見つめた。

「じゃあ、今はきみがひとりで孤児院の建設を監督しているということかい？」

「ええ」ヘロは誇らしげに顎をあげたが、かわいらしい唇がかすかに震えていた。

片方の眉をあげ、グリフィンは彼女の言葉の続きを待った。

「実はあまりうまくいっていないの」ヘロはしばらくためらってから、こぶしを腿の上で握りしめて早口で言った。「いいえ、違うわね。まるでうまくいっていないのよ。雇った建築家がどうやら信用してはいけない人だったみたい。だから現場に足を運んでみようと思ったの。この一週間で作業がどれだけ進んだのか確かめないと」

「あるいは、作業が進んでいないのを確かめに来た？」ヘロが事情を話してくれた。そのわずかな信頼がグリフィンの心を浮きたたせた。胸にあたたかいものが広がっていく。

彼女が頭を座席にもたせかける。「そうね」

グリフィンは頭を振った。「ウェークフィールド公爵に相談すべきだ。彼本人か、代理人がなんとかしてくれる」

ふたたび、ヘロが誇らしげに顎をあげた。「後援者はわたしよ。マキシマスではないわ。これはわたしの義務なの。それに――」強気をわずかに陰らせて続ける。「この件を相談したりしたら、兄はきっとわたしが出資するのも反対するわ。最初にわたしが孤児院を援助する決意を表明したときも、説得するのが大変だったのよ」

「公爵は自分の金の使われ方に納得していないのかもしれないな」

彼女が鼻にしわを寄せた。「わたしのお金よ。誓ってもいいわ、グリフィン卿。持参金のほかに、わたしには大おばさまが遺《のこ》してくれた遺産があるの。わたし個人の財産ですもの、マキシマスにも、ほかの誰にも使い道に口出しされるいわれはないわ。自分の好きなように使えるし、わたしはそのお金で孤児院の子供たちを援助したいのよ」

「わたしが間違っていたよ。すまなかった」グリフィンは両手をあげて降参の仕草をした。「だが、なぜきみの兄上はきみが孤児たちを助けるのが気に入らないんだ？」

「マキシマスだって孤児を嫌っているわけではないわ。子供たちが暮らしている場所が問題なの。わたしたちの両親はセントジャイルズの路地で殺されたのよ。だから兄はこの場所を憎んでいるの」

「なるほど」グリフィンは痛む頭をうしろにやり、座席のクッションにもたせかけた。

「事件が起きたとき――」尋ねられたわけでもないのに、ヘロは静かに語りだした。「両親はマキシマスを連れて観劇に行っていたの。フィービーとわたしは大人の娯楽にはまだ早いということで家に残されたのよ」

グリフィンは眉をひそめた。疲れきってはいるが、好奇心には勝てない。

「ご両親はなぜセントジャイルズに？　ここには劇場なんてないのに」

「わからない」彼女はゆっくりと頭を振った。「マキシマスは知っているのかもしれないけど、わたしには話してくれないわ。つぎの日の朝、泣き声で目を覚ましたのを覚えてる。乳母はわたしの母が大好きだったのよ。メイドたちもみんな、ひどく悲しそうだったわ」

「きみも悲しかっただろうね、間違いなく」グリフィンは穏やかに言った。

ヘロが肩をすくめる。いつもの優雅な物腰には似つかわしくない仕草だ。

「マキシマスは部屋に閉じこもってしまって、それから何日も口をきかなかったわ。家を取り仕切る人が突然いなくなってしまったのよ。その日の朝、大人たちが右往左往して話しあっているあいだに、子供部屋で冷たいポリッジを食べたのも覚えてる。誰もわたしにかまってくれる人はいなかった。しばらくして顧問弁護士たちがやってきたけど、他人行儀で冷たかったわ。二週間ほどしてバティルダおばさまがやってきて、ようやく安心できたの。わたしを気にかけてくれる人がやっと現われたと思った。おばさまの香水は甘い匂いがきつくて、黒いスカートもごわついてちくちくしたけど、フィービーと同じようにわたしもおばさまに抱きつかずにいられなかったわ」

どこかすまなそうに、ヘロは微笑みを浮かべた。

そばかすのある幼い彼女が誰にも面倒を見てもらえず、気にかける者すらなく、ひとりで不安に怯《おび》えているところを思い描く。グリフィンはやりきれない思いに打ちのめされそうになった。

窓の外に目をやる。そんな場所が存在しうると思う者は少ないだろうが、馬車はセントジャイルズの中でもさらに物騒な界隈《かいわい》に入っていた。「ここへはまた来るつもりかい?」

「ええ」ヘロはためらいもせずに答えた。

「だろうな」グリフィンはつぶやき、両手で顔をこすった。顎のひげが伸びているせいで、てのひらにざらついた感触が伝わってくる。きっと獣のような顔をしているに違いない。困った事態だ。セントジャイルズでは先週も女性が襲われて殺される事件が起きたばかりだというのに。「いいかい、わたしとしては、きみがセントジャイルズの路地をひとりでうろつくのを放っておくわけにはいかない」

ヘロが向かいの座席で身をこわばらせ、口を開きかけた。反論する気なのだ。

グリフィンは体を前に傾け、膝の上に両肘を置いて彼女の目を見据えた。

「とにかくそうするわけにはいかないんだ。きみがどんな理由で何を言おうとも、その点に関して議論するつもりはない」

開きかけた口を閉じ、ヘロは彼から顔をそむけて窓の外を見た。

思わずグリフィンは微笑んだ。彼女は怒るときも威厳を忘れないらしい。

「だが、そこでわたしから提案がある」

疑わしげに眉をひそめ、ヘロがきいた。「どんな提案かしら?」

「わたしが同行するのを認めれば、きみがセントジャイルズをうろつくのをウェークフィールド公爵にもトマスにも黙っていよう」

しばらくのあいだ、彼女は黙ったままグリフィンを見つめていたが、やがて大きく首を振った。「受け入れられないわ」

「なぜ？」

「グリフィン卿、あなたと一緒のところを人に見られたらまずいもの」その答えにグリフィンの背中が凍りついた。「わたし、あなたがお兄さまの最初の奥さまを誘惑したことを知っているのよ」


グリフィンが首をのけぞらせて大声で笑いだした。日に焼けて浅黒くなった喉元が揺れている。陽気な笑い声だが、ヘロはそこに隠された危険な響きを感じとり、本能的に身をこわばらせた。狭い車内でふたりきり、しかもグリフィンのことはよく知らないという事実が唐突に頭をよぎった。

それも、彼について知っていることといえば悪い話ばかりだ。

ヘロは不安を覚えながらグリフィンを見た。彼はようやく笑うのをやめて袖で涙をぬぐい、大きく息をしている。「噂話が好きなのかい、レディ・パーフェクト？」

強い意志をこめて彼の目を見返す。「みんなの非難を否定するの？」

「なぜそんなことをきく？」グリフィンが口元をゆがませて言った。「きみやほかの馬鹿どもや、噂をわめきたてる連中が真実を決めるんだ。言いがかりだと訴えても、こちらまで馬鹿に見えるだけさ」

彼の辛辣な言葉にヘロは唇をかみ、うつむいて自分の両手を見つめた。手はきちんと重ねられているし、内心の動揺はどこにも表われていないはずだ。かすかな安堵が胸に広がったが、この男性に〝噂をわめきたてる〟馬鹿のひとりだと思われてなぜ動揺してしまうのか、彼女にはさっぱりわからなかった。

馬車が揺れてとまった。メイデン通りの入口に到着したのだ。ヘロは向かいに座るグリフィンを見つめた。緑色の瞳が陰を帯び、威圧的に彼女を見据えている。

「とにかく、そんなことは関係ない」グリフィンが言った。

「何が関係ないの？」

「わたしが悪党で、無垢な女性を――兄の妻までをも誘惑した放蕩者だと噂されていることだ」どうでもいいと言いたげに片手を振る。「とにかくわたしは、きみがその細首をセントジャイルズで危険にさらすのを黙って見ているつもりはない。わたしが同行してきみを守るのを認めるか、それとも公爵とトマスにきみのしていることを知られるかのどちらかだ。好きな方を選ぶといい」

グリフィンは三角帽をさげて目元を隠し、胸の前で腕を組んだ。まるで昼寝の体勢だ。しばらくのあいだ、ヘロは信じられない思いでグリフィンを眺めていたが、彼は身動きひとつしなかった。告げるべき言葉はすべて告げたということだろう。

馬車の扉が開き、屈強な従者ふたりのうちのひとり、ジョージが好奇心まじりの顔をのぞかせた。「お嬢さま?」

「わかっているわ」彼女は投げやりに答え、グリフィンに顔を向けて咳払いをした。「建設現場を見に出ます」

彼はぴくりとも動かない。

なんという人だろう！　あくまでも無礼を働くつもりなら、こちらだって相手が反応を示すまで待つ必要はない。ヘロは席を立ち、ジョージの手を借りて馬車からおりた。

スカートを持ちあげ、〈恵まれない赤子と捨て子のための家〉が再建されるはずの場所までメイデン通りを歩いていく。しかし彼女が近づくにつれ、最悪の予感が現実のものとなっているのが明らかになった。建設現場はまるで見捨てられたように閑散としている。

ヘロはスカートをおろし、顔をしかめた。

ジョージがせわしなく体を揺らしながら言った。

「人がいるか、わたしが見てきましょうか?」

「ええ、お願い」ヘロは感謝をこめて告げ、彼が建設中の建物に入っていくのを見送った。ため息が口をついて出る。素晴らしい建物ができるはずなのだが、それも工事が終わってこその話だ。火事のあとで買いとった、以前の〈恵まれない赤子と捨て子のための家〉の周囲にあった建物は取り壊されて更地となり、今では新しい建物の基礎と正面部分だけが立っている。完成すれば、素敵な煉瓦造りの建物が通りに面してそびえ立つはずだった。あたりにあるほかの建物は密集していて、まるで互いに寄りかかっているようだ。木造や崩れかかった煉瓦造りの建物が並び、上階が危険に傾いて通りにせり出している。なぜ崩れ落ちてこないのか不思議なくらいだ。

「お嬢さま」

ジョージが戻ってきてヘロに呼びかけた。うしろにいかにもみすぼらしい格好をした男性を連れている。

「建物にはこの男しかおりませんでした」ジョージは背後の男を示した。「警備の者だそうです」

ヘロは驚いて男性を見つめた。彼は食べかけのパンを握りしめ、体にまるで合っていない汚れた青い上着を着ている。

彼女の視線を受けた男性はつぶれた帽子を取り、おかしなくらいに深く頭をさげた。肩まで伸びた灰色の髪が地面につきそうなほどだ。「お嬢さま」

「あなたのお名前は？」

「プラットです」彼は食べかけのパンと帽子を胸に抱きかかえるようにして、無邪気な表情を浮かべた。「本日はどんなご用で、お嬢さま？」

ヘロはため息をついた。「職人たちはどこです、ミスター・プラット？」

プラットは真剣な目つきで考えこみ、上を向いた。

「よくわかりません、お嬢さま。じきに戻ってくるのは間違いないんですが」

「では、ミスター・トンプソンは？」

「ここしばらく見てないですね」彼は肩をすくめ、パンをかじった。

ヘロは唇を引き結び、プラットから目をそらした。ミスター・トンプソンというのは新しい建物の設計をした建築家で、工事の責任者だった。計画の段階では完璧な人選に思えたのだ。彼はきれいな完成図を作成して細かな仕様まで書きこんでみせ、ヘロもレディ・ケールもその出来に満足していた。だが実際に建設がはじまると、ミスター・トンプソンがそれほど信頼の置ける人物ではないというのが徐々に明らかになっていったのだった。手配したはずの資材が不足するようになり、やがては到着も遅れがちになった。そのせいで、雇い入れた職人たちもほかの仕事を探すようになってしまった。

レディ・ケールは大陸行きを建物の基礎工事が終わるまで延ばした。その時点で問題点はすべて解決したように思えたのだ。資材はそろい、あらたな職人たちも雇い入れ、ミスター・トンプソンも謝罪してあとの心配はいらないように見えた。しかし、レディ・ケールが出発してひと月しか経たないうちに、またしても状況が悪化した。建設は遅々として進まず、ミスター・トンプソンが提出してくる支出の報告書もヘロには納得がいかないものばかりだった。彼女が礼儀正しく質問状を送っても、あいまいな返事が返ってくるか、まったく無視されるかのどちらかというありさまだ。

そして実際に足を運んでみれば、まだ昼間だというのに現場には人の姿もない。

「ありがとう、ミスター・プラット」ヘロは礼を告げてその場に背を向け、馬車へと歩きだした。「こんなに広い場所にたったひとりの警備で足りるものかしら？」ジョージに小声で尋ねる。

ジョージは意見を求められたことに驚いたようだったが、顎をかきながら答えた。

「いいえ、お嬢さま。無理でしょう」

ヘロはうなずいた。従者の答えは彼女自身の疑念をたしかなものにしただけだった。ほかに手がないというのなら、すぐにでも警備の者をもっと大勢雇い入れなくては。

グリフィンはもういないだろうとなかば思っていたが、馬車に乗りこんでみると、彼はヘロが出ていったときと同じ姿勢のままクッションにもたれていた。彼女は座席に腰を落ち着かせ、馬車が動きだすあいだグリフィンを見ていた。

着古した茶色の上着の下に濃い緑色のベストを着こみ、濃い茶色のズボンとブーツというでたちだ。長い両脚は座席の幅いっぱいに開かれ、底のすり減ったブーツが向かいに座るヘロの座席の下に届きそうになっている。黒い帽子を深くかぶって目元を隠しているのはあいかわらずだ。そのとき、ヘロは彼の顎のひげが伸びているのにはじめて気づいた。ゆうべの舞踏会からこっち、ずっと外出していたのだろうか？　彼女が乗りこんだときも、馬車が動きだしたときも、グリフィンは反応を示さなかった。それに開いた唇からかすかないびきが聞こえてくる。ヘロは彼の口元を見つめた。眠っているせいで力が抜けた唇はふだんよりもふっくらとして、魅力的に見える。口のまわりにはひげが伸びて男らしい陰をつくっており、唇となんとも対照的だ。

ヘロはあわてて目をそらした。

「決心はついたかい？」グリフィンがいきなり尋ね、彼女を驚かせた。

この人はずっと眠ったふりをしていたのだろうか？

グリフィンは座り直して体を伸ばし、窓の外に目をやった。「家に向かっているのかな？」

「そうよ」

「首尾はどうだった？」

「思っていた以上に悪かったわ」ヘロは口をとがらせて答えた。「建築家が逃げてしまったみたいなの」

驚いた様子もなく、彼がうなずいた。「わたしの提案については？」

「脅迫の間違いではなくて？」

グリフィンは肩をすくめた。「好きなように呼べばいいさ。わたしの考えは変わらないよ。わたしが同行するか、きみが行かないかだ」

腿の上の手を見つめ、ヘロはこぶしを握りしめた。グリフィンの〝提案〟を受け入れなければ、彼は間違いなく兄と婚約者に事情を話すだろう。マンダビル侯爵も反対するかもしれないが、それよりもマキシマスに孤児院を訪れるのを禁じられてしまう方が問題だ。それだけでなく、出資自体を禁じられてしまうかもしれない。ほかのことならなんでも兄の命令どおりにするけれど、この件だけは別だ。練習した賛美歌を一生懸命に歌う子供たちのかわいい姿を絶対にまた見たい。

顔をあげると、グリフィンはヘロの頭の中などお見通しと言わんばかりの顔で彼女を見ていた。「なぜなの？」

「何が？」

「どうして急にわたしを心配したりするの？　なぜこんな提案を？」

グリフィンが怒りだすと思っていたヘロの予想は見事に裏切られた。彼はにやりとして、ぐっと身を乗り出した。「きみは疑り深《うたぐ》いな、レディ・パーフェクト。わたしのやさしい心が、無力な女性を救うようにと訴えているのかもしれないよ」

「まさか」彼女は眉間にしわを寄せてグリフィンを見た。「わたしはあなたを信用していないわ」

「それは賢明だ」彼はからかうように目を見開いて言った。

ヘロは窓の外の景色を見つめた。孤児院訪問を続けるにはどんな選択肢があるか考える。

「わかったわ」視線を戻して告げた。「次回、セントジャイルズを訪ねるときは同行していただきます」

「それでいい」グリフィンはあくびをして立ちあがり、馬車の天井を叩いた。「行く前にわたしの家まで知らせを送ってくれ。住所はゴールデンスクエアの三四番地だ」

「あなたはマンダビル侯爵家のお屋敷で暮らしているのではないの？」

彼の唇がゆがむ。「いいや」

馬車がとまった。グリフィンは外に出ようとしたが、途中で振り向いてヘロに告げた。

「明日の朝、九時にきみの家の前にいる」

「そんなにすぐ孤児院を訪れるつもりはないわ」

「それは知っている。だが、わたしは建築家の件でたぶんきみの力になれると思う」グリフインはゆっくりと、いらだちを抑えるように言った。「九時ちょうどだ。いいね？」

緑色の瞳に見据えられ、ヘロは無言でうなずくのがやっとだった。

「それでいい」彼がさっきと同じ言葉を繰り返した。

馬車から飛びおりたグリフィンが扉を乱暴に閉めると、馬車はふたたび動きだした。

大きく息をついた彼女はようやく体の力を抜き、そこではじめて気がついた。グリフィンはセントジャイルズで何をしていたのだろう？


翌朝、ヘロは不安を感じながら正面の階段をおりていった。朝の九時というのはバティルダにとって――というよりも社交界に身を置くふつうの女性にとって、外出するには早すぎる時間だ。もし悪名高き未来の義弟と一緒のところを誰かに見られたら、よほどヘロの運が悪かったということだろう。だが顔をあげてあたりを見渡しても、路地には誰もいなかった。

文字どおり猫の子一匹いない。

一瞬、失望に近い危険な感情が押し寄せ、ヘロは肩を落とした。せっかく馬車を用意させたのに。グリフィンは放蕩者にすぎないのだ。彼に何かを期待する方がおかしい。礼節あるレディとの朝の散歩は彼の趣味ではないのだろう。それどころか――。

「わたしをお探しかな？」

男性の声がすぐうしろから聞こえ、ヘロは飛びあがって小さく叫んだ。しわだらけの汚れた服を着たグリフィンをにらみつける。

「またひと晩じゅう外出していたの？」考える間もなく尋ね、そんな質問をすること自体が間違いだったとすぐに気づいて首を赤らめた。

グリフィンが笑い、ヘロの手を取って馬車に乗せた。「もちろんだ。放蕩者は夜に眠ったりしない。暗い時間でないとできない〝楽しいこと〟があるからね」

「そうでしょうとも」彼女はクッションに腰を沈めて言った。

奇妙なのは、グリフィンの言葉にいらだつと同時に、彼が約束どおりに現われたことに心が躍っているという事実だ。

「それに引きかえ、きみは――」彼がヘロの向かいの座席に座った。「こぎれいでしっかり眠ったように見える。美しい朝の百合《ゆり》というところだな」

彼女は疑わしげな視線をグリフィンに送った。明らかな褒め言葉なのに、彼の口から出るとなぜか皮肉にしか聞こえない。

無邪気に笑ったグリフィンの頬に笑いじわが寄った。顎に生えた濃い色のひげが、真っ白なかつらと対照をなしている。

「そういうあなたは〝自堕落〟を絵に描いたような姿をしているわね」ヘロはわざとかわいらしく言ってのけた。

彼が声をあげて笑う。「どうもわたしの百合にはとげがあるようだ」

「百合にとげはないわ、それにわたしはあなたの百合でもない」

「そうだな。じきわたしの姉上になる女性というだけだ」

姉と呼ぶのはやめてと言いたかったが、抗議したところで今以上にいらいらさせられるだけだろう。ヘロはため息をついて文句をのみこんだ。「いったいどこへ行くつもりなの?」

グリフィンが座席のあいだで両脚を伸ばす。彼のブーツがヘロの淡い黄色のドレスをかすめた。「きみに紹介したい昔からの友人がいるんだ」

「どうしてわたしに?」

「建築家だからさ」

「そうなの?」彼女は関心もあらわにグリフィンを見た。「どこで知りあったの?」

茶化すような表情で、彼が答えた。「わたしだって、たまには真っ当な人々と会っているよ」

「そんなつもりできいたわけでは――」

グリフィンは手を振ってさえぎった。

「ジョナサン・テンプルトンとはケンブリッジで出会った」

「あなたは一年で大学をやめてしまったと聞いたわ」ヘロはゆっくりと言った。

「きみはわたしを無責任な男だと思っているが、わたしが大学で出会ったのはわたしのような無責任な人間ばかりでもない。ジョナサンの父親は貧しい司祭で、彼がケンブリッジに入れたのは家族の知人が学費を貸してくれたからだ。ジョナサンは日夜勉学にいそしみ、借りを返した」

彼女はうなずいた。「そしてあなたはケンブリッジで何を学んでいたの？」

グリフィンが鼻で笑う。「もちろん女性と酒以外で、ということだろうね」

今度はヘロも餌《えさ》に食いつかなかった。

しばしのあいだ、彼はあいまいな笑みを浮かべて自分の両手を見つめていた。

「歴史だよ。きみが信じてくれるのなら」

「楽しかった？」

肩をすくめ、グリフィンは落ち着かない様子で言った。

「大学に残るほど面白くなかったのはたしかだ」

「わたしもヘロドトスをギリシア語で読んだわ」

顔をあげた彼がヘロを見た。「本当に？　社交界にデビューするための女子校でギリシア語を教えているとは知らなかったな」

「もちろん教えていないわよ」なぜグリフィンにこんな話をしているのか、彼女にはわからなかった。「気にしないで」

今度はヘロが腿の上の両手を見つめた。彼の前だと、どうしても余計な話をしてしまう。もっと気をつけなければ。

「エジプトに関する記述はどう思った？」グリフィンが尋ねる。

からかわれているのかと思ってちらりと見たが、彼の表情は真剣そのものだった。思いきって身を乗り出す。「エジプトの埋葬法はひどいとしか言いようがないわ」

笑顔になったグリフィンの目尻にしわができた。

「だが素晴らしい。そう思わないか？　ミルラや乳香を使って遺体を加工するんだ」

ヘロの体が喜びに打ち震えた。「あそこに書かれていることは本当なのかしら？　とても変わった出来事ばかり書いてあるけれど」

「アリーオーンがイルカの背に乗った話とか？」

「アラビアで乳香の木を守っている、翼のある蛇の話もよ」

「巨大な蟻《あり》がラクダを追いかける話もあったな」

「蟻がラクダを？」彼女は眉をひそめた。「その話は覚えていないわ」

「まさか読んでないとも思えないけどな」グリフィンがにやりとした。「インドの話だよ？」

「ああ、思い出したわ。金を掘りあてた蟻の話ね！」思わず大声で言う。

「そう、それだ」彼は頭を振った。「ヘロドトスじいさんは、よくもあれだけ面白い話ばかり集めたものだ。でも、たしかに世の中には不思議なことも多いからね。エジプト人が死んだ先祖の遺体にミルラを詰めこんでいないとは誰にも言いきれないし、インドにラクダを追いかける大蟻がいないとも限らない」

「だけど、現実にはありそうもない話だと思うでしょう？」

「いいや、わたしは信じたいところだね、お嬢さん」グリフィンが笑みをたたえたままで言った。「トゥキュディデス（古代ギリシアの歴史家。ペロポネソス戦争に従軍）は読んだかい？」

「いいえ、読んでないわ」ヘロはふたたび顔を伏せ、自分の手に視線を落とした。「ギリシア語を教えてくれていた家庭教師が体調を崩してしまったの。代わりに来た先生はギリシア語の勉強を許してくれなかったのよ。たしかにレディにはフランス語の方が大事だし、歌や踊りや絵のレッスンで忙しくなってしまって。社交界に出る前に学ばなくてはいけないことが、ものすごくたくさんあるのよ」

「そうか」彼がつぶやいた。「絵は好きなのかい？」

ヘロは息を吸いこんで正直に答えた。「大嫌い」

グリフィンがうなずく。

「わたしの家のどこかにトゥキュディデスの本があるはずだ。読んでみるか？」

「わたし……」ヘロは言葉を切り、彼を見つめた。断るべきだろう。今以上にグリフィンと親密になるのは身の破滅につながりかねない。彼もその思いを察しているらしく、拒絶を覚悟しているように硬い表情をしている。

「ええ、読んでみたいわ」深く考えてしまう前に思いきって答えた。

グリフィンの顔に笑みが広がった。「よし、では今度」

馬車がとまり、彼が窓の外を見た。「到着だ」

グリフィンの手を借りてヘロがおり立ったのは、決して裕福そうには見えないが、きちんとととのえられた家の前だった。彼が扉を叩く。

「人を訪ねるには時間が早すぎるのではなくて？」ヘロは小声できいた。

「大丈夫だよ。前もって告げてある」

すぐに扉が開き、地味な茶色のかつらをかぶって丸眼鏡をかけた若い男性が現われた。

「グリフィン卿！」明るい笑顔の男性が大声で言う。「お会いできてうれしいですよ」

「わたしもだよ、ジョナサン」グリフィンは友人の手をしっかりと握った。「レディ・ヘロ、わたしの友人のミスター・テンプルトンだ。ジョナサン、こちらはレディ・ヘロだよ」

「なんとまあ！」テンプルトンが笑みを消して感嘆の声をあげた。「まさかグリフィン卿があなたのような地位の方を連れておいでになるとは考えもしませんでした。つまり……その……お会いできて光栄です、レディ・ヘロ」

ヘロはテンプルトンに向かってうなずいてみせた。またしても社会的な階級が正常な出会いの妨げになってしまったようだ。相手に悟られないようにため息をつく。

テンプルトンは少しのあいだ呆然《ぼうぜん》として彼女を見つめていたが、思い直したように家の中を示した。「どうぞ中へ」

彼を落ち着かせようと、ヘロは微笑みを浮かべた。「ありがとう」

ふたりは小さな居間に通された。家具こそ少ないが、とても清潔感のある部屋だ。

「今、紅茶の用意をさせます」テンプルトンが言った。「もちろんあなたのお許しがいただければですが、お嬢さま」

「ありがとう。いただくわ」ヘロは背のまっすぐな椅子を選んで腰をおろした。

グリフィンは部屋にひとつだけある本棚に歩み寄り、並べてある書物を眺めている。

テンプルトンは落ち着かない様子で友人の方に目をやった。

「グリフィン卿のお話では、ご相談なさりたい計画がおありだとか？」

「ええ」ヘロは腿の上で両手を組み、〈恵まれない赤子と捨て子のための家〉について説明し、新しい孤児院の建設計画と今抱えている問題を話した。話が終わる頃になって紅茶が届けられ、グリフィンも本棚のある場所から戻ってきた。

「どう思う、ジョナサン？」グリフィンはヘロの手から紅茶を受けとって尋ねた。「彼女たちが雇った建築家は、どうもうさんくさい気がするんだが」

かけていた眼鏡を額まであげ、テンプルトンが鼻梁《びりょう》をもんだ。「同じ職業の者を悪く言いたくはないんですが、その人物の話は聞いたことがあります」すまなそうにヘロを見る。

「なんでも借金がかさんで国を逃げだしたとか」

ヘロは息をのんだ。もし建築家が本当に逃げてしまったとなると、これまで彼女とレディ・ケールが建設資金として支払ったお金が消えてしまったことになる。ヘロに残された遺産はまだじゅうぶんにあるが、一年単位でまとめて支給されるために今年の分は残っていない。いったいどこからあらたな資金を融通すればいいのだろう？

「レディ・ヘロのためにきみができることはあるかな、ジョナサン？」グリフィンがきいた。

「もちろんありますとも。その建築家がつくった計画を見せていただいて、現段階で建設に何が必要かお伝えできます。それに、もしお嬢さまの承認さえいただければ、わたしが計画を引き継いでもかまいません」

「とてもありがたいお申し出ですわ、ミスター・テンプルトン」ヘロは言った。「ですが、わたしも正直に申しあげなければなりません。もうひとりの後援者は今国外におりますし、わたしの資金も限られているのです。多少はすぐにもお支払いできますけど、あなたへの給金も残りはお金が工面できてからということになってしまいます」

テンプルトンがうなずいた。「率直なお言葉に感謝いたします、お嬢さま。では、わたしがまず仕事を引き受けて、資金が必要になったらわたしからお嬢さまに報告を差しあげるというのはいかがでしょう？」

「まあ、そうしていただけると助かります」それなら必要な資金を調達する時間ができる。ヘロは立ちあがった。「では、のちほど計画書と建設地の住所をここに届けさせます。ありがとう、ミスター・テンプルトン」

テンプルトンもあわてて立ちあがり、お辞儀をした。

「こちらこそ、お手伝いできてうれしく思います」

玄関でテンプルトンに見送られ、グリフィンは友人に別れを告げてからヘロが馬車に乗るのに手を貸した。

「資金はどこから工面するつもりだい？」彼がきいた。

「まだわからないわ」

「借りるという手もある」

彼女は驚いてグリフィンを見た。

「あなたからお金を受けとるわけにはいかないわ。わかっているでしょう」

「なぜいけない？」彼は穏やかな声で言った。「わたしは誰にも話すつもりはないよ。きみとわたしのあいだで少しやりとりが発生するだけだ。返せるときが来たら返してくればいい」

口を開けたものの言葉が出てこない。グリフィンはお金を貸して優位な立場に立とうとしているのかもしれない。だが、ヘロが気になったのはそんなことではなかった。「どうしてわたしにそんな申し出をしてくれるの？」

彼は心外だと言わんばかりに目をしばたたいた。

「わたしの金はあくまでも受けとれないと？」

「あなたはわたしをろくに知りもしない。それどころか、わたしを毛嫌いしているはずよ」ヘロは腿の上で組んでいた手を開いた。「この申し出の目的は何？　わたしには理解できないわ」

グリフィンが首をのけぞらせて彼女を見つめた。「どう考えても明白じゃないか。わたしは金を持っていて、きみは金を必要としている。そういうことだ」

「お金を必要としている女性なら、誰にでも同じ申し出をするの？」言ったそばから自分の問いがふたつの意味にとれることに気づき、顔を赤らめる。それでもしっかりとグリフィンの目を見据えた。彼は安易な道を選んで冗談で逃げようとするだろうか？

グリフィンは逃げなかった。いらだちをあらわにしながらも彼女の問いに答えた。「するわけがない。決まっているじゃないか」

ヘロは黙ったまま、彼を見つめつづけた。

グリフィンが前かがみになり、膝の上に肘をつく。

「金を稼ぐことはわたしの唯一の得意分野なんだ。その点に関しては信用してくれていい。わたしはだましも盗みもしない。金銭的な約束事では信頼の置ける男だよ」

まるで告白のような言い方だ。とても個人的な話を聞かされた気がして、なぜか彼女は感動を覚えた。

だが、グリフィンと知りあってまだまもないのも事実だ。これまで現実的に生きてきた経験が、ヘロを踏みとどまらせた。「ご親切な申し出には感謝するわ」慎重に言う。「でも、今はお断りした方がいいと思うの」

その返事を予期していたように彼はうなずき、身を引いて座り直した。

「気が変わったら、遠慮なく言ってくれ」

たった今グリフィンの申し出を断ったばかりだというのに、ヘロは気分が軽くなった感じがした。彼はこの件では味方なのだ。もうひとりではない。「お礼を言ってなかったわね」

グリフィンがいたずらっぽく口元をゆるめて首を振る。

ヘロも笑いそうになるのをこらえて息を深く吸った。

「感謝しているわ。ミスター・テンプルトンも優秀な建築家みたいだし、何より正直な方に見える。あなたの紹介がなかったら、自力では彼にたどりつけなかったわ」

肩をすくめて、グリフィンが言った。「お役に立ててうれしいよ」

「でも、あなたにひとつ質問があるの」

「ひとつだけかい？」

「昨日の午前中、セントジャイルズで何をしていたの？」

グリフィンが答えに詰まったり、悪事を働いているのをむきになって否定したりするかもしれないとヘロは思ったが、彼が見せた反応はまるで違っていた。グリフィンはにやりとして馬車の天井を叩き、御者にとまるよう合図を送った。

「セントジャイルズで仕事があってね」馬車がとまるあいだに彼は言った。扉を開き、肩越しにヘロを振り返る。「色々と込み入った仕事だ」

グリフィンは馬車から飛びおりて帽子に手をやった。

「では、よい一日を、レディ・パーフェクト」

扉が勢いよく閉じられ、馬車がふたたび動きだした。

クッションにもたれかかり、ヘロはささやいた。

「あなたもよい一日を、恥知らず卿《シェイムレス》」

5

これは思ってもみなかった大きな問題でした。女王は、相談役たちも、閣僚たちも、文官たちの意見もみな同じように信じており、また信じていなかったからです。三人の王子たちの中から完璧な夫をひとり選ぶにはどうすればよいのでしょう？　何日かよく考えたあと、女王は愛馬にまたがり、集まっていた人々の前で決意を告げました。三人の王子たちを彼女の城に招いて完璧な配偶者を見つけるための試練を課し、そのうえで結婚相手を決めるというのです。

集まっていた人々は喝采を送りました。けれどもただひとり、女王の愛馬のすぐ横に立っていた廏舎頭だけは沈黙を守ったままでした。

『黒髪の女王』

マンダビル侯爵邸に入ってグリフィンが最初に気づいたのは、たくさんのろうそくだった。しかも、ふたりの従者と執事があわてて彼の帽子を取りに出てきたところを見ると、どうやら母は、内輪の夕食会を歴史的な会合に変更したらしかった。

グリフィンはため息をついた。

余計な飾りつけなどなくとも、家族と夕食をとるというだけでグリフィンにとってはじゅうぶんすぎるほど面倒な出来事なのだ。

「奥さまはもうお席につかれております」執事が言った。

「そうだろうとも」グリフィンはつぶやいた。トマスとその完璧な婚約者との正式な夕食会というだけでも億劫《おっくう》なのに、そのうえ遅刻までしてしまった。

グリフィンは執事に案内されて階段をのぼり、食堂へ向かうあいだに大きなあくびをした。レディ・ヘロの馬車をおりてから夕食に遅れそうな時刻に起きて着替えをするまでに数時間は眠ったが、どうやらまるっきり睡眠が足りていないようだ。

「グリフィン・リーディング卿です」あたかも初対面の客がやってきたときのように、執事が室内にいる全員に告げた。

「遅いじゃない」ふたりの妹のうち、年かさのキャロラインがまず声をあげた。キャロはいつもはっきりした物言いを好むのだ。つやのある濃い茶色の髪と大きな茶色の瞳が魅力的な美しい娘だが、辛辣すぎるのが玉に瑕《きず》だとグリフィンは思っている。「どこにいたの？」

「ベッドだよ」あっさりと言って室内を歩き、母親に近づいていった。途中で立ちどまり、もうひとりの妹であるマーガレットの頬に手をやる。「元気だったか、メグス？」

「グリフィン！」彼女が応える。「とても会いたかったわ」

マーガレットは丸みを帯びた頬を赤く染め、グリフィンを見あげて微笑んだ。この二二歳の末の妹は彼のお気に入りだ。

笑みを返したグリフィンは、ふたたびテーブルの端に向かって歩きだした。長いテーブルには全部で七人が座っている。当主の席にあたる片方の端に座っているのはトマスで、彼の右手がヘロ、左手がキャロラインという席順だ。もう片方の端に母が座り、両隣にはウェークフィールド公爵とキャロラインの夫であるハフ卿が位置していた。マーガレットが公爵とキャロラインのあいだに座っているので、必然的にグリフィンの席はハフ卿とレディ・ヘロのあいだということになる。今夜のヘロは淡い緑色のドレスを着ていて、赤毛がろうそくの炎さながらに鮮やかに燃えているように見えた。

身をかがめ、グリフィンは母の頬にキスをした。「こんばんは、母上」

「乱痴気騒ぎの自慢はしなくていいわよ」キャロラインが鼻をふんと鳴らして言う。

彼は両方の眉をあげてみせた。「誰がわたしのベッドにいたのかを言わない限り、自慢とは言えないよ」

「もう、勘弁してちょうだい」キャロラインが返す。

「妹をからかうのはおやめなさい」母がたしなめた。

「すぐにむきになるのが面白すぎてやめられないんですよ」グリフィンはささやき、自分の席に向かった。

「魚を食べそこねたな」ハフ卿が言った。

この義理の弟にあたる人物は背が低く、がっしりした体つきをしている。キャロラインはリーディング一族の特徴でもある長身を受け継いでいるので、並んで立つと妹の方が背が高いのが明らかだった。彼女はそれを嘆いているのだが、ハフはまるで意に介していないようだ。それどころか、妻が何をしていようとも気にしない男らしい。それでもハフは彼なりのやり方でキャロを気にかけているようだし、キャロラインも自分の結婚に幸せを感じている。なんといっても、ハフはイングランドでも有数の資産家なのだ。

「味はどうだった？」グリフィンは小声で尋ねた。

「鱈《たら》だったよ」ハフがはっきりしない答えをよこす。

「そうか」グリフィンは手元に置かれたばかりの赤ワインを飲んだ。義弟は社交的な愛想も何もない人物だ。彼は仕方なくヘロの方を向いた。「元気でしたか、レディ・ヘロ？」

ヘロには数時間前に会ったばかりだ。それでもグリフィンは、彼女の澄んだグレーの瞳に衝撃のようなものを感じた。兄に訪問を禁じられても自力で孤児院を援助する。そう頑固に主張するヘロの姿が頭をよぎった。それにジョナサンの家を訪ねたあと、ふたりのあいだには奇妙な共感のようなものが生まれていた。金を貸す提案をしたのは純粋な衝動からだ。これまで生きてきて、そんな提案を誰かにしたのははじめてだった。

そして、その行為は正しいと思えた。ヘロを助けたいし、彼女と重荷を分かちあいたいと感じたのだ。別に孤児院が気になったわけではなかったが、ヘロは……。

彼女の何がそうさせるのだろう？　気づいたときには、グリフィンはダイヤモンドのようにきらめく瞳を見つめていた。見つめ返す彼女の目の中心に位置する瞳孔《どうこう》が広がっていく。

彼はヘロの息で鼻孔を満たそうと思わず身を乗り出した。

まずい。これは絶対にまずいぞ。

トマスがヘロのうしろで咳払いをした。

彼女があわてたように目をしばたたく。「元気でしたわ。ありがとうございます、閣下」

グリフィンはうなずき、視線をヘロの背後に向けた。「兄上もお元気そうで」

「ああ」トマスがきっぱりと言う。「わたしは元気だ」

「それは何より」グリフィンは笑みを浮かべ、ワインをもうひと口飲んだ。酒の力を借りれば、このディナーもなんとか乗りきれるかもしれない。

「昨日、ひどい話を聞いたわ」キャロラインが澄ました顔でワインを飲みながら言った。「イーストエンドにある貧しい家のひとつで、一家全員が飢えて亡くなっているのが発見されたそうよ」

「まあ、ひどい」マーガレットがやわらかな声で言う。「パンのひとかけらも食べられずに飢えてしまうなんて」

キャロラインが鼻を鳴らした。「パンがあってもだめだったと思うわ。なんでも一家全員、赤ちゃんまでジンにやられていたんですって」

グリフィンはヘロがフォークを置いたことに気がついた。

ウェークフィールド公爵がわずかに体を動かした。

「わたしは驚かないね。その手の悲劇は毎日耳にしているし、残念ながら、わたしたちがジンをロンドンから駆逐するまではなくならないだろう」

「そのとおりだ」トマスがグラスを掲げた。

唇をゆがませて、グリフィンは尋ねた。

「しかし閣下、どうやってジンを駆逐するというのです？　人々が飲みたがっているものをやめさせるなど、スプーンで海を空っぽにするのに等しい努力にも思えますが？」

公爵が眉をひそめた。「あの悪魔の飲み物を密造している醸造業者たちを全滅させれば、この闘いは半ば勝利したも同然だ。供給が絶たれれば、貧しい人々はもっと害のない飲み物をほかに見つけるさ」

「閣下がおっしゃるならそうなのでしょう」グリフィンはワインを飲みながらつぶやいた。公爵は金に困った経験はないのだろうか？　あるはずがない。

マーガレットがテーブルの向こう側から声をかけてくるのと同時に、グリフィンの前に牛肉料理の皿が置かれた。

「さっき、ハフ卿が幽霊の話をみんなにしていたところだったのよ。ハフ卿が通われているコーヒーハウスを呪《のろ》っているんですって」

「幽霊なんて！」キャロラインがつぶやく。

グリフィンは片方の眉をあげ、ふだんは謹厳な義弟を見た。「幽霊だって？」

ハフは目の前の牛肉に目を輝かせながら肩をすくめた。

「幽霊か精霊のどちらかだよ。夜中にずっと太鼓を打ち鳴らしているそうだ。クラッカリングのコーヒーハウスでね。たしかな筋の情報だ」

「コーヒーハウスの中で?」ヘロが小声できいた。「でも暗くなったあと、人は残っていないのかしら?」

「誰かがいるんだろうね」ハフが答える。「でないと聞く者がいないことになる」

ヘロは笑いをこらえていた。グリフィンは彼女の目を見てそれを察し、あわてて視線を自分の皿に戻した。

「セントジャイルズの亡霊の話を聞いたわ」キャロラインが言った。

「まさかそいつも太鼓を?」グリフィンは深刻な表情をつくって尋ねた。

キャロラインが顔をしかめる。「まさか、叩かないわよ。人を殺すの」

グリフィンは妹に向かって目を見開いてみせた。

「剣でね」キャロラインが決め台詞のように言った。

「どこでそんな話を聞いたの?」母が尋ねた。

「どこだったかしら」キャロラインは眉のあたりにかすかなしわを寄せて考えこみ、やがていらだちまじりに頭を振った。「とにかく、みんな噂しているのよ」

「わたしは聞いたことないわ」マーガレットが言う。

「わたしもだ」グリフィンも妹のあとに続いた。「キャロのつくり話じゃないのか?」

はっと息をのみ、キャロラインが怒りで顔をピンク色に染めた。

キャロラインが何か言うよりも早く、ヘロが咳払いをした。

「実はわたし、その亡霊を見たことがあるの」

全員の視線が彼女に集まる。

「本当に？」マーガレットが好奇心もあらわに尋ねた。「どんな格好をしているの？」

「道化みたいな派手な服を着ていたわ。黒地に赤の三角形とかダイヤの形があしらわれているの。それに赤い羽根がついた大きな帽子をかぶっていたわ」ヘロは一同を見まわしてうなずいた。「たしかにセントジャイルズの亡霊と呼ばれているけれど、あれは亡霊ではないと思うわ。わたしには人間に見えたもの」

しばらくみんな押し黙り、ヘロの言葉を理解しようと試みた。

やがて母が尋ねた。「あなたはセントジャイルズで何をしていたの？」

グリフィンはワイングラスを置き、ヘロのために言い訳を考えた。

しかし、当の彼女は平然と答えた。

「知人たちと大勢で〈恵まれない赤子と捨て子のための家〉を見に行ったんです。お兄さまは覚えているでしょう？　去年の春先よ。孤児院が火事で焼けてしまって——そのときにセントジャイルズの亡霊を見たの。子供たちをしばらくお兄さまの屋敷に置いておかなければならなかったのよ。お兄さまはひと月留守にしていたし」

ウェークフィールド公爵が不快げに口元をゆがめた。

「そうだったな。わたしが戻ったら、子供たちが舞踏室で羽根つき（バドミントンの前身の遊び）をしていた」

ヘロが頬を赤らめた。「そうね。でも、すぐにみんな別の場所に移したじゃない」

「とても怖かったでしょうね」マーガレットがのんびりした口調で言う。「火事にお化けなんて」

「とても興奮したわ」ヘロはゆっくりと言った。「でも、怖がっている余裕はなかったと思う。人が大勢駆けずりまわっていて、みな火を消して子供たちを救おうと必死になっていたから。亡霊も人ごみに紛れて消えてしまったわ。人殺しには見えなかったし、実際に助けてくれていたのよ」

「人を殺すのは夜だけなのかもしれないな」グリフィンはあえて明るい声で言った。

「あるいは、ほかに人がいないときとかね」マーガレットがつけ足す。

「月曜さ」ハフが言った。

グリフィンは義弟に顔を向けた。「月曜がどうしたんだ？」

「月曜に人を殺すという噂だ」ハフが早口でまくしたてる。「そしてあとはつぎの月曜までお休みというわけだ」

「ハフ、きみは天才だな」グリフィンは感心して彼を見た。「月曜の殺人者か！　火曜から日曜まではみんな安全だ」

ハフは肩をすくめてみせた。「ほかの人殺しに出会わなければ、ね」

これはキャロラインにとって悪ふざけがすぎたようで、彼女は怒れる牛のごとく鼻息を荒くして言った。

「いいかげんにして！　人を殺してまわるのでなければ、そんなおかしな格好をした亡霊がどうしてセントジャイルズなんかをうろついているのよ？」

ワイングラスを掲げ、グリフィンはあくまでも真面目に言った。

「キャロ、またみんなを言い負かしたな。脱帽するよ。演説では、わたしはとてもおまえにかなわない」

ヘロがグリフィンの隣でおかしな声を出した。必死で笑いをこらえているようだ。

「グリフィン」母がたしなめる。

「なんにしても、幽霊にはセントジャイルズにとどまっていてほしいわ」マーガレットが言った。「明日の夜、ばったり鉢合わせするなんていやだもの」

「明日の夜は何があるんだ？」グリフィンは何気なく尋ねた。目の前には新しい皿が運ばれてきており、中によくわからないものが浮いているゼリーがのっていた。

「ハート家の庭園に行くのよ」マーガレットが答える。「キャロとハフ、レディ・ヘロとトマス、それにボリンジャー卿とわたしでね」

ウェークフィールド公爵がまたしても体を動かして言った。「すまないが、わたしは明日の夜、以前からの約束があるから行けそうもない」

「そうなの？」ヘロの声にはかすかな落胆が含まれていた。「じゃあ、誰がフィービーをエスコートするの？　あの子がずっと楽しみにしていたのは知っているでしょう？」

公爵が困惑したように顔をしかめた。問いつめられるのに慣れていないのがひと目でわかる。

「エスコートなんて必要なのか？」グリフィンは尋ねた。「きみたちが一緒なんだろう？」

ほんの一瞬、ヘロとウェークフィールド公爵が奇妙な表情を浮かべた。グリフィンも気のせいかと思うほどのわずかな変化だ。

「フィービーは今回、留守番ね」ヘロがつぶやくように言う。

「あら、グリフィンがエスコートすればいいのよ」マーガレットが割りこんだ。「ねえ、グリフィン？」

彼は意表を突かれて目をしばたたいた。「わたしが？」

「もちろん、わたしたちはあなたのエスコートを拒絶するつもりはないわ」ヘロは目の前の皿を見つめている。落ち着いた表情だが、グリフィンは彼女の瞳に宿る苦しみを見てとった。トマスはいつものよそよそしい顔でグリフィンを眺めている。

「グリフィン」母が声をかけてきたけれど、勧めているのか警告しているのかわからない。彼は生まれてはじめて、母が名を呼ぶ声から心情を読みとれなかった。

しかし、すべてがどうでもいいことのようにも思えて、グリフィンはまたしても誘惑に屈した。

「喜んで、みんなと一緒にハート家の庭園へ行かせてもらうよ」

顔がむずがゆい。

チャーリー・グレイディはテーブルから片方の肘をあげて顔をかいた。指先に自分のあばたの隆起を感じる。信頼を置く手下のひとり、フレディがチャーリーの前でそわそわしていた。頭こそ禿《は》げているものの、大きな熊《くま》のような男だ。下唇には大きな傷跡がある。フレディはこのひと月だけで四人の命を奪っていたが、それでもチャーリーを恐れ、まともに顔を合わせられないようだった。代わりに床に視線を落としたり、天井を見あげたり、チャーリーの左耳に目をやったりしている。フレディが蠅《はえ》なら打ち据えてやるところだ、と彼は思った。

そうしてやれば、落ち着きなく動くこともなくなるかもしれない。

「ばあさんがふたり、ウェークフィールド公爵側の密告者のせいで捕まりました」フレディが言った。「ほかの者が怯えてますぜ」

「売るのをやめたやつは？」チャーリーは穏やかな声で尋ねた。

フレディが肩をすくめる。「今のところはいません。金になる限りはジンを売りさばくのもやめないでしょう。だが、密告者は厄介だ。もっと注意深く、これまでよりも頻繁に場所を変えていかないと」

「金がかかるな」

ふたたび、フレディが肩をすくめた。

チャーリーはテーブルにあったふたつのさいころをつまみあげ、気だるげに手の中で転がした。「密告者を見つけ出さなきゃいかんな、違うか？」

あいかわらず目を合わそうとしないまま、フレディがうなずく。

「セントジャイルズの方はどうだ?」

「マッケイの野郎はロンドンを出ました」ようやくいい話ができると安心したのか、フレディの背すじがわずかに伸びた。「それから今朝の報告によると、俺《おれ》たちがゆうべ醸造所を吹っ飛ばしたとき、スミスのやつは中にいたようです。ひどいやけどを負って、あと何日生きていられるかもわからない状態だとか」

「よし」チャーリーは手を開き、てのひらにのったさいころを見つめた。「リーディングは?」

「醸造所を一箇所にまとめました」フレディが声を荒らげる。「高い壁があって、中を武装した護衛が固めていやがる。仕掛けるにはちょっと面倒ですぜ」

「だが、いずれにしてもやつはつぶす」チャーリーがさいころを指から落とすと、一と六の目が出た。七はいつだって幸運の数字だ。彼は満足のうなり声をあげてから告げた。「今夜攻めるぞ」


「グリフィン卿はどこ?」フィービーがトマスの手を借りて馬車をおりながら言った。

先におりて妹を待っていたヘロはうしろを振り返り、テムズ川に目をやった。〝本当に、グリフィンはどこにいるのかしら?〟

ヘロとトマス、そしてフィービーの三人は連れ立ってテムズ川へとおりる階段まで行った。

ハート家の庭園は川の南に位置しているので、船でないと行けないのだ。別の馬車に乗っていたマーガレットとボリンジャー卿、キャロラインとハフ卿はすでに階段の下にいて、船に乗るのを待っているはずだ。

馬車にさげられた角灯が濡《ぬ》れた砂利道を照らしている。日中、降りつづいていた雨はやみ、空には星も見えた。一〇月にしてはあたたかいし、素敵な庭園を訪れるには絶好の夜だ。

薄い雲の合間に見える月を見あげてヘロは言った。

「待ちあわせはこの階段だから、すぐに現われるはずよ」

「弟は急な用事とやらが入ることが多くてね」トマスが感情のこもらない声で言った。

「もし姿を見せなくてもがっかりしないでいただきたい、レディ・フィービー」

「そうなんですか」トマスの忠告にもかかわらず、フィービーは明らかに意気消沈してしまったようだ。

ヘロの胸に怒りがこみあげた。妹を失望させるなんて許せない。みんなが待っているというのに、グリフィンはどこかの女性のベッドにもぐりこんでいるのだろうか？　よくもそんな真似ができたものだ。

「いらっしゃい、フィービー」ヘロは快活に言った。「川におりましょう。船が出るまでの準備にしばらくかかるから、そのあいだにグリフィン卿もいらっしゃるかもしれないわ」

「そうだな」トマスが微笑んで同意した。「階段はすべる。わたしの腕につかまっておりるといい、レディ・ヘロ」

トマスの差し出した腕を見て、ヘロはあとずさりした。「フィービーをつかまらせてあげて。わたしはうしろからついていきます」

トマスがいぶかるように彼女を見た。「仰せのとおりに」

フィービーがトマスの腕を取って姉に輝くばかりの笑顔を向け、ヘロは安堵の息をついた。トマスが角灯を持った従者に前を歩くよう申しつけ、彼らは階段をおりはじめた。

ヘロもスカートを持ちあげて階段をおりた。階段は古くて幅が狭く、岸壁に沿ってつくられていた。片側には壁があるが、もう一方の側には柵《さく》どころか手すりすらない。風が腐った魚や湿った泥の匂いを運んでくる。悠久の時を変わらず海に流れこみつづける水の匂いも感じられた。

フィービーもヘロも、顔を半分覆った羽根付きの仮面をかぶっていた。フィービーは上品な淡い赤紫色とクリーム色のドレス、ヘロはルビー色のスカートに飾りのリボンがついた鮮やかな赤のドレスといういでたちだ。トマスは華やかな姉妹の装いとは対照的な黒いフード《ド》付きの長衣《ミノ》をまとい、やはり顔を半分覆った仮面をつけていた。

頭上の砂利道から馬の蹄《ひづめ》の音が聞こえてきた。壁に手を添えて肩越しに振り返ろうとしたとき、ヘロのヒールが階段に引っかかった。バランスが崩れて足首をひねり、彼女はそのまま落下しそうになった。心臓が腹まで落ちこんだような感覚に襲われる。

「危ない！」大きくて力強い手がヘロの腕をつかみ、そのまま彼女は硬い胸に引き寄せられた。「ここから落ちたら大変だ」

「ありがとう」動悸《どうき》がおさまらず、声も震えていた。「もう大丈夫よ」

「本当か？」グリフィンの低い声が、夜の空気の中でなぜか親しげに響く。彼はヘロをつかんでいる手の力をゆるめた。

ふたりの下には階段の踊り場があり、トマスとフィービーがそこで立ちどまっていた。トマスが上を見て声をかけた。「大丈夫か？」

表情までは暗くてよく見えないが、ヘロは婚約者の声が緊張しているのに気づいた。彼女が腕を引くと、グリフィンもそのまま手を離した。「ええ、今行くわ」

うなずいたトマスが、ふたたび階段をおりはじめる。

「遅刻よ」ヘロはいっそう慎重に足を運びながらつぶやいた。

「どうしていつも、みな同じことを言うんだろうな？」

「いつも遅刻しているからでしょう」

「わたしだって時間ぐらいは把握しているし、遅れたとあらためて言われなくてもわかっているさ」

「いいえ」ヘロは子供に言って聞かせるようにゆっくりと言った。「時間をきちんと把握できていれば、いつも遅れるなんてありえないわ」

彼女の背後でグリフィンが笑う。「お見事。さすがわたしのレディ・パーフェクトだ」

「その呼び方はやめて」

「なぜ？」彼の吐く息がかすかにヘロのうなじにかかった。「きみは完璧そのものじゃないか。自分でもそう思うだろう？」

ヘロは体の震えを抑えこんだ。「完璧であろうとなかろうと、わたしがあなたのものでないのはたしかだわ」

「残念だ」グリフィンがささやいた。

踊り場にたどりつき、ヘロは振り返った。「今、なんて言ったの？」

「素敵だと言ったんだ」彼が無邪気に目を見開いて答える。「きみもきみの妹も、今夜はとても素敵だよ」

どうしたらいいのかわからなくなり、ヘロはグリフィンを見つめた。緑色の瞳は顔を半分隠した黒い仮面とドミノのフードのせいで陰になっている。彼の表情は落ち着いているようだが、体の横のこぶしは固く握られていた。いきなり呼吸が苦しくなり、体ごと落ちていくような感覚にとらわれて、ヘロはあとずさりしかけた。

「気をつけて」グリフィンがやさしくささやいた。

視線を彼の唇に落とす。仮面の下にある口は幅が広くて魅惑的だ。この唇はどんな味がするのだろうと思わずにいられなかった。

「急いで、グリフィン！」階段のいちばん下からキャロラインの声がした。

ヘロははっとして振り返った。暗闇のおかげで下からは表情が見えないのを感謝する。

「間に合ってよかったよ、グリフィン」四人が下にそろうと、トマスがゆっくりと言った。

ほかの者たちは二隻の小舟がつながれている船着き場にいた。キャロラインは明るい青のドレスを着て、ハフのドミノと同じ紺色の仮面をつけている。マーガレットはピンクの刺繍とリボンで飾った黄色のドレス姿で、エスコートの若いボリンジャー卿は黒のドミノを身につけていた。

「フィービー、グリフィン・リーディング卿よ」ヘロはわずかに乱れた呼吸のまま紹介した。「グリフィン卿、わたしの妹のレディ・フィービーです」

「待たせてしまってすまなかったね」グリフィンがフィービーの手を取り、頭をさげた。「許していただきたい」

「いいんです」フィービーが戸惑いの視線をヘロに向けて応えた。「謝る必要なんてありません。間に合ったんですから」

「では、行こうか」トマスが言う。「ハフ、妹たちとボリンジャーを連れて、そちらの船に乗ってもらってかまわないかな？　わたしたちはこちらの船に乗る」

ハフがうなずいた。「結構」

「レディ・ヘロ？」トマスが手を差し出した。

その手を取り、ヘロは慎重に船へ乗りこんだ。二隻の船のへさきには棒が立てられていて、いちばん上に角灯がさげられている。

「大丈夫かい？」トマスが尋ねた。

「ええ、ありがとう」ヘロはトマスに笑いかけた。彼は本当によく気づかってくれる。

「足元に気をつけて」フィービーが乗るのに手を貸しながら、グリフィンが言った。「川で泳ぐ羽目にでもなったら大変だ」

フィービーがくすくす笑いながらヘロの隣に腰を落ち着けた。

「すごく素敵だわ！　夜の川って、おとぎばなしに出てくる王国みたいなのね」

ヘロは水面《みなも》に目をやった。自分たちと同じような船がそこかしこに浮かび、へさきの角灯の光が水に反射してきらきらと輝いていた。船尾でふたりの船頭が櫓《ろ》を操っており、ぎいぎいという音と櫓が水を叩く音が聞こえてくる。それにまじって遠くの方から明るい笑い声が響く。匂いはきついが、たしかに魔法のようだ。

「花火はあがるのかしら？」フィービーがきいた。

「あがるよ」グリフィンが答えた。

彼とトマスはヘロたちの向かいの席に並んでいた。薄暗い中では見分けがつかないくらいに似た体格をしている。だがトマスがまっすぐに背を伸ばして座り、両手を膝の上にきちんと置いているのに対して、グリフィンは両脚を大きく広げて座り、腕を胸の前で組んでいた。

こんな狭い場所では無視のしようもないのに、ヘロはあわててグリフィンから目をそらした。階段で目が合ったのを思い出す。孤児院の件で助けてくれたのも、ヘロドトスの話をしたのも、ほんの一日前の話だ。セントジャイルズに行くときの同行を受け入れてからも二日しか経っていない。それくらい、彼女はまだ階段の途中にいるかのような危うい不安定さを感じていた。落ちてしまう寸前のあの感覚だ。期待と罪悪感がまじりあって、目がまわりそうだった。

「今日の午後、あなたのお母さまとお茶を飲んだのよ」ヘロはトマスに向かって言った。「結婚式の日の献立を見せていただいたわ」

「そうなのか？」トマスがやさしい笑みを浮かべ、グリフィンは顔をそらして川面に目をやった。「きみのお眼鏡にかなっていたならいいのだが」

「わたしは……」ヘロはなぜかグリフィンを見てしまった。その視線を感じたかのようにグリフィンが彼女の方へ顔を向け、からかうように両目を見開いてみせた。ヘロは顔が赤く染まったのを夜の闇が隠してくれますようにと祈りながら息をついた。「ええ、とても気に入ったわ。素晴らしい結婚式を考えてくださっているのよ」

グリフィンが呆れ顔で天を仰ぐ。

「よかった」トマスが言った。「きみと母上が仲よくなってくれてうれしいよ」

「あら、仲よくならない方が難しいわ」胸にあたたかいものが広がり、ヘロは本心からの笑顔を見せた。「とても素敵な方ですもの」

その言葉にグリフィンが楽しげに微笑み、それから顔をそむけた。

「もうそろそろ着くわよ」ずっと身を乗り出して船の外を眺めていたフィービーが言った。「あれは船着き場よね、そうでしょう？」

妹の言葉がグリフィンの注意を引いたようだ。彼は姉妹を興味深げに見つめた。

「そうね」ヘロはフィービーの手を握って答えた。「きっと船着き場だわ」

だが実際のところ、そこは〝船着き場〟と呼べるようなものではなく、かろうじて人がおりられるというだけの場所だった。川に板が渡されていて、立てられた棒につけられた明かりで照らされている。船が近づいていくと、派手な服を着た従者たちが船をおりる客たちに手を貸しているのが見えてきた。従者たちの服は色こそ紫と黄色でおそろいだったが、ひとりひとり違っていた。ある者は紫と黄色の格子柄のストッキングに同色の縞模様の上着を着て、別のある者は鮮やかな黄色のかつらに黄色のリボンがついた紫色の上着といういでたちだ。色だけが決まっていて、あとは好き放題の格好をしている感じだった。

一行が乗った船が船着き場に到着すると、紫色の粉を振ったかつらをかぶった従者が身を乗り出し、ヘロがおりるのに手を貸した。「ハート家の庭園にようこそ、お嬢さま」

「ありがとう」彼女は礼を言い、続いて全員が船からおりた。

フィービーがヘロの隣にやってきた。「かつらに桜草がさしてあったのを見た？」

ヘロが首をまわして見てみると、たしかに淡い黄緑色の花が従者のかつらにさしてあった。

「あれが流行にならないのを祈るばかりだよ」グリフィンがつぶやき、フィービーと目を合わせた。「わたしがチューリップを耳にはさんだって、馬鹿に見えるだけだからね」

フィービーが片手で口を覆い、小声で笑った。

「たしかに、とんだ愚か者に見えるな」ハフが宣言するかのように言う。

「貴重なご意見に感謝するよ、ハフ」グリフィンはがっくりと肩を落としてみせた。

生真面目なハフまでもが、鼻を鳴らして笑っている。

トマスが咳払いをした。「さあ、行こう」

ヘロは差し出されたトマスの腕を取り、森へと続く道を歩きだした。あちらこちらの木々に照明が吊りさげられている。近づいて見てみると、光っているのはてのひらほどの大きさの茶色いガラス玉だった。さまざまな形に刈りこまれた木や植えこみのあいだから音楽が聞こえ、その音は進んでいくにつれて大きくなっていった。やがて小道が唐突に途切れ、森から出たヘロたちの前に劇場の舞台のような空間が広がった。

森に床が出現したかのように、そこの地面は人工物で覆われている。そのうしろには人の手で再現された、荒れ果てた遺跡がつくられていた。崩れそうな柱のあいだから、音楽を奏でる楽団が見える。遺跡の両側は贅《ぜい》を尽くした四階建ての観客席になっており、個室仕立ての客席はカーテンを開いているところもあれば、カーテンを閉じて中の客が自分たちだけの時間を過ごしているところもあった。

髪に薄紫と淡い黄色のリボンを編みこんだメイドがヘロたちを案内して観客席の裏側に向かい、カーペット敷きの階段をのぼって舞台正面の高い位置にある席へといざなった。

「きしんでますね」ボリンジャー卿がこぼした。彼はまだ若く、マンダビル侯爵の身分に委縮しているようにも見える。

マーガレットがエスコート役のボリンジャー卿の腕をつかんで言った。

「あら、わたしはとても素敵だと思うわよ、トマス」

トマスは急に少年のような表情になり、にやりとした。

「喜んでくれてうれしいよ、メグス」

ヘロは椅子を引いてくれたトマスに笑顔を向けた。「ご招待してくれてありがとう」

「こちらこそ、招待を受けていただけて光栄だ」トマスはお辞儀をしたが、頭をあげたときにヘロの背後に目をやり、そのまま固まってしまった。

ヘロたちの客席のカーテンは開いている。やがてメイドたちが食事を運び入れにやってきた。ハムやワイン、チーズやケーキがテーブルに並び、トマスはようやくヘロの隣の席に腰をおろした。

「乾杯だ」ハフがグラスを掲げてもごもごと言う。「今夜、同席してくれた美しい女性たちに」

「まあ、ハフったら」キャロラインは呆れたように言ったが、ワインを飲む彼女の頬は赤く染まっていた。

微笑んで自分のワインに口をつけたものの、ヘロはみなが食事をしているあいだ、背後を振り返らずにはいられなかった。向かい側の客席にはワインと同じ色をした鮮やかな赤毛の女性が座っていた。ハンサムな若者たちに囲まれながらも、女性の視線はまっすぐヘロたちの席に向かっている。

その視線を追ってみると、ミセス・テイトが見つめているのはトマスだった。

向かいの席にいる赤毛の女性にヘロが気づいたのを見て、グリフィンは眉をひそめた。トマスはいったい何を考えている？　婚約者がいる席で逢引《あいびき》の約束でもしたのか？

ヘロが顔をテーブルに向ける途中で、彼女の視線がグリフィンを通り過ぎた。いつもと変わらぬ様子だが、どういうわけか彼は気づいてしまった。ヘロは動揺している。

〝トマスのやつ！〟

ありがたいことに、そのとき明るい色の衣装を着た娘たちが舞台に登場して出し物がはじまった。

グリフィンはベストのポケットに入ったダイヤモンドのイヤリングをもてあそびながら、陰鬱な気分で舞台を眺めた。たとえトマスがヘロの思うとおりの完璧な男性でなかろうと、そんなことは自分には関係ない。そもそも今回の結婚自体、グリフィンにはかかわりのないもののはずだった。それなのになぜ、トマスを人目のない場所に連れ出して罵《ののし》ってやりたい、一発か二発はこぶしを叩きこんでやりたいと感じるのだろう？

「素敵ね」グリフィンの隣に座ったフィービーが言った。

テーブルの反対側にはトマスとヘロが座っている。

「本当に」グリフィンはフィービーに笑顔を向けてやった。

フィービーは姉にまるで似ていない。これから女性としての変化を遂げていく過程にあるのだろう。ヘロは女性にしては背が高くて細身だが、フィービーは身長が人並みでふっくらとしており、腕の肉づきもいい。それにヘロが表情や仕草に細心の注意を払っているのと対照的に、フィービーはすべての感情が顔に表われている。舞台上でおどける道化が何かをするたびに、彼女は感嘆して口を開けたり、驚いて笑ったりしていた。

「あの子はどこに行ったの？」フィービーがひとりごとのようにつぶやいた。「小さなお猿さんは？」

グリフィンは舞台に目をやった。猿なら訓練されたとおり、道化の足元でじっとしている。視線を戻すと、身を乗り出して目を細めていたフィービーがいきなり笑いだした。

「あら、戻ってきたわ」

グリフィンがまた舞台を見ると、猿は道化に命じられ、宙返りをしながら輪をくぐっていた。彼はワイングラスを口に運び、眉間にしわを寄せた。

踊り子と道化が舞台から退場すると、続いて『恋には恋を』の芝居がはじまった。芝居の出来は素晴らしいようだが、グリフィンは目の端に映ったヘロの姿が気になって、ほとんど見ていなかった。

芝居が終わって役者たちが礼をしているとき、トマスが立ちあがった。

「みなで庭を見に行かないか？」

トマスが何を考えているかは明白だった。兄は振り返りもしなかったし、合図を送ったわけでもないが、向かいにいる赤毛の女性も立ちあがった。グリフィンは驚かなかった。ただ険しい顔になり、フィービーに腕を差し出した。

庭園にはさまざまな仕掛けが施されていた。歩道の脇にある背の高い植えこみが動物の形に刈りこまれている。そこから先は、さらに細い道が洗練された装飾として人気の岩屋や石造りのテーブルに続いていた。フィービーを案内していると、グリフィンの頭に皮肉な考えが浮かんだ。ここですれ違う多くの女性たちの何人が、単なる義務としてこの庭園に来ているのだろう？

「まあ、見て！」たくさんの光が見える場所に来ると、フィービーが彼の腕を引っ張った。

「どうしたらこんなふうになるのかしら？」

ふたりの目の前には大きな岩があり、滝で飾られていた。ただし、この滝には水の代わりに何色もの光が流れている。

「すごいわね」マーガレットがつぶやいた。「どういう仕組みなのか、わたしには見当もつかないわ。殿方の誰かが教えてくださるんでしょう？」

「わたしにもさっぱりです」ボリンジャーがすぐさま正直に降参した。

マーガレットが笑う。「ハフは？」

「機械仕掛けには違いないだろうね」ハフが答えた。

「それはみんなわかってるわ」キャロラインが応じた。「どういう仕掛けなのかをきいているの」

トマスが顔をしかめた。「何か大がかりな装置の一種だと思うんだが」

しばらく全員が、荒地に取り残されたような大岩を流れる光の滝を見つめた。

グリフィンは口を開いた。「われわれは、いちばん説得力のある解答を見逃しているんじゃないかな」

「どんな答えなの、グリフィン卿？」ヘロが左の眉をあげて言った。

「妖精だよ」真剣な表情を保ったまま答える。

「もう、いいかげんにして！」キャロラインがふくれ、夫を引っ張って歩きだした。ハフは抗議しかけたが、まるで取りあってもらえないようだ。

「妖精ね」ヘロが笑いをこらえ、唇を震わせながらグリフィンの言葉を繰り返した。

「妖精だ」グリフィンは片方の手をベストのボタンのあいだに突っこんで首をのけぞらせ、真面目ぶったしかめっ面で片足を前に出した。「虹色《にじいろ》に光る滝の専門家としてわたしの意見を言わせてもらえば、あの滝で光っているのはすべて妖精で、みんな一生懸命、岩を駆けおりているんだよ」

マーガレットがにやりとして、フィービーも小声で笑っている。ヘロだけが彼の馬鹿げた説明にうなずいてみせた。「でも、あなたの言うとおりにあれが妖精だったら、どうして彼らは駆けあがるのではなくて駆けおりているのかしら？」

「いいかい、レディ・ヘロ」グリフィンは同情するような表情を浮かべた。「滝は流れ落ちるもので、上に向かって流れるものではないんだ。知らなかったのかい？」

ヘロの口が横に引き結ばれ、淡いピンク色の唇が震える。懸命に笑いをこらえる彼女を見て、グリフィンの心が躍りだした。それでじゅうぶんだった。なんの前触れも警告もなく、理由も目的もなしに、グリフィンは幸せに包まれていた。一瞬の出来事が積み重なってまじりあい、ヘロの喜びが彼を世界でいちばんの幸せ者にしたのだ。これを不思議と呼ばずして、なんと呼べばいいのだろう？

しかし、まずいことには変わりない。

そのとき、本当なら婚約者と弟の様子に不審を感じてもいいはずのトマスが気もそぞろで言った。「こちらの道へ行こう」

彼はヘロを連れてこの場をあとにした。

「わたしたちはこっちに行きましょう」フィービーがせがみ、グリフィンとマーガレットとボリンジャーは四人で別の道を歩きはじめた。

グリフィンはほかの三人の話や感嘆の声は聞き流していた。ふつうを装うにはもっと会話に参加すべきなのはわかっている。変に思われるかもしれないし、未来の義姉に色目を使うとは何事だと誰かに問いつめられる可能性だってある。

だが、グリフィンにはわかっていた。すでに頭の上まで水につかり、しかも急速に沈みつつあるのだ。ヘロがみずからの完璧さを穏やかに受け入れていることにも、事実を確かめずに彼を非難することにも、そしてトマスに好意を抱くことにもいらだちを感じる。それに、いらだっているにもかかわらずグリフィンは、自分の体を突き動かす思いを抑えられなかった。あの女性に惹《ひ》かれているのだ。さらに悪いことに、ヘロもまた彼に惹かれていた。二度と身を置くまいと誓ったはずの状況に、まさになりかけている。彼女にはこれ以上近づかないことだと、しっかり心に刻みつけておかなければ。

しかし現にこうしているあいだも、グリフィンは路地や岩屋をのぞきこみ、鮮やかな赤とルビー色のドレスを、優雅に動く首を、回転の速い頭脳の持ち主を探さずにはいられなかった。トマスはいったいどこに彼女を連れていったのだろう？

〝くそったれ！〟今頃、あのふたりはどこかで抱きあっているのだろうか？

庭園をほぼ一周しかけたとき、グリフィンたちの頭上ではじけるような音がした。

「花火よ！」フィービーが空を指差した。

赤い光があがり、夜空で緑と青の火花を散らした。グリフィンたちはちょうど空が開けてよく見えるところにいたので、じきにほかの客たちも近くに集まりはじめた。キャロラインとハフもやってきたが、ヘロとトマスの姿は見あたらなかった。

「今のは亀《かめ》かな？」グリフィンの隣に立ったハフが言った。

「違うわよ」キャロラインがぴしゃりと答える。「蜘蛛《くも》に決まってるわ」

「亀に見えたけどね」妻の厳しい意見も気にせず、ハフはのんびりと応えた。

そのとき、目の端を真紅の何かがかすめた。グリフィンが顔をそちらに向けると、ちょうどヘロが路地に消えていったところだった。なんてことだ。彼女はひとりでいるのか？　暗い夜道をひとりでうろついたりすべきでないとわかっているはずなのに。

グリフィンはフィービーにみんなと一緒にいるよう念を押し、周囲にできた人だかりを離れた。ヘロが消えていった路地へと大股《おおまた》で歩いていく。頭上では花火を仕込んだ火薬の玉がはじける音が続き、彼が目指す道をオレンジ色の光が明るく照らし出した。路地のずっと先で、ヘロは首をまわしてあたりをうかがっている。

グリフィンが近づいていくと、彼女が振り返って言った。「トマス？」

ヘロの腕をつかむ。勘違いを訂正しようにも、自分でも馬鹿げていると思うほど腹が立って口が動かなかった。トマスはいったいどこへ行ったんだ？　グリフィンはヘロを引き寄せようとしたが、彼女は足を踏ん張ったまま動こうとしない。ふたりの頭上で今度は青と黄色の花火が散った。

「どうして急ぐの、トマス？」ヘロが見あげる。仮面からのぞく瞳がいたずらっぽく輝いていた。「素敵な状況だと思わない？」

いきなり頭の中で何かがはじけた。グリフィンは無垢な誘惑者の瞳をのぞきこみ、これ以上は抑えられないと観念した。

そして、彼はヘロにキスをした。

6

三人の高貴な王子たちが王国に到着したときの様子といったら！　ウエストムーン王子は金とダイヤモンドでできた馬車に乗り、雪を思わせる一二頭の見事な白馬に引かれて。イーストサン王子はシルクの布をかけルビーとエメラルドをふんだんにあしらった異国風のかごに乗って。そしてノースウインド王子は真紅と金色の帆を張り、金箔《きんぱく》で光り輝く大きな船に乗って、それぞれやってきました。三人とも自信満々で威厳に満ちた信じられないくらいの美男子です。しかし、茶色の小鳥と廏舎頭だけは知っていました。その夜、女王が重く沈んだ心でベッドにもぐりこんだことを。

『黒髪の女王』

馬鹿げているし、間違っている。そうと知りながらも、トマスはラビニア・テイトを探し求めずにはいられなかった。あたりは暗く、道が迷路のように入り組んでいるせいで彼女を見つけるのは容易ではなかったが、それでもあきらめられない。〝男の連れが三人も？〟ラビニアは完全に欲望に支配されてしまったのだろうか？　考えただけで、彼は機嫌が悪くなっていった。ついに見つけたが、彼女が三人の男性と一緒にいるのを見て、トマスの堪忍袋の緒は切れそうになった。

「こいつらをどこかへやってくれ」トマスはラビニアに詰め寄り、男たちをにらみつけた。ふたりはようやくひげを剃《そ》る年頃になったばかりに見える若者だが、残りのひとりは肩幅も広いがっしりとした男性だった。

トマスは両のこぶしを握りしめた。気分は最悪なのだ。いっそ三人まとめて相手をしてもいい。

「閣下」先日と同じ炎の色だが、別のデザインのドレスに身を包んだラビニアが、ゆっくりと言った。その色だとワインレッドの髪と相性が悪そうなものなのに、どういうわけか彼女の場合は違う。それどころか、大きく開いた胸元が男性の目を引きつけて欲望をかきたてる。

あからさまに顔をしかめて、トマスは言った。

「こいつらにここを立ち去るように言うんだ、ラビニア」

名を呼ばれた彼女が眉を動かし、トマスは一瞬、引きさがるか殴りあいをするか選ばざるをえないと覚悟した。けれど、ラビニアがいちばん大柄な男性に何かささやきかけ、三人の男たちは最後にトマスをにらみつけてからその場を去っていった。

「これでいいのね」彼女は腕を組み、借金取りと不快なやりとりをするかのように身構えた。

「何か用かしら、トマス？」

「三人だと、ラビニア？」彼は体の横でこぶしを握りしめた。「しかも小僧ばかりじゃないか」

首をそらし、ラビニアが大声で笑った。

「おあいにくさまね、閣下。あのふたりの少年たちはわたしのいとこよ。それにサムエルは小僧と呼ばれても喜ばないと思うわ」

つまり、あの大きいやつはやはりラビニアの愛人ということだ。トマスは握ったこぶしで何かを殴りつけたい衝動に駆られた。「あの男だって、きみよりも若い」

「あら、あなたもわたしより年下よ」彼女が落ち着き払って応える。「それでもあなたはそんなことを気にもせず、わたしのベッドに入ってきたじゃない」

一瞬のうちにラビニアのベッドでの出来事が頭によみがえり、トマスは彼女を飢えたまなざしで見つめた。

ラビニアが目をそらす。「なんの用なの？」

「なんの用かだと？」もっと彼女に近寄らなくては。不可解な衝動をもてあましつつ、トマスは足を前に進めた。「きみはわたしを追いかけていたはずだ」

「わたしがあなたを？」

どんな反応を期待してくだらない言いがかりをつけたのか、自分でもわかっていなかった。ラビニアの抗議を、あるいは涙を期待していたのかもしれない。しかし、この反応を望んでいたわけではないのはたしかだ。これでは下手をすれば同情されているようにも見える。彼女は眉根を寄せ、扇情的な口元を引き結んでいた。

「トマス、わたしはあなたを追ったりしていないわ」

「それなら説明してくれ。どうしてわたしが婚約者と一緒に来る日を選んでここへ来た？」

声を荒らげて問う彼を前に、ラビニアは肩をすくめた。「偶然だと思うけど？」

「では、なぜサムエルと一緒なんだ？」トマスは今や彼女に触れそうな距離まで近づいていた。だが、ここで彼のほうから触れるわけにはいかない。「きみはわたしを嫉妬させようとしてあの男を連れてきた。哀れなことだ。否定できるものならするがいい」

トマスは吐き捨てるように告げたが、ラビニアは不思議そうな顔をしただけだった。

「それで？　あなたは嫉妬しているの、トマス？　もしそうなら理解に苦しむわ。だって、レディ・ヘロとの結婚を決意してわたしから離れていったのはあなたの方よ」

すべてを見透かしたような彼女の表情から、トマスは目をそらした。

「わたしはきみのもとを離れたわけじゃない。結婚して落ち着くまで、しばらく時間を置こうと言っただけだ。長くても一年ほどの話だし、きみが望めば今より大きな屋敷を用意してやるつもりだったんだぞ。もちろん馬車や使用人付きで」

「お金なんて、なんの関係もないわ」

「では、何が問題だというんだ？」

ラビニアがため息をついた。「あなたには田舎者のたわごとに聞こえるかもしれないけど、わたしは誰かの夫と関係を持つ気はないの。そんなあさましい真似はできないわ。それに、レディ・ヘロはとてもいい人に見えるもの、あの方を傷つけたくない」

トマスは歯ぎしりをした。頭まで痛くなってきた気がする。「きみはわたしよりも、わたしの婚約者を気にかけているというのか？」

同情を瞳に浮かべ、ラビニアはまっすぐ彼を見返した。「あなたは違うのかしら？」

「わたしにどうしろと言うんだ？」トマスは詰問した。「わたしはきみと結婚できない。それはきみも知っているはずだ。たとえ身分に問題がなくても、きみが子供を産むには年を取りすぎていなかったとしても、とにかくきみとは一緒になれないんだ」

「わざわざわたしの年齢を思い出させようとしてくれるなんて、ずいぶん紳士的ね。いつものことだけれど」ラビニアがきっぱりと言う。「でも、そんな芝居じみた真似をする必要なんてないのよ。結婚できないのはわたしもわかっているし、あなたの提案を受け入れて関係を続ける気もないんですもの。これ以上は話しあうこともないわ」

トマスの胸に何かが去来した。これが絶望というものだろうか？

「きみはわたしを愛しているはずだ」

ふたりの頭上で花火が鳴りはじめた。

「愛していたわ。いいえ、今も愛している」ラビニアはため息をついて夜空を見あげた。「だけど、わたしの感情なんてこの話には関係ないのではなくて？　わたしと出会うよりもずっと前に、あなたの心はアンに砕かれてしまった。わたしみたいな過去を持つ女はもちろん、どんな女性だってあなたの信頼を得ることはできないのよ。そんな気がするわ。正直なところ、レディ・ヘロのような無垢な女性が相手とはいえ、あなたが求婚できたのが不思議でならないくらいなの」

ラビニアの言葉を聞くうちに、トマスの心にどす黒い何かが広がっていった。彼女の言ったとおりだからだ。トマスはたしかに、ラビニアを信頼することを自分自身に許してこなかった。

「あなたも言ったとおり、わたしたちは一緒になんてなれないのよ」ラビニアが肩越しにうしろを見た。「彼らがわたしを待っているはずだわ。花火を見ながらアイスクリームを食べる約束をしているの」

トマスは押し黙ったままラビニアを見つめていた。この状況を正す言葉も、彼女を踏みとどまらせる言葉も、何ひとつとして思い浮かばない。

気まずそうに、ラビニアが笑みを浮かべた。

「さようなら、トマス。幸せな結婚生活になるよう祈っているわ」

ラビニアが背を向けて去っていく。そのうしろ姿を見つめるよりほかに、トマスにできることは何もなかった。


ヘロはずっと知りたかったグリフィンの唇の味をようやく知った。彼の唇はワインと、男性と、欲望の味がした。

純粋で激しい欲望が血管を通って全身に広がり、炎となって骨を焼き、筋肉を燃やした。

ヘロはグリフィンの腕の中で身を震わせた。彼は公爵家の娘にではなく、ひとりの女性にキスをしている。唇を強く押しつけ、彼女にキスを返すよう求めているのだ。ヘロに経験があるかどうかはおかまいなしにグリフィンの舌が彼女の唇をなぞり、みずからを受け入れるよう要求してきた。ヘロが口を開くと、彼はなんの迷いもなく舌をすべりこませてくる。

「グリフィン」どうしたらいいかわからず、ヘロは彼の黒いドミノにすがりついてつぶやいた。彼にきつく抱きしめられる。たくましい脚の筋肉がスカート越しに感じられそうだった。グリフィンの指が髪に触れ、喉を通り過ぎて胸の頂を軽くなでる。鋭い快感に襲われて、彼女は自分がこのまま死んでしまうのではないかと思った。

ひときわ大きな爆発音に驚き、ヘロはグリフィンから顔を引き離した。しばらくのあいだ花火があたりを昼間のように明るく照らし出し、仮面をかぶった彼の顔も、濡れて誘っているような唇もはっきりと見えた。グリフィンは彼女の両肩に手をかけたまま身を離し、苦しげな表情を浮かべている。ヘロ自身がどんな顔をしているかは神のみぞ知るところだ。

遠くから、花火の見物をしている人々の歓声が聞こえてきた。

彼女は言葉を発しようとしてはじめて、その前に唾をのみこまなくてはならないことに気づいた。「戻らないと」

グリフィンが黙ったままヘロの手を握って道を戻りはじめ、彼女はよろよろとついていった。呼吸が乱れ、思考もまとまらない。頭上ではあらたな花火が夜空を照らし、色とりどりの火花が降りそそいでいた。道幅が徐々に広くなり、ふたりは見物客が集まっている場所に差しかかろうとしていた。

いきなり、グリフィンが道の脇の人目につかない空間にヘロを引っ張りこんだ。そのまま彼女をきつく抱きしめる。悪態をつぶやいた彼の唇がふたたび口に押しあてられると、ヘロの全身が興奮で打ち震えた。あたかも自分が上等な肉で、何日もパンすら口にしていない男性にむさぼられている気分だ。グリフィンは彼女の唇をなめ、胸の奥からうなり声をもらした。もう彼の望みも、自分が何を望んでいるのかもわかっている。今度はヘロも情熱的に口を開いてグリフィンを受け入れた。

またしても歓声が聞こえた。

彼が顔を離してつぶやいた。「きみはまるで神のために用意された聖なる供物のようだ。わたしは神の食事に手を出す不届き者といったところだな」

そのまましばらく、ふたりは見つめあった。ヘロはおかしなことに、グリフィンもまた自分と同じく戸惑っているように感じた。

グリフィンが目をしばたたき、悪態をついてからふたたび彼女の手を取って歩きだした。集まっている人々は残らず、頭上の花火を見あげていた。体の内も外も打ちのめされたような気分で、ヘロは何も考えられないままグリフィンのあとをついていき、ほかのみんなと合流した。

「そこにいたの」隣に立ったヘロにフィービーが声をかけた。花火が頭上に回転する車輪を描き出すと、フィービーは手を叩いて歓声をあげ、そのままヘロに身を寄せて大きな声で言った。「マンダビル侯爵の姿が見えないけど?」

ヘロは首を振った。脳が必死で言葉を選び、口が勝手に叫び返した。「彼が飲み物を取りに行っているあいだにはぐれてしまったの」

グリフィンのうなる声が聞こえた。彼が唇を引き結んで怖い顔をしているのを見て、ヘロはあわてて顔をそむけた。

「まあ、見て！」フィービーが声をあげる。

花火が炸裂《さくれつ》し、夜空に緑と金色の翼が生えた大蛇が現われた。恐ろしげな怪物は一度身をくねらせると、やがて溶けるようにして白い火花に姿を変えた。

「すごいわ」マーガレットが大きく息をついて言う。

たしかにすごい。これまで見た中でも最高の花火だろう。だが、ヘロはそれほど感銘を受けていなかった。隣に立つフィービーの向こう側にいるグリフィンの存在だけが気になっていたからだ。まるで張りつめた見えない糸のように、欲望と罪悪感がふたりを結んでいた。

ああ、神さま。なんということをしてしまったのだろう。

ヘロは震える指で自分の唇に触れた。ひどい裏切りを働いてしまったのはわかっている。間違った道を選んだという後悔も感じていた。この先、さらに大きな過ちと罪を犯してしまうかもしれない。その現実が彼女の魂を苦しめ、さいなんだ。

けれど、それでもかまわない。

まるで熱病にかかったかのようだ。ヘロが望んでいるのはただひとつ、ふたたびグリフィンの唇を味わい、がっしりとした体を感じることだけだった。彼の素肌の熱を確かめ、一糸まとわぬ姿で一緒に横たわって、裸の胸を感じたい。

人形の仮面にひびが入ってしまった。自分もほかの人々と変わらぬただの人間で、堕《お》ちていく可能性を抱えているのだ。ヘロは衝撃とともに、その厳しい現実を思い知った。

だが、それもどうでもよかった。もしグリフィンに指を曲げて合図をされたら、ヘロはこの場に背を向けて薄暗い小道へ一緒に入っていくだろう。そして体をグリフィンに押しつけ、彼のキスを受け入れるために進んで顔をあげるに違いない。

ヘロは両腕をまわし、震える自分の体を抱いた。

「寒いのか？」グリフィンの低い声がすぐ近くで聞こえる。

不自然に見えるほどの勢いで首を振り、ヘロはあとずさりして彼から離れた。用心深く距離を取らねばならない。グリフィンが眉をひそめ、口を開いて何か言おうとした。

「ここにいたのか」グリフィンとは反対の方角からトマスの声がした。

ほとんど恐怖にも近い安堵を覚え、ヘロはトマスに顔を向けて微笑んだ。今や彼はヘロにとって、平凡さと正常さの象徴に見えた。

しかし、混乱した思考が目に表われてしまったようだ。

トマスは花火の火薬がはじける音の中でも聞こえるよう、彼女に顔を寄せた。

「見失ったりしてすまなかった。不安にさせてしまったかな」

何も言えず、ヘロは首を振って笑ってみせた。これではまるで馬鹿みたいだ。

「何を考えていたんだ？」グリフィンがすぐそばで声をあげ、ヘロは一瞬自分が叱責《しっせき》されたのかと思った。顔をあげると、彼はものすごい形相で兄をにらみつけていた。「こんなところでレディをひとりきりにするなんて危険じゃないか」

トマスが顎をあげて応じる。「わたしに向かって、なんという口のきき方だ?」

嫌悪感もあらわに顔をしかめ、グリフィンは背を向けてその場を離れていった。

トマスが落ち着かない表情でヘロを見る。「すまない……」

彼に謝られるいわれなど、今となってはあるはずもない。ヘロはトマスの腕に手をかけて言った。「大丈夫よ、あなたのせいじゃないわ」

「いや、わたしのせいだ。弟は正しい。あんな迷路のような道できみを見失ったりしてはいけなかった。わたしの落ち度だよ。許してくれ、ヘロ」

レディという称号抜きでトマスに名を呼ばれるのは、これがはじめてかもしれない。ヘロは突然泣きたくなった。この男性は善良で正しい人なのだ。それに引きかえ、自分は肉体的な欲求に屈して彼との幸せを危険にさらす愚か者だ。

彼女はトマスの袖を握りしめた。「もうすんだことだし、本当に大丈夫だったのよ。お願い、もうこの話は終わりにしましょう」

頭上を紫と赤の火花が流れ落ちていく中、彼はヘロの表情を探るようにのぞきこんだ。「そうしよう」しばらくして、ようやく口を開く。「どうやらわたしは、非常に賢いレディと結婚することになったようだ」

相手を見あげて、ヘロは唇を震わせた。自分はトマスの賞賛に値しない人間だ。彼との結婚はみずから選んだもので、すでに決定はなされ、契約も結ばれて署名もすんでいる。素晴らしい結婚になるはずだった。ふたりが尊重すべき共通の目的が、ひとつ達成されようとしていたのだ。

それなのに、かすかに首を動かしてグリフィンを目で追ってしまう自分をとめられない。彼はみんなから少し離れた場所に立って夜空を見つめていた。その瞳に火花を映しながら。

「起きてください、旦那。あの方が家を出ましたよ」

グリフィンはうなって腹這いから仰向けに体の向きを変え、腕で目を覆った。「出ていけ」

「そうはいきません」執事兼秘書であり、その他のあらゆる仕事でグリフィンを手伝っているディードルが陽気な声で反論した。「あの方が家を出たら起こせと言ったのは旦那だ。どんな文句を言おうが、そのご立派な二本の脚でしっかり立つまでは起こしつづけろと言ったじゃないですか。だからこうして起こしているんです」

ため息をつき、グリフィンはまぶたを開けた。のぞきこんでいるのは、決して見ていて気分がよくなる顔ではない。ディードルは自称二五歳の男で、この年齢にしてすでに上の前歯が二本なくなっている。しかし、現に今も浮かべている笑みを見る限り、本人は歯のことなどこれっぽっちも気にしていないようだ。頭にはグリフィンのお古のかつらをのせているのだが、手入れも何もしておらず、毛がまっすぐになりかけているうえ粉も振っていなかった。くすんだ茶色の目は小さくて、両目の間隔もやけに狭い。顔の大部分を占めているのは大きなかぎ鼻で、その圧倒的な大きさに遠慮しているかのごとく、小さな口とさらに小さな顎が首へと続いていた。

グリフィンが目を開けたのを見て、ディードルは歯の隙間から舌を突き出してにやりとした。「コーヒーでもお持ちしますか?」

「ああ、そうしてくれ」グリフィンは窓を見て目を細めた。たしかに太陽はそれなりの高さまでのぼっているが、ゆうべ帰宅したのはとうに真夜中を過ぎた頃だったはずだ。ヘロとの甘いキスの記憶が頭をよぎったが、そのあとで彼女が目も合わそうとしなくなったのも思い出した。「彼女が家を出たというのは間違いないんだな?」

「見張りにつけてた男が一〇分ほど前に知らせに来ました」ディードルが答える。「あのお方は朝のお出かけがご趣味なんですかね?」

「約束破りが趣味なのさ」グリフィンは裸の胸にかかったシーツを落としてベッドに座り直した。ヘロのことを考えながら顎をかく。こちらを避けようとしているのだろう。あのキスがそれほどまでに彼女を怯えさせてしまったのか? 「行き先はセントジャイルズで間違いないな?」

「ばかでかい従者を連れて馬車でお出かけです。それに社交の場に出かけるにしては時間が早すぎますよ」ディードルが目を細めて肩をすくめた。「それで行き先は見当がつくと思いますけどね」

グリフィンはため息をついた。なるほどディードルの言うとおりだ。

ふらつく足でベッドから離れ、鉢の水で顔を洗った。「ニック・バーンズから連絡は？」

ディードルがひげをあたる準備をしながら答える。「ありません」

「くそっ」グリフィンは顔をしかめた。ニックはいつも朝いちばんで報告をよこすのが日課になっている。彼が単に寝坊をしているだけなのか、あるいはもっと始末に負えない何かが起きたのかも確かめなければならない。ただし、まずはレディ・ヘロの件を片づけ、ゆうべ衝動に屈した結末がどうなるのかを見届けなくては。

一五分後、グリフィンは借り物の屋敷の玄関を出た。ロンドンのウエストエンドにあってもっとも洗練された場所とは言いがたいが、家族の平穏な日々のためにはトマスと離れて暮らした方がいいと、グリフィンはずっと昔に決めたのだ。

玄関の階段下では、若い使用人に手綱を握られたランブラーが待っていた。グリフィンは愛馬の首を叩いてから鞍に飛び乗り、使用人にシリング硬貨を投げてやった。

よく晴れた日だ。ランブラーも快調にロンドンの通りを駆け抜けていった。二〇分もしないうちにグリフィンはヘロの馬車を見つけ、豚の群れのうしろから近づいていった。

そうして御者に手を振り、彼は馬車に乗りこんだ。御者は黙ってうなずき返しただけだった。

「おはよう」腰をおろしながら言う。

「出ていって」ヘロが応えた。

片方の手で胸を押さえ、グリフィンはおどけた。

「きみのような美人からそんなつれない扱いを受けるとは」

ヘロは彼を見ようともせず、仮面のような取り澄ました表情で窓の外に視線を向けたままだった。かすかに赤くなった頬が、この落ち着き払った態度が偽りのものであると告げている。「あなたはここにいてはいけないのよ」

「そうとも」グリフィンは脚を伸ばし、かかとのあたりで交差させた。なじみのない罪悪感が胸にこみあげる。馬車の外から聞こえる豚の鳴き声が警告のように響いていた。「本来ならわたしは自分のベッドで眠っていて、まだ夢の中にいるべきなんだ。だがきみが早起きして、わたしに黙ってセントジャイルズに出向こうとしているのは、わたしのせいじゃない」

いらついたようにヘロが口をとがらせた。「こういうのはまずいわ」

グリフィンは彼女が行き先を否定しなかったことに気づいた。

「きみの兄上かトマスに、セントジャイルズでしていることを話したのかい？」

「いいえ、でも――」

「それなら、わたしはきみと一緒に行く」

ヘロが目を閉じる。まるで痛みをこらえているかのような表情だ。

「こんなことをしていてはいけないというのは、あなたもわかっているんでしょう？」

そこまで彼女を傷つけてしまったのだろうか？　グリフィンは珍しく自信を失い、咳払いをした。「ゆうべのことだが……」

素早くてのひらを彼に向けて上げ、ヘロが視線をそらした。「やめて」

グリフィンは口を開いたが、ヘロは彫像のように固まったままだ。彼女自身のどこか奥深くに入りこんでしまったようにも見える。

なんてことだ。グリフィンは開いた口を閉じ、動きだした馬車の窓の外を眺めた。どうやら完全にしくじったらしい。もしやり直せるものなら……どうするんだ？　あのキスを否定することなどできないのに。

ため息をつき、目を閉じて頭をクッションにもたせかける。あれは素晴らしいキスだった。今でも、ヘロのやわらかな唇や、体に押しつけられたふくらみの感触が残っている。自分の胸の高鳴りもありありと思い出せた。もちろんそのときは興奮し、欲情していたのだが、おかしなことに記憶に焼きついたのはそうした性的な事象ではなく、むしろ甘くせつない感情だった。たしかに間違った行動だったけれど、それと同じくらい正しいと感じていたのだ。

そして、兄の婚約者にキスをするのは愚かな行為だと重々わかっているにもかかわらず、ヘロがわずかでも受け入れるそぶりを示したら、また同じ行動に出てしまうに違いないという確信がある。

わずかに目を開け、グリフィンは鼻を鳴らした。今朝のヘロにはそんな様子は微塵《みじん》も感じられない。馬車が揺れたらさぞかし大変だろうに、背すじをまっすぐ伸ばして座っている。顔もそむけたままで、彼女の取っている態度の方が正しいのだろう。

結局のところ、彼女の取っている態度の方が正しいのだろう。

グリフィンはため息をついた。

「どうしてこんなに早く、またセントジャイルズに行くんだ？」

「ミスター・テンプルトンが建築現場で会うのに同意してくれたからよ」

眉をあげて説明の続きを待っても、それきりだった。いいだろう。ヘロがそういうゲームを望むならつきあうまでだ。グリフィンは帽子のつばをさげて目を隠し、今朝眠りそこなった分を少しでも取り返そうと座席に背を預けた。

しばらくして馬車がとまり、グリフィンは目を覚ました。言葉もなく立ちあがって馬車を出るヘロを気だるげに見る。唇を動かしかけたものの、何を言っても無駄だろうと思い直した。そのまま車内に残って彼女の戻りを待ってもよかったが、好奇心に負けたグリフィンも馬車をおり、あたりを見まわした。

建築現場はセントジャイルズにあるグリフィンの醸造所の近くだった。馬車の入っていけない細い路地の前にとまっている。ヘロは従者のジョージを引き連れて、つかつかと路地を進んでいった。グリフィンも小走りであとを追ったものの、追いついたときにはすでに彼女とジョナサンは打ちあわせをはじめていた。ジョナサンは黒ずくめの服を着て、丸めた大きな紙を小脇に抱えている。グリフィンに体を向けて挨拶をよこしたが、ヘロはそれを無視して話しつづけていた。

「……あなたもご存じのとおり、今のわたしたちの最大の心配事は、子供たちが粗末な建物で冬を過ごさねばならないことです。何かいいお話を聞かせていただけませんか、ミスター・テンプルトン？」

ヘロが言葉を切ったところでグリフィンは割って入り、友人に手を差し出した。「おはよう、ジョナサン。調子はどうだい？」

「いいですよ、グリフィン卿。上々です」ジョナサンが答え、グリフィンに笑顔を向けた。彼はヘロに向き直ったとたん、刺すような鋭い視線に合ってうろたえ、目をしばたたいた。

「ええと……その……建設の進捗《しんちょく》状況でしたね、レディ・ヘロ。ご覧のとおり、前の建築家は基礎をつくったところで仕事を投げ出してしまいました。わたしもひととおり現場を見てまわりましたが、残念ながら何箇所か不安定なところがあります」

ヘロが顔をしかめた。「つまり？」

ジョナサンはうなずき、眼鏡を押しあげた。

「基礎の大部分は安定しているのですが、掘り起こしてやり直さなくてはいけない箇所があるということです。それから、いただいた資料ではここにあることになっている購入ずみの石材や木材、その他の資材が見あたりません」

「盗まれたのか？」グリフィンはきいた。

「はい。あるいは、そもそも買っていなかったのかもしれません」ジョナサンは困り顔で続けた。「いずれにしても、建設を進めるには資材の購入からはじめないといけませんね」

グリフィンが顔を向けると、ヘロは悔しそうに唇をかんでいた。

「それでは……資材を買う資金を調達しなくてはいけませんね。前回は石材を船で運ぶだけで何週間もかかりましたから」

「それでしたら」ジョナサンが頼もしげに胸を張った。「いい話がございます。上等のみかげ石をロンドンの倉庫に保管している業者がわたしの知りあいにおります。品質面での問題はないと保証できますよ。最初の計画に書かれているイタリア製の大理石とは違ってしまいますが、みかげ石だって立派なものですし、費用も抑えられます。代金の支払期限を延ばしてもらえるよう、わたしから頼んでみましょう。きっと承諾してもらえるはずです」

ヘロは安堵したようだった。「それはいいお話ですわ、ミスター・テンプルトン！　石材の手配や発送はあなたにお任せいたします。では、つぎの問題に移りましょう」

建物の基礎に腰をおろし、グリフィンはジョナサンと現場を見てまわるヘロが戻ってくるのを待った。上を向くと、顔に降りそそぐ太陽の光が感じられる。このあと彼女を自宅まで送り届け、ふたたびセントジャイルズに戻ってこなくてはならない。ニックと司祭の件を話しあわねばならないのだ。グリフィンは疲れを感じ、首のうしろをもんだ。このまま永遠に気を張って警備をしながらロンドンで醸造所を維持しつづけるのは不可能だろう。司祭と金で話をつけるという手もあるのだろうが、敵に金をくれてやる気にはなれない。それ以外に裏社会の黒幕の干渉を排する手といえば、暗殺くらいのものだ。

自分の考えにうんざりして、グリフィンは思わず笑った。いくらなんでも、まだそこまで悪に染まってはいない。

「閣下！」

顔をあげると、馬車に残っていた従者がグリフィンに向かって小走りで駆けてくるところだった。

緊張が走り、彼は背すじを伸ばした。「どうした？」

「馬車にあなたを探しているという男がいます。ニックの使いだとのことです」

ヘロとジョナサンもちょうど戻ってきて、彼女はこの日はじめてまともにグリフィンに顔を向けた。「どうしたの？」

「仕事の話だよ」グリフィンはジョナサンを見た。「用はすんだのか？」

「ええ、ですが……」

「では、行こう」グリフィンはヘロに告げ、早足で馬車へと戻りはじめた。彼女を一緒に連れていくのは気が進まないが、セントジャイルズをひとりでうろつかせるよりはましだ。

「くそっ」

ヘロはいぶかしげな顔をしつつも、彼に歩調を合わせてついてきた。馬車の脇にはニックの手下の若者が待っていた。若者はヘロの姿を見たとたんに目を見開き、あわてて帽子を取った。きっとレディと呼ばれる貴族階級の女性をはじめて見るのだろう。

「何があった？」グリフィンは鋭く尋ねた。

若者がわれに返って飛びあがり、ヘロから視線を引きはがした。

「ニックが話があるそうです、閣下。できるだけ早くお戻りを」

グリフィンはうなずいた。「おまえはこの馬車のうしろにつかまれ」

御者に行き先を告げてヘロが乗りこむのに手を貸すと、グリフィンは出発の合図に馬車の天井を叩いた。

ヘロはクッションにどっかりと腰をおろすグリフィンを見つめていた。

「あの使いの若者はどうやってあなたを見つけたの？」

「行き先はあらかじめ告げてある」彼は気もそぞろで答えた。

ありがたいことに、ヘロはそれ以上の質問を控えてくれた。馬車は早くも醸造所の前に差しかかり、速度を落としていた。

「ここにいてくれ」グリフィンは彼女に命じてから馬車を飛びおりた。

門をくぐると、中庭でニックが待っていた。

「こっちです」醸造所の建物を顎で示し、先に立って歩きだす。

建物の中では、地獄の業火を思わせる火が内部を照らしていた。数人の配下たちが床の上の何かを取り囲むようにして立っている。グリフィンが近づいていくと、床には男が横たわっていた。

いや、かつて男だったものが。

死体の状態はひどいもので、体の関節があらぬ方向にねじ曲がっている。グリフィンは遺体の顔を見て思わず目をそらした。

「トミー・リースでさ」ニックがわらの束に唾を吐いて言った。「昨日の午後にビールを飲みに出て、一時間前にこの状態でここに投げこまれました」

グリフィンはこぶしを握りしめた。トミーのことは知っている。たしかまだ二〇歳にもなっていないはずだった。「トミーは何か言い残したか？」

ニックが首を振る。「投げこまれたときにはもう死んでました」押し黙った男たちを一瞥《いちべつ》し、彼はグリフィンを脇に連れていった。「拷問ですよ、旦那」

「間違いないな」グリフィンは顔をしかめた。「トミーは何か重要なことを知っていたのか？」

「いいえ、まだ日が浅かったんで」

「だとすると、これは司祭からの警告だな」

「それにここの連中への脅しですね」ニックが声を落とした。「もうふたり逃げちまいましたぜ。ここにいた方が安全だと言ってやったんですが、とめられなかった」

「くそっ」グリフィンは首をまわしてこわばった筋肉をほぐそうとし、それから男たちを見やった。「こいつは宣戦布告だ。今夜から夜の外出を禁止する。昼間でも表に出るときは必ず複数で出るんだぞ。いいな？」

男たちはうなずいたが、誰ひとりとしてグリフィンの目を見ている者はいなかった。

怒りで叫びだしたいのをこらえ、彼は不敵に笑みを浮かべてみせた。

「それから、おまえたちの給金はたった今、倍になったぞ。明日までここに残った者にはたっぷりはずんでやる。だが、今夜逃げだした者は必ずこうなるからな」顎でトミーの遺体を示す。

目を合わせてうなずくまで、グリフィンは男たちひとりひとりの顔を順に見ていった。

そして最後に首を傾けて合図を送った。「仕事に戻れ」

男たちが持ち場へ戻っていく。笑っている者もうれしそうな者もいないが、少なくとも裏で敵に寝返る相談をする者はいなくなるはずだ。ニックがふたりの男たちを脇に連れていって小声で指示を伝え、哀れなリースの遺体を中庭に運び出させた。グリフィンはその様子を見届けてから振り返り、暗澹《あんたん》とした気分で作業場にたかれた炎を見つめた。

「なんてこと」背後で女性の声がした。

振り向いたグリフィンを待っていたのは、ヘロの険しい視線だった。

「あなた、ジンの密造をしているのね！」

7

つぎの日の朝早く、女王は三人の候補者たちを王の間に招きました。銀と金に輝くドレスを身にまとい、真夜中の暗闇を思わせる漆黒の髪をきちんと結いあげて金の王冠をかぶった女王の美しさと威厳に、その場にいるすべての人が感嘆の息をもらしました。そして女王は並んだ候補者たちを見て、ひとつの問いを投げかけたのです。「わたしの王国の礎はなんだと思いますか？　真夜中までに答えを考えて、ここに戻ってきてください」

イーストサン王子はウエストムーン王子に、ウエストムーン王子はノースウインド王子に目をやり、それから三人はそれぞれ急いで自分の部屋に戻っていきました。でも、厩舎頭だけは女王の問いを聞いたとき、心の中でにっこりと微笑んでいたのでした。

『黒髪の女王』

ヘロは自分が目にしている光景が信じられなかった。しかし、この光景こそが何よりの証拠だし、彼女の嗅覚《きゅうかく》もこれが幻ではないと告げていた。大きな倉庫のような空間に巨大な釜が据えられ、その下には火がたかれている。そしてアルコールと香りをつけるために使うビャクシンの実の匂いが建物の内部にたちこめていた。これは紛れもなくジンの――しかも違法な――醸造所だ。

グリフィンは、自分がしていることを見つかっても身じろぎもしなかった。

「いったい何がどうなっているの？　今、中庭に運ばれていった死体は何？」ヘロはグリフィンを見つめて説明を待ったが、彼は黙ったまま背を向けてしまった。

むしろグリフィンよりも、その隣に立っている大きくて筋骨たくましい男性の方が動揺している。「旦那、あの方は――」

「〝あの方〟は待たせておけばいい」グリフィンがはっきりと言った。

ヘロの顔が紅潮した。いまだかつて、こんなふうに傲慢な態度で無視されたことは一度もない。おまけに、この悪党にキスを許してしまったのはついゆうべの話なのだ！

そのまま踵《きびす》を返してこのひどい建物から立ち去ろうとしたヘロだったが、いつの間にか脇にいたグリフィンに腕をつかまれていた。

「放して」彼女は食いしばった歯のあいだから言った。

グリフィンがまったくの無表情で応える。

「仕事がまだ残っているんだ。終わったらきみを家まで送る――」

強引に腕を引き抜き、ヘロは彼に背を向けた。

「ヘロ」グリフィンは静かに彼女の名を呼び、つぎに別の誰かに向かってそれよりも大きな声で告げた。「わたしが行くまで彼女の馬車を出発させるな」

「わかりました」男性がふたり、ヘロを追い越して表に駆けていった。グリフィンが汚い〝仕事〟をしているあいだ、彼女を足どめするつもりなのだ。ヘロはたしかな足取りで馬車に向かって歩きつづけた。あんな悪党に動揺してあわてている姿を見せたりするものですか。馬車まで行き、グリフィンの手下を無視して中に乗りこむ。

待たされている時間は短かったが、グリフィンが馬車を揺らして乗りこんできたときのヘロの気分は上々とはほど遠かった。彼は天井を叩いて合図をしてから座席に腰をおろし、窓の外に顔を向けた。ふたりとも黙ったままで数分が過ぎると、とうとうヘロは我慢できずに口を開いた。

「どういうことか説明する気はないの？」

「ないね」グリフィンがきっぱりと答える。彼女は怒りがこみあげるのをはっきりと感じた。

「あれは醸造所だったわ」

「そうだ」

「ジンの」

「ああ」

ヘロは眉をひそめてグリフィンをにらんだ。怒りは激しくなる一方だ。あと少しでまたしても人形の仮面が壊れてしまいそうだが、なんとかこらえて声の調子を保たなければならない。それでも言葉が喉を引っかくように感じられた。「ジンがこのセントジャイルズでどれだけの人に悲劇をもたらしているか、あなたは知らないとでも言うの？」

グリフィンは押し黙っている。

ヘロは身を乗り出し、彼の膝を叩いた。

「答えなさい。それともあなたは悪い冗談か何かのつもりでこれをやっているの？」

大きくため息をつき、グリフィンが彼女に顔を向けた。その顔はあまりにも疲れきっていて、衝撃を感じずにはいられないほどだった。「まさか。冗談なものか」

目に涙がこみあげる。ヘロは自分の声が震えているのを恐ろしい思いで聞いた。

「母親がジンに酔っているあいだにも赤ちゃんは飢えているのよ？　飲みすぎでやせ細った死体が道端に放置されているのを、あなただって見たでしょう？　ジンがもたらす害悪に怒りを感じたことはないの？」

グリフィンが目を閉じた。

「わたしはあるわ」みずからの感情をもてあまし、ヘロは唇をかんだ。グリフィンが愚かな人間でないのはわかっている。彼がこんなことをしているのには理由があるはずなのだ。

「説明して。なぜ？　どうしてあなたはこんなひどい商売に手を染めているの？」

「その〝ひどい商売〟がマンダビル侯爵家を支えているんだよ、レディ・パーフェクト」

ヘロは激しく頭を振った。「わからないわ。マンダビル侯爵家がお金に困っているなんていう話は聞いたこともないわよ」

グリフィンが口をゆがめて皮肉な笑みをつくった。

「そいつはどうも。つまりわたしが商売をうまくやっていたということだな」

「説明なさい」

「先代の侯爵が一〇年前に死んだ」

「知っているわ」ヘロは婚約を発表した夜にバティルダと交わした会話を思い出した。「あなたはその直後に大学をやめて、ロンドンで遊び歩きはじめたんでしょう」

今度は本物の笑みを浮かべて、グリフィンは言った。

「その話は気に入っている。真実よりもよほど微笑ましいからね」

「真実って？」

「家の金が尽きかけていたのさ」グリフィンは信じられないという顔のヘロに向かってうなずいた。「わたしの父親は、よく言っても〝まずい忠告〟に従っていてね。投資を繰り返して、家の金をほとんど使い果たしていたんだ。もっとも、そんな事情はわたしには知らされていなかった。わたしは次男だし、父とトマスはわたしには関係のない話だと思っていたんだろう。だから、いざ葬儀という段になって、わが家が苦境にあると母に聞かされたときは仰天したよ」

「それで家を救うために大学をやめたの？」ヘロは疑わしげに尋ねた。「でも、なぜあなたが？　家の財産を管理する人を見つけるのはトマスの役目でしょう？」

「まず――」グリフィンは指を一本立てて、こともなげに言った。「財産の管理に人を雇う金がそもそもなかった。それにトマスは愛すべき先代と同じで、経済観念がまるでないんだ。

父上が死んで一週間で、残っていたわずかな金も使い果たしてしまった」

「そして、あなたはお金を稼ぐことが唯一の得意分野だったのね」ヘロはゆっくりと言った。「わたしにお金を貸す提案をしたとき、あなたは自分でそう言ったわ。お金に関しては信用してくれていいって」

グリフィンがうなずいた。「トマスが何をしていたのか、母上が察してくれて助かったよ。母上には父上に隠していたわずかな遺産があったんだ。最初の一年をどうにかこのわずかな金でしのいで、次の年からはわたしの醸造所が軌道に乗りはじめた」

醸造所というその言葉で、ヘロは最初の心配事に引き戻された。「でも……ジンの醸造なんて……どうしてよりによって、ジンじゃないといけなかったの？」

上体を前に倒し、グリフィンは膝の上に肘をついた。

「ほかに手がなかったんだ。わたしが学校から戻ったとき、母上は悲しみと不安で自分を保っているのがやっとだったし、家財道具は父上の借金を返すためにほとんど売り払ってしまっていた。しかもひっきりなしに借金取りがやってくるんだ。それなのにトマスときたら、新しく買うことにした馬車がどれだけ立派かなんていう話をしている。ちょうど季節は秋で、わたしの手元にあったのはいくばくかの出来のよくない穀物だけだった。ほとんど湿気でだめになりかけていたんだが、それでも引きとってくれる仲買人がいてね。その仲買人はジンの醸造業者に転売するという話だった。そこで思ったんだ。〝どうして儲《もう》けの大半をほかの連中にくれてやらなければならない？〟と。わたしは古い蒸留施設を買いとり、前の持ち主だったじいさんにいくらか余分に払って使い方を教わった」

グリフィンは身を起こして、座席の背にもたれた。

「そして二年後には、キャロラインを社交界に出してやれるようになったというわけだ」

「トマスは？」ヘロは静かに尋ねた。「あなたが家族を助けるために何をしているか知らないの？」

「心配いらないよ」グリフィンは絶望的なまでに皮肉な口調でつぶやいた。「きみの婚約者はこの仕事とはいっさい関係ない。トマスは自分の服を買う金の心配なんかよりも、ずっと高尚な問題を抱えているからね。借金取りよりも議会の方に夢中なのさ」

「でも――」状況を理解しようと、ヘロは眉間にしわを寄せて考えた。「トマスだって、自分のお金がどこから出ているのか、何かしらの考えがあるはずだわ。彼に尋ねられたことはないの？」

「ないね」グリフィンは肩をすくめた。「疑問には思っているかもしれない。だとしても、兄はわたしには何も言わないよ」

「あなたの方から打ち明けようとはしなかったの？」

「まさか」

ヘロは困惑し、自分の手を見つめた。金を得るためにグリフィンがしているのは、非難されてしかるべき行為だ。だが、一度も自分の収入の出所を尋ねもせず、ただ富を享受している男性というのはどうなのだろう？　トマスだって、グリフィンと同じようにとがめられるべきなのでは？　あるいはグリフィンよりも、トマスの方が罪深いのかもしれない。ジンを扱う商売につきものの魂を引き裂かれるような悲劇とは無縁のまま、利益だけを手にしているのだから。そういう男性にふさわしい呼び方があるのをヘロは知っていた。

〝臆病者《おくびょうもの》〟彼女の心の奥深くで、小さくつぶやく声がした。

あわててその声を脇に押しやり、ヘロはグリフィンを見た。「わたしの兄がこのことを知ったら、すぐさまあなたを判事の前に引きずり出すわ。ジンがかかわっているとあれば、マキシマスはどんな事情だろうと絶対に聞く耳を持たないはずよ」

「かわいい妹が醜聞に巻きこまれる危険を冒しても？」グリフィンは片方の眉をあげた。「そうは思えないな」

頭を振り、彼女は窓の外を見た。馬車はセントジャイルズをあとにして、はるかに見栄えのする地区に入っている。「あなたはマキシマスを知らないのよ。兄はジンと、ジンがロンドンの貧しい人々にもたらす弊害に取りつかれているの。わたしたちの両親が亡くなったときからずっとそうだわ。ジンのせいで両親は殺されたと思っているのよ。あなたがじきにわたしの義理の弟になるからといって、見逃すとは思えない」

グリフィンは肩をすくめた。「それでも、わたしはその可能性に賭けるしかない」

ヘロは口をとがらせて尋ねた。「醸造所にいた大柄な男性と何を話していたの？」

彼がため息をつく。「商売敵がいてね。もっとも、そんな生やさしい男じゃないんだが――とにかくその男が、わたしをこの商売から締め出そうとしているのさ」

いやな予感がして、彼女はグリフィンを見つめた。「どんな商売敵なの？」

「醸造所を破壊しようとしたり、わたしのところで働いている者の遺体を壁越しに投げこんだりするような男だ。だからわたしはロンドンに戻ってきた。まあ、きみとトマスの婚約がととのったこともあるけどね」

「なんてこと」ヘロは頭を振った。そんな危険な犯罪者とのもめごとを抱えているのだ。冗談など言っている場合ではないだろうに。「じゃあ、さっきの遺体は――」

「名前はリース。彼が犯した罪はただひとつ、昨日酒を飲みに外に出たことだけだ」

彼女の体が震えた。「かわいそうに」

「きみは心配しなくていい」グリフィンが言った。「さっきも言ったが、トマスは本当にこの件とかかわりないんだ」

信じられない思いで、ヘロは彼を見た。グリフィンは本気で彼女をそんな薄っぺらな人間だと思っているのだろうか？

「あなたが家族のために必死だったことはわかったわ」ヘロはゆっくりと言った。「でも、今はそんな苦境にないわけでしょう？　もしあなたの家に経済的な問題があったら、わたしが結婚する契約を結ぶ前に兄が気づいていたはずよ」

「きみの兄上は狡猾《こうかつ》だからな」グリフィンが応える。「きみの言うとおりだよ。今のマンダビル侯爵家の台所事情にはなんの問題もない。きみの兄上も何も見つけられなかった」

「それなら、どうしてまだジンの醸造を続けているの？」

「きみにはわからないだろうが――」グリフィンが言いかけた。

「庇護者《ひごしゃ》ぶるのはやめて」ヘロはぴしゃりと言った。

グリフィンの緑色の目が険しくなった。「わたしには家族がいるんだよ、レディ・パーフェクト。キャロは結婚できたが、メグスはまだ独身だ。きみにだって、よくわかっているだろう。いい相手を見つけようと思ったら、それなりのドレスも必要になる。メグスが無事に嫁いで、わたし自身の懐も安定するまで、今の商売から手を引くわけにはいかないんだよ。妹にいい結婚をさせるためにも、醸造で稼ぐ金が必要なんだ」

ヘロは目を閉じ、彼に本音で語りかけた。「わたしたちには違いがあるわ、恥知らず《シェイムレス》卿。この数日のあいだ、何度もあなたを本当に嫌いだと思ったのも事実よ」グリフィンが鼻で笑ったが、彼女はかまわず続けた。勇気を失ってしまう前に自分の立場をはっきりさせておく必要があったからだ。「けれど色々あって、わたしたちはお互いを知るようになった。言わば友人同士みたいなものになれたとわたしは思っているの」

しばしの静寂が訪れた。グリフィンが呼吸までやめたように思えるほどの完全な静寂だ。ヘロは目を開けて彼を見た。膝の上に肘をつき、瞳の奥には思わず息をのむような何かをたたえている。彼女は両手を握りしめ、勇気をかき集めた。

「そう、友人よ」ヘロは彼と自分自身の両方に言い聞かせるように告げた。「だから友人としてお願いするわ。お金を稼ぐのにこんな商売をするのはやめて」

「メグスが――」

勢いよく頭を振り、彼女はグリフィンの言葉をさえぎった。「夫を探すためにマーガレットがドレスを必要としているのはわかるわ。でも、お金を得る手段ならほかにもあるはずよ。ジンがどうやって貧しい人たちの生活をめちゃくちゃにしていくか、わたしはずっと見てきたの。今のあなたは自分の家族とお金しか見えていないかもしれない。だけど、いつか顔をあげてまわりを見なければならないときがやってくるわ。そのときになってあなたは、自分と自分が世に出したジンがどんな悲劇を生んだか、まのあたりにするのよ。そうなったら今度は、ジンがあなたを破滅させるわ」

「友人か」ヘロの警告を無視して、彼は座席の背に身を預けた。「きみにとって、わたしは本当にそういう存在なのか？」

予期していなかった問いに、彼女は目をしばたたいた。「そうよ。いけない？」

グリフィンは肩をすくめ、不機嫌そうな表情でヘロを見た。

「いけなくはないさ。ただ、友人というのは……やさしい響きがする言葉だ。きみは友人なら誰にでも、ゆうべのようなキスをするのかい？」

彼女は眉をひそめた。グリフィンがゆうべの話を持ち出すのは予想していたが、それでも体がかすかに震えるのを抑えられなかった。彼の熱い唇の感触が頭をよぎる。

「ゆうべの話はしたくないと言ったはずよ。もうすんだことだわ」

「忘れたとでも？」

「そうよ」

「面白いな」グリフィンが顎をなでた。「わたしはむしろ忘れられないよ。この唇に触れたきみの唇はとてもやわらかで、甘かった」

その言葉にヘロの体がほてりはじめた。ゆうべと同じ欲望が体内に火花を散らしはじめる。グリフィンにかかると、いとも簡単に火をつけられてしまうのだ。

「やめて」彼女は小声で言った。「自分が何をしているか、わかってるの？」

今度はグリフィンが目をそらす番だった。「正直なところ、わたしにもわからない」

「わたしはトマスと結婚するの」ヘロは告げた。「今から五週間後にね。わたしたちは義理の姉と弟になる間柄よ。ゆうべのことは忘れて」

それは間違っていると言いたげに、グリフィンが口をゆがめた。

「きみは本当に忘れられるのか？」

黙ったままヘロは顎をあげた。

「だろうな」彼がつぶやく。「いまいましいね。まったくいまいましい」

グリフィンは上着のポケットから一冊の本を出して彼女の膝の上に投げてよこし、それからむっつりとして窓の外へ視線を移した。

ヘロは下を向いた。トゥキュディデスの『戦史』だ。革の表紙を指でなぞるうちに、目に涙がこみあげてきた。

「ああ、ミセス・ホリングブルック。お手紙が届きましたよ！」ネル・ジョーンズが紙をひらひらさせながら台所に入ってきた。

サイレンスはこれから伸ばそうとしていたビスケットの生地から顔をあげた。生地はどうにも少ないし、出来も悪そうだった。

ネルが生地を見て眉間にしわを寄せた。

「あとはあたしがやりますから、座ってお手紙でも読んでいてくださいな」

喜んでネルにあとを任せ、サイレンスは鉢の水で手を洗い、椅子を台所のテーブルへと運んだ。メアリー・ダーリンは床でやかんと大きなスプーンを使って遊んでいたが、サイレンスが座ったのを見ると近寄ってきて抱っこをせがんだ。

赤ん坊を抱きあげて頭のてっぺんにキスをする。この七ヵ月でメアリー・ダーリンの髪はすっかり伸びていた。インクのように真っ黒でくるくると巻いた髪だ。

メアリー・ダーリンを膝にのせ、手紙を見せる。「あなたは誰からだと思う？」サイレンスは慎重に手紙の封を開いた。

「ホリングブルック船長ですか？」ネルが尋ねた。頭の上でどすんという音がして、続けて牛の群れが駆けていくような足音が響いた。今の時間帯は、子供たちはメイドに見張られて本を読んでいるはずなのだが、どういうわけかその日課は大暴れに終わることが多い。

サイレンスはため息をついて視線を手紙に落とした。「ええ、ウィリアムからだわ」

「よかったですね。さぞうれしいでしょう」

「そうね」なかばうわの空で応える。

興味津々のメアリー・ダーリンに奪われないようによけながら、サイレンスは手紙を読んだ。ウィリアムは〈フィンチ号〉と貨物、海で出会った嵐《あらし》や商船同士の戦いについて書いていた。

「さあ、あんたにはこれをあげるわ」ネルがメアリー・ダーリンに声をかけ、ビスケットの生地を少し渡してやった。

船員たちが撃った海鳥について、そして航海の途中で見かけたフランスの船について……サイレンスは夫の几帳面《きちょうめん》な手書きの文字を目で追っていき、最後に〝ウィリアム・H・ホリングブルック〟というサインまでたどりついた。うつろな目で手紙を見つめ、もう一度最初からゆっくりと、探るようにして読んでいく。だが、彼女にはわかっていた。ふたりだけに通じる冗談も、愛情を示す言葉も、家に帰りたいとも、きみが恋しいとも書かれていない。実際、宛先《あてさき》がサイレンスでなくとも一向に差しつかえのない手紙だった。

「旦那さまはお元気ですか？」ネルがきいた。

「ええ、元気よ」サイレンスが顔をあげると、メアリー・ダーリンが真剣な顔つきでビスケットの生地をちぎって口へ運ぶところだった。赤ん坊は何かを考えこむような顔をして生地をしゃぶっている。「だめよ、メアリー・ダーリン。まだお料理の途中なの」

ネルが赤ん坊に笑いかけた。「もうできあがりだと思ってるんですよ」

「あとでお腹《なか》を壊したりしないかしら？」サイレンスは心配そうに尋ねた。

ネルが肩をすくめる。「大丈夫ですよ。ほとんど小麦粉と水ですから」

「でも……」

サイレンスはメアリー・ダーリンの指を開かせて生地を取りあげた。当然ながら赤ん坊は大いに不満を感じたらしく、大声でぐずった。

誰かが玄関の扉を叩く音がする。

「あたしが見てきましょうか？」ネルが赤ん坊の泣き声に負けじと声を張りあげた。

「いいえ、わたしが出るわ」サイレンスは答え、メアリー・ダーリンを抱きあげて左右に揺すった。「誰かしらね？　王さまか女王さまかしら？　ひょっとしたらパン屋さんかもしれないわよ？」

メアリー・ダーリンが生地を取られたのも忘れ、きゃっきゃと笑いはじめた。サイレンスはそのまま赤ん坊を背負い、玄関に向かった。扉を開けて外をのぞくと、階段の上にきちんと結ばれたハンカチが置いてあるだけで人の姿はなかった。ハンカチを見てすぐに顔をあげ、サイレンスは路地に目をやった。向かいの建物では女性が玄関先の掃除をしている。通りでは男性がふたりがかりで手押し車を押していて、別の男たちが数人で小さな犬をめぐって言い争いをしていた。誰もこちらに注意を払っている者はいない。

身をかがめてハンカチを拾いあげる。結び目はゆるく、片手でも簡単にほどけた。ハンカチの中には熟しておいしそうなラズベリーがたくさん入っていた。どれも傷ひとつない上物だ。

メアリー・ダーリンが声をあげ、ふたつつかんで口に持っていった。

ラズベリーの隙間から紙がのぞいている。サイレンスがつまみあげると、そこには単語がひとつだけ書かれていた。

〝ダーリン〟

サイレンスがふたたび路地に目をやっているあいだに、メアリー・ダーリンがさらに三つのラズベリーをつかみとった。おかしなことに、誰かに見られているような気がする。彼女は身震いしながら扉を閉めようとした。

そのとき、路地の方で叫び声がした。四人の男たちが小走りに角を曲がって姿を現わし、逃げようとする貧しい身なりの年配の女性を取り囲んで腕をつかんだ。

「放せ、ろくでなしども！」女性が叫ぶ。「あたしは何もしてないって言ってるじゃないか」

「なんてこと」サイレンスの背後でネルがつぶやく声がした。サイレンスは振り返ってメイドを見てから、ふたたび視線を路地に戻した。人々が窓や扉から頭を突き出し、野次馬も集まりはじめた。

「さがれ！」男のひとりが叫び、頭の上で棍棒を振りまわした。

建物の上階からぶちまけられた汚水がかかりそうになり、男たちはさらに足を速めた。

「密告者ども」ネルが吐き捨てるように言う。「哀れな女ですよ。ジンを売って金を受けとった罪で裁判にかけられるんです」

「あの女性はどうなってしまうの？」サイレンスはジンがセントジャイルズにもたらす害を忌み嫌っていたが、同時にジンを売る人々も食べ物や家族のために金を稼ごうとしているだけなのだと知っていた。

「牢屋《ろうや》か、下手をすればもっと悪いですね。証人を用意する金があるかどうかですよ」ネルが頭を振った。「さあ、中に入りましょう」

最後に駆けていく男たちを一瞥し、サイレンスは扉を閉めて鍵《かぎ》をかけた。

「ところで、手に何を持ってるんです？」ネルがきいた。

「ラズベリーよ」ハンカチを見せながら答える。

「一〇月にわざわざ？　ずいぶん親切ですね」ネルは台所に戻っていった。

たしかに親切だ。サイレンスはラズベリーをひとつ取って、メアリー・ダーリンの口に入れてやった。先月は階段の上に赤ん坊の服が置かれていたし、その前の月は砂糖菓子の包みだった。サイレンスの家の前に置き去りにされたメアリー・ダーリンを見つけた月から、この幼子宛に毎月、小さな贈り物が届くようになったのだ。

贈り物には毎回、同じ単語が書かれた紙がつけられていた。〝ダーリン〟だ。

そもそも最初に赤ん坊を見つけたときも同じ紙が一緒に置かれていて、サイレンスはそこからこの子をメアリー・ダーリンと名づけたのだった。

「あなたの崇拝者がいるのかしらね？」彼女は赤ん坊の耳に口を寄せてささやいた。

けれど、メアリー・ダーリンはラズベリーで真っ赤になった唇で楽しそうに笑っただけだった。

「男性というのは変われるものかしら？」ヘロは食事の席で言った。

皿の上の冷めた牛肉をつつく。一緒にいるのはバティルダとフィービーだけだ。バティルダは家での夕食に豪勢な料理はもったいないという考えの持ち主だった。

だが、ヘロは冷めた牛肉はどうしても好きになれない。

「無理ね」バティルダが珍しく即答した。したたかな彼女は、はっきりした意見はめったに口にしないのに。

「どんな変化のことを言っているの？」フィービーがきいた。

ろうそくの光を眼鏡に反射させ、妹は興味深げに首を傾けていた。今日は明るい黄色のドレスを着ており、こぢんまりした食堂の中にあってひときわ輝いて見える。

「さあ、どんな変化かしら」ヘロは迷ってみせたものの、どんな変化なのかはもちろんわかっていた。「そうね、たとえば賭け事が大好きな男性がいるとするでしょう？　すっぱりとやめられるものかしら？」

「無理ね」バティルダが同じ返答を繰り返した。顔を前に向けたまま、彼女は右手をテーブルの下にやった。そこにはミニョンがいる。

ヘロもフィービーも、バティルダのしていることを見て見ぬふりをした。

「やっぱり、その人によるんじゃない？」フィービーが慎重に言う。「それに変わろうとする動機も関係あるかもね」彼女は小さな牛肉をつまみ、テーブルの下に手を持っていった。

「ばかばかしい」バティルダがにべもなく言った。「よく聞くのよ。殿方を変えられる女性なんて存在しないわ。たとえ、どんな動機があろうとも」

「ビートのお皿を取って」フィービーがヘロに言い、あらためてバティルダに尋ねた。「どうしてそう言いきれるの、おばさま？」

「女の知恵よ」バティルダが答える。「レディ・ペパーマンの話を聞けばわかるわ」

「誰ですって？」ヘロは口をはさんだ。妹に手渡す前にビートを自分にも少し取り分ける。こちらも冷えているのは変わりないのだが。

「ずっと前の話よ」バティルダは言った。「よく聞いて。ペパーマン卿は博打《ばくち》好きで知られていたの。それも運の悪い方としてね。一度なんて賭けに負けて服を取られてしまって、下着にかつらという姿で帰っていったそうよ」

フィービーが思わず噴き出し、あわててナプキンで口を覆った。

だがバティルダは話すのに夢中で、フィービーの様子に気づいていないようだ。

「ある日、レディ・ペパーマンはお金がすっかりなくなって、夫に賭けをしないようにお灸《きゅう》を据えてやろうと思いたったそうよ」

「そうなの？」ヘロは興味を覚えて尋ねた。牛肉のかけらをつまんでテーブルの下に持っていくと、あたたかいミニョンの鼻先が手に触れ、すぐに手から牛肉が消えた。「どうやって？」

執事のパンダースとふたりの従者たちは、何があっても表情を崩さないのが身についている。しかし、三人ともわずかにバティルダの方へ身を傾け、聞き耳を立てていた。

「賭け事がしたいなら好きにすればいいと言ったのよ。ただし下着姿で、という条件付きでね！」バティルダが言った。

使用人たちを含めて部屋にいるすべての者がバティルダの言葉に呆気《あっけ》にとられ、あんぐりと口を開けた。

まずフィービーが開いていた口を閉じ、おずおずと尋ねた。「効果はあったの？」

「あるわけないじゃない！」バティルダが言う。「わたしの話を聞いていなかったの？　もちろんペパーマン卿は賭け事を続けたわよ。下着姿でね。それから一年と少しのあいだ負けつづけて、あげくの果てに自分の頭を吹き飛ばそうとしたのよ」

ヘロは息をのんだ。「実際に吹き飛ばしたわけではないんでしょう？」

「幸い、耳の上が欠けただけですんだわ」バティルダがきっぱりと言った。「銃の扱いまで下手だったのよ。そもそも、レディ・ペパーマンがどうしてそんな男性と結婚したのか不思議で仕方ないわ」

軽いうめき声をあげ、ヘロは今の話を頭の中で整理してみた。けれど、いくら考えてもグリフィンの状況にあてはめるのは無理がある気がする。

しばしのあいだ、部屋の中にナイフやフォークが皿にぶつかる音だけが響いた。

「今日、レディ・ベッキンホールを見かけたわ」ようやくバティルダが口を開いた。「ミセス・ヘディントンにひどいお茶を振る舞われたときに。一緒に出てきたのが、乾燥しきったケーキだけだったのよ！　きっと古いものに違いないわ。二日は経っていたわね。レディ・

ベッキンホールもわたしと同意見だったわ」

この勢いではレディ・ベッキンホールも賛成するほかなかっただろう。ヘロは同情を感じながら思った。

「なんでもレディ・ケールは大陸での滞在を延ばす気らしいわよ。冬のあいだは向こうにいるつもりだとか」バティルダが続けた。

ヘロは顔をあげた。「えっ？　それは本当なの？」

「あら、何か問題でもあるの？」

「ええ、あるかもしれないわ」

「どんな？」フィービーが尋ねる。

「新しい孤児院の建設よ」ヘロはため息をついた。「別の建築家を雇ったところなの。前の人はわたしたちのお金を持ち逃げしてしまって」

「なんて恐ろしい！」バティルダは本気で怯えているようだ。

「そうなのよ。だから追加の資金が必要になってしまったの。それも結構な額がね」ヘロは続けた。「レディ・ケールが戻ってくる日を延ばすとしたら、ちょっと困ってしまうわ」

「あの方のご子息は？」フィーピーが言う。「ケール卿と新婚の奥方よ。ロンドンに戻ってこないの？」

バティルダが鼻で笑った。「春まで戻ってこないとしても、わたしは驚かないわね。ビールをつくっている家の娘と結婚したのよ。また招待状を送られるようになるには母親の助けが必要だわ」

「テンペランスもケール卿も、そういう社交界の行事にはあまり関心がないと思うけど」ヘロは口をはさんだ。

バティルダがはっと鋭く息をついた。

「でも、おばさまは正しいわね」ヘロはあわてて言い足した。「たしかにしばらくロンドンには戻ってこないかもしれないわ」

「じゃあ、どうするの？」フィービーが重ねてきいた。

ヘロは頭を振り、従者たちが皿を片づけてデザートのプディングを置くあいだ黙りこんだ。テーブルにプディングが行き渡るの待って、暗い声で言う。

「どうにかして資金を工面しないといけないのよ」

「わたしのお金をつかっていいわよ」フィービーが言う。「お父さまとお母さまが遺してくださったお金があるもの。お兄さまが言うには、かなりの金額らしいし」

「そのお金はあなたが成人になるまでは動かせないのよ」ヘロはやさしく告げた。「でも、ありがとう、フィービー」

フィービーはしばし顔をしかめて考えこんだ。

「孤児院を助けてくれる女性がきっとほかにもいるはずよ」

「そうかしら？」ヘロはプディングをつつきながら言った。

「絶対にいるわ」妹の表情が興奮しはじめている。「つくればいいのよ……組織を」

「男の人が会社をつくるみたいに？」バティルダが眉をひそめた。

「そう」フィービーは言った。「でも、女の人に限定するの。だって男の人が入ると仕切りたがるでしょう？　それに目的はお金を稼ぐことではなくて、与えることですもの。〝〈恵まれない赤子と捨て子のための家〉を支える女性たちの会〟という名前はどう？」

「いい考えだと思うわ、フィービー」ヘロは微笑んだ。フィービーの熱意には拒絶しがたいものがあった。「だけど、お金を与えるのが目的でしょう。どんな人たちに声をかけたらいいのかしら？」

「レディ・ベッキンホールに相談してみたら？」バティルダが思いたったように言った。「彼女には夫が遺した相当な財産があるわよ」

「ええ。でも、その財産からただお金を投げ与えるような真似をすると思う？」ヘロは頭を振った。レディ・ベッキンホールをそれほどよく知っているわけではないが、どちらかといえば社会問題よりもドレスやゴシップの方に興味がある女性という印象だ。

「候補者のリストをつくってみましょうよ。わたしも手伝うわ」フィービーが言う。「リストの名前は〝奉仕の心を持っているかもしれない女性資産家たち〟よ」

「とても役に立ちそうなリストね」ヘロは笑った。

フィービーは満足げにうなり、プディングを口に入れた。

「そういえば、どうして男性は変われるものかなんてきいたの？」

「さあ、どうしてかしら」

「マンダビル侯爵は完璧な男性に見えるのに」フィービーは姉の婚約者を評した。「まさか、あの方が賭け事を?」

「わたしの知る限りではしていないわ」

「していたとしても、ペパーマン卿みたいに奥方に下着でやりなさいなんて絶対に言わせないでしょうね」フィービーが言った。

若い従者が笑いをこらえて息を詰まらせ、パンダースからにらまれた。

突然、ヘロの頭にグリフィンの下着姿が浮かびあがった。たちまち体がほてりだし、彼女はあわててワインを飲んだ。

「それは間違いないわ」バティルダがまわりの様子などおかまいなしで言う。「マンダビル侯爵のあるがままを受け入れるのよ。幸い、あの方はあのままで完璧に近い方だけど」

ヘロはうなずいてみせたものの、頭の中ではグリフィンのことを考えていた。だからこそ、バティルダのつぎの言葉を聞いて飛びあがらんばかりに驚いた。

「グリフィン卿は――」バティルダが続ける。「まるで違う種類の人間ね。あの人が賭け事に夢中になっていたとしても、わたしは驚かないわ」

「どうして?」フィービーがきいた。

「何がどうしてなの?」

「どうしておばさまはグリフィン卿が悪い人のように決めつけるの? このあいだの夜、わたしにすごく親切にしてくださったのよ」

バティルダは笑みを浮かべて頭を振った。ヘロが今のフィービーの年齢だった頃には、この表情と仕草にかなり腹を立てたものだ。「それはね、あなたのような無垢な女性にはとても聞かせられないことをたくさんしているからよ」

フィービーが呆れ顔で天井を仰いだ。「何をしていようと、わたしはあの方が好きだわ。わたしを笑わせてくれるし、子供扱いしないもの」

このささやかな反抗で、バティルダは説教を開始した。人を笑わせてくれるからといってその男性を信用するのがいかに危険か、しっかりとフィービーに叩きこむつもりだろう。

ヘロは冷えきったプディングに視線を落とした。フィービーに同情を禁じえない。ヘロだってグリフィンが好きだ。バティルダがなんと言おうと、彼は根は善人なのだ。だからこそ、どうにかしてグリフィンに、ジンの密造を商売にするのは間違っていると示さなければならない。ジンを飲んで人生をだめにする人々のためだけではない。彼自身のためにも。もしこのままジンの醸造を続けていたら、グリフィンが善人でなくなってしまう日が必ずやってくる。

そうなれば自分は到底耐えられない。ヘロはそれを確信していた。

8

その夜、候補者たちはふたたび王の間に集まり、女王にそれぞれの答えを披露しました。最初はウエストムーン王子です。王子は頭をさげ、傷ひとつないダイヤモンドを女王の前に置きました。「富こそがあなたの王国の礎です、陛下」

つぎにイーストサン王子が答えました。王子は女王に向かってうなずき、宝石をちりばめた美しい金の短剣を彼女の足元に置きました。「武力こそがあなたの王国の礎です、陛下」

最後はノースウインド王子の番です。王子は二五個の見事な真珠が入ったビロードの袋を掲げました。「交易こそがあなたの王国の礎です、陛下」

『黒髪の女王』

つぎの日の朝、グリフィンはホワイトチャペルの司祭を呪いながら、自宅に向かって馬を走らせた。醸造所で一睡もせず、気持ちを張りつめたまま侵入者の気配を探っていたのだ。

結局、敵は現われずに頭痛だけが残った。司祭も、その手下も姿を現わすどころか気配すら見せなかった。徹夜したグリフィンは、とにかく食事と睡眠を必要としていた。

何かを食べ、眠る。それしか頭になかった彼は、自宅前の通りの向かい側にとまっている馬車を見逃すところだった。目の端に映った顔なじみの御者が、グリフィンに向かって合図を送っている。

悪態をつきながらランブラーをとまらせた。まだ朝の一〇時だ。社交とは無関係のこんな時間に、ヘロはいったい何をしに来たのだろう？　家まであとわずかというところで、グリフィンはやむなくランブラーを馬車まで進めて窓を叩いた。

すぐに細い指でカーテンが開かれ、いらだった表情のヘロが中に入るよう身ぶりで示した。上出来だ。グリフィンは従者のひとりにランブラーの手綱を持たせて厩舎に連れていくよう頼み、馬車へ乗りこんだ。ヘロは淡い緑色のドレスに、それよりもやや濃い緑色のコートを着ている。鮮やかな赤毛が薄暗い車内を照らしているように見えた。

「おはよう、レディ・ヘロ」

「おはようございます」彼女は早口で言った。「セントジャイルズで約束があるの。どうせあなたもついてくるのなら、わたしの馬車を追う手間を省いてあげようと思って」

「おやさしいことだ」グリフィンは座席にどさりと腰をおろした。

ヘロが眉をひそめる。「まさか、一睡もしていないの？」

「ああ、そのうえ食事もとってない」

それはいけないと言いたげに、彼女が愛らしく顔をしかめた。「だったら、少し眠るといいわ」

気まずさが先に立ち、グリフィンはセントジャイルズでの用件をきくことすら忘れていた。クッションに頭をつけると、あっという間に眠りに引きこまれていった。

しばらくして目を開けたら、ヘロが彼を見つめていた。澄んだグレーの瞳に親近感めいたものが浮かんでいる。

「気分はよくなった?」

グリフィンはじっとしたまま、目の前に彼女がいる光景を楽しんだ。「だいぶよくなったよ。ありがとう」

ヘロは興味深そうに彼を眺めている。「自分で放蕩者と名乗っているわりには、あなたはわたしが知っているどの男性よりも忙しく働いているわ」

貴族で働き者というのは褒め言葉ではない。ほかの人間が同じことを言えば非難されているように感じたかもしれないが、彼女の口調は真剣そのものだった。グリフィンは顔をあげた。ヘロは本気で悪名高い彼を肯定しようとしているのだろうか?

グリフィンはにやりとした。「ほかの放蕩者仲間には黙っていてほしいね」

静かに笑ってから、彼女は腿の上にある包みを開いた。

「あなたが眠っているあいだにミートパイを買っておいたわ」

「きみは救いの天使だ」グリフィンは感謝をこめて言った。まだあたたかいパイを受けとり、さっそくかぶりついて舌に広がる肉汁の味を堪能《たんのう》する。

「あなたの取り柄はお金を稼ぐことだけじゃないと思うわ」ヘロが穏やかに言った。パイを咀嚼《そしゃく》しながら、グリフィンは眉をあげた。

いかにも繊細な彼女の首すじが、ほのかに赤く染まる。「人を笑わせる才能もある」

グリフィンはパイをのみこんだ。「馬鹿なのさ」

ヘロが首を振り、やさしくたしなめた。「あなたはたしかにふざけているかもしれないけれど、人を笑顔にさせられるのは素晴らしい才能だと思うわ。フィービーだって、このあいだの夜はすごく楽しそうだったもの、あなたのおかげでね」

「別に何も特別なことはしていないよ」グリフィンは首を振り、パイをもうひと口かじった。

「だけど、やっぱりあなたのおかげなのよ」彼を見るヘロの目に切迫した輝きが浮かぶ。「フィービーは特別なの。わたしにとって……とても大切な妹なのよ。あの子を笑わせてくれて、本当に言葉にできないくらい感謝しているわ。ありがとう」

フィービーが舞台で猿を見失ったのを思い出し、グリフィンは眉をひそめた。「それなんだが――」考えがまとまらないうちに馬車がとまり、そちらに気を取られた。「また孤児院の建設現場を見に来たのかい？」

「いいえ」ヘロはうつむいて自分の手を見た。「孤児院が仮住まいをしている建物の前よ。あなたに見せたいものがあるの」

「わたしに？」ヘロは目を合わせようとしない。彼女が何を考えているのかわからないが、喜びを感じるたぐいのものではなさそうだ。だが、グリフィンはパイの残りを口に放りこんで両手を払った。「お先にどうぞ」

グリフィンが見せたつくり笑いがいささか大げさすぎたのか、ヘロはかえって不安そうな表情で馬車からおりた。外は曇り空で、冷たい風が吹いていた。

腕を差し出して、グリフィンは言った。「行こうか?」

ヘロは手を彼の腕に軽く置いただけだったが、その手の感触がありありと感じられた。彼女と一緒に孤児院を訪れるのも悪くないし、レディのためにきちんとした紳士として振る舞うのもまんざらでもない気がした。

ふたりは扉の前で足をとめ、グリフィンが進み出てノックをした。

なんの反応もない。

彼は片方の眉をあげてヘロを見た。「きみが来ることは伝えてあるんだろう?」

咳払いをした彼女の喉元がうっすらとピンク色に染まった。「実は伝えていないの」

そのとき、扉が開いて中から少女が姿を現わした。小さな体には大きすぎるエプロンをボディスにピンでとめている。

「おはよう、メアリー・ウィットサン」ヘロが声をかけた。「ミセス・ホリングブルックはいらっしゃる?」

少女がぴょこんと膝を折った。「はい、レディ・ヘロ。どうぞお入りください」

グリフィンは戸口を抜け、すぐに廊下の壁がむき出しの木の板であることに気づいた。しかもぼろぼろだ。少女がふたりを狭い居間に案内した。

「ミセス・ホリングブルックを呼んできます。台所にいるんです」メアリー・ウィットサンが言い、小走りに部屋を出ていった。

ヘロもグリフィンも椅子に座らなかった。彼は室内を一周して暖炉の前で立ちどまり、崩れた壁土がぽろりと炉床に落ちるのを眺めた。

廊下から足音が聞こえ、扉が開かれた。現われたのは、美しいが狼狽《ろうばい》した様子の若い女性だ。赤褐色の髪を無造作にまとめてキャップをかぶっており、そこからこぼれた巻き毛が紅潮した頬に落ちかかっていた。顎には白い小麦粉が斑点《はんてん》をつくっている。

「レディ・ヘロ、すみません。お越しになるとは聞いていなかったものですから」女性は息を切らして謝り、膝を折ってお辞儀をした。

「いいのよ、ミセス・ホリングブルック」ヘロが穏やかな笑みを浮かべて言うと、女性の緊張が少しだけ解けたようだった。「友人を連れてきたの、グリフィン・リーディング卿よ。この孤児院の話をしたら、関心がおありだったみたいなので。子供たちに会わせてあげていただけないかしら？」

ミセス・ホリングブルックの顔にぱっと笑みが広がった。

「はじめまして、閣下」お辞儀をした拍子にバランスを崩しかけ、あわてて身を起こす。「喜んで子供たちを紹介させていただきます」

グリフィンは微笑んで頭をさげた。「ありがとう」

ミセス・ホリングブルックが背を向け、先に立って歩きはじめると、彼はヘロに問いかけの視線を送った。

「何を考えている、レディ・パーフェクト？」彼女の背に手をあて、耳に向かってささやきかける。

ヘロは落ち着かない表情で彼を見あげ、グリフィンにいざなわれるに任せている。ふたりはそのままミセス・ホリングブルックのあとについていった。

案内された台所はまるで洞窟《どうくつ》のようだった。入口は小さく、グリフィンは中へ入るのに頭をぶつけないよう、身をかがめなければならなかった。長い木のテーブルを六人の少女たちが囲んでいる。菓子でもつくっているのか、何かの生地を伸ばしているところらしい。少女たちは顔をあげて彼の姿に気づくと、森の子鹿《こじか》さながらに凍りついて動きをとめた。

「みんな」ミセス・ホリングブルックが言った。「特別なお客さまがいらしてくださったわよ。レディ・ヘロのお友達のグリフィン・リーディング卿です。ちゃんとお行儀よくしましょうね」

〝お行儀よく〟というのがこういう場合の合図なのだろう。少女たちは角度もさまざまに、いっせいにお辞儀をした。

グリフィンは真剣な表情を崩さずにうなずき、小声で言った。「ご機嫌はいかがかな？」

ひときわ小柄な女の子がくすくすと笑う。

ミセス・ホリングブルックはこの小さな規律の乱れを無視することにしたらしく、いちばん年長に見える少女の肩に手を置いた。「メアリー・ウィットサンです。先ほども一度お会いになりましたわね」

メアリー・ウィットサンがあらためてぴょこんとお辞儀をした。

ヘロが咳払いをして言った。「メアリー・ウィットサンはこの孤児院に来てどのくらいになるのかしら、ミセス・ホリングブルック？」

「一〇年近くになります、お嬢さま」メアリー・ウィットサンが自分で答えた。

「あなたはどうやってここへ？」

少女が目をやると、ミセス・ホリングブルックは眉間にかすかなしわを寄せて口を開いた。

「この子は……その……」ほかの子供たちにさっと視線を走らせる。「あまり評判のよくない人物に連れられてきたんです。まだ三歳でした」

「この子のお母さんは？」ヘロはやさしく尋ねた。

「両親についてはわたしにもわかりません」ミセス・ホリングブルックがゆっくりと言った。

「でもこの子を連れてきた人物の話では、母親は貧しい路上生活者だったようです」

娼婦《しょうふ》ということだろう。グリフィンは少女を見やった。こんな個人的な事情を本人の前で話していいものなのだろうか？

少女は石のような無表情で、グリフィンの視線を受けとめた。

彼はうなずいてやさしく声をかけた。「ありがとう、メアリー・ウィットサン」

ミセス・ホリングブルックは並んでいるつぎの子に話を移した。

「この子はメアリー・リトルです。赤ちゃんのときに孤児院の扉の前に置かれていました」

メアリー・リトルがお辞儀をした。「あなたがレディ・ヘロと結婚する人？」

ヘロが隣で小さく息をのむ。グリフィンは彼女を見ずに答えた。「いいや。レディ・ヘロと結婚するのはわたしの兄だよ」

「なあんだ」少女が言った。

咳払いをしたミセス・ホリングブルックが先を続ける。

「この子が――」並んでいる三人目の少女を示す。「メアリー・コンパッションです。二歳のときに兄のジョセフ・コンパッションと一緒に来ました。両親はそのあとすぐに寒さと栄養失調で亡くなってしまいました」

「お酒のせいでね」ヘロが小声でつぶやいた。

グリフィンが目を向けると、彼女は顎をつんとあげて頑固そうな視線を返してきた。

「そうですね」ミセス・ホリングブルックはヘロとグリフィンを交互に見て、困惑したように眉をひそめた。「セントジャイルズでは寿命で亡くなる人を除けば、だいたいの人がお酒のせいで亡くなっていますから」

「セントジャイルズで天寿をまっとうされる方はどのくらいいるのかしら？」ヘロが尋ねた。

「少ないですわ。ほとんどいないと言っていいと思います」

グリフィンはこぶしを握りしめて平静な声を装った。「残りのレディたちは？」

「そうでした」ミセス・ホリングブルックが気を取り直したように顔をあげる。「この子はメアリー・イブニングです。教会の階段の近くで見つかりました。その隣がメアリー・レッドリボンで、この近所にある食堂の主人が連れてきました」ヘロにちらりと目をやって続ける。「たぶん母親に食堂に置き去りにされたのだと思います」

顔に笑みを張りつけたまま、グリフィンはお辞儀をする少女たちを見ていた。人々がジンを飲むのは彼のせいではない。そう叫びたいのをかろうじてこらえた。女性に売春をさせたことなどないし、食堂に幼子を置き去りにするよう仕向けた覚えもない。たとえ彼がジンの醸造をしていなくとも、代わりに別の誰かがやっているだけの話ではないか。

「最後がメアリー・スイートです」ミセス・ホリングブルックがいちばん小さな少女の髪をなでた。まだ三歳にもなっていないだろう。「この子の母親にはほかにも五人の子供がいて、生まれてすぐにこの子を売ろうとしていたんです。それを説得して、わたしたちが引きとりました」

グリフィンは大きく息を吸った。「メアリー・スイートは幸運だったわけだ」彼が見つめると、少女はミセス・ホリングブルックのスカートのうしろに身を隠してしまった。

「幸運だったのはわたしたちも同じですわ」ミセス・ホリングブルックが愛情をこめて言った。「あとについていらしてください、男の子たちも紹介いたします」

「ぜひそうしたいところなんだが」グリフィンはすまなそうに言った。「残念ながら、レディ・ヘロは空いている時間を勘違いしていたようだ。続きはまた次回ということでお願いしていいだろうか？」

「ええ、もちろんですとも」ミセス・ホリングブルックが答える。「いつでもいらしてください。大歓迎ですわ」

ヘロが別れの言葉を述べている途中にもかかわらず、グリフィンは彼女の腕をつかんで扉へと向かわせた。彼はそのまま外に出るまで笑みを顔に張りつけたままでいた。

ヘロがグリフィンの手から逃れようとした。「ちょっと――」

「ここではだめだ」通りに出たところで彼は小声で言い、御者に指示を与えてからヘロを馬車に乗せて自分も座席に腰をおろした。

そしてヘロを見据え、声を荒らげて言った。「何を考えている？」


グリフィンは緑色の目を鋭く細め、唇を引き結んで蒼白な顔をしている。しかも怒りで鼻までふくらませていた。

あまりにもすさまじい形相に、ヘロは答える前にごくりと唾をのみこんだ。

「あなたのジンがセントジャイルズとそこで暮らす人々に何をもたらしているか、理解してほしかったのよ。友人として――」

グリフィンがあざ笑い、彼女の言葉をさえぎった。

「友人だって？　友人として、わたしをあそこへ連れていってどうなると思ったんだ？　幼い女の子たちの姿を見て、突然わたしが啓示を受けたように変わるとでも？　財産をすべて貧しい人々に投げ与えて修道士になると思ったのか？」

顔をぐっと前に突き出して、彼は続けた。「いいか、お嬢さん。よく聞くんだ。わたしは自分も自分のしていることも、気に入っている。わたしはジンの密造を生業とするろくでなしで、そんな自分を決して後悔したりしていない。きみもわたしを変えようなどと思うな。きみだろうと、ほかの誰だろうと、そんな真似は絶対にさせない。たとえわたしが自分で変わりたいと思っていたとしても」

ヘロは口をとがらせて顔を正面に向け、黙ったままグリフィンをにらんだ。怒りが彼女の心にも激しくこみあげてきた。

グリフィンはしばらく彼女をにらみ返していたが、沈黙にいらだったらしく先に口を開いた。「何が言いたい?」

「あなたはわたしに信じこませようとしているほど悪い人でも薄情な人でもないわ」

「いったいなんの話だ?」

「あなたの評判や――」ヘロは手を振った。「あなたの放蕩ぶりの話よ。あなたは軽はずみな出来心でケンブリッジ大学をやめたようにロンドンじゅうに思わせているけれど、実際は家族を助けるためだった。それになんの心配も苦労もない道楽三昧の人生を送っていると信じさせようとしているけれど、実際は家族のために〝働いて〟いるわ」

グリフィンが自嘲《じちょう》するように笑った。「忘れているといけないから言っておくが、きみとはじめて会ったとき、わたしは人妻とよろしくやっていたんだぞ」

ヘロは彼から顔をそむけた。あのときの記憶がさらに怒りをあおるのはなぜだろう?

「わたしはあなたが完璧だなんて言ってないわ。まわりに思わせようとしているほど、ひどい人間ではないと言っているだけよ」

「本気でそう思っているのか？」

顎を上げて、彼女はグリフィンの目を見つめた。「思っているわ」

彼が顔をゆがめて薄笑いを浮かべた。

「では、わたしと兄の前妻の件はどう思っているんだ？」

ヘロの鼓動が速くなった。馬車は狭く、グリフィンの怒りが頂点に達しているのがはっきりと感じられる。「前の奥さまがどうしたというの？」

「世間はわたしが兄の眼前で彼女を誘惑したと信じている。もし彼女が出産で子供と一緒に亡くなっていなければ、わたしが兄の跡取りの父親になっていたはずだというのは周知の事実だ」

「本当なの？」ヘロは静かに尋ねた。

「何が？」

「あなたは本当に世間やお兄さまが信じているようなことをしたの？」

しばらくのあいだ、グリフィンは怒りと悲しみの入りまじった目で彼女を見つめていた。

ヘロは息を殺して彼の答えを待った。

やがてグリフィンがゆっくりと首を振った。「まさか、そんな真似をするはずがない」

彼女は身を乗り出した。「それなら、どうしてそんなひどい嘘をみんなが信じてしまったの？　なぜそこまで悪ぶってみせる必要があるの？」

「わたしは――」グリフィンが言いかけたが、ヘロはかまわず問いを重ねた。

「なぜなの？　どうしてジンの密造だなんて汚い商売を続けているの？　あなたはもっとまな人間のはずよ、グリフィン」

「いったいなんの権利があって、わたしを断じているんだ？」彼は低い声で問い返した。

「ああ、そうだった、忘れていたよ。きみは単なる人間にすぎないわたしのような者よりも高潔な存在なんだ。レディ・パーフェクトさ。人の罪に審判を下す、一月の墓石よりも冷たい完全無欠な女神だ」

ヘロは息をのみ、言葉を失った。そんな人間だと本気で思われているのだろうか？　冷たい、ひとりよがりで高慢な女だと？

「なんてことを」ヘロはささやいた。目にこみあげる涙を抑えられない。「ひどいわ」

涙で視界が曇り、グリフィンの動きも見えなかった。気づいたときには向かいの座席に引き寄せられ、彼の腿の上に倒れこむような体勢になっていた。

「そうさ」グリフィンがつぶやく。「わたしは自分勝手で汚い独善的な男だ。きみがきみで、わたしがわたしであるからこそ、わたしはこういうことをする。ほかにはどうしようもないからだ。わたしは長年、パンもワインもなしで、孤独にもがきながら生きてきた。そしてきみは、天がわたしに与えた糧なんだ」

熱い唇がヘロの唇を奪う。自分がこのキスを待ち望んでいたことを思い知り、彼女は愕然《がくぜん》とした。グリフィンの唇は鬱積した欲望の味がする。それでも荒々しい物腰とは正反対のやさしいキスのようにも感じられた。

そう、とてもやさしいキスだ。

グリフィンは唇をヘロの口に押しあて、舌で彼女の唇の端をなめた。

「頼む」すでに口を開いている彼女の口に向かって懇願する。

ヘロを強く抱き寄せたグリフィンが顔を傾け、彼女の開いた口に舌を差し入れた。伸びたひげが顎にあたってもまるで気にならない。ヘロは極上の菓子を味わうように貪欲《どんよく》に彼の舌を吸い、味わった。

「頼む」グリフィンがふたたびつぶやく。大きな手がヘロの喉元の肌に触れた。

まるで子猫をあやすようにやさしく、慣れた手がゆっくりと下へ向かっていく。すべての感覚が、胸の頂に近づいていく彼の指に集中していった。胸が期待で張りつめていくのが自分でもわかる。彼女は荒い息でグリフィンの手が〝そこ〟に触れるのを待った。するといきなり彼がヘロの唇をかみ、驚いた彼女が気を取られた瞬間、手がボディスの中にすべりこんだ。

じかに胸の先端に触れられ、ヘロは息をのんだ。グリフィンが手を広げて、人差し指と中指のあいだに乳首をはさむようにして力を加えると、彼女の下腹部に衝撃が走った。

「しいっ」たまらずにあえぐヘロを制して、グリフィンがつぶやく。「頼む」

彼がボディスをさげて片方の胸をあらわにするのを、ヘロは言葉もなく見守った。グリフィンは何かつぶやきながらボディスについた飾りのレースを押しのけ、もう片方の胸もはだけさせた。

しばらくのあいだ、彼はヘロを見つめながら日焼けした大きな手でやわらかな肌をなで、長い指で胸の先端をもてあそんだ。

「素晴らしい、最高だ」グリフィンが小声でささやく。「頼む、わたしに任せてくれ」

彼は飢えた目をしていた。緑色の瞳が悪魔のようにぎらぎらと光っている。だからこそ、ヘロはグリフィンを受け入れた。そうとしか考えられない。ただうなずくことしかできなかったのだから。

そして彼の唇が、まだどの男性も触れたことのない部分に触れた。濡れた舌が胸の頂を愛《あい》撫《ぶ》する。その部分がこれほど敏感だったとは、ヘロは想像もしていなかった。乳首をやさしく口に含まれ、彼女は飛びあがった。グリフィンが力強く吸いたてると、痛みにも似た激しい快感が全身を貫いた。

ヘロは下を向き、胸にあたるグリフィンの白いかつらをうつろな目で見つめた。馬車の中でするにはあまりに親密な行為だ。ほんの少しでいい、かつらなどではなく彼の本当の姿を目にしたい。彼女はかつらに手を伸ばし、頭からはぎとって座席に投げ捨てた。それでもグリフィンは禁断の奉仕をやめようとせず、もう片方の乳首に唇を移して愛撫を続けた。

彼の頭部ではかつらの下にあった濃い茶色の髪があらわになっている。短く刈りこまれた髪は密生していて、まるで毛皮のようだった。ヘロは両手を彼の頭に走らせ、指に力をこめて髪の感触を確かめた。あたたかく、びっくりするほどやわらかい。片方の乳首を口に含んだグリフィンがもう一方を指先で愛撫し、彼女はあらたな快感の波に襲われて思わずまぶたを閉じた。体の芯《しん》に火がついたようだ。とても熱く、どうにも自制がきかない。

「わたしに触れるんだ」グリフィンが彼女の胸に向かってささやいた。

「ふ……触れているわ」

目を開けると、グリフィンがピンク色の胸の先端に頬ずりしているのが見えた。その官能的な光景と、ひげでざらついた彼の頬に敏感な蕾《つぼみ》をこすられる荒々しい快感に息をのむ。ヘロを見る彼の瞳がいっそう輝きを増し、何かを求めて光っていた。

「そんなところじゃない」グリフィンが彼女の手をつかみ、ふたりの体のあいだにおろさせた。そのままヘロのスカートで隠れた自分の腿のあたり、空いた方の手を何やら動かしているところへと持っていく。ふいに指がむき出しの肌に触れ、ヘロは固唾《かたず》をのんだ。

動揺に襲われて、彼女はグリフィンの目を凝視した。

グリフィンはどこか悲しげな、それでいてせっぱつまったような笑みを浮かべた。そのままヘロのあらわな胸に視線を落としたが、彼女がじかに触れている部分はそんなところより何百倍も親密な場所に違いなかった。

「わたしを感じるか？」グリフィンがかすれた声で言った。

自分の唇を湿らせ、彼を見つめたまま答える。「ええ」

「手を動かしてくれ」半分目を閉じ、グリフィンが訴えた。「頼む」

ヘロは手に力を加えて男性の象徴を握り、その未知の感触を確かめた。人間の体がこんなに硬くなるなんて信じられない。グリフィンが彼女の手にみずからの手を重ねる。力強く、耐えがたいほどに親しみを感じる手だ。彼が重ねた手をゆっくり上へ動かしていくと、やがてなめらかでひときわ大きな部分に触れた。弾力のある感触を味わいながら、先端のくぼみを触る。グリフィンが痛みをこらえるような声をもらし、ふたたび彼女の手を硬い部分までおろさせた。それはヘロが想像したことすらないほどに長く、大きいものだった。

「頼む」彼がうめく。「頼む」

グリフィンは頭を動かして彼女の乳首をなめ、軽く歯でかんだ。ヘロがあえいで頭を彼の肩に落とすと、グリフィンはさらに刺激を加えてから口を離し、あらためてそっと蕾に口づけをした。

「手を動かして」荒い息で告げ、彼はヘロの手を放した。

言われたとおり、彼女はスカートの下に隠れた硬いものを握る手を動かした。この部分こそ、グリフィンを男性たらしめている象徴なのだ。

「こうかしら?」揺れる馬車の中、ヘロは親密な声でささやいた。馬車はロンドン市内を走っている。そしてその車内で、彼女は男性の象徴をてのひらにおさめているのだ。

「ああ……そうだ」グリフィンは答え、ふたたびヘロの乳首に舌をあてた。「それでいい」

彼女は視線を落とし、自分の姿を見つめた。あらわになった胸の先端は充血して赤くなり、硬くとがっている。グリフィンがそのみだらな蕾を口にするたびに快感が走り、あえがずにはいられなかった。スカートの下では自分の手が動きつづけている。おのれの大胆さが不思議でならない。もしかしたらすべては夢で、みだらな白昼夢を見ているだけなのかもしれない。ヘロは男性の――グリフィンの欲望のあかしに触れ、肉体的な快感を与えていた。彼は顔を汗で光らせ、荒い息をつきながら、せつなげな表情で彼女の胸を愛撫しつづけている。ふと、ほかの誰が相手でもこれほどまでに親密な時間は分かちあえないのではないか、という思いがヘロの胸に去来した。

グリフィンが両手を彼女の胸に置き、両方の先端を同時につまんだ。痛みと快楽が同時に襲いかかってきて、ヘロは唇をかんだ。あふれ出た涙が頬を伝っていく。やはりこれは現実だ。決まりきった日常の、繰り返しにすぎない無意味な会話などとはまったく別の何か。グリフィンは唇を重ねて荒々しく彼女の口をむさぼり、野性的な律動で腰を動かしている。それに合わせてヘロの手におさまったこわばりも動いた。グリフィンがふたたび哀れなほど貪欲な乳首をつまみ、ひねりあげた瞬間、衝撃とともに彼女は実感した。

〝わたしは生きている〟

背中をそらして胸をグリフィンの両手に押しつけ、彼の舌をむさぼった。終わりのない純粋な歓《よろこ》びが全身を駆けめぐる。ヘロの絶頂と共鳴するかのように、手の中で男性の象徴がびくりと震えた。熱いしずくが指のあいだを流れ落ちていくのがわかる。彼女はグリフィンと同時に身を震わせた。まだ終わりにしたくないと切実に思った。

やっとの思いで目を開くと、感動と驚きが同時にヘロを包みこんだ。

グリフィンの緑色の瞳がじっと彼女を見つめていたのだ。気だるげで、満足しきった男性的なまなざしで。

そしてヘロは唐突に思い出した。「大変だわ。今日はトマスが昼食に来ることになっているの」

グリフィンはまるで全身の感覚を失ったかのようにぐったりとしていたが、ヘロの言葉はその体に冷水を浴びせたようなものだった。彼は身を起こして窓の外を見た。もう彼女の自宅が見えている。視線を戻したとたん、グリフィンはあらためて驚きに包まれた。ヘロは彼の腿の上に横たわっていた。極上の味がする胸の先端をあらわにし、頬を赤く染めて。そしてダイヤモンドのようにきらめく目は、たった今ふたりで分かちあった歓びのせいでまだ焦点が合っていない。

〝ああ、なんてことだ〟

急いで上着のポケットを探してハンカチを抜きとり、スカートの下に差し入れられたままのヘロの手を取って指をふいてやった。

彼女があわてて手を引く。「じ……自分でできるわ」

グリフィンは眉をあげ、黙ったままヘロにハンカチを渡した。自分の身なりを整え、指をぬぐう彼女の姿を見つめる。ふき終わったヘロがハンカチに顔をしかめた。

「それはわたしがもらっておく」グリフィンは言った。

うなずいた彼女はボディスを直しはじめた。「向こうを向いていてくださる?」

皮肉な言葉が喉まで出かかったが、グリフィンは無言でカーテンが閉まった窓の方に顔を向けた。ヘロは彼の腿の上からおりてしまったが、彼女が身だしなみを整えるわずかな動きの気配までもが感じられた。ヘロは恥ずかしがっている。そしてグリフィンは生まれてはじめて、事態を正す方法がわからなくて途方に暮れていた。

ヘロが立ちあがって向かいの座席に腰をおろしたところで、彼は顔をあげた。

彼女はグリフィンと目を合わせようとせずに髪を整えている。

「その……今のことは誰にも言わないでほしいの」

彼は小声で悪態をついた。

びくりと顔をあげたヘロがグリフィンを見つめた。その瞳を見て、彼は泣きたいような、同時に叫びだしたいような気分になった。

グリフィンは額の前で手を振った。「もちろんだ。誰にも言わないよ」

ヘロが唇をかみ、大きくうなずいた。「かつらをつけた方がいいわ」

「そうか？」彼は座席に目をやった。端に押しやられたかつらを見つけ、かぶると同時に馬車がとまった。「これでいいかな？」

「ええ」

ふたりは押し黙り、従者が乗りおりのための段を用意して扉を開けるのを待った。グリフィンはヘロにかける言葉を探していた。最後までしてしまったわけでないにしても、意図的に彼女の純潔を汚してしまったのだ。もうあと戻りはできない。

永遠とも思える時間が過ぎたのちにようやく扉が開き、ヘロがグリフィンから顔をそむけながら先に馬車をおりた。目を合わせるのも厭《いと》わしいと思っているのは間違いない。グリフィンは暗い気持ちで彼女のあとについていった。

「ヘロ、そこにいたのね！」フィービーが階段の上から呼びかけた。「バティルダおばさまは居間のカーペットに穴が空いていないか見ているところよ。料理人はスープの準備をしているわ」明るい輝きを放つ瞳でグリフィンをとらえ、フィービーは眼鏡の奥の目をわずかに細めた。「昼食会にグリフィン卿をご招待したのね。いい考えだわ」

彼の隣でヘロが身をこわばらせた。「昼食の邪魔はしないよ、レディ・フィービー。姉上は偶然会ったわたしを馬車に乗せてくれたんだ。それだけだよ」

「あら、だめよ。あなたもいらして」フィービーが抗議の声をあげる。「スープなら料理人が人数分を用意してくれるわ。いつも融通をきかせてくれるもの。それに殿方がひとりで女性たちに囲まれるより、ふたりいらしてくださった方がずっといいでしょう。ねえ、お姉さまからもお誘いしてちょうだい」

ヘロはグリフィンに向かって震える唇で笑ってみせたが、目は悲壮感でいっぱいだった。

「ぜひどうぞ」

断るべきだとわかっていた。ヘロだって本心では彼が参加するのを望んでいない。だが、今の彼女はあまりにもはかなげで弱々しく、グリフィンは背を向けられなかった。

彼は頭をさげて一礼し、ヘロに向かって腕を差し出した。

彼女の手が触れてくる。わずか数分前に、同じ手がグリフィンの欲望のあかしを包みこんでいたのだ。彼はそのときに感じた衝撃を思い出した。まったく、兄の婚約者に対して大変なことをしてしまった。

ふたりは階段をのぼって家の中に入った。フィービーははしゃいでいたが、ありがたいことに興奮のあまり、ふたりが黙りこんでいることには気づいていないようだ。グリフィンの隣を歩くヘロは、彫刻のように身をこわばらせている。彼は腕に置かれた手を握り、血が通ったあたたかみがあるかどうか確かめたい衝動に駆られた。

ヘロに嫌われてしまっただろうか？　彼女はさっきの出来事をなかったことにしたいと思っているのか？　自分も後悔すべきだとわかっているが、そんな気にはとてもなれない。ヘロのやわらかな体は素晴らしかったし、とがった胸の先端に触れたときに彼女がもらした声は美しすぎた。どんな代償を払わなければならないとしても、この記憶を慈しみ、それこそ墓まで持っていく。グリフィンはそう心に誓った。

ヘロは従者にショールを手渡し、グリフィンをちらりと見てすぐに顔をそむけた。「わたし……その……ちょっと失礼するわ。フィービーに昼食会用の部屋まで案内してもらって」

グリフィンは一礼し、階段をのぼっていく彼女を暗澹たる思いで見送った。

フィービーに向き直り、あらためて腕を差し出す。「案内をお願いできるかな？」

にっこりと微笑み、フィービーはグリフィンの腕を取った。「少人数の昼食会なの。わたしとヘロ、それにあなたのお兄さまとバティルダおばさまよ。おばさまにはもうお会いになった？」

「いいや、まだだよ」

フィービーがうなずいて警告した。「ミニョンが何をしても気にしないで。誰に対しても愛想がないの」

謎の警告の意味を尋ねる前に、フィービーは階段をのぼりはじめ、女性らしい明るい部屋へグリフィンを案内した。黄色と白で統一され、触れるのが恐ろしくなるような、もろそうな家具をそろえた部屋だ。部屋の奥にはトマスがおり、恰幅《かっぷく》のいい女性と並んで立っていた。兄は部屋に入ってきたふたりを見て、決してうれしそうとは言えない表情を浮かべた。

「ヘロがご招待したのよ」フィービーが告げた。

「やあ、グリフィン」トマスが小声で言う。

「トマス」グリフィンは早々に顔をそむけて女性へ視線を移し、彼女が黒と白と茶色のスパニエルを抱いているのに気がついた。小さな犬は彼に向かってうなり声をあげている。

「こちらがグリフィン卿よ、バティルダおばさま」フィービーが紹介した。「閣下、わたしのいとこのミス・バティルダ・ピックルウッドです」

グリフィンが礼をすると、バティルダは体がきしむ音が聞こえてきそうなお辞儀をした。

「パンダースにもうひとり分、食事を追加するように言わなくてはね」

「できるだけ控えめに食べるようにします」グリフィンは軽口を叩いた。「かわいいスパニエルだ」

「あなたもそう思う？　美人でしょう？」バティルダは顔を紅潮させてスパニエルをなでたものの、当の犬が彼女の指をあわただしくなめて邪魔をした。「あなたもなでてみる？」

「そうですね」グリフィンは不安げにミニョンを見つめた。うなるのこそやめたようだが、かといって茶色の目は友好的とも言えない気がする。

グリフィンの隣でフィービーが眼鏡の奥の目を泳がせていた。「怖がらないで。もしかまれたら、すぐにお医者を呼びにやるから大丈夫よ」

「血に飢えた獣め」グリフィンは誰にも聞こえないように口の中でつぶやき、ミニョンの鼻先に手を伸ばした。もしかまれたらかまれたで仕方ない。「こんにちは、マドモアゼル・ミニョン」

スパニエルがくんくんと匂いをかぎ、グリフィンがそっと耳に触れると、笑うように口を開けた。

「あら、驚いた」バティルダが言った。「殿方は嫌いなはずなのに」

グリフィンが怒った顔をしてみせてフィービーの方を見ると、彼女は笑いをこらえるように手で口を覆った。

フィービーが肩をすくめて言う。「でも、本当にかんだことはまだないのよ。脅かすだけなの」

「わたしは危うくかまれそうになったがね」トマスが乾いた口調で言った。「ベーコンでも触ってから来たんだろう、グリフィン」

「男を見る目があるだけかもしれないぞ」グリフィンはミニョンのあごをなでた。

「どちらにしても、気に入られたのは間違いないみたいね」バティルダがぼそりとつぶやき、執事に向かってうなずいた。何かの合図だろうか？「準備ができたようだわ。あなたのお姉さんが何をそんなに手間取っているのか見てきてくれるかしら、フィービー？」

フィービーが部屋を去ってトマスが世間話をはじめたが、グリフィンはもはや何も聞いていなかった。ほとんど無意識にスパニエルをなでながら、ヘロがおりてこないのは自分のせいだろうかと考える。

〝ああ、くそっ、人生最大の間違いを犯してしまった〟

「来たわよ」

フィービーの声でグリフィンは顔をあげた。ヘロは落ち着き払って妹の隣に立っている。だが、頬はあいかわらず紅潮したままだ。

彼女はまっすぐトマスに歩み寄り、手を差し伸べた。

「閣下、お会いできてうれしいですわ」

トマスが礼儀正しく身をかがめてヘロの手を取った。あくまでもふだんどおりで、情熱など微塵も感じられない仕草だ。その光景を見て、グリフィンの全身に炎に焼かれるような痛みが走った。兄を押しのけてヘロを抱きかかえ、そのまま連れ去ってしまいたい。どこかふたりきりになれるところへ行って彼女の真面目くさった表情を引きはがし、欲望に満ちた表情に変えさせるのだ。もちろん、その欲望の対象はグリフィンでなくてはならない。

しかし、彼はそうする代わりにフィービーに腕を差し出した。「昼食にご一緒していただけますか、レディ・フィービー？」

フィービーがにっこりしてグリフィンを見あげた。健康的な丸みを帯びた頬が喜びにゆるんでいる。「喜んでお供いたしますわ、閣下」

食事は部屋と同じで、女性らしくあっさりとしたものだった。透明なスープはひどく薄味で、凝った見た目の小さな焼き菓子は腹というよりも目を満足させるためにつくられたもののようだ。パンとチーズも似たようなものだったが、それでもワインだけは上物で、いつものグリフィンなら、ひとりで杯を重ねて楽しんでいたことだろう。

「あなたが家族の財産を管理なさっているのは知っているわ」テーブルの端の席に陣取り、片方の手をテーブルの下にやっているバティルダが好奇心丸出しの表情で言った。

「管理は言いすぎですよ」反対の端の席に座っているトマスが投げやりに告げた。「弟は遊びの方が忙しいのでね。それに領地を見る者だって何人かいますから」

グリフィンはナイフを手にして応えた。「兄が言っているのは、つまりこういうことです。そう、わたしはマンダビル侯爵家の財産と自分の財産を管理している」

トマスが冷たい目でグリフィンを一瞥し、ワインを口に含んだ。

兄の右手の席では、ヘロが片方の手をテーブルの下に伸ばしている。

「あなたご自身の領地もランカシャーにあるの、グリフィン卿？」

「そうです」グリフィンはふざけてナイフを振りまわした。「ご先祖さまが分別のある結婚をしてくれたおかげでね」

「でも、ロンドンからはとても遠いわ」フィービーが嘆いた。「ご領地では寂しい思いをしていらっしゃるのではなくて？」

彼女は唇をかみ、視線と手を同時にテーブルの下におろした。

フィービーの動きに気づいていないらしいトマスが鼻で笑った。「弟は楽しみを見つけるのが得意でね。それでも物足りないときだけロンドンに戻ってくるんだ」

グリフィンは目を細めてトマスをじっと見た。兄の瞳の奥に何かどす黒いものがわきあがってきているのがわかる。グリフィンは笑みを浮かべてナイフを放し、それが皿に落ちて大きな音がした。

女性たちが驚く。

だが、トマスは眉を動かしただけだった。

兄と自分とのあいだに座るフィービーに目をやって、グリフィンは言った。「乗馬と狩りが趣味なんだ。それに農地がどうなっているかを見るだけで、ほとんどの時間を取られてしまうからね。寂しがっている暇もないよ。心配してくれてありがとう」

フィービーは眉間にしわを寄せて兄弟を交互に見ていたが、グリフィンの言葉で笑みを取り戻した。「それなら、ロンドンにいらっしゃるときも楽しく日々が送れるように、わたしたちもおもてなしをしなくちゃ。そうよね、お姉さま？」

ヘロが唇を引き結んだ。「フィービー……」

「どうかしたの？」フィービーが戸惑いを浮かべる。

ヘロの表情はまるで木彫りの人形のようで、バティルダの方がまだあたたかみのある顔をしていた。

そう思った瞬間、グリフィンは何かが軽く膝を叩くのを感じた。なんというか、どうにも傲慢な叩き方だ。

「どこかに連れていってくれるなら、喜んでお供するよ、レディ・フィービー」グリフィンは微笑み、自分の菓子を小さく割ってテーブルの下にいるミニョンに与えた。

「わたしたちは結婚式の準備で忙しいの」ヘロが会話を断ち切るように言った。

「だが、買い物くらいには出かけるだろう？」グリフィンはふたたびナイフを取り、手の中でもてあそんだ。「食事だってしなくてはいけないし、祭りにも顔を出さないといけない」

フィービーが落ち着かない様子で笑った。

視線を皿に落としたヘロの頰は真っ白になっていた。唇を真一文字に結んでいる。

グリフィンは肩をすくめてみせたものの、心は震えあがっていた。「冗談さ」

トマスが口を開いた。「祭りなら、おまえだって行きたくないだろうに」

フィービーが顔をあげる。「あら、どうして？」

つかの間、グリフィンは兄に向かっていぶかしげに眉をあげたが、すぐにある事件を思い出した。

「最後に祭りへ行ったとき、グリフィンは商人たちに囲まれて殺されそうになったんだ」トマスが投げやりな口調で答えた。

「本当に？」フィーピーが身を乗り出した。

「本当だとも。盗みを働こうとして——」

「いいや、見ていただけさ」グリフィンは割って入った。

「盗みだ」トマスは議会での発言のように、はっきりと弟の言葉を否定した。「安物の装飾品を盗もうとした」

「折りたためるナイフだよ」グリフィンはフィーピーにつぶやいた。「柄にとてもきれいなルビーがついていたんだ」

トマスが鼻で笑う。「偽物に決まっているじゃないか。商人たちの中にはとんでもない大男もいてね、そいつが弟の首根っこをつかんでいた。わたしがいなければ、わが家の人数がひとり減っていたところだ」

ゆがんだ笑みを浮かべ、グリフィンはナイフを置いてワインを口に含んだ。

「あの頃から、兄上は口が達者なので有名だったからね」

トマスがにやりとして、グリフィンはそのときのことを思い出した。兄が救いに駆けつけてくれたとき、恐怖ですくみあがっていた彼は心底ほっとしたものだ。指先でナイフを皿の端に押しやる。懐かしい記憶が遥か昔のものに感じられた。

「あなたはいくつだったの？」ヘロが静かな口調で尋ねた。

グリフィンは息をはっと吸いこみ、顔をあげてやさしげな彼女の目を見つめた。

「一二歳になる少し前だ」

ヘロがうなずき、それから話題はバティルダが聞いたという噂話に移った。

しかしグリフィンは黙ったまま、トマスとまだ仲がよかった遠い昔に思いを馳《は》せていた。

そして彼の思考は、いつしか兄弟のあいだに深い溝ができてしまった今の状況へと向かっていった。

女王は三人の候補者たちが差し出したものをじっと見て、やがて厳かにうなずきました。「ありがとう」そうひと言だけ告げて三人を食事をする部屋へと連れていき、彼女は別の話をはじめました。

この夜、女王がバルコニーに立っていると、いつもの茶色の小鳥が手すりにとまりました。両手を丸めてそっと小鳥を包みこんでやると、首に紐がかけられていて、その先には小さな釘《くぎ》が結ばれているではありませんか。

釘に気づいた女王はにっこりと笑いました。これは彼女の民が家をつくるのに使う釘です。そして、民と彼らの家こそが彼女の王国の礎なのでした。

『黒髪の女王』

9

翌日の午後、ヘロは衣装室の鏡に向かいながら、婚約者の弟に身を任せてしまう女性とはどんな女性なのかを考えていた。鏡に映った自分はそれまでとたいして変わらない。きちんと結いあげた赤い髪、やや広い間隔で並んだふたつのグレーの目、そして落ち着いた生真面目な印象を与えるまなざし。たいして変わっていないどころか、今までとまったく同じだ。だが、ほんの一週間前に思っていた自分でなくなってしまったことは、ヘロにもわかっていた。その女性――これまでの彼女――であれば罪など犯すはずがない。自分にそんな可能性があると誰かにほのめかされたら、きっと呆れて相手を嘲笑していただろう。

ところが実際には、彼女は罪を犯した。

ヘロは指で軽くこめかみに触れた。

「とても素敵よ、ヘロ」彼女の物思いはレディ・マンダビルの声で破られた。

下を向き、ヘロは自分の姿を見た。光沢のある淡いアプリコット色のシルクを巻きつけるようにして身につけ、正面は緑と青、そしてピンク色の花の刺繍をあしらったクリーム色のスカートが見えるようになっている。刺繍はスカートから縫い目に沿って上の方まで続き、丸く大きく開いた首まわりを飾っていた。たしかに素敵なドレスだ。

それなのに、どうして泣きたいような気分になるのだろう？

「気に入らないの？」レディ・マンダビルが尋ねた。「それなら、デザインを変えて新しくつくってもいいのよ。結婚式まで時間はあるんだから」

「いいえ、違うんです」ヘロはあわてて答えた。「素晴らしいドレスですわ。お針子たちはとてもいい仕事をしてくれました」

ヘロの足元にひざまずいていた小柄な女性がうれしそうに顔を輝かせ、それから身をかがめて裾の作業に取りかかった。

今までは自分が何者なのか、ちゃんとわかっていたのだ。ヘロはみずからに思い起こさせた。秩序を重んじるレディで、慈悲の心も、いくつかの理想も持っている。頭の中に明晰《めいせき》な頭脳を備えている女性だ。だからこそ、いつだって自分の常識を誇りに思ってきたのだが、それだけに昨日、常識や、自分に抱いてきた幻想が吹き飛んでしまったのは悲しむべきことだった。彼女はもう二四歳の大人の女性で、自分がどういう人間か熟知しているはずだったのに。

しかし、何もわかっていなかったのだ。

「できました」お針子たちのまとめ役が身を起こしながら言った。厳しい目で入念に裾を見ている。「少し丈を短くして、袖とボディスにレースを足しましょう。きっと素晴らしい仕上がりになりますよ。ご心配は無用ですわ」

ヘロは義務感から、下を向いてドレスの側面に目をやった。ドレスはすでに完璧だ。そうでないのは着ている人間だった。「ええ、心配はしていないわ」

「あと三回ほど、ご試着に来ていただくことになります。つぎは火曜日の午前中でいかがでしょう、お嬢さま？」お針子たちはすでにドレスを脱がせにかかっている。

「かまわないわ」ヘロはつぶやいた。

「わたしも来ますからね」レディ・マンダビルが告げる。「家にある宝石と合うドレスの相談をしたいの」

「かしこまりました」

お針子たちが周囲で忙しく動きまわっているあいだ、ヘロは鏡に映った自分の顔を見つめていた。落ち着いたグレーの瞳がこちらを見返している。彼女は罪を犯したのだ。完璧なうわべを取りつくろう自信はなかった。罪の意識と絶望に打ちひしがれていて当然だろう。それなのに……昨日グリフィンとしたことは正しかったと感じている自分がどこかにいる。

心の奥底ではそう感じているのだ。

そして、そんな自分がヘロは恐ろしかった。

着替えには三〇分ほどかかった。レディ・マンダビルはヘロが化粧室に行っていたあいだも陽気に話しつづけ、未来の義理の娘の様子がおかしいと感じていたとしても、それをおくびにも出さなかった。お針子たちがウェディング・ドレスを慎重に運び出すと、レディ・マンダビルはメイドのウェズリーがヘロの上着を取りに部屋を横切るのを見ながら立ちあがり、手袋をはめた。

「本当にあのドレスでいいの、ヘロ？」レディ・マンダビルが静かに尋ねた。

ヘロはレディ・マンダビルのやさしそうな顔を見るなり、思わず目をしばたたいた。こんな素晴らしい女性が義理の母になるなんて、自分にはふさわしくない。「もちろんですわ」

「そう。ただ――」レディ・マンダビルはヘロの肩に指先でそっと触れた。「なんだか落ちこんでいるように見えたものだから」

人形の仮面が砕けていくのを感じながら、ヘロは微笑んだ。

「結婚を控えて気持ちが不安定になっているのかもしれません。それだけです」

レディ・マンダビルはしばらくいぶかしげな顔をしていたが、ようやくうなずいた。「たぶんあなたの言うとおりね。でも、何かわたしに相談したいことがあったら遠慮なく言ってちょうだい。わたしはあなたとそういう関係を築きたいの」

「わたしもそう思っています」ヘロはあわてて答えた。すべての疑念や不安を打ち明けてしまいたいという衝動がこみあげる。しかし彼女が息子をだましたと知れば、レディ・マンダビルだってこんなにやさしく接してはくれないはずだ。「ありがとうございます」

「よかった。さあ、あまりトマスを待たせてはいけないわね。午後にはあの子と馬車で出かけるんでしょう？」それを最後にレディ・マンダビルはヘロに別れを告げ、早々に立ち去った。

ヘロはウェズリーの手を借りて、きれいな緑色の上着を着た。

ウェズリーがあとずさりして自分の仕事ぶりを確かめるようにヘロを眺め、満足げにうなずいた。「マンダビル卿もきっとお喜びになりますわ、お嬢さま」

かすかな笑みを浮かべて応える。「ありがとう、ウェズリー」

階段をおりていくと、トマスはすでに居間で彼女を待っていた。

「やあ」ヘロを見て言う。「いつにも増して美しい」

彼女は膝を折ってお辞儀をした。「ありがとう、トマス」

「結婚式の準備は順調に進んでいるのかな？」居間をあとにし、ヘロをエスコートして屋敷正面の階段をおりながらトマスは尋ねた。「ドレスはもうすぐ完成しそうだと聞いたが」

「ええ、あとは何回か細かな直しがあるだけよ」ヘロは好奇心に駆られて彼をじっと観察した。もしかしたら、トマスが彼女自身に関心を示すようなことを尋ねたのはこれがはじめてかもしれない。「お母さまにお聞きになったの？」

トマスはうなずき、ヘロを馬車に乗せた。

「母上は結婚式が好きなんだ。キャロラインが結婚したときのはしゃぎようを、きみにも見せてあげたかったよ。今、母上がただひとつ残念に思っているのは、今回は息子の結婚式だから嫁入り道具の準備ができないことだろうね」

うつむいて膝の上で重ねた両手を見つめ、ヘロは笑いをこらえた。トマスが真新しいストッキングとシュミーズを身につけ、新婦の格好をしている姿が頭に浮かんだのだ。

「わたしはあなたのお母さまが大好きよ。結婚式の準備にも、とても力になってくださるし」

「よかった」トマスはしばし手綱に集中して、混《こ》みあったロンドンの路地へと馬車を進めた。

ヘロは少し顔をあげた。空には晩秋の太陽が輝いている。馬車の周囲では大勢の人々が歩きまわっていた。前方にはいかにも重そうな粉屋の荷車もあれば、慣れた様子で人のあいだを縫っていく椅子型《セダンチェア》のかごもあった。兵士たちも何人か馬に乗り、肉屋の息子たちが馬の足元にまとわりついてからかいの声を浴びせるのを無視して進んでいる。道端では女性がわめいているとしか思えない歌を歌い、そのかたわらでは子供がふたり、小銭を求めて両手を伸ばしていた。

「母上もきみを気に入っている」トマスが言った。

「本当に？」

「ああ」粉屋の荷車をやり過ごしたトマスが手綱を振るい、馬車を引く馬たちが小走りになった。「母上は自分の屋敷も持っている。でも、仲よく一緒に暮らしていければその方がいい」

「そうね」ヘロはつぶやき、はめている手袋を引っ張った。「最初の奥さまとお母さまはうまくいっていたの？」

トマスの顔が警戒の表情に変わった。「アンのことかい？」

そんなにおかしな質問だろうか？「ええ」

彼は肩をすくめ、馬たちに視線を戻した。「母上は誰とでもうまくやっていけるみたいだからね。嫌っている様子も不満も見せたことはないよ」

「好いている様子は？」

「それも見せなかったな」

しばらくのあいだ、ヘロはトマスが慣れた手つきで手綱を操るのを見ていた。彼が個人的な話をしたがらないのは承知している。それでも、あと数週間もすればふたりは夫婦になるのだ。「あなたは奥さまを愛していたの？」

まるで彼女が忌まわしい言葉を口にしたかのように、トマスが身をこわばらせた。

「ヘロ……」

「わたしには関係のないことだというのはわかっているわ」穏やかに言う。「だけど、あなたはアンの話をわたしにひと言もしてくれなかった。知っておきたいの」

「なるほど」トマスは眉間にしわを寄せて押し黙り、それからまた口を開いた。「では、きみの好奇心を満足させてあげるとしよう。わたしは……たしかにアンに好意を抱いていたし、亡くなったときは悲しかった。だが、今はもう割りきっているから、きみが心配する必要はまったくない」

ヘロはうなずいた。「じゃあ、あなたの弟さんは?」

「弟がなんだというんだ?」

「悪い噂を聞いたわ」彼女は慎重に言った。兄の妻を誘惑したのかという問いに答えたグリフィンの声が頭によみがえる。〝まさか、そんなことをするはずがない〟彼はそう言っていた。「あなたは本当に弟に裏切られたと思っているの?」

「〝思っている〟だけじゃない」トマスは冷淡に告げた。「わたしはアンから直接聞かされたんだ」

トマスは婚約者の優雅な曲線を描く眉が驚きにゆがむのを見た。いらだちが胸にこみあげる。ヘロは彼をどう考えていたというのだろう? 証拠もなく愚かな疑いを抱く男だとでも?

そもそも、どうしてこんなことをきく?

正面に顔を向け、トマスは馬を操って、道の真ん中で立ち往生している羊の群れをよけた。ハイドパークまではあと少しだ。早く広い場所に出て、きれいな空気を吸いたい。馬たちの手綱を思いきり振るい、路地を疾走させられたらどんなにいいだろう。

たとえそれが、まるで侯爵らしくない振る舞いだとしても。

「ごめんなさい」隣に座っているヘロがつぶやいた。言いすぎたことを悔いているように見える。

どれだけ完璧な女性でも、たまには感情的になってしまうことがあるのだろう。人間とはそう生まれついているのだから仕方がない。アンは移り気な女性だった。ラビニアはアンよりも自分を抑えるすべを知っているとはいえ、やはり情熱的な女性だ。あのふたりと比べれば、ヘロは自制心の塊と言ってもいい。

トマスはため息をついて言った。

「何にしても遠い昔の話だよ。わたしはグリフィンを許すつもりはない。しかし、なんとかあの出来事を頭のどこかにしまいこんで前へ進むつもりだ。さっきも言ったとおり、アンについてはきみが心配する必要などない。過去のことなのだから」

一瞬、トマスの頭をあの夜のアンの様子がかすめた。彼女は興奮して泣きながら、哀れにもすでに死んでいた赤ん坊を体から押し出そうとしていた。その光景を目にし、声を聞いたトマスは、すぐにこれが一生ついてまわる悪夢になると覚悟した。だが今思い返してみると、真っ先に浮かんでくるのは無表情な灰色の赤ん坊で、大量の血や取り乱したアンの姿はたいしたことでもないように思えた。あの赤ん坊は女の子だった。

小さな、死んだ女の子。

「わかったわ」ヘロが隣で言った。

ありがたい。ようやく公園の門が視界に入ってきた。トマスは昔の記憶をよみがえらせるのが嫌いだった。役立たずの、気分を暗くするだけの記憶など、侯爵の権威と身分にふさわしくない。そもそも侯爵は、妻が亡くなろうかというときに、当の妻から不貞の告白など聞かされるべきではないのだ。ましてや、哀れな女の子の亡骸《なきがら》を目にすべきでもない。

「この話は二度としたくない」トマスはきっぱりと言った。「きみの質問にはじゅうぶん答えたと思う」

ヘロは何も言わない。言う必要もないのだろう。不本意であっても、彼の意思に従うのが当然なのだから。そのとき、ラビニアだったらいつまでも口答えするはずだという考えがトマスの頭をよぎった。おかしな考えだし、そのうえなんの救いにもならない。彼は苦心してラビニアのことを頭から追い払った。

好天に誘われて散歩に出た人が多いのか、公園は大変な混雑だった。トマスは馬たちをゆっくりと進め、園内を散策して抜けようとする馬車や馬が並ぶ列に加わった。

「昨日、ウェークフィールド公爵に会った」彼はヘロに言った。

「そうなの？」彼女の声は驚いているようには聞こえなかった。通り過ぎていく馬車や馬の流れに気を取られているのかもしれない。

「ああ。ジンの密造をしている貴族がいて、そいつを捕まえられそうだと言っていたよ」

ヘロが身をこわばらせた。ほとんどの女性は政治の話を退屈に思うものだが、彼女は違うとトマスは思っていた。勘違いだったのだろうか？　議会でいちばんの有力議員の妹だ。当然、結婚相手の政治的な野望も理解しているはずなのだが。

「名前はわかる？」ヘロが尋ね、トマスの不安はたちまち小さくなった。

「名前は出なかった。確証をつかむまでは自分の胸の内だけにとどめておくつもりなんだろう。きみの兄上は底の知れない男だからね。おや、ファーガスだ」トマスは、とりたてて特徴もない顔をした妻と並んで座っているファーガス卿にうなずきかけた。夫婦のうしろの座席には、これまた特徴のない顔をした娘がふたり座っている。「彼は海軍省の役人をしている」馬車をファーガス卿の馬車に近づけながら、彼はヘロにささやいた。

紹介を受けたヘロが優雅に微笑み、レディ・ファーガスのボンネットを褒めて相手の頬をピンク色に染めさせたのを見て、トマスは誇らしい気分になった。娘たちも遠慮がちに身を乗り出し、一家全員が話に加わった。

「お似合いのお嬢さんじゃないか、マンダビル」最新の社交界の噂話をひととおり話し終わったあと、ファーガスが言った。「きみは幸運な男だ」

「まったく、そのとおりだよ」トマスはつぶやいた。

馬鹿げた不安を抱く必要などなかったのだ。ヘロは落ち着きのある、つつましやかな女性だ。下手な芝居を打つように振る舞っていたアンとは違う。

ファーガスがさらに一〇分ばかりおしゃべりを続けたのち――どうもこの男は説教癖がある――彼らは別れの挨拶を交わした。

トマスはふたたび手綱を取った。

「レディ・ファーガスや娘たちと話していて、退屈しなかったかい？」

「とんでもない」ヘロが答える。「とてもいい人たちよ。それにこういうおしゃべりも、あなたの議会での発言力を高めるのに大事だというのはわかっているわ。あなたを支えるために、わたしにできることはなんでもするつもりよ」

彼は微笑んだ。「きみの美しさに気を取られて、つい聡明《そうめい》さを忘れてしまう。つくづくわたしは幸運な男だよ」

「お世辞ね」

「女性はみな、お世辞が好きなのではなかったかな？」

返事がないので、トマスはヘロを見た。何か気になるものでもあるのか、彼女は斜め前を向いていた。その視線を追ったトマスは、腹を殴られたかのような衝撃を受けた。

二台向こうの馬車にラビニア・テイトが乗っていて、ハート家の庭園でも一緒にいたサムエルという男に笑いかけていた。彼女は明るい赤のキルトの上着をまとい、ワインレッドの髪を太陽の光に輝かせている。もし今このハイドパークにいる男性で彼女に関心を引かれない者がいるとしたら、その男は死んでいるに違いない。

あるいは、よほどの愚か者かのどちらかだ。

「あの方とどういう関係なの？」ヘロが静かにきいた。

「なんの関係もないよ」トマスはこわばった口を動かして答えた。

「でも、あなたはとても大切な人を見るようにあの方を見ているわ」

「なんだって？」視線をラビニアから引きはがし、彼は自分の婚約者を見つめた。顔の色は白すぎるし、髪は明るい赤だが少し灰色がかっていて、単に上品なだけだ。生々しい油彩画のようなラビニアと並ぶと、ヘロは淡泊な水彩画に見えてしまう。「彼女は……昔の知りあいなんだ」

「今は違うの？」ヘロは不思議そうに顔を傾けて尋ねた。

ラビニアの笑い声が秋風にのって聞こえてくる。

いきなり、トマスはヘロを怒鳴りつけたい衝動に駆られた。そのやさしげな表情をそぎ落とし、寛容な顔で問いかけるのをやめるまで揺さぶってやりたかった。そしてこの馬車から飛びおり、ラビニアと一緒にいる小僧の顔にこぶしを叩きこむ。

だが、もちろんそんな真似はできない。高い地位にある紳士は、決してそのような振る舞いをしないものなのだ。代わりにトマスは手綱を振るって馬車を進め、ラビニアの馬車に追いつくのをじれったい思いで待った。

「昔、知りあいだったんだ」トマスは冷たく感じる唇を動かして言った。「落ちこんでいたときに出会った」

ラビニアの笑顔が向けられていたのが自分だった頃を、トマスは思い起こした。朝の太陽を浴びる彼女の姿もよみがえってくる。たいそう官能的で、それでいて知性あふれる姿だった。顔のしわまではっきりと見えていて、わずかに張りを失った胸までもがあらわになっていた。それでも不思議と気にならなかったものだ。そんなときのラビニアは、彼がそれまで出会ったどの女性よりも美しかった。

これからだって同じだ。

トマスは咳払いをした。「もう終わったことだよ。話すこともない」

ヘロが隣でため息をつく。彼女は悲しげで孤独に見えた。「あなたが正しいのかもしれないわ。過去は気にせず、未来に集中すべきなのかも」

トマスの肘に手袋をはめた手が置かれた。ヘロの手はほっそりとしており心地よい感触がした。「きっといい夫婦になれるわ。あなたとわたしなら。そうよね、トマス」

彼はなんとかヘロに微笑みかけた。「ああ、そうとも。必ずいい夫婦になれる」

そのとき、ようやく彼らはラビニア・テイトの馬車を追い抜いた。

つぎの日の朝、フィービーが部屋に駆けこんできたとき、ヘロはウェズリーに手伝ってもらって身づくろいを終えるところだった。

「信じられないわ！」

どうしたのかきこうと口を開きかけたが、フィービーの勢いはとまらない。

「グリフィン卿とレディ・マーガレットが、わたしたちをお買い物に誘ってくださったのよ！」

一瞬、グリフィンを思ってヘロは心が躍ったが、すぐに現実主義なもうひとりの自分がその思いを抑えつけた。

「ねえ、フィービー」興奮に顔を輝かせている妹に向かって、ヘロは顔をしかめてみせた。「わたしとグリフィン卿が会うのを、バティルダおばさまがよく思っていないのは知っているでしょう。それにこのあいだ、昼食会に彼を連れてきたばかりだし……」

フィービーの顔から輝きが消えていく。「でも、わたしだけでは行けないわ」

行けるはずがないし、グリフィンもそれを知っているはずだった。ヘロは落ち着かない気分になった。

「ヘロ、お願いよ」

ヘロは目を閉じた。

「一生のお願い」

目を開けて応える。「わかったわ。でも、一時間だけよ。それ以上はだめですからね」

あとから出した条件は余計だったようだ。フィービーはすでに飛んだり跳ねたりして喜んでいた。

まずい考えだというのはわかっている。ヘロはため息をついた。だが、妹のうしろについて階段をおりながら、彼女はこみあげる笑みを押し隠すのに苦心しなければならなかった。

グリフィンが階段の下で待っていた。なかなかきちんとした格好で、濃い青の上着とズボンに身を包んでいる。彼は目の前にやってきたフィービーに笑顔を向けたが、視線はヘロに据えたままだった。

ヘロは顔が赤く染まるのを必死で抑えようとした。

「誘いを承諾してもらえてうれしいよ、レディ・ヘロ」玄関まで姉妹をエスコートしながら、グリフィンが言った。

ヘロは鋭くにらみ、グリフィンの表情に皮肉を読みとろうとしたが、彼は本気で言っているようにしか見えない。「マーガレットはどこなの？」

大げさに両目を見開いたグリフィンが答える。「馬車の中だ」

三人が乗りこむと、彼の言葉どおりにマーガレットが座っていた。

「いきなりのお誘いだったのに来ていただけるなんて、うれしいわ！」マーガレットは座席に腰をおろす姉妹に声をかけた。「わたしのお兄さまと結婚なさるんですもの。もっとお互いを知っておかなきゃと思って」

「あなたの言うとおりね」ヘロは小さな声で応じた。「じきに姉妹になるのだから」

グリフィンは無表情で窓の外に目を向けた。

「そうなのよ」マーガレットが言う。「どうもあなたのお兄さまのことばかり詳しくなってしまっていけないわ。トマスがいつも話しているものだから。それに、あのふたりは去年の夏もジン撲滅を目指す法案づくりでずっと一緒だったし。ウェークフィールド公爵は、ジンの問題にすごく情熱を注いでいらっしゃるのね」

「セントジャイルズで犯罪が絶えないのはジンのせいだと信じているのよ」フィービーが深刻な口調で言った。「わたしたちの両親が亡くなったのもジンのせいだと思ってるの」

ヘロは驚いて妹を見つめた。マキシマスがほとんど何も知らせないようにしているにもかかわらず、フィービーは自力でその答えにたどりついたのだ。

マーガレットがうなずく。「じゃあ、あなたたちもお兄さまと同じように、ジンの問題を気にしていらっしゃるの？」

グリフィンがヘロに視線を向け、彼女は顎をつんとあげて答えた。「ええ」

「わたしたちは女性だから、議会に法案を出すことはできないけど――」フィービーが言う。「でもヘロは最近、セントジャイルズの孤児院の後援者になったのよ」

「そうなの？」マーガレットが尋ねた。「ご立派だわ。わたしは人のために何かをしたことなんてないもの」

「あら、あなただってできるわ」フィービーが熱意もあらわに身を乗り出した。「ヘロはほかの女性たちにも寄付を呼びかけることにしたの」

「そうなのか？」グリフィンがのんびりと言う。「男性も参加できるのかな？　もしそうなら、わたしもぜひ加わりたいものだ」

ヘロはグリフィンと視線を合わせられなかった。からかっているに決まっている。でも、彼は以前にも一度、援助を申し出てくれたことがあった……。

彼女が何か言う前に、フィービーが割って入った。「残念でした。女性だけなのよ」

「それは差別というものだ」グリフィンが不満げにつぶやく。

「殿方は仕切りたがるから」ヘロはにべもなく言った。

彼は楽しげににやりとした。

「ヘロの言うとおりよ」マーガレットが言う。「女性に限るのは正解だと思うわ。その……なんと呼べばいいの？」

「組織の名前ね？」フィービーが答えた。「〝〈恵まれない赤子と捨て子のための家〉を支える女性たちの会〟っていうのよ」

「素敵！」マーガレットが勢いこんで言った。「女性だけの会なんて、とてもいい考えだと思うわ。わたしも入れるのかしら？」

「もちろんよ」グリフィンが目をまわしてみせるのを尻目に、ヘロは答えた。

「でも……」マーガレットが急に恥ずかしそうに身を縮こまらせた。「寄付をするにしても、自由になるお金はそれほどないの。いくらぐらいあれば参加できる？」

「金額に決まりはないわ」ヘロはきっぱりと言った。最初に思っていたよりも会の規模を大きくしなければならないかもしれないが、それも仕方ない。「セントジャイルズの孤児たちを救おうと真剣に考えてくださる女性なら大歓迎よ」

「まあ、よかった」

グリフィンが笑みを浮かべて頭を振った。

「さあ、ボンドストリートに到着だ。買い物の準備はいいかい？」

フィービーとマーガレットが勢いよく立ちあがり、ヘロはグリフィンとふたりで取り残された格好になった。

妹たちが馬車をおりていくあいだに、彼が身をかがめてヘロに顔を寄せた。

「孤児院建設の資金を工面する方法を自分で見つけ出したんだね」

「この案を思いついたのはフィービーよ。だけど、ええ、いい方法だと思うわ」

「わたしもそう思う」意外なことにグリフィンが賛同した。「見事な思いつきだ」

彼に褒められて、ヘロの心にあたたかいものが広がった。まるで寒い日に熱い紅茶を飲んだときのようだ。グリフィンがどう思うかが気になるなんておかしい。それでも彼女はたしかに気にしていた。

「孤児院の件をトマスに話したのか？」グリフィンがきいた。

「いいえ」ヘロは罪悪感にうつむいた。「でも、じきに話すわ」

「その方がいい。トマスがきみの兄上みたいにリベラルだといいけどね」

「ひどいことを言うのね」

グリフィンが肩をすくめる。「事実だから仕方ない。きみの活動はトマスとかかわらざるをえなくなるわけだし、兄上はマンダビル侯爵としての在り方にきわめて狭い了見しか持っていない」

いらだちがこみあげるのを感じたが、グリフィンが真実を語っているだけなのもわかっていた。トマスはマンダビル侯爵の名を守らなければならない。なんといっても議会の有力議員なのだから無理もないだろう。そして、ヘロはその妻としてさまざまな詮索《せんさく》を受けることになる。それでも……。「困っている子供たちを助ける孤児院の後援者になるのがいけないことだなんて、わたしには思えないわ」

「それはそうだろう。だが、セントジャイルズに出向くとなると話は別だ」グリフィンはヘロを女性たちが小さな集団をつくっているショーウインドーの前にいざないながら言った。「兄上のことだ、結婚したらやめろと言いだすに決まってる」

「そんなのわからないわ」ヘロはなおも言い張った。「だいいち、あなたにはなんの関係もないはずよ」

「本当に？」グリフィンがいきなり振り向き、ふたりの視線が合った。路地も人ごみもすべてが消え去り、ヘロの耳には自分の心臓が打つ音しか聞こえなくなった。

大きく息を吸いこみ、視線をグリフィンから引きはがす。「本当よ。それに、トマスが自分の妻を守ろうとするのだって当然だわ。そこはあなたもわかってあげないと」

「わたしが？」彼はゆがんだ笑みをたたえて首を振った。「わたしにわかるのは、かごの中の鳥のさえずりよりも、自由に舞う鳥のさえずりの方が美しいということだけだよ」

「そうなの？　あなたは本当に鳥の気持ちを考えたうえで言っているのかしら？」ヘロは声を抑え、食ってかかるように言った。もはや鳥の話をしているわけでないのは、ふたりとも承知していた。「かごの中の鳥は守られて安心しているかもしれないのよ。逆に外を飛びまわっている鳥こそ、怖くて怯えているかもしれないわ」

しばらく押し黙ったあと、グリフィンが口を開いた。

「大空を飛びまわったことのない鳥が、どうして自由を否定できる？」

緑色の瞳に見つめられ、ヘロは目をそらせなくなった。息が詰まって呼吸もままならない。彼女だってグリフィンの言うとおりにしたかった。自由に大空を飛びまわってみたい。でも無理なのだ。絶対にできない。

「着いたわ！」前を歩いていたマーガレットが、こぢんまりした趣味のいい店を指差してふたりを呼んだ。

その店は帽子店で、フィービーはかわいらしいベルギー製のレースがついた帽子を見つけた。店を出たのち、グリフィンが女性たちに軽食と紅茶を振る舞い、書店に行こうと提案した。書店ではフィービーとマーガレットがきれいな絵が描かれた植物の本を見ているあいだ、グリフィンはヘロをギリシア語とラテン語の本が置いてある棚に案内した。

「ここには興味深い本がたくさん置いてあってね」劇に関する大きな本を手に取ったグリフィンが言った。「アリストファネス（古代ギリシアの喜劇詩人。毒舌と悲劇の名文句のもじりと猥褻な台詞で鋭い風刺を行った）を読んだことは？」

「あまり興味がないわ」ヘロは答えたが、彼から本を受けとり、指で革の背表紙をなぞった。

「なぜ？」グリフィンが静かにきいた。「劇について書いてあるだけだ。たしかに少々刺激的な描写もあるが、それを読んだからといって罪になるわけでもない」

「でも、劇について書いてあるんでしょう？」そう言ったものの、まだ本を手放そうとはしなかった。「トゥキュディデスやヘロドトスみたいな歴史の本ではないもの」

「だから？」グリフィンが眉をあげ、額にしわを寄せた。

「つまり、真剣な本ではないということよ」彼女は慎重な手つきで本を棚に戻した。「喜劇よりも、もっと重要なことを考えなくてはならないの。それがわたしの義務よ」

「誰に対する義務だい？」グリフィンがやや声を大きくして言ったが、そのとき悲鳴と何かがぶつかる音がふたりの背後から聞こえてきた。

ヘロが音のした方を向くと、短い階段の下でフィービーがドレスにうずまるようにして倒れていた。「なんてこと！」

グリフィンと一緒に急いでフィービーのもとに駆けていく。

フィービーの顔色は真っ青だった。かたわらで立っているマーガレットも、自分が転んだわけでもないのに蒼白になっている。

「何があった？」グリフィンが大声で尋ねた。

「わからないわ」マーガレットが答える。「階段でつまずいたんじゃないかしら」

「見えなかったの」フィービーが血の気を失った唇を動かして言った。「別の本棚に向かって歩いていたら、いきなり階段が現われたのよ」

グリフィンは鋭い目でフィービーを見つめ、身をかがめてきいた。「立てるかい？」

「ええ……たぶん」

「グリフィン、額に――」ヘロは言った。フィービーの顔をひと筋の血が流れ落ちた。

「頭を打ったんだ」彼がフィービーの髪にやさしく触れた。

「痛い……」右手をあげようとしてフィービーがはっと息をのんだ。顔色がますます悪くなっていく。「痛いわ！」

「どうしたの？」ヘロは尋ねた。

「たぶん腕の骨が折れている」グリフィンが言う。「だめだ、触るな。わたしに任せてくれ」彼は素早くフィービーを抱きかかえ、立ちあがった。「馬車まで運んでいく。家に着いたらすぐに医者を呼ぼう」

「わかったわ」ヘロがうなずいたときには、すでにグリフィンは店の扉をくぐるところだった。

ヘロはマーガレットと一緒に小走りでふたりのあとを追い、馬車に乗りこんだ。帰りの車内は悲惨だった。馬車が揺れるたびにフィービーは痛みにひるんだ。グリフィンが彼女の隣に座り、できるだけ揺れないように体を支えていた。家に到着するやいなや、飛び出してきたバティルダがメイドや従者たちにてきぱきと指示を与えはじめた。屋敷の中に運びこまれるフィービーのあとを追おうとしたヘロは、誰かに腕をつかまれた。

振り返ると、それは怒りをあらわにしたグリフィンだった。「なぜあの子にもっといい眼鏡をつくってやらない？　今の眼鏡では見えていないじゃないか。階段だって見えなかったんだぞ！　専門家に診てもらうべきだ」

ヘロは目を閉じて自分を正当化するための怒りがこみあげてくるのを待ったが、わきあがってくるのは深くて絶望的な悲しみだけだった。

「ヘロ？」グリフィンが彼女の腕をつかんだ手に力をこめる。

「何人もの専門家に診てもらったわ」ヘロは疲れた声で言った。「プロイセン（プロイセン王国）のお医者さまにも来ていただいたのよ。一年前に視力が弱いとわかってから、あの子はあらゆる治療に耐えてきたの」

グリフィンが顔をしかめた。「それで？」

ヘロはまばたきを繰り返して涙をこらえ、笑おうとしたがみじめに失敗した。

「どんな治療も効かなかったわ。フィービーの目はいずれ見えなくなるのよ」

その夜、グリフィンがセントジャイルズに入った頃、時刻はとうに真夜中を過ぎていた。本来、狩られる立場にある者であれば、とうに息をひそめて身を隠している時間だ。リースの遺体が投げこまれた夜以来、司祭の手下たちは姿を見せていない。司祭はこの地域に対する関心を失ったのだろうか？　ふたたびやつらが攻撃してくるというのも、ただの噂にすぎないのかもしれない。あるいは司祭が死んだという可能性もある。

だが、あくまでも可能性だ。グリフィンはそんなものを信じる気にはなれなかった。警戒をゆるめず、片手を鞍に隠してある銃に添えたまま馬を進めていく。司祭は執念深いことで知られた男だ。ほしいものを手に入れるまでは決してあきらめない。そして、彼がグリフィンの醸造所を喉から手が出るほどほしがっているのは、今や火を見るより明らかだった。

右手で影が動き、扉から何者かが出てくる気配がした。グリフィンは銃を抜いてそちらに向けたが、自分の目が信じられずにまばたきをした。体にぴったりとした奇妙な服を着て、短いケープと派手な羽根のついた帽子をかぶった男がいる。亡霊のような男は帽子を手にして大きく振り、グリフィンに向かって軽く会釈をすると、そのまま建物の壁をよじのぼって屋根へと消えていった。

〝今のはいったいなんだ？〟グリフィンは上を見あげたが、もう人影はなくなっていた。あれがセントジャイルズの亡霊に違いない。黒と赤のまだら模様のおかしな服を着ていた。亡霊の正体はただの追いはぎなのだろうか？　だが、それにしてはこちらを襲う気配すら見せなかった。いったい何が目的でうろついているのだろう？　グリフィンは頭を振ってランプラーの腹を蹴《け》り、ふたたび先を目指して進みはじめた。マーガレットがこの場にいなくて残念だ。あれほど亡霊の正体を知りたくてうずうずしているというのに。

グリフィンは暗闇に包まれた醸造所に到着した。門を叩いたが返事がない。待っているあいだ、無防備にさらした背中がむずむずして仕方なかった。ようやく門が開き、ニック・バーンズが姿を見せたとたん、グリフィンの緊張がさらに高まった。ニックが険しい表情をしていたからだ。

「どうした？」グリフィンは中庭で馬からおりて尋ねた。鞍から銃を二丁抜きとり、上着の上から締めている幅の広い革ベルトに差す。

「今朝、またひとりいなくなりました」ニックはゆっくりと言った。「司祭の野郎にさらわれたのか、それともただ逃げたのか、どっちかはわかりません」

「くそっ」グリフィンは裾をベルトから抜いて上着を脱ぎ、シャベルを拾いあげて釜の下で燃えさかる炎めがけて突っこんだ。まったくひどいことが重なる一日だ。痛みに顔をしかめるフィービーの姿も、いまだ脳裏に焼きついている。しかも彼女は視力をいずれ失うという。その話を聞いたときは、なんとも救いのない気分になった。あんな若い女性が光を失うなど、あっていいことではない。神がそんなことを許すはずがないではないか。

グリフィンが炎から顔をあげると、ニックが何か考えこみながら彼を見つめていた。

「因果な商売ですね」

うなり声をあげ、グリフィンは石炭をシャベルですくって炎の中に放りこんだ。

「この調子では、いつまでも続けられませんぜ」ニックが静かに告げた。

あたりを見まわし、グリフィンは誰も聞いていないのを確かめてから言った。

「わたしもそれは承知しているよ。司祭のやつはときどきこちらをつついて、あとは見物を決めこんでいればいい。こちらは人手の確保に給金をあげざるをえないからな。それがわたしの払えない額になるのを待てばいいだけの話だ」

ニックが顎をかいた。「それだけの価値があるかというのが問題でさ。金なら、もういささかはたまったでしょう？　ここいらが潮時かもしれませんぜ。ここを閉めて、何か別に儲ける口を探せばいい」

グリフィンは振り返ってニックをにらみつけた。

まるで動じる様子もなく、ニックが肩をすくめる。

「旦那がその気なら、こっちももっと積極的に動く必要がありますね」

「やれやれ」グリフィンは身をかがめ、さらに石炭を火に放りこんだ。

ニックが何を言いたいのかはわかっている。こちらから戦いを仕掛けろというのだ。この商売は単に仕事としてはじめたにすぎないというのに。たしかに真っ当ではないが、それでも仕事には違いなかった。それがいつからこんなことになってしまったのだろう？　そろそろやめる頃合なのかもしれない。だが、ほかにいったい何ができる？　出来の悪い穀物を金に換える方法がこれ以外にあるだろうか？

黙々と石炭をすくうグリフィンを、ニックはしばらく黙って見ていた。

「そういえば、先日ご婦人が一緒に来ましたね」やがてニックが軽い調子で言った。

グリフィンは上体を起こし、シャベルを杖代《つえ》わりにして肘を柄にのせた。ニックはこんな軽口を叩くような男ではないはずだ。

ニックがにんまりした――あまり好ましい光景ではない。「ちょいとばかりご機嫌を損ねていたようでしたね。何か言ったんですかい、旦那？」

「彼女はジンが嫌いなんだ」

「なるほど」ニックは身をのけぞらせた。「おおかた、ご立派な紳士のする商売じゃないと責められたってところですか？」

「そのとおり」グリフィンは眉をひそめてうなじに手をやった。「いや、そんなものじゃないな。彼女はセントジャイルズの孤児院にかかわっているんだ。この世に孤児がたくさんいるのもジンのせいだと信じている。ロンドンで起きているすべての悪の根源がジンだと思っているんだよ」

「〈恵まれない赤子と捨て子のための家〉ですか？」

グリフィンは驚き、ニックを見つめた。「知っているのか？」

「このあたりに住んでる連中はみんな知ってますよ」ニックが顔を上に向け、薄暗い天井を見た。「聞いた話じゃ、いいところらしいですね。ちびどもを売り飛ばして奉公にやったりもしないそうで。かわいそうに、去年の冬に燃えちまったとか」

グリフィンはむっつりと応じた。「今、建て直している最中だよ。前よりも大きくするらしい」

「天使のようなお方じゃないですか」

茶化しているのかと思い、グリフィンはニックをじっと見据えた。

ニックは邪気のない表情を浮かべている。

「そうなると、そんなお方がなんで旦那と一緒にいるのか気になりますね」

「兄の婚約者なんだ」すでに火はじゅうぶん燃えさかっていたが、グリフィンはさらに石炭を放りこんだ。

「なるほど、将来の義理の弟が心配になったわけですか」

「ニック」グリフィンは警告代わりに低い声を出した。

だが、ニックはそんな脅しに怯える男ではない。

「気をつけなきゃいけないのは、聖人みたいな女ですぜ」彼は楽しげに言った。「娼婦なら話は簡単でさ。やることをやって金を払えば、それでおさらばだ。いい思いだけして、あとに面倒も残らない。でも、きちんとした女の場合は感情だの会話だのがついてまわりやがる。面倒が山ほどついてわけですよ。旦那には言うまでもないでしょうが、結局はそんな価値なんてありゃしない。先の不安が増すばかりです。男は用心しないと」

「ニック」グリフィンはゆっくりと言った。「わたしに男女関係に関する忠告をしようとしているのか？」

帽子をうしろにずらし、ニックは頭をかいた。

「まさか、夢の中だってそんな気は起こらないですよ」

グリフィンはうなるように言った。「どのみち、彼女はじきにわたしの義理の姉になる」

「そりゃまあ、そうですがね」ニックがつぶやく。

雇い主の言葉をまるで信用していないらしい。

それはグリフィン自身も同じだった。ため息をつき、シャベルをかたわらに放り投げる。

「わたしたちでこの商売をはじめたときのことを覚えているか？」

ニックが小さく笑った。「チッピング通りの小さな醸造所の話ですかい？　あのときは旦那も駆け出しでしたね。疑り深くて参りましたよ」

「あの頃は、まだおまえを信用していいかどうかわからなかったんだ」

にやりとしてニックが応じる。「そいつはお互いさまだ。旦那だって、いい学校を飛び出したばかりのお坊ちゃんで、こぎれいな格好をしてましたからね。一週間ともたないんじゃないかと思ってましたよ」

グリフィンは鼻で笑った。彼とニックはいかがわしいとしか言いようのない〈セブンダイヤルズ〉という酒場で出会った。仕事のパートナーに出会うような場所ではなかったが、グリフィンはこのボクサー崩れの男の鋭い視線を見て、何より大事な誠実さを感じとったのだ。そしてニックは、やがてグリフィンの最初の醸造所となる建物の持ち主に彼を紹介した。今思えば、とんでもなくおんぼろな施設だ。

「醸造所を吹き飛ばしそうになったこともあったな」グリフィンは言った。

ニックがわらの山に唾を吐いた。

「どのときの話です？　たしか一回じゃなかったと思いますが」

周囲を見渡し、ニックはにやりとした。思えばチッピング通りにあった釜ひとつの小さな醸造所から、ずいぶんと遠くまでやってきたものだ。長い年月をかけて、この商売をここまで築きあげてきた。ようやく金や収穫への不安で夜中に目を覚まさずにすむようになったし、金銭的な心配を抜きにして母とマーガレットの社交シーズンの話もできるようになった。あと少しでひと息つける程度の経済的な安定を手にできるのだ。

「ここまで来るのは大変だった。違うか？」グリフィンは言った。

「大変なんてものじゃないですよ」

「今、司祭のやつにここを差し出したら、絶対に後悔する」

「神のご加護が必要ですな」ニックはベストからパイプを出し、わらを使って釜の下から火を移した。「ほかの商売に鞍替えしようと思ったことはないんで？」

グリフィンは驚いてニックを見た。「いいや、ほかの商売なんて考える暇もなかったからな。おまえはあるのか？」

「ありません」ニックが頭のうしろをぼりぼりとかいた。「真面目にはね。俺の親父《おやじ》は織物職人だったんですが、俺は修業をしなかった。若い頃はくだらない仕事に思えたもんです。ところが今となっちゃ、新しい何かを習得するにはこっちが年寄りすぎるときてる」

「織物か」グリフィンはランカシャーにあるマンダビル侯爵家の領地を頭に思い描いた。岩だらけの土地で、そもそも農地には向いていないのだ。たしかに近隣では羊を飼い、羊毛と肉で商売をしているところもある。

「おふくろと妹が親父のために糸を紡いでました」ニックが言った。「俺も子供の頃は手伝ったもんです」

ニックがハムを思わせる大きな手で糸を紡いでいる姿を想像し、グリフィンは笑った。

そのときふたりの背後で悲鳴があがり、グリフィンはとっさにベルトから銃を抜いて振り返った。建物の外へ煙を吐き出している何本かの煙突の一本から煙が逆流していた。もうもうと立ちのぼる黒い煙に、作業をしていた男たちが咳《せ》きこみはじめる。

ニックが大声で悪態をつく。「やつら、煙突を外からふさぎやがった！」

「火を落とせ！」グリフィンは叫んだ。「わたしは建物を守る」

手を叩いて男たちに合図を送り、建物の出入口に向かう。体をぶつけるようにして扉の横の壁に取りつき、それから足で扉をわずかに開いた。表にいた警備の者たちが壁のすぐ近くで侵入者たちと格闘している。すでに三人の敵が中庭に入りこんでいた。

「侵入者だ！」グリフィンは部下たちに怒鳴った。「絶対に中へ入れるなよ」

扉を蹴破ってもう一丁の銃を抜き、グリフィンは両手をまっすぐ前に突き出して左右同時に引き金を引いた。侵入者のひとりに弾が命中し、敵は小石を敷きつめた地面にくずおれた。部下たちの銃声も響き渡り、敵がもうひとり倒れた。だが、あらたな加勢を得たもうひとりが、警備の者たちを圧倒しながら扉へ向かって突き進んでいく。中庭の隅でランブラーが恐怖にいななき、前脚を蹴りあげていた。

「通すな！」グリフィンは自分の鼓膜が震えるほどの大声で叫んだ。

部下たちがつぎつぎとグリフィンを追い越し、敵が進んでくる外壁へと向かう。グリフィンも片方の銃を投げ捨て、剣を抜いて敵と対峙《たいじ》した。背こそ低いが筋肉が詰まったような体つきの男が太い短剣を手に向かってくる。グリフィンは敵が振りまわした短剣を、身をかがめてかわした。刃《やいば》をぶつけあったら、彼の細身の剣は砕かれてしまうかもしれない。相手が勢い余ってバランスを崩したところで身を寄せて、腕の付け根あたりを剣で突き刺した。しかし敵はひるんだ様子も見せず、反対側の手でグリフィンを殴りつけようとした。敵に刺した剣を握ったまま間一髪でそれをかわし、こぶしを肩で受けとめて顔への直撃を避ける。敵はまた短剣を振りかざしたが、ぐらつき、つぎの瞬間、糸を切られた操り人形のように地面に倒れこんだ。

グリフィンは倒れた男の胸を踏みつけて剣を引き抜いた。ふたたび構えて外壁に向き直る。けれど、もはやその必要はなかった。地面には四人の敵の死体が転がっている。グリフィンの部下もひとり、外壁に背中をつけて座りこみ、痛みにうめいていた。残りの侵入者は退散したようだ。

小競りあいは終わったのだ。少なくとも今のところは。

「中に運んでやれ」グリフィンはうめいている男を指差した。「ほかの者は外に残って中庭の警備だ。またやつらが襲ってくるかもしれないからな」

八人の男たちを中庭に残して外壁の守りを固めさせ、グリフィンは建物に向かおうとした。ランブラーが中庭の片隅でつながれたまま、今なお落ち着きなく体を震わせている。

グリフィンは愛馬のもとに向かい、汗で湿った首をなでてやった。

「大丈夫だ。もう心配ない」

ランブラーがせわしなく目をまわしてグリフィンを見た。

それからしばらく彼は馬をなだめ、鞍から餌用の袋を出してわらを与えた。満足そうに顎を動かすランブラーをあとに、あらためて建物へ向かう。扉から出た煙が夜空へとのぼっていた。だが、煙の勢いはかなりおさまっている。グリフィンは投げ捨てた銃を拾いあげ、身をかがめて建物に足を踏み入れた。

中は薄暗く、依然として天井に煙がたちこめていた。煙と灰で目がしみる。

真っ黒な顔をしたニックが、まるで悪魔のように暗闇からぬっと姿を現わした。

「火は消しました。でも、しばらく作業はできませんぜ」

グリフィンはうなずいた。「屋根にも警備の者が必要だな」

ニックが片方の眉をあげ、ますます凶悪な人相をつくった。「そいつをどこから連れてくるんで？」

「金を三倍くれてやれ」グリフィンはうんざりして言った。

「そのうち、稼ぐより出ていく方が多くなっちまいますぜ」

「わかっている」

うなずいたニックが、ふさがれて壊された煙突を見た。

「まあ、このくらいですんでよかったですよ」

「本気で言っているのか？」

「やつらはほかの煙突もふさごうとしやがったが、詰め物が下まで落ちて失敗したんです。煙があがっただけですみました」ニックがグリフィンを見た。「落ちてきた詰め物も、なんとか火床から出しました」

グリフィンは疲れ果てて樽に腰かけ、銃に弾をこめはじめた。「今回はな」

「そのとおり」ニックがうなるような声をあげてふたたび煙突に向き直り、グリフィンに背中を向けたままぼそりと言った。「これで運を使い果たしていないことを祈るだけです」

10

つぎの日、女王は愛馬の準備をさせ、王子たちを呼び出して鷹狩《たかが》りに出かけると告げました。全員が厩舎の前の庭で馬にまたがると、女王は候補者たちを振り返って尋ねました。「わたしの王国でもっとも強きものはなんだと思いますか？」そして馬を走らせて庭を出ると、あとはもう振り返りもしませんでした。

もちろん王子たちは驚き、うろたえた顔で女王のあとに続いて、そのまま狩りに出ました。ですが厩舎頭だけはただひとり、難しい顔をしてうなずきました。

『黒髪の女王』

グリフィンがセントジャイルズから自宅に戻ったのは、すでに午前もなかばという頃だった。家の前でぐったりしながらランブラーの背からおり、手綱を厩舎の者に手渡した。

「しっかり毛並みを整えて、餌をたっぷりやってくれ」馬丁の少年に指示をする。

最後にランブラーを軽く叩き、グリフィンは玄関の階段をのぼって家に入った。ロンドンの在所には最低限の人手しか置いていない。遊びに来ているのではないからだ。料理人がひとりとメイドが数人、それに靴磨きの少年がひとりといったところだ。必要な用事はあらかたディードルが手際よく片づけてくれる。しかし、やはりこうした適当さがあだになって、主人が帰ってきたというのに出迎えがないのもしばしばだ。

廊下のテーブルに置いた帽子が落ちたが、拾いあげる元気もない。グリフィンはそのまま階段をのぼりはじめた。まったく、これでは老人のようだ。セントジャイルズへの往復と応戦で、また眠れぬ夜を過ごしてしまった。とにかく熱い風呂とベッドが必要だった。この際、順番はどうでもいい。

ディードルはそんな主人を熟知している。

いかつい執事はグリフィンが階段をのぼってくる足音を聞きつけると、主人の部屋から頭をひょいとのぞかせた。「今、湯を沸かさせてます。風呂の準備はすぐにできますよ」

「さすがだな、ディードル」グリフィンは応え、ベッドに座ってブーツを脱ぎはじめた。メイドたちが湯の入ったやかんを手に、あわただしく彼の前を通り過ぎていく。

二〇分後、グリフィンは身をかがめて風呂につかり、顔をしかめてため息をついた。

軽口を叩きながら主人の服を片づけていたディードルが、泥まみれのブーツを拾いあげた。

「こいつもいったんお預かりして磨かせます。いいですね?」

グリフィンは目を閉じたまま、無言で手を振って答えた。

執事が退室して扉が閉まった。

とっくに顔と手は洗って煙の煤《すす》は落としていたが、それでも立ちのぼる湯気は格別だ。グリフィンはいっそう湯に体を沈めて物思いにふけった。ニックに人手をそろえるよう指示は残してきたものの、今の状況で人が集まるかどうかはわからない。もはや司祭はグリフィンの醸造所を狙《ねら》っているだけではないのだ。夜のあいだにほかの醸造業者の作業場が二軒、火事でやられたという知らせがあった。少なくともひとりは炎に焼かれて死んだらしい。こんな状況で、このまま商売を続けられるのだろうか？

グリフィンは軽く鼻で笑った。もし彼がつぶされれば、ヘロはさぞ喜ぶだろう。セントジャイルズにいる数百の――数千かもしれない――ジンの密造者が、ひとり減るだけだというのに。だが、そもそもこの商売に反対していた彼女の方が正しいのかもしれなかった。

ヘロがジンの製造を非難していた姿を思い出すうちに、彼女のさまざまな表情がよみがえってきた。グリフィンに何かを教えようとするときに眉間にできる小さなしわや、彼の話を聞くときにわずかに開く薔薇色《ばらいろ》の唇が頭をよぎる。首にキスをしたとき、目を閉じた彼女のまつげが動いたことまでが記憶に浮かんできた。

グリフィンはうなり、手を腿から下腹部に持っていった。欲望はすでに反応となって表われていた。ヘロの形のいい胸や、官能的なピンク色を乳首を思い浮かべる。頭の中で、その部分は彼を求めて早くも硬くとがっていた。やさしく歯を立てるところを想像すると、愛撫に反応するヘロのあえぎ声が聞こえてくるような気がした。

彼はみずからの分身を握りしめ、敏感な先端まで手を動かしていった。

コルセットのレースをめくり、ヘロを裸にする場面を想像する。スカートの下にあるのは熱く濡れた――。

階下で何者かが玄関の扉を叩く音が鳴り響いた。

思わずグリフィンはうなった。誰かが応対に出るはずだ。たしかに使用人をたくさん置いているわけではないが、かといって誰も玄関に行けないほどでもない。あるいは客が勝手にあきらめて帰ってくれれば、それはそれで結構なことだ。

だが、ノックの音は響きつづけた。

「くそっ」グリフィンは吐き捨て、すっかり目覚めた下腹部から手を離した。ニック・バーンズがあらたな情報を伝えに来たのかもしれない。だとしたら、無視することはできない。

敷物に水しぶきを飛ばしながら浴槽から出ると、タオルでざっと体をぬぐい、ズボンとシャツを身につけた。素足のまま階段を駆けおり、廊下を進んで勢いよく扉を開く。

「なんの用だ？」

グリフィンはすぐに、自分がにらんでいるのが驚きを浮かべたグレーの瞳であることに気づいた。ヘロの目が下に向かい、彼の全身を眺める。濡れたシャツが張りついた胸から、かろうじてズボンで隠れている下腹部のふくらみへと視線が移っていくのが、ありありと感じられた。

ヘロがはじかれたように顔をあげる。「ごめんなさい！」

「何をしにここへ？」

「よかった！」彼女は小さな声で言った。「セントジャイルズでジンの醸造所が火事で焼け落ちたという話を今朝聞いたの。死者もひとり出たって」

「あいにくだが、わたしじゃない」上品とは言えない口調で言う。

「見ればわかるわ」ヘロが咳払いをした。「入ってもいいかしら？」

グリフィンは表の路地を見渡した。ふたりを気にしている者はいないようだ。腕を伸ばして彼女の腕をつかみ、中に引き入れる。

ヘロがきゃっと声をあげてよろめいた。「何をするのよ」

「きみの名誉を守ろうとしているだけだ」グリフィンは背を向け、そのまま彼女がついてきているか確かめもせずに書斎まで歩いた。「昼間から堂々と独身男性の家にやってくるなんて、きみこそ何をしているつもりなんだ？」

「あなたが無事なことを確かめたかったの」ヘロが背後で言った。「それに、あなたに話があるのよ」

グリフィンはうなった。まったくやかましい女性だ。きっとジンの話に違いない。ブランデーの入ったデカンタをつかみ、グラスになみなみと注ぐ。グラスを手に振り返ると、ヘロが机の上に散らばった紙を眉をひそめて眺めていた。

グリフィンはブランデーをあおった。「話というのは？」

彼女が眉をひそめたまま顔をあげる。「なんですって？」

グラスを持ちあげると、勢いでブランデーが床にこぼれた。グリフィンはあらためて尋ねた。「わたしに話があるんだろう？」

ヘロが口をとがらせてむくれた表情をつくったが、グリフィンにしてみれば、ますます唇に意識を引きつけられただけだった。あの唇が開き、彼の欲望のあかしに触れるところが頭をよぎる。それだけで劣情がこみあげ、下腹部が完全に目を覚ました。

残ったブランデーをひと息で飲み干す。

彼女の官能的な唇が開いた。「わたし――」

「天気の話でもしに来たのか？」グリフィンはさらりと言い、ふたたびグラスにブランデーを注いだ。「早い時間の訪問にはふさわしい話題だ」

ヘロが目をしばたたく。「わたし――」

指をあげて彼女を制し、グリフィンはさらにブランデーを口に流しこんだ。強い酒が喉を焼いたが、その代わりにゆうべの乱闘で痛めた肩からは余計な力が抜けていった。

「まだお昼前よ。そんなに飲んで大丈夫なの？」ヘロが非難めかした声できいた。

「いいんだ」グリフィンは彼女をにらみ、自分の言葉を裏づけるようにまたひと口飲んだ。「半裸で女性を楽しませるときは、いつも酒を飲むことにしているんでね」

ヘロの頬がピンク色に染まった。「あとで出直した方がいいかもしれないわね」

「まさか、とんでもない」彼は音をたててグラスを置き、ヘロに向かって歩きはじめた。「きみはわたしの風呂を邪魔した。せっかく〝いい気分〟になれそうだったところをね。ものついでだよ。話があるなら、今すればいい」

押し黙ったまま、彼女がグリフィンを見つめた。

「またわたしがジンの密造をしているのを叱《しか》りに来たのか？」グリフィンはぐっと身を乗り出した。ヘロを怖がらせ怯えさせたとしても、知ったことか。「それとも、ふしだらな女性関係を説教しに来たのかい？」

無礼な物言いに身をこわばらせたものの、ヘロは勇敢にもその場に立ちつづけた。

グリフィンは意地悪く目を細めた。こちらが身を切られそうな欲望に耐えているというのに、彼女は殉教者のように威厳をもって立っていられるとは！　彼は何かを思い出したように指を鳴らした。「だが、きみだって、わたしのみだらな求めに応じたんだ。わたしが女性を誘惑するからといって文句を言う資格はない。きみはもはや聖人でもなんでもないんだ、違うか？」

ヘロが目を大きく見開いた。瞳に光っているのは涙だろうか？　しかし、もうあとには引けなかった。この家から、グリフィンの人生から、そして彼の両腕から、ようやく彼女を追い払えるのだ。

身をかがめて、グリフィンはヘロの耳にささやきかけた。

「違うな。本当はわたしに誘惑されたがっているんじゃないのか？　ジンのことなど、わたしに会いに来る口実にすぎない。今度は胸だけでなく、別のところにもキスをしてほしいんだろう？」

グリフィンは彼女を侮辱し、攻撃し、呪いつづけた。ヘロは必要以上に感情を刺激されていた。そのうえ今度は、彼女を追い払おうと体を近づけて脅しをかけている。

だが、ヘロは怯えてはいなかった。

首にグリフィンのあたたかい息がかかり、ブランデーの匂いがした。そして彼の荒々しい言葉で、ヘロの心の奥底に眠っていた何かに火がついた。恥だろうか――そうであるべきだ。しかし恐ろしいことに、彼女はそれが恥辱とはまるで違う何かだと気づいてしまった。

「それがきみの望みか？」グリフィンが満足げに言った。「腹に手を置いてほしい？　そのまま両脚のあいだの茂みをまさぐってほしいのか？　さぞ、やわらかいんだろうな。子猫の毛みたいに」

ヘロは震える喉で息を吸いこみ、片方の手を胃のあたりにあてた。グリフィンは言ってはいけないことを言っている。それをやめさせ、ここから出ていくべきだ。でも……どうしてもとどまりたかった。一度でいい。彼と対等の立場で渡りあいたい。

男と女として。

グリフィンは彼女に触れているわけではない。けれどもそばに立ち、耳に向かってみだらな誘惑の言葉をささやいていた。「だが、その下の肌はもっとやわらかい。そうだろう？　きみの素敵なその部分は、やわらかく濡れてわたしのために花開くんだ。わたしは隠された蕾をあらわにし、傷つけないようにやさしく、ゆっくりと愛撫する。そうとも、きみを傷つけたりはしない。でも、きみがしっかりと感じられる程度には力を入れさせてもらうよ。それがわたしの望みなんだ、ヘロ。きみにわたしを感じてほしい」

とうとうこらえきれなくなり、彼女はうなった。もはやこらえたくもない。顔をあげてグリフィンを見ようとしたが、彼の顔はすぐそこにあった。慈悲のかけらもない、傲慢で罪深い緑色の瞳が光っている。彼の瞳があらわにしているものが本当にそれだけだったなら、ヘロもこの部屋を出ていけたかもしれない。

だがグリフィンの瞳は、彼女をとらえてやまないもろさを秘めていた。

視線を彼の唇におろす。冷笑の形にゆがんでいるが、下唇にはまだブランデーがわずかに残っていた。それを見たヘロの下腹部に、じんわりとあたたかな感覚が広がっていった。

「グリフィン」

彼がうめき、いまいましげに何かをつぶやいた。きっとひどい言葉に違いない。つぎの瞬間、ヘロは荒々しく抱きすくめられていた。粗野で欲望に飢えた男の唇が口に押しつけられる。

「ヘロ」彼が唇を重ねたままでつぶやいた。「ヘロ」

グリフィンのぎこちなく乱暴な振る舞いは、まるで体の動かし方を忘れてしまったかのようだった。だが、彼はふたりがともに抱いていた意思に従っただけかもしれない。ヘロの帽子をつかんで床に投げ捨て、腕にかかっていたショールを引き裂きながら、グリフィンは彼女の顎から首へと唇を這わせた。悪態をついて顔をあげ、ボディスをおろしてコルセットの紐をほどきはじめる。

怖いと思うべきだった。しかしグリフィンの野蛮な行為はヘロを恐怖に震えさせたのではなく、彼女の体に切迫した欲求をもたらした。ヘロはグリフィンに手を貸し、素早くドレスの袖から腕を抜いた。書斎が暑く感じられ、呼吸もうまくできない。ブランデーと欲望の危険な香りが鼻孔を満たし、今にも気を失いそうだった。

ドレスのスカートが床に落ちる。気がつけば、彼女はシュミーズとストッキング、それに靴という姿で立っていた。

グリフィンが凍りついたように動きをとめ、目をしばたたいてからまぶたを半分閉じた。一瞬、彼が自分を取り戻してこのままやめてしまうのではないかという恐ろしい考えが、ヘロの頭をかすめた。

だが、グリフィンはゆっくりと腕を伸ばしてシュミーズの肩の部分に触れ、上等な素材にそっと指を走らせた。緑色の瞳でヘロを見つめたまま、シュミーズに指をかけて下に引く。縫い目が音をたてて裂けはじめると、一気にその薄い布を彼女の体から引きはがした。

裸にされたヘロは驚いて息をのみ、その場に立ち尽くした。空気にさらされた胸の先端がとがっているのが自分でもわかる。思考がまとまらないうちに、グリフィンが彼女の手首をつかんだ。

「だめだ」視線をヘロの体に据えたまま、ゆっくりと首を振る。「見たいんだ。わたしにきみを堪能させてくれ」

ヘロの体が震えた。まるで彼に視線で触れられているかのようだ。全身が熱くほてり、肌が張りつめてちくちくする。男性の前に裸で立たされ、手で自分の体を隠すこともできないなんて拷問に等しい。

グリフィンが低い声で小さく笑い、彼女の手首をつかんだまま上体をかがめて、右の胸の先端を口で覆った。

驚きのあまりびくりとし、ヘロはなすすべもなく首をそらした。彼の熱い唇が乳首を強く吸っている。もっと感じたい、もっと感じなくては。彼女は無意識のうちに腰をグリフィンに押しつけていた。

「いいや、まだだ」彼が敏感になった胸の先端をなおも愛撫しながら告げた。「それはずっとあとでいい。わたしはこれを長いあいだ思い描いてきたんだ」

〝なんですって？〟ヘロの心の声が響いた。彼はどんなことを思い描いてきたのだろう？

彼女の前にグリフィンが膝をついた。好奇心から、ヘロは重く感じられる頭をあげて彼を見おろした。いったい何を……？

グリフィンは彼女の手首を放し、手を腿に移して両脚を開かせた。すでにうつろだったヘロの心が粉々に打ち砕かれる。グリフィンの顔が彼女の秘所のすぐ近くにあった。もう見えているはずだし、匂いも感じられるはずだ。

彼がヘロの片脚を持ちあげて肩にかけさせた。足にはまだヒールのついた上等な靴を履いている。そのままグリフィンは彼女の両脚のあいだにもぐりこむような体勢になった。

「だめよ」急に怖くなり、夢中で言った。「わたし――」

頭をあげた彼の緑色の瞳が、かすかな輝きを放っている。「大丈夫。椅子の背をつかんでおくといい。〝何があっても〟放さないことだ」

ヘロが動いたり考えたりするよりも早く、グリフィンは彼女の脚の付け根に顔をうずめた。

彼女は息をのみ、背後にある椅子の背をあわててつかんだ。こういう行為をする人たちがいるらしいと噂では聞いていたけれど、自分がする心の準備はできていなかった。グリフィンは彼女の秘所に口をつけて――いや、もっと悪い――なめていた。生まれてはじめての感覚がヘロに襲いかかる。彼の舌はとても熱く、わずかにざらついていた。

彼女はきつく目を閉じていた。息を吸いこんで唇をかむ。叫んだり音をたてたりしてはいけない。でも――ああ、神さま――それは途方もなく難しいことだった。グリフィンは繊細でめくるめくような舌での愛撫を何度も繰り返した。指が秘所に触れるのもわかる。そして、彼はもっとも敏感な部分に口をあて……。

吸いたてた。

あまりの驚きに息をのむと、その音が室内に響き渡った。痛みにも似た激しい快感だ。両脚がぶるぶる震えるのを自分でも抑えられない。

うつむいて下をのぞいてみる。

グリフィンの濃い茶色の頭が両脚のあいだにあった。彼はまぶたを閉じ、ヘロへの奉仕を続けている。浅黒く日焼けした大きな手が彼女の白い腰に置かれていた。びっくりするほど対照的な肌の色だ。こんなにも大きくてたくましい男性が、彼女に歓びを与えようとしている。これは間違った罪深い行為のはずだ。それなのに、押し寄せる快感は尋常ではなかった。

グリフィンがいきなり目を開け、ヘロを見あげた。彼女以外は誰も触れたことのない場所にキスを続けながら、緊張感に満ちた緑色の瞳を輝かせている。

その光景にさらに興奮が高まった。キスを受けている部分の中心から、泡立つ波のような感覚が体じゅうに広がっていく。こみあげる絶頂感に包まれてグリフィンの目を見ていられなくなり、ヘロは唇をかんでまぶたを閉じた。恥じるべきなのかもしれないが、それでも素晴らしいと思わずにはいられない。体が砕け散りそうな解放感に全身が打ち震えた。しかもグリフィンの前で。これで終わったというヘロの予想を裏切り、グリフィンはなおも親密な愛撫を続けている。激しい絶頂のあとの気だるい快感に脚の震えが増していき、自分は倒れてしまうのではないかと怯えた。

グリフィンがヘロの腰に手をやって体を持ちあげ、椅子に座らせた。ドレスを拾い、彼女に向かって放り投げる。グリフィンの考えを推しはかる間もなく、気がつけばヘロは彼の胸の高さまで抱きかかえられていた。

そのまま書斎の扉に向かってグリフィンが歩きだし、ヘロは彼の意図に気づいて肩にしがみついた。「だめよ!」

「いいんだ」グリフィンが応える。

ヘロは使用人に見られるのではないかと気が気でなかったが、彼が廊下を進み、階段をのぼるあいだ誰にも会わなかった。グリフィンは二階のいちばん奥の扉を肩で押し開いた。すべてが一瞬の出来事で、ヘロに見えたのは湯が張られた浴槽と床に散らばった何枚かのタオル、そして鮮やかなオレンジ色の幕が天蓋《てんがい》から吊りさげられた大きなベッドだけだった。グリフィンが彼女をその上に放り投げる。

彼はドレスを床に投げ、ヘロの靴を脱がせてから、身を起こして彼女を見おろした。

グリフィンが何を期待しているのかわからず、彼女は息をとめた。こういう行為ははじめてで、前もって考えてみたこともなかった。とりあえず肘をついて起きあがろうとすると、グリフィンがゆっくりと首を振った。

「動くな」彼は両手をあげ、肩のうしろで自分のシャツをつかんだ。「じっとして」

頭からシャツを脱ぎ、つぎにズボンを脱ぎ捨てる。

男性の裸なら見たことがあった。彫刻で。生身の人間でも、裸で遊ぶ男の子やシャツを脱いで働く若い男性を何人かは見た。

だが、目の前の男性の裸身は以前に見た誰のものとも違っていた。まず肌の色が浅黒い。今までは日焼けのせいだと思っていたが、生まれつきオリーブ色の肌をしているようだ。肩は幅が広く、とてもいかつい印象だ。そして生き物ではない彫刻と違って、グリフィンの肌には毛が密生していた。茶色い胸の突起のあいだに、やはり濃い茶色の巻き毛がびっしりと生えている。胸の下から腹部にかけては薄くなっているが、へその下から下腹部へ続くあたりでふたたび濃くなっていた。その部分の濃い茂みのあいだからは、彼の欲望のあかしが力強く屹立《きつりつ》している。ヘロにとってはまるでなじみのない、異世界のものとも思える男性的な光景だ。

それを見ているうちに、自分の中で何かが凝縮していくのを感じた。グリフィンの肉体は驚嘆すべきものだ。彼の男性の象徴に触れたことはあるけれど、目にするのははじめてだった。ほぼ垂直にそそり立っており、まるで体から独立した別の生き物のようにも見える。ろうそくの炎を受けてわずかに光るそれは、すっかり準備が整っているようだった。こんなにも荘厳な、それでいてこれほど恐ろしげな光景を、ヘロはこれまで見たことがなかった。

「気に入ったかい？」グリフィンがみずからを握りしめて尋ねた。

彼は手を上下に動かして先端を包みこみ、ヘロは混乱しながらその様子を見守った。視線をあげてグリフィンの目を見る。とても嘘などつけなかった。「ええ」

彼は微笑んだが、どう見ても楽しそうには見えない。「よかった。こういう男の姿を見て、悲鳴をあげて逃げだす処女の話を聞いたことがあるから」

〝処女〟という言葉に、彼女は唇をかみしめた。

「そうだろう、ヘロ？」ほかの男性であればやさしげに思えたであろう声音で、グリフィンが言った。「処女だ」

ヘロはうなずいた。処女。今まさに、そうでなくなろうとしている。やはり間違っている。これは罪な行為なのだ。それに――。

「何も考えるな」グリフィンが命じ、ベッドに近づいて片方の膝をのせた。その重みでベッドが沈みこむ。「考えるな。疑問に感じる必要も、不安に思う必要もないんだ。ただ感じればいい」彼は身をかがめ、ヘロの頭の両脇に手をついた。グリフィンが近づいたとたん、彼女は体がほてりはじめた。「わたしを感じるんだ」

ついにヘロは彼に身を任せた。グリフィンが彼女の両脚を開かせて腰を入れると、彼の脚の毛が肌をすべる感触が伝わってきた。板のように平らな腹部も、そして何より鉄のように硬い男性の象徴もありありと感じることができた。

グリフィンがゆっくりと顔を近づけた。「わたしを感じろ」

唇がやさしく重ねられ、口に舌が入ってきた。この舌をどうやって吸えばいいか、どう首を傾ければ唇が完璧に重なるか、今ではわかっている。グリフィンの手が彼女の髪をまさぐってピンを外し、さらに奥まで動いて頭皮に触れた。突然、自分だって同じようにできるのだという考えがヘロの頭をよぎった。

彼女はグリフィンの熱い肌に触れ、たくましい体に沿って両手を動かしていった。背中はなめらかな感触だ。わずかに濡れているのは風呂の途中だったからだろうか？　それとも、ふたりのあいだでたぎっている熱のせい？　さらに手を這わせて肩に触れると、てのひらに筋肉の動きまでが感じられた。

グリフィンが何かつぶやいてキスを終わらせ、顔を遠ざけた。わずかに体を傾けてふたりのあいだに手を差し入れ、指をヘロの下腹部へとすべらせていく。続いてみずからの高ぶりを両脚の付け根に押しあてて、先端を濡れた秘所に触れさせた。彼女はグリフィンの顔を見つめつづけた。彼は口元を引き結んで眉間にかすかなしわを寄せ、額に汗を浮かべていた。こういう行為をグリフィンはこれまで数えきれないほどしてきたに違いないけれど、今この瞬間を特別なものだと思っている。そんな考えが、ふと頭に浮かんだ。

それがヘロの心を落ち着かせた。

体を動かしたグリフィンが彼女を見つめると同時に、押しあてた先端を秘所に沈めた。

いきなり不安が押し寄せてきて、ヘロは彼の肩にしがみついた。

グリフィンが頭をもたげて目を合わせる。「考えてはだめだ。ただ感じればいい」

そして、彼は腰に力をこめた。

痛みを予想していたが、何かが引っかかるような感じがしただけだった。ヘロは息をつき、つぎに何が起こるのか待ち構えた。待っているのが痛みなのか快感なのか見当もつかない。

彼がわずかに腰を引き、ふたたび中に入ってくる。

まだ完全にひとつになったわけではなかったのだ。ヘロは驚きに口を開いた。

「力を抜いて」グリフィンが彼女の唇のすぐ横でつぶやく。

もう一度腰が引かれ、またしても中へと進んできた。今度はもう少し奥まで入ったようだ。引っかかるような感覚は薄れたものの、違和感がなくなったわけではない。グリフィンは彼女の両脚を持ちあげて自分の腰にまわさせた。どうやらもっと奥まで進むらしい。彼がまた腰を引き、今度は力強く一気にヘロを貫いた。ふたりの腰がぶつかりあう。

体の中がグリフィンで満たされたのを感じながら、ヘロは彼の顔を見あげた。これですべてなのだろうか？

グリフィンは彼女の目に浮かんだ問いを読みとったようだ。体を前に倒し、両腕を伸ばして上体を支え、先ほどよりも皮肉のこもった笑みを浮かべてうなるように告げた。「感じるんだ」

彼が動きはじめた。こわばりをゆっくりと引き、ふたたび完全におさめる。ヘロは息をのんだ。グリフィンは同じ動きを繰り返し、さらに腰を回転させて彼女の中をかきまわした。ヘロが思わず声をあげてヒップを浮かせると、グリフィンの腰が彼女のいちばん敏感な部分に触れた。しかも彼が動くたびに、どういうわけか、えも言われぬ快感が広がっていく。

「わたしの心を感じてくれ」グリフィンがつぶやく。彼の瞳はぎらぎらと暗い輝きを放っていた。ヘロが口を開く前に、彼は頭を落として乳首を口に含んだ。

なすすべもなく、ヘロは背中を弓なりにした。グリフィンのたくましい体が彼女をいざない、快楽を与えつづける。彼は休みなく腰を動かし、ヘロのもっとも敏感な蕾を刺激しつづけた。まただ。体の中心に、さっきも感じた強烈なほてりがこみあげてきた。そのまま熱が広がり、全身を覆っていく。ヘロが身を震わせてグリフィンの肩にしがみつくと、今度は先ほどとは違う感覚も一緒に襲いかかってきた。途方もない悲しみやすさまじい喜び、今まで抑えてきた感情が一気にわきあがってきたのだ。このままでは壊れてしまう。もう二度と元の自分には戻れないだろう。

グリフィンは全身で彼女と愛しあおうとしている。ヘロはすぐにこれが一生に一度の経験になると理解した。今この瞬間ほど自由になれるときは、もう二度とやってこない。置き去りにされるのが怖くなり、ヘロは必死で彼にすがりついた。

しかしグリフィンは去ったりせずに、動きを少しずつ速めていった。彼の首と胸が汗で濡れて光っている。やがてヘロはグリフィンの下で歓喜の頂にのぼりつめた。口を開き、声にならない叫びをあげる。そこへ彼がすかさずキスをして、舌で口を満たした。身を震わせながらグリフィンはさらに動きつづけ、唐突に彼女の中から出ていった。

腹部にあたたかい液体が飛び散るのを感じて、ヘロは目を開いた。グリフィンが彼女の上で男性の象徴を握りしめている。その顔からは、たった今まで浮かんでいた切迫感が消えていた。

終わった。これでヘロは、もはや処女ではなくなってしまったのだ。

チャーリーは指のあいだから落としたさいころを見ていた。二と三の目が出ている。五は縁起のいい数字にも、悪い数字にもなりうる。要は演じる芝居しだいということか。

「襲撃は失敗したんだな」顔をあげなくても、フレディがそわそわしているのがわかる。

「ええ。四人やられました。あと怪我をして寝ているのがふたりです」

チャーリーはうなってさいころを拾いあげた。骨を削ってつくったさいころを手の中で転がすと、聞き慣れた乾いた音が心を落ち着かせた。「おまけに、公爵に情報を流している密告者たちも引きつづき相手にしなければならんわけか」

フレディは返事をしなかった。言うまでもないということだろう。

「リーディングと公爵の妹が一緒にいるのを見た者がいると言ったな？」チャーリーは考え

をめぐらせながら尋ねた。

「セントジャイルズで二度ばかり」フレディが答える。

頬のあたりが引きつれるのを感じつつ、チャーリーは笑みを浮かべた。「公爵のやつめ。結局はあいつに行きつくわけだ。公爵とリーディングが今のところ、われわれにとってはいちばんのお友達ということだな」

フレディが不安げに唇をなめた。

頭上から、物音とくぐもった声が聞こえてきた。

そうすれば階上で寝ている女が見えるかのように、チャーリーは顔をあげて天井を見た。

「あの女の様子はどうだ?」

フレディが肩をすくめる。「看護婦の話じゃ、今朝は食欲もあったとか」

チャーリーは無言でさいころを振った。ふたつのさいころがテーブルの端まで転がっていく。三と四、合わせて七の目が出た。こいつは縁起がいい。

「そろそろ公爵に情報を流している密告者を逆に利用してやる頃合だ。公爵閣下に、リーディングが本当はセントジャイルズで何をしているか教えてやろうじゃないか」

11

『黒髪の女王』

その夜、女王はまたしても候補者たちを王の間に集め、昼の問いに対する答えを聞きました。ウエストムーン王子が指を鳴らすと、召使いのひとりが黒い牡馬《ぼば》を連れて王の間に姿を現わしました。王子は頭を深々とさげて言いました。「この馬こそ、あなたの王国でもっとも強きものです、女王陛下」

つぎにイーストサン王子が手を振ると、ものすごく大きな戦士がのっしのっしと王の間に入ってきました。戦士は銀の鎧を身につけ、剣を黄金の鞘《さや》におさめています。「この者こそ、あなたの王国でもっとも強きものです、女王陛下」

最後にノースウインド王子は角を金箔で飾った真っ白な牡牛《おうし》を連れてきて言いました。「この牡牛こそ、あなたの王国でもっとも強きものです、女王陛下」

グリフィンは全身を汗で濡らしたまま、ベッドのシーツに倒れこんだ。腕で目を隠して仰向けに横たわる。体じゅうの力が抜けて何も考えられなかった。戦いで倒れるときもこんな感じなのだろうか？

だが、明らかにヘロは同じ心境ではないようだった。

ベッドが揺れ、グリフィンは彼女が自分のように精根尽き果てているわけではないことに気づいた。

片方の目を開けて、ヘロがベッドから飛びおりて脇にかがみこむのを困惑の思いで見つめる。やがて立ちあがった彼女は、破れたシュミーズを着ようと悪戦苦闘しはじめた。

グリフィンはあくびをしながら言った。

「きみにとってははじめてなのはわかるが、ふつうは少し横になってゆっくりするものだ。そして、できるものならもう一度最初から繰り返す。神とわたしの下半身が許せばね。焦って逃げだすことはないんだよ」

言葉が口から出たとたん、遅まきながらもグリフィンの頭が働いた。決定的に間違ったことを口走ってしまった。

ヘロはシュミーズを着るのをあきらめ、コルセットを拾おうとふたたび身をかがめた。グリフィンの位置からは横顔が見えただけだったが、それでも彼女が唇をきつく結んでいるのがわかった。「帰らないと」

まだはっきりとものを考えられる状態ではなかったものの、ヘロに帰ってほしくないというのだけはわかる。何かふつうでないことが起きたのだ。グリフィンは頭をかき、なんとか思考力を取り戻そうとした。「ヘロ」

またしても彼女は身をかがめた。

グリフィンは上体を起こしてベッドの脇をのぞきこんだ。ヘロが膝をつき、床に広がったドレスをかき集めている。頭のうしろしか見えなくても、不機嫌なのは明白だった。ため息をつき、グリフィンは言った。

「今、紅茶の準備をさせるから、少しゆっくりしていけばいい」

ヘロがコルセットを手に立ちあがった。「ここにいるのを見られるわけにはいかないわ」

だったら、そもそもなぜここへ来たのかという問いが喉まで出かかったが、彼にしては珍しく分別が働いて口を閉ざした。何か別の言葉をかけなければいけないのはわかっている。しかし、ヘロを引きとめるための言葉はどうしても見つからなかった。ゆうべ醸造所で吸いこんだ煙がまだ頭の中に残っているのか、まともにものが考えられない。

こんな状況に直面する心の準備など、まったくできていなかった。

コルセットを体に巻いたヘロは、おぼつかない手つきで紐を結ぼうとしていた。いつもはメイドにやらせているのだろう。苦労している彼女を見ているうちに、グリフィンは心がせつなく痛みはじめた。

体を回転させてベッドの端に腰かけ、腿の上にシーツをかぶせる。

「わたしが手伝おう」

ヘロはあとずさりして、彼に背を向けようとした。「自分で……できるわ」

「泣いているのか？」恐怖におののきながら尋ねる。

かない。


「違うわよ！」

だが、ヘロは泣いていた。なんということだ。彼女が泣いている。どうしていいかわからず、グリフィンは途方に暮れた。この状況を正す方法など見当もつかない。

「わたしと結婚してくれ」

紐を結ぼうとしていた手をとめて、彼女が振り向いた。まつげが涙で濡れている。

「なんですって？」

自分が何を言っているのかもわからない。しかし彼はヘロの目を見て、もう一度同じ言葉を口にした。「わたしと結婚してくれ」

すべてがおさまるべきところにおさまったとグリフィンは感じた。欠けているという自覚すらなかった欠落が埋まったのだ。ヘロと結婚するのは正しい。唐突に彼は理解した。誰にもヘロを傷つけさせたくない。彼女のための盾になりたい。ロンドンに戻って以来はじめて、グリフィンは自分がこの世に存在している意味を見いだした気がした。そうとも、これは〝正しい〟ことなのだ。

けれども残念ながら、ヘロは同じように感じているわけではないらしい。

彼女は首を振り、嗚咽《おえつ》をもらしながらドレスを拾おうと身をかがめた。

誇りを刺激され、グリフィンはシーツが落ちるのもかまわずに立ちあがった。

「きみの返事が聞きたい」

「馬鹿な真似はやめて」ヘロが苦心してドレスを身につけながら言った。

彼は頭を殴られたかのように顔をあげた。

「わたしがきみに結婚を申しこむのが〝馬鹿な真似〟だというのか？」

「そうよ」ヘロがドレスの前身頃の紐を結びながら言う。「あなたはわたしと寝たから、そう言っただけでしょう」

怒りがこみあげて、グリフィンは腰に手をあてた。頭も痛くなってきたし――もう何日も寝不足が続いている――声を平静に保つことすらままならない。「わたしはきみのはじめての相手になった。だから妻に迎えようと言うのは当然の話じゃないか」

「よしてちょうだい」ヘロは振り向き、グリフィンと対峙した。彼の体を一瞥し、あとは腰から上に視線を固定している。「わたしは何日も前から言っているじゃない。聞いていなかったの？　結婚は契約なの。家同士の取引の産物なのよ。将来のために考え抜いて、誠実に結ぶべき契約だわ。思いつきで飛びつくものとは違うの」

グリフィンは首を振った。「思いつきなんかじゃない」

「それなら、どうしてあんなことをする前に申しこまなかったの？」

ヘロを見つめたまま、彼は行為に及ぶ前からずっと頭の片隅で考えていたのだと言ってしまいたい衝動に駆られた。

しかし、彼女は落ち着き払った声で言葉を続けた。

「わたしたちには共通の目的もないし、考え方だって違うわ。あなたはついこのあいだ、わたしに結婚する気はないと言ったばかりなのよ。罪の意識や間違った男らしさで結婚を申しこんでも、そんなものは結婚の確固とした理由にはならない。わたしたちはひどい間違いを犯したのよ」ヘロが声を詰まらせたので、グリフィンは胸が締めつけられた。「でも、マンダビル侯爵との結婚を取りやめたりしたら、間違いに間違いを重ねることになるわ」

グリフィンは息をのんだ。いったい彼女はいつの間に、そこまで考えていたのだろう？ひと晩ぐっすり眠れば、ヘロの言い分にすべて反論できる。だが、今はっきりさせておかなければならないのは一点だけだ。「きみはトマスと結婚しない」

彼女が眉をあげた。「それがわたしと寝た理由？」

「違う！」グリフィンはついに大声を出した。

「それならいいわ」ヘロが冷静そのものの口調で言った。完璧なまでに冷静だ。「トマスとの結婚はわたしと彼との問題よ。あなたには関係ない」

「あるとも」グリフィンは言った。自分が馬鹿に思えるほど尊大な物言いだ。裸で立ち、純潔を奪ったばかりの女性と議論しているとあればなおさらだろう。「わたしはトマスの弟だし、たった今きみと〝やった〟男だ」

ヘロが身をこわばらせた。「その言葉は嫌いよ。わたしの前では二度とつかわないで」

「ヘロ！」

「もう失礼するわ」彼女は礼儀正しく言ってのけ、実際にそのまま出ていった。

しばしのあいだ、グリフィンは驚きで呆然として、信じられない思いで閉じた扉を見つめていた。何が起きた？　いったい自分は何をしたというのだろう？

下を向き、床に落ちたシーツに視線を向ける。白いシーツに小さな赤い染みがついていた。その光景に心を切り裂かれ、彼はベッドの柱を思いきり殴りつけた。こぶしに固めた指の皮膚が裂けて血がほとばしる。

ディードルが部屋に入ってきて、陽気にあたりを見まわした。「廊下で女とすれ違いましたよ、旦那。ずいぶんお急ぎの様子でしたが、上品なお方でしたね。ゆうべのことがあったばかりだったので、まさか女性をお呼びになっているとは思いませんでした」

グリフィンはうなり、痛む頭を両手で抱えてベッドに身を投げだした。

「黙れ、ディードル」


太陽が明るく輝いていた。たとえここがセントジャイルズであっても。サイレンス・ホリングブルックは笑みを浮かべながら、朝の市場に向かっていた。

「マムーー！」

メアリー・ダーリンが彼女の背中で叫び、リンゴの山に向かって腕を伸ばした。

サイレンスは声をあげて笑い、立ちどまった。「おいくらかしら？」ボンネットをかぶった売り子に尋ねる。そういえば結婚した頃、ウィリアムにアップルパイを褒められたことがあった。もうずいぶん前の話だ。

売り子の女性はウインクをして、日焼けした顔のしわを深めた。「あんたとそのやせた赤ん坊のためだ、六個三ペンスでいいよ」

いつもであれば、ここから値切る交渉がはじまるところだ。だがそのリンゴはかなりの上物に見えたし、値段も妥当なものに思えた。「一二個いただくわ」

硬貨を売り子に渡すと、サイレンスは買い物かごを持ったメアリー・イブニングを呼んだ。売り子の女性が慎重にリンゴを選び、かごを埋めていく。これだけあれば、子供たちのためにパイをひとつかふたつ焼けるはずだ。

サイレンスは屋台のあいだを進んでいった。一緒にいるのはメアリー・イブニングだけではない。メアリー・コンパッションとメアリー・レッドリボンも、アヒルの親子が列をなすように買い物かごをさげてついてきていた。タマネギもカブも買ったし、新鮮なバターも手に入れた。ビートの品定めをしようと野菜が並ぶ屋台で足をとめたとき、悲鳴が聞こえて、サイレンスは声のした方に顔を向けた。

数人の少年たちがたむろしている。セントジャイルズではよく見かける、ロンドンでもありふれた光景だ。地面に座りこんでさいころを振り、ゲームに興じている少年たちのひとりが勝ったか負けたかしたのだろう。ひとりが飛び跳ねているうちに、別の少年が彼につかみかかり、少年たちは地面を転げまわった。それをよけようとする歩行者以外では、彼らに関心を示す者はいない。サイレンスもなんの気なしに少年たちを眺めていたが、やがて彼らのうしろに誰かがいることに気がついた。優雅な身のこなしの男性だ。真っ黒な巻き毛を広い肩まで伸ばしている。皮肉めいた唇もかすかに見えた。

〝まさか、そんな〟

サイレンスが屋台の横に出ると、その人物はすでに背を向けていた。ふたりのあいだには屋台がたくさんあり、人も大勢いる。まさかとは思うけれど、もう少しよく見ることさえできれば……。

「どこに行くの？」メアリー・イブニングが息を切らして尋ねた。

周囲を見まわして、サイレンスは自分でも知らぬ間に早足で歩いていたことに気づいた。子供たちは懸命に走ってついてきたのだ。もう一度振り向き、あの顔を見たあたりに視線を走らせる。

しかし、男性の姿はすでに消えていた。

幻だったのだろうか？　あるいは、よく似た別人だったのかもしれない。メアリー・ダーリンがぐずりはじめ、メアリー・イブニングのかごに入っているリンゴに腕を伸ばした。サイレンスは震える手でリンゴをひとつ取り、赤ん坊に渡してやった。あの悪夢のような夜以来、ずっと彼の姿は見ていない。きっと見間違いだろう。

頭で否定する一方で、サイレンスは彼に間違いないという確信も抱いていた。あれは〝チャーミング〟・ミッキー・オコーナーだ。ロンドンじゅうに悪名を轟《とどろ》かせたあの盗賊が戻ってきた。

「さあ、家に帰りましょう」彼女は子供たちに告げた。

向きを変えて、サイレンスたちは市場から離れていった。チャーミング・ミッキーはセントジャイルズを根城にしていたし、今日だって偶然あそこを通りかかっただけなのだろう。でも、もしあれが本当にミッキーだったとして、彼が市場で買い物というのも解せない話だった。サイレンスは知らぬ間に早足になり、危うくつまずきかけた。心臓がいつもの三倍の速さで打っている。このままでは気を失ってしまうかもしれない。

〝狼《おおかみ》の前で怯えを見せてはいけない〟

彼女は声に出して笑ったつもりだったが、泣き声のようになってしまった。ミッキーは危険な野生の狼とはほど遠い——少なくとも表面上は。一度などビロードとレースの衣装に身を包み、すべての指に宝石のついた指輪をはめていたものだ。彼は優雅で洗練された男性だった。しかしその見かけの下には、たしかに危険な狼のごとき男が隠れている。

孤児院《うち》にたどりついたときには、サイレンスの息も荒くなっていた。鍵をうまくつかめずに、扉を開けるまで二度も落としそうになった。落ち着かない気持ちで最後にもう一度肩越しに振り返り、子供たちを中に押しこんでから扉を勢いよく閉じる。すぐに扉の横木を落として戸締まりをした。

「大丈夫、ミセス・ホリングブルック？」メアリー・イブニングが心配そうに尋ねた。

「ええ」サイレンスは胸に手をあてて、呼吸を整えた。メアリー・ダーリンは無邪気にリンゴをかじっている。さすがに赤ん坊にまでは心配をかけていないようだ。彼女は笑みを浮かべて言った。「大丈夫よ。でも、喉が渇いてしまったわ。お茶が飲みたくない？」

「飲む！」子供たちが声をそろえて答える。

サイレンスは台所に向かった。やるべき仕事があると心も落ち着くというものだ。しかし、落ち着きは長く続かない。台所で彼女を待っていたのは、深刻な表情をしたウィンターだった。兄が昼食の前に孤児院に戻ってくるなど、かつて一度もなかった。

彼女は眉をひそめてきいた。「こんな時間にどうしたの？」

ウィンターがいちばん年かさの少女に向かって言った。

「メアリー・イブニング、買ってきたものをテーブルに置いて、みんなを階上《うえ》に連れていきなさい。お茶ならネルがさっき持っていったばかりだから、きみたちの分もある」

聞き分けのいい少女たちは、素直に台所から出ていった。

胸が締めつけられる思いで、サイレンスは兄を見つめた。「ウィンター？」

彼はサイレンスが抱いたままのメアリー・ダーリンに気を取られている。「その子も階上に連れていった方がいいかもしれない」

「いいえ」彼女はごくりと喉を鳴らし、赤ん坊のやわらかい黒髪に頬をつけた。「この子はわたしと一緒にいるわ」

ウィンターがうなずく。「座ってくれ」

台所の椅子のひとつに腰をおろし、彼女は尋ねた。「何があったの？　話してちょうだい」

「ウィリアムの船の持ち主から連絡があった」ウィンターはやさしい声で言った。

頭がぐるぐるとまわりはじめる。サイレンスの耳に聞こえる兄の声が徐々に遠ざかっていった。

それでも、ウィンターの言葉はかろうじて彼女の耳に届いた。

「ウィリアムの船が沈んだそうだ。生存者はいない。ウィリアムもおそらく……亡くなった」

「ずいぶん疲れているようね」その夜、ヘロと一緒に馬車に乗っていたバティルダが言った。

「午後のあいだ、ずっとフィービーについていたせいかしら。やっぱり少し休むべきだったわね」

ふたりは舞踏会に出かけるところだ。ヘロは顔をしかめて考え、そして思い出した。そう、ウィダコーム家の舞踏会だ。孤児院の後援者が見つかるかもしれないのだから、しゃんとしなくては。一日じゅうまったく集中できないなんて、どうかしている。

「ヘロ？」バティルダが声をかけた。

「フィービーのせいじゃないわ」ヘロは自分の眉をなぞった。「少し頭痛がするの」

「御者に言って、戻ってもらう？」

「いいえ」必要以上に強い口調で答えてしまい、彼女は深呼吸をした。「大丈夫よ、おばさま」

「それだけはっきりものが言えるなら大丈夫そうね」バティルダが身につけた羽根を揺らして言った。

ヘロはため息をこらえ、穏やかな笑みを浮かべてみせた。

「ごめんなさい。そんなにきつく言うつもりはなかったの。本当よ」

「いいのよ。どのみち引き返すにしては遅いわ。もう着いてしまうもの。ただ、フィービーを家に寝かせたまま残してきたのは気が引けるわね。マキシマスはあの子のことを何か言っていた？」

「いいえ、まだ」

「そろそろマキシマスも決断を下す頃合だと思うわ、たぶんね」バティルダは目に心配をたたえて言った。「でも、お医者さまに腕が完全に元どおりに治ると言ってもらえてよかった。このうえ腕までうまく使えなくなったら不憫《ふびん》すぎるもの。それでなくても目が……」声が徐々に小さくなって消える。とても口にできないのだろう。

ため息をつき、ヘロは窓の外を眺めた。ただ暗闇だけが広がっていて何も見えない。何かがおかしい！　まるで意識が体や周囲の状況から抜け出してしまったみたい。本当なら真剣に考え、決断を下して事態を正さなければならないはずなのに、何事にも集中できない。頭に浮かぶのはグリフィンの姿と、彼と結ばれたときのことばかりだった。こうしていてもグリフィンの汗の匂いが感じられる気がするし、彼の胸の毛が自分の胸の先端をくすぐる感触もよみがえる気がする。何より、ずっと彼女を見つめていたグリフィンの瞳が鮮明に思い出された。

「今日はグリフィン卿が来ていないといいけれど」バティルダがふたたび口を開いた。

幸運にも、ヘロの目つきが鋭くなったことには気づいていないようだ。

「まったく、フィービーがあの人を気に入ってしまっただけでも困ったことなのに」バティルダが鼻息を荒くして言う。「あなたまであの男を昼食に招待したなんて信じられないわ！」

「フィービーは彼の評判を詳しくは知らないのよ」ヘロは自分のことから話題をそらそうとした。

「あたりまえです！」口にするのもはばかられるといった様子だ。「あんな無垢で純粋な子にグリフィン卿の所業を知らせるなんて、もってのほかよ」

「でも、彼にもいいところはあるわ」自分でも気づかぬうちに、ヘロはグリフィンをかばっていた。「楽しいし、会話だってとても上手よ。それにやさしい面もあるし」

「楽しくてやさしいからって、放蕩の限りを尽くしていいことにはならないわ」

「だけど、じきにわたしの家族になるのよ」そう口にした瞬間、ヘロは泣きたくなった。

「ふん！」バティルダにすれば、それしか返しようもないだろう。

バティルダのグリフィンを嫌う様子があまりにもあからさまなので、ヘロは少しだけ笑った。「ミニョンだって、彼を気に入っているわ」

バティルダの隣の席で丸くなっていたミニョンが、名前を呼ばれてひょいと頭をもたげた。小さな犬を真剣なまなざしで見つめ、バティルダは言った。

「この子、いつもはもっといい趣味をしているはずなのに。どうしたのかしらね」

ミニョンはふたりの会話をつまらないものと判断したようだ。大きなあくびをすると、ふたたび頭を落として丸くなってしまった。

「さあ、着いたわよ」馬車がとまり、バティルダが言った。そのままミニョンを抱きかかえ、先に立って馬車をおりる。

　ふたりが外に出ると、ウィダコーム家の屋敷がたいまつで照らされていた。そろいのお仕着せを着た従僕が深々と頭をさげ、彼女たちを階段の上にある玄関から屋敷の中へと案内した。

「今年はヘレナもずいぶん頑張ったようね」バティルダがヘロにささやきかけた。「もっとも、去年があのありさまでは当然かもしれないけど」

　ヘロは客たちが並ぶ列に加わりながら、去年何があったのかを思い出そうとした。

「バティルダ」銀色に近いグレーの髪をした細身の女性がやってきて、頬が触れそうになるまで彼女に顔を寄せた。「また会えてうれしいわ。かわいい犬も連れてきてくれたのね」ミニョンがうなるのを、女性は唇をとがらせて見た。

「ヘレナ」バティルダが犬の頭をなでてなだめる。「わたしのいとこを覚えているでしょう？レディ・ヘロ・バッテンよ」

「こんばんは」ヘロは膝を折って挨拶をした。

「マンダビル侯爵とご婚約なさったのよね？」レディ・ウィダコームは納得した様子を目に浮かべた。「とてもいい縁組みだわ、おめでとう」

「ありがとうございます」ヘロはつぶやいた。胸に何かがつかえているようで、うまく息ができない。この外見の下にある本当の自分の正体がみなに知られたら、どんな醜聞を立てられることだろう。もはやヘロは完璧ではなく、居場所を失っていた。一瞬、このまま背を向けて舞踏会から逃げだしてしまいたいという衝動を覚えた。

「マンダビル侯爵がいらっしゃるわよ」バティルダが言った。

顔をあげ、ヘロは婚約者に目をやった。ふだんと変わらぬ落ち着いた様子で、金と赤の刺繡をあしらった濃い茶色のビロードの衣装をまとっている。その姿はいつにも増して優雅に見えた。

トマスがヘロを見つけて近づいてきた。

「ミス・ピックルウッド、レディ・ヘロ、今夜もお美しい」

「閣下」どこが美しいのかと尋ねたら、トマスはなんと言うだろう？　目だろうか、それとも首？　胸？　でも、彼はヘロの胸をじかに見ていない。見たことがある男性はただひとりで、それは目の前の婚約者ではないのだ。

彼女は視線をそらし、こみあげる罪悪感に唇をかんだ。

「妹さんは大丈夫かい？」トマスが真剣な面持ちできいた。

「ええ、大丈夫ですわ」バティルダが答える。「しばらく安静にしているようにお医者さまに言われましたが、腕はすっかりよくなるそうです」

「それはよかった」

「あら、向こうにミセス・ヒューズがいらっしゃるわ」バティルダは言葉を続けた。「少し失礼させていただいて、挨拶をしてきますわね」

「どうぞ」トマスがつぶやき、ろくにヘロを見もしないままに腕を差し出した。「散歩でもしに行こう」

「ええ」頭の中に響き渡る叫び声を無視して、彼女は冷静を装った声で応えた。

トマスの腕に手を置き、ヘロは彼に導かれて人ごみの中を進んでいった。どうもこの部屋は暑いようだ。レディ・ヘレナは室内を何百という薔薇の花で飾りたてており、やや生気を失いかけている花の香りが強烈すぎるほどに部屋を満たしている。すれ違う人々の言葉にうなずき、みずからも空疎な言葉をつぶやき返しているうちに、叫び出したい気分がこみあげてきた。ヘロの世界はすっかり均衡を失い、どうすれば元に戻れるのか見当もつかなかった。

するといきなり、グリフィンがふたりの前に立ちはだかった。青と金の衣装を優雅に着こなし、雪のように真っ白なかつらをつけている。彼は腕を曲げて、手に握った何かをもてあそんでいた。緑色の目がヘロの顔をとらえ、トマスの腕に置かれた彼女の手に移ってから、兄の顔へと向かっていく。

ヘロは唾をのみこもうとしたが、喉が乾ききっていてできなかった。グリフィンは何も言わないし、何もしないはずだ。だってここは――。

彼がさっと礼をした。「こんばんは、トマス、レディ・ヘロ」

話すこともできず、ヘロはただうなずくしかなかった。

「グリフィン」隣に立つトマスの声が聞こえてきた。「おまえが招待されていたとは知らなかったよ」

「このわたしを歓迎してくれるんだ、ここはいいところだな」

皮肉のこもったグリフィンの口ぶりに、ヘロは顔をあげた。緑色の瞳と視線がぶつかる。彼はいかにも恐ろしげな顔をしていた。

思わず彼女は息をのんだ。

「なんの用があってここに？」トマスが尋ねた。

グリフィンが眉をあげて握っていたこぶしを開き、ヘロは小さく息を吸った。彼のてのひらにダイヤモンドのイヤリングがのっている。婚約した夜に、屋敷の居間で彼に投げつけたものだ。

うっすらと笑みをたたえ、グリフィンが言った。

「床で拾ったんだ。わたしのものだと思うかい？」

ヘロが警告をこめて目を見開いたのをよそに、グリフィンはイヤリングを自分の耳にあてた。彼女のイヤリングであることはトマスにもわかっているに違いない。

「やはりレディの方がお似合いだろうな」グリフィンはそう言って、ゆっくりと腕を伸ばした。ヘロの耳のそばに手をやり、イヤリングをぶらつかせる。彼女はグリフィンの指の熱を感じた。

トマスが困惑した様子で顔をしかめた。「くだらん真似はよせ」

「そうか？」グリフィンはなおもヘロを見つめたまま笑みを消した。「では、こいつはわたしが持っているとしよう」

イヤリングを上着のポケットへ無造作に突っこむ。

長時間泣いていたときのように胸が痛んだ。ヘロはじっとグリフィンを見つめつづけた。唐突に、彼を失ったという認識が襲いかかってくる。もう友人同士にもなれないだろう。

グリフィンが兄を見て言った。

「兄上の婚約者をダンスに誘いたい。許可をもらえるかな?」

「いいだろう」トマスが答える。

たったそれだけのやりとりで、ヘロは祭りの景品の子馬よろしく、ひとりの男性の手から別の男性の手に渡された。

彼女はグリフィンと歩き、トマスとじゅうぶんに距離が離れるのを待ってから口を開いた。

「あなたと話すことはないわ」

「わかっている」グリフィンが小声で応じる。「言葉よりも行動を望んでいるんだろう? わたしとすべきことといったら、〝あれ〟しかない」

「しいっ!」ヘロは必死でたしなめた。

ほかの男性であれば傷ついたように見える表情を浮かべ、グリフィンが言った。「みなの前できみの名誉をおとしめることはしないよ。安心したまえ」

なんと応じていいかわからず、ヘロは押し黙った。グリフィンが彼女をいざない、ふたりは両開きの扉をくぐって外へ出た。

暗い庭に続く大きな階段がある素敵なバルコニーだ。ヘロは周囲を見まわし、グリフィンに責めるような視線を向けた。「トマスにはダンスと言ったはずよ」

グリフィンが肩をすくめる。「中が暑かったと言えば平気さ。事実、きみは暑そうだ」

たしかに頬が紅潮してほてっている。彼女は手を顔にやった。

「紳士はそんなことを言わないものよ」

グリフィンがゆがんだ笑みを浮かべた。「わたしの言うことはすべて気に入らないようだな。自分でも気づいているかい？　きみが喜んでくれたのはあのときだけだ」

ヘロは顔をそむけようとしたが、グリフィンは親指を彼女の顎にあてて、自分の方を向かせた。これでは彼と向きあうしかない。

「今朝は満ち足りた気分だったはずだ。違うか？」

嘘をつこうとしたが何も浮かばず、ヘロはただ沈黙した。

彼は顔をしかめてヘロの顎から手を離し、うんざりした声で言った。

「きみが認めなくとも、わたしにはわかっている。きみがこの腕の中で、わたしを包みこんだまま果てたのを感じたんだからな」

彼女は身を震わせた。「やめて」

険しい目でヘロを見ていたグリフィンは彼女を階段へと連れていき、暗い庭におりた。そのまま会場からもれる音が聞こえなくなるあたりまで、彼女の手を引いていく。

やがて彼は振り向き、ヘロの両腕をつかんだ。「きみは永遠に忘れてしまいたいと思っているかもしれない。だが、わたしたちは話しあわなければならないんだ」

「違うわ」彼女は暗闇に励まされて言った。「わたしだって、忘れたくなんかない」

「ヘロ」グリフィンが小声で言う。まるで彼女の名が祈りの一部であるかのように。暗闇の中で彼が身をかがめ、唇を重ねてきた。騎士がお姫さまにするような、うやうやしさがこもったやさしいキスだ。ヘロはいぶかった。ふしだらな女性であることをみずから証明したというのに、グリフィンはまだ彼女をお姫さまか何かのように思っているのだろうか？　顔を引いて表情を確かめようとしたが、陰になっていてわからなかった。目の前にいるのはグリフィンではなく別人なのかもしれない。

ヘロがあとずさりしようとすると、彼が腕をつかんで引き戻した。

「わたしと結婚してほしい」

首を振り、彼女は夜空を見あげた。星が遥か遠くでむなしく輝いている。

「できるわけないわ」

「なぜだ？」グリフィンが深みのある声で問い返した。「わたしはきみのはじめての相手になった」

彼女は目を閉じた。

「ヘロ」グリフィンが両手で彼女の肩をしっかりとつかむ。「きみはわたしと結婚しなくてはならないんだ」

「わたしを愛している？」ヘロは尋ねた。

彼がびくりとした。「なんだって？」

「わたしを愛しているの、グリフィン？」

「わたしは……きみを大事に思っている」

少しだけ心が痛んだ。「大事に思うのと愛するのは違うわ」

「きみだって、トマスを愛していないじゃないか」

彼女はうなずいた。「ええ。愛情は契約に含まれていないもの」

「それならどうしてわたしには愛情を求めたりするんだ？」グリフィンが焦りもあらわに大きな声で言った。「わたしがベッドで何ができるかはわかっただろう？　結婚しても、きっとうまくやっていける」

ただ首を振ることしかできなかった。ヘロの胸は混乱と、もう過ちを犯してはいけないという思いでいっぱいだった。つぎに同じことをすれば、これまで彼女の居場所だった社交界や家族の中にいられなくなってしまう。

「きみはわたしを愛しているのか？」グリフィンが強い口調で尋ねた。

「まさか！」考える間もなく否定の言葉が飛び出した。彼を愛してしまったなど、思っただけで恐怖がこみあげてくる。

「だったら、どうしてわたしの家に来た？　なぜわたしがきみと愛しあうのを許したんだ？」

「わからないわ」ヘロは息を吸い、かろうじて声音を保った。「わたし……わたしはあなたが無事だったかどうか確かめたかったの。孤児院やジンの話をしようとも思っていたわ。あんなことをするつもりなんてなかった」

だが、果たして本当にそうだろうか？　ヘロの心に小さな疑問の声が響いた。今朝グリフィンの家の扉を叩いたとき、彼女の胸は高鳴っていた。興奮して、期待で手が震えていたのだ。もしかすると、無意識のうちに彼に身をゆだねようとして訪ねていったのかもしれない。自分がずっと取りつくろってきた公爵家の娘という外見以上の存在なのかどうかを確かめるために。

グリフィンが明らかに困惑しながら頭を振った。「せめてわたしの問いに答えてくれ。なぜわたしと結婚できない？」

ヘロは激しく首を振った。「その……今は何も考えられないの。あなたは自分の申し出の重みがわかっていないわ。もしあなたと結婚したら、わたしの人生は永遠に変わってしまうのよ。マキシマスはわたしを憎むでしょうし、縁を切って家族とのつながりを断つかもしれない」

「いいかげんにしてくれ」グリフィンが必死で声を抑えているのが彼女にはわかった。彼は堰《せき》を切ったように語りはじめた。「わたしはたしかに放蕩者で知られているが、わたしの評判はそこまでひどくない。わたしたちが結婚するとなれば、きみの兄上はもちろん喜びはしないだろうが、縁を切るなんて――」

「マシキマスはジンを憎んでいるのよ」ヘロはささやいた。「そしてあなたはジンを密造している。いつまで隠しておけると思っているの？　あなたは兄がジンとそれをつくる者をどれほど憎悪しているか、まるでわかっていないわ。もしあなたの正体がわかったら、兄があなたに——あなたとわたしに——何をするかもね」

いきなりグリフィンが彼女の腕を放した。そのまま触れていたら何をするかわからないとでもいうように。

「トマスと結婚する以外の道を考えたことはないのか？　もし兄上と一緒になれば、わたしたちはふたりとも今の思いを抱えて生きていくことになるんだぞ」

「知っているわ！」ヘロは叫んだ。「いいかげんにするのはそっちよ。今朝あなたのベッドから起きあがった瞬間から、そんなことはわかっていたに決まっているじゃない」

彼女の剣幕に驚いたのか、グリフィンがあとずさりした。そしてヘロは生まれてから一度も経験のないことをした。

彼女はグリフィンに背を向け、その場から逃げだした。

12

女王は牡馬と戦士、そして牡牛を順番に見てうなずき、候補者たちに礼を言いました。そのまま彼らと食事をともにしましたが、王子たちがたくさん話をしても――議論をしても、女王はほとんど何も言わずに黙々と食事を続けました。それが終わって自室に戻り、ようやく安堵して、彼女はすぐさまバルコニーへと向かいました。

そこに待っていたのは、いつもの茶色の小鳥です。小鳥は首に細い糸でどんぐりをぶらさげていました。

『黒髪の女王』

グリフィンは舞踏室に戻った。平然としたふりをして、ヘロを探しているとは気取られないように振る舞う。その泰然とした態度はもちろん偽りで、求めているのは彼女の姿だけだった。

両開きの扉から入ったところで周囲を見まわすと、右の方向に赤い髪が見えた。通りかかって警戒の表情を浮かべた婦人に微笑みかけ、グリフィンは赤毛が見えた方に向かって歩きだした。

　いつだって女性は好きだった。ベラだかベティだか、はたまたベッシーだか名前は定かではないが、とにかく食堂の主《あるじ》の魅力的な娘と初体験をすませて以来ずっとだ。彼女は大きな青い目の持ち主で、胸にはそばかすがあった。じきに一六歳になろうかという頃、グリフィンはその娘に性の歓びを教わったのだった。それからというもの、女性を引きつけるのにこれといって苦労した覚えはない。相手の身分にかかわらずだ。女性たちはみな、彼の笑顔と気さくさに夢中になった。かつての恋人は彼を〝かわいい〟と言ったし、自分でもそうかもしれない思わないでもない。ただグリフィンにわかっているのは、短いつきあいのあいだ、彼が女性たちに親身に接してきたことと、女性たちが笑顔や泣き顔で去っていくとき、彼が微笑みとキスでもって彼女たちをそれぞれの道に送り出してきたことだけだ。相手が誰であれ嘆いたりしなかったし、眠れぬ夜を過ごしたりもしなかった。ましてや、決して、パイを投げつけられた愚か者のように彼女たちのあとを追いかけたりはしなかった。

　それが今、グリフィンは混みあった舞踏室で女性を追っていた。自分の兄や彼女の付添人も同じ場所にいるというのに。もっとも、狩りはこれくらいでないと面白くないとも言えるのだが。

　人ごみの端を早足で進んでいたヘロが肩越しに振り返った。グリフィンは立ちどまって横を向き、はじめて会う老紳士に声をかけた。老紳士は戸惑って眉をあげたが、話しかけられて喜んでいるようだ。グリフィンはわずかに身をかがめて、相手の返事に耳を傾けた。

ヘロがまんまと罠《わな》にかかり、廊下へと走りだした。グリフィンは身を起こし、今度はたしかな足取りで進みはじめた。舞踏室の反対側に視線を走らせると、トマスはグリフィンにも見覚えがある貴族院の議員と話しこんでいた。ほかに取りたてて彼に注意を払っている者はいない。グリフィンは安心して廊下をのぞいた。

廊下には明かりがともされていた。けれども燭台の数は少なく、間隔も空いている。どうやら女性たちが身なりを整えるのに忙しく行き交う廊下とは別のようだ。彼は満足げに舌を鳴らした。ヘロはまるでこちらの指示に従ったかのように、うってつけの場所を選んでくれた。

廊下に並んだ彫刻がろうそくの火に照らされ、妙に生気にあふれて見える。行きあった最初の部屋はグリフィンの左手にあり、扉が少し開いていた。中をのぞいてみると、暗闇の中でふたつの人影がなまめかしくうごめいていた。彼はゆがんだ笑みを浮かべた。これではヘロも中に入れまい。つぎの部屋は居間らしき場所で無人だった。室内に入って誰もいないのを確かめるあいだ、グリフィンは絶えず扉を目の端にとらえ、ヘロが逃げだしていかないかを見張っていた。

三番目の部屋に入った瞬間、ここだと確信した。かすかに漂う女性の香りのせいかもしれないし、小さく聞こえた息をのむ音のせいかもしれない。あるいは肌や神経ではなく、もっと深くにある魂が感応したのかもしれなかった。ヘロはここにいる。グリフィンは扉をうしろ手に閉めた。明かりといえばろうそくが一本、サイドテーブルの上で見捨てられたように弱い輝きを放っているだけだ。

グリフィンは部屋を見渡した。どうやら小さな書斎か待合室といったところか。椅子が三脚、扉と反対側の壁にある暖炉に向かって置かれている。彼の近くには長椅子もふたつあった。部屋の中心には低いテーブルもあり、長椅子のひとつは彼に背を向ける形で配置されていた。しかし、隠れるとすれば暖炉のそばの椅子の方だろう。

かすかな笑みを浮かべ、グリフィンは胸の高鳴りを感じながら暖炉に近づいていった。

ヘロは、グリフィンがいちばん近くの椅子に覆いかぶさるようにするまでじっと待っていた。それからいきなり立ちあがり、扉へと走った。だが、グリフィンもそれを予想していた。

彼は機敏に体を動かし、ヘロよりも早く扉にたどりついた。

いくらも離れていない距離で、彼女が息を切らして立ち尽くす。

やさしさとは無縁の冷笑を顔に張りつけてうなずき、グリフィンは口を開いた。

「どこへ行くつもりかな、レディ・パーフェクト?」

「そこをどきなさい」彼女が命じた。ほかの女性なら懇願する場面だ。

グリフィンが一歩前に出ると、ヘロはあとずさりした。そうでもしないとぶつかってしまうのだから当然だ。「断る」

彼女はぐいと顔をあげた。堂々とした、それでいて美しい顔だ。赤い髪につけたダイヤモンドがきらきらと輝いている。「あなたとは結婚しないと言ったはずよ」

「たしかにきみはそう言った」グリフィンは満足げに同意した。「だが、今のわたしは結婚を求めているわけではない」

ヘロの唇が開くと、喉元の繊細な肌が鼓動に合わせて震えているのがわかった。彼女とは今朝、結ばれたばかりだ。それまで純潔を守っていたのだから、体だって痛むかもしれない。しかもここには社交界の人々が集まっている。

しかし、そんなことはグリフィンにとって問題ではなかった。

彼の体は、ただヘロを求めて反応していた。

「こっちへ来るんだ」

「グリフィン」

彼は目を半分閉じてつぶやいた。「きみはわたしの名を、恋人を呼ぶように呼ぶ。その言葉をきみの口から、息と一緒に直接感じたい。きみを完全にわたしのものにしたいんだ。今すぐに、ここで」

隠れていた場所から飛び出す鹿のように、いきなりヘロが駆けだしてグリフィンの背後にまわろうとした。彼はヘロの腰を捕まえ、閉じている扉に彼女の体を押しつけた。

身をかがめて頭をさげ、ダイヤモンドに勝るとも劣らないきれいなグレーの瞳をのぞきこんで、グリフィンは言った。

「きみはどうなんだ、お嬢さん？」

ヘロは悪魔じみた輝きを放つ緑色の瞳を凝視し、絶望と自由を同時に見いだした。グリフィンを拒絶できない。理由は定かではないが無理なのだ。ほかの男性に言われたなら背を向けて去ることもできるだろうが、彼が相手ではそうはいかない。

絶対に無理だ。

自分では最低だと思っている衝動を解き放ち、ヘロは両手をあげてグリフィンの頬を包みこんだ。そのまま彼の頭を引き寄せる。

そう、これを求めていたのだ。〝彼〟を。

飢えた子供のように、ヘロはグリフィンのあたたかくて官能的な唇をむさぼった。自分がこんなにも彼の唇を、自由の味を求めていたとは知らなかった。

グリフィンが彼女のスカートに手を伸ばし、力任せにつかんで引きあげた。あらわになった腿に冷たい空気が触れ、続いて大きな熱いてのひらがヒップに触れた。彼は情熱的にキスをし、舌をヘロの口に差し入れながら、臀部《でんぶ》を力強くまさぐっている。やがてうしろからまわされた指が尻の割れ目をなぞっていき、濡れた秘所に触れた。

荒い息をつきながら、グリフィンが唇を引き離した。「腕をわたしの肩にまわすんだ」

自分が何をされようとしているのか気にもせず、ヘロはその言葉に従った。グリフィンが彼女を抱きあげる。ヘロは本能的に両脚を彼の腰に巻きつけた。

「いい子だ」グリフィンが吐息のようにささやいた。

彼は片方の手をみずからの下腹部に持っていき、不自然に動かしている。状況にふさわしくない笑いがこみあげてくるのをこらえて、ヘロは唇をかんだ。ふたりはまだ服を着たままだ。グリフィンに至っては白いかつらも外していない。このままで、いったいどうやって——。

そのとき、彼の分身がじかに触れる感触がした。

ヘロは息をのみ、すぐそばにあるグリフィンの瞳を食い入るように見つめた。

「しいっ」彼が小声でささやく。「大きな声を出すとまずい」

グリフィンが体を動かすと、分身の先端が彼女の秘所にぐっと押しあてられた。

声を出すまいと、ヘロは唇をかみしめた。

グリフィンは片方の手を扉につき、頭をさげて彼女の唇にささやいた。「いくよ」

そして、中に入ってきた。

最初に何かが引っかかるような感触がして、つぎに圧迫感がヘロの下腹部を襲った。グリフィンが喉を動かしてごくりと唾をのみこみ、苦しげに口元を引き結ぶ。さらに圧迫感が強まり、彼女は唇を開いて音をたてないように息をのんだ。

ヘロの背中で、誰かが乱暴に扉を叩いた。

思わず声をあげようとしたが、グリフィンが扉に体重をかけ、てのひらで彼女の口を覆った。ヘロが両目を開いて見つめると、彼は黙って首を横に振った。

「この扉は開かないよ」扉の向こうでくぐもった男性の声がした。

女性がくすくす笑う声がする。

またしても扉が叩かれ、その勢いでヘロの腰がグリフィンの腰に押しつけられた。さらに深いところまで彼のものが侵入してくる。今やグリフィンは完全に彼女とひとつになっていた。

「もう一度、試してみようか?」男性の声が尋ねる。

グリフィンが全体重をヘロと背後の扉に預けた。顔を彼女のすぐ横に持っていき、額を木の扉に触れさせている。ヘロはなすすべもなく両脚を大きく開いて彼の欲望に貫かれたまま、自分たちのしていることが明るみに出るのではという不安と闘った。

また扉が叩かれ、今度はわずかに開いた。グリフィンがヘロを激しく突いて扉を押し戻す。迫りくる絶頂の予感に、彼女はきつく目を閉じた。

「くそっ。別の部屋を探そう」扉の向こうで男性が言った。

足音が遠ざかっていく。

グリフィンは動かず、ヘロと体を合わせたまま扉を押さえつづけた。ふたりの呼吸も重なっている。やがて彼がゆっくりと扉から手を離し、彼女の胸の先端に軽く触れた。

ヘロはグリフィンの首に腕をまわし、強烈なほてりを感じながら待った。彼が手をスカートの中に入れて腿をなで、ふたりがつながっている体の中心へと這わせる。彼女がグリフィンの耳たぶをかむと、彼は自分を受け入れている秘所を指で軽くなぞり、もっとも敏感な部分を愛撫しはじめた。

その瞬間、ヘロは身をのけぞらせて、高みから一気に落ちていった。風が空気を切る音が聞こえるような気がするほどの強烈な快感だ。

グリフィンも上体を彼女から離し、いったん腰を引いてからすぐに荒々しく突きあげた。そのまま短い間隔で同じ動きを繰り返す。扉を揺らすほどに乱暴ではないが、ヘロの快感が薄まるほどやさしい動きでもない。

こみあげる歓びは耐えがたいくらいに激しいようでもあり、かといってじゅうぶんということもなかった。ヘロはただ、グリフィンが永遠に続けてくれればいいのにと思うばかりだった。また耳たぶをそっとかむと、規則正しかった彼の動きがわずかに乱れた。グリフィンは体をわななかせて背中をそらし、最後に彼女を奥深くまで貫いてから、そのまま身をこわばらせた。

体の中で熱い精がほとばしるのをヘロは感じた。

耳のすぐそばで、グリフィンが荒い息をついている。ヘロは満たされた思いで彼の耳たぶをなめた。グリフィンは腰に巻きついていた彼女の両脚をゆっくりと外し、床に立たせた。

ヘロは扉に寄りかかって呼吸を整え、彼がハンカチを出して身を清めるのを見つめた。たった一日かそこらで、どうしてこんなにもふしだらな女性になってしまったのだろう？

グリフィンが顔をあげて彼女と目を合わせ、そっとハンカチを差し出した。「ヘロ？」

辱められ、あまつさえ見下されたと感じるべきなのかもしれない。だが、彼の仕草はなぜか親密なものに感じられた。ヘロはハンカチを受けとり、スカートの下に手を入れて腿を伝う彼の精をぬぐった。スカートをおろしたものの、汚れたハンカチをどうしたらいいかわからず、その場に立ち尽くす。

ズボンのボタンをはめたグリフィンが彼女の手からハンカチを取りあげ、上着のポケットにしまった。それからヘロのスカートのしわを慎重に伸ばして顔をあげ、目を見つめながら彼女の髪を耳にかけた。

「これでいい」どこか悲しげにささやく。「きみの身なりは完璧だ、レディ・パーフェクト。わたしとこんなことをしていたと気づく者はいない。いつもどおりの美しさだよ」

ヘロは息をのんで扉に後頭部をつけた。

「あなたがわたしを美しいと言ったのは、これがはじめてよ」

「そうだったかな？」グリフィンは軽い調子で言うと、そのまま彼女に背を向けて部屋を見まわした。ここにいた痕跡《こんせき》を残していないか、確かめているのだろう。やがて彼は向き直って口元をゆるめた。「きっと言う必要もないと思っていたんだ。トマスがいつも言っているだろうからね」

「トマスはお世辞で言っているだけよ」ヘロは応えた。「あなたも同じ？」

「いいや」グリフィンが彼女の髪にやさしく触れた。「わたしはきみにお世辞を言ったことはない」

心臓が早鐘を打ちはじめた。彼は何が言いたいのだろう？ヘロはどう応えていいかわからないまま言葉を発しようと息を吸いこんだが、グリフィンは手をおろしてうしろにさがり、慇懃《いんぎん》に礼をした。

礼儀正しい表情を顔に張りつけて言う。

「こういう状況では女性が先に出ていくものだ。わたしはしばらくここで時間をつぶしてから出る。そうすれば、一緒だったとは誰も思わないからね」

「ええ」ヘロはいきなり子供のようにあたふたして言った。「そうね」

最後にもう一度スカートを整え、戸口から顔をのぞかせた。薄暗い廊下に人の姿はない。グリフィンに言葉をかけなくてはいけない気がする。何かを伝えたい。彼女は肩越しに振り返った。

だがグリフィンは、面白がっているような顔で眉を動かしただけだった。

向こうがその気なら、こちらだって澄ましているふりくらいできる。ヘロは息を吸いこんでから部屋を出て、ゆっくりと歩きだした。こんな姑息《こそく》な真似をするのははじめてだが、人目につかないように集まりに戻らなければならないのだから仕方ない。廊下の先まで歩いてまた大きく息をつき、彼女はこっそりと舞踏室に戻った。

誰の注意も引かずにすんだようだ。ひとりで満足感にひたっていると、すぐ隣から兄の声がした。「ここにいたのか、ヘロ」

驚いた彼女はマキシマスの方を向いた。さすがに飛びあがりはしなかったが、それでも声くらいは出ていたかもしれない。

マキシマスが眉をひそめた。「どうかしたのか?」

「いいえ」深呼吸をして明るい笑みを浮かべ、握りしめたこぶしから力を抜く。「なんでもないわ。ただ、お兄さまが来るとは聞いていなかったから」

兄はしかめっ面というほどではないにしても、唇を厳しく引き結んで舞踏室を見渡した。

「マンダビルに急ぎの話があってね。彼とは会ったのか？」

「ええ、さっき話したわ」

「フィービーの具合は？」

目をしばたたいて、ヘロはマキシマスを見つめた。兄はいつの間にか、鋭い視線を彼女に向けていた。「良好よ。また会いに来てあげてくれる？　あの子もお兄さまに会いたがっているの」

「もちろんだとも。どのみち、明日の午後に行くつもりだった。話さなくてはならないこともあるしな」

ヘロは息をついて目を閉じた。「じゃあ、決断したのね」

「ああ。フィービーは社交界にデビューさせない」

「あの子、夢にまで見ていたのに。それはお兄さまだって知っているでしょう？」心がずきずきと痛んだ。

「おまえはあの子がダンスで転んでもいいのか？」マキシマスがやさしく言う。「大変な屈辱を味わうことになるんだぞ。わたしは誰にもフィービーの誇りや人格を傷つけさせるつもりはない。家族と一緒にいれば、わたしたちであの子を守ってやれる」

「結婚はどうするの？」ヘロは唇をかんだ。「あの子に一生独身でいろなんて言う気はないんでしょう？」

マキシマスがいらついたように肩をすくめた。

「あの子はまだ一七歳だ。そのときが来たら、わたしが選んだ相手を紹介する。心配するな。あの子の面倒はしっかり見るさ」

もちろんそうだろう。ヘロはうなずいた。マキシマスはいつだって周囲の面倒を見てきた。それに兄の意見はたぶん正しい。視力の衰えという問題を抱えたフィービーにとって、社交界に出るのは荷が重すぎるかもしれない。

けれど、フィービーにとっては残念どころではない打撃になるはずだ。妹は社交界にデビューするのをとても楽しみにしていたのだから。

「お兄さまの決断は正しいわ」ヘロはうつむいて自分の両手を見つめながら言った。

マキシマスがふたたび鷲《わし》のように鋭い視線で彼女を見た。

「おまえはどうなんだ？　本当に何もないのか？」

「もちろんよ」悲しげな笑みを浮かべて答える。

ここで兄に今抱えている問題を明かしてしまえたら、どんなにいいだろう。グリフィンとの込み入った関係、トマスとの結婚に対する疑念、それに結婚というもの自体へのためらい。兄と分かちあいたい悩みは山のようにある。両親は早くに亡くなってしまったので、ヘロにとってそれほど恋しく思う対象ではなかったが、こんなときは両親がいてくれたらと思う。本気で心配してくれる誰かが必要なのだ。

しかし、マキシマスはヘロにとってそういう相手ではない。彼女自身が人に心を開かない性格だからかもしれないし、兄がずっと年上で、ウェークフィールド公爵としての重圧に縛られているせいかもしれない。あるいは単にそういうふうに生まれついてしまったからかもしれないが、いずれにしても彼女はここにきて、自分が兄という人間について何もわかっていないと感じはじめていた。少なくとも深く理解していないのは間違いない。マキシマスが何を恐れているのかも——もしそんなものがあるとすればの話だが——人を愛したり泣いたりしたことがあるのかも、真夜中に自分に対する疑いに駆られたことがあるのかも、ヘロは何ひとつ知らなかった。

そしてもちろん、マキシマスも本当の彼女を知らないはずだ。おそらく。

そのとき、兄がいきなりヘロの手を握った。

「わたしはおまえも、おまえの幸せも気にかけている。それはわかっているだろう？」

兄の言葉に痛みまじりの罪悪感を覚え、彼女は黙ったままうなずいた。

「もしわたしの力が必要だと思ったら、ただそう言えばいい」

ヘロの手を握った指に力をこめ、マキシマスはそのまま彼女の手を自分の腕にのせた。

「おいで。向こうにマンダビルがいる。彼も婚約者がそばにいれば喜ぶだろう」

ほかにどうすることもできず兄に導かれていきながらも、ヘロは舞踏室を見まわして〝彼〟の姿を探していた。グリフィンの姿は見あたらない。もう食事が用意された別の部屋に移ってしまったのだろうか？

「トマスに急ぎの話って？」ヘロは何気なく尋ねた。

「彼の弟の件だ」

思わず足がとまり、マキシマスもそれに合わせて立ちどまった。「グリフィン卿がどうかしたの？」

兄は眉をひそめてヘロを見た。

「セントジャイルズでジンの密造をしているんだ。彼を捕らえる」

その衝撃的な知らせはあまりにも突然で、痛みを感じる間もなかった。「だめよ！」

「すまない、ヘロ」マキシマスが言う。「たしかにあの男はマンダビルの弟だ。だが――」

彼女は震える指で兄の腕をつかんだ。「グリフィンを捕まえるなんて。それだけはだめ」

マキシマスが鋭く目を細めた。「グリフィン？」

おしまいだ。ヘロは覚悟した。事実を知られたら最後、マキシマスや家族、それに友人たちをすべて失うかもしれない。

彼女はゆっくりと兄の腕を放し、体の前で両手を組んだ。ここが人でいっぱいの舞踏室だというのを忘れて取り乱すわけにはいかない。

「わたしのためよ、マキシマス」唇をほとんど動かさずにつぶやく。「彼に手を出さないと約束して」

ふたりの周囲では人々が話し、笑っている。中には大声で叫んでいる者もいるほどだ。だが、その中でマキシマスは沈黙を守ったまま、身じろぎもせずに立っていた。

目を閉じて、ヘロは祈った。

ようやく兄が言葉を発した。「あの男がおまえに何をしたのかは知らない。しかし、ジンの密造は今すぐにやめさせなければならない」

ヘロが目を開くと、兄は血の気の引いた顔をしていた。唇すら、血液が流れている様子がない。彼女は話そうとして口を開きかけた。

マキシマスが素早く手をあげて制した。

「わかった。おまえのためだ、すぐに動くのはやめる。だが、その代わりに約束するんだ、ヘロ。あの男にジンの密造をやめさせると」吐き捨てるように言う。

安心したとたんに胸がどきどきしはじめ、彼女はうつむいた。

「約束できるか、ヘロ？」

彼女はこくりとうなずいた。

大きく深呼吸したマキシマスを見て、ヘロは兄が全身をわなわなと震わせていることに気がついた。まるで走りだす前にゲートから連れ出された競走馬のようだ。

「この話は二度としない」マキシマスはつぶやき、妹の腕を取った。

ふたりは落ち着いた足取りでトマスのもとへ行ったが、実のところ、ヘロは息をするのがやっとだった。

トマスが発した最初の言葉は、そんな彼女の助けにはならなかった。

「ウェークフィールド、きみも来たのか」トマスはふたりに向かって頭をさげ、眉をひそめた。「弟にひと言、言っておく必要があるな。きみを放り出すとはけしからん話だ」

「いいのよ」ヘロは応えた。「誰かと話があったみたいだから仕方ないわ」

男性ふたりは口々におざなりな返事をし、マキシマスがトマスに議会で提出する予定になっている法案の話をしはじめた。

ヘロはその法案がジンと無関係だと確信できるまで話を聞き、あとは感心したような表情を顔に張りつけて考え事に没頭した。透かしのある扇を広げ、隙間から舞踏場に視線をめぐらせる。青と金の衣装を着た男性のうしろ姿を見つけてグリフィンかと思ったが、その男性が振り向くと人違いだった。どうにかしてグリフィンに警告しなくては。でも、一緒にいるところを人に見られるわけにはいかない。夜が明けてから彼の自宅に手紙を送れば、それでこと足りるだろうか？

マキシマスが頭をさげて別れの言葉を述べたが、ヘロはグリフィンを探すのに必死で気がつかなかった。

「弟の分も合わせて、わたしはきみに詫《わ》びなければならないな」トマスが言った。

「えっ？」見あげると、彼が神妙な面持ちでヘロを見つめていた。

「きみをないがしろにしたという点では、わたしも弟と変わらない」トマスが言葉を続ける。「ここ数日、わたしはきみのそばにいられなかった。理想的な婚約者とは言えないよ」

「そんな、トマス」ヘロはどきりとして言った。「あなたはじゅうぶんによくしてくれているわ」

彼が眉をひそめる。「きみはいつもやさしいな。だが事実、わたしは怠慢だった」そこで言葉を切り、ためらってから続けた。「わたしは公爵を尊敬しているんだ。わたしが思うに、彼はこの国で指折りの指導者のひとりだ。どうも、たまにきみではなく公爵と婚約したような気分になってしまうらしい」

ヘロは唇を震わせた。トマスと兄が結婚式で教会の通路を並んで歩く姿を想像し、笑いだしそうになるのをなんとかこらえる。自分の言葉が人に笑われたとなれば、トマスは傷つくだろう。彼は冗談ではなく本気で言っているのだから。

彼女はトマスの腕に手を置いた。「お兄さまもあなたを尊敬しているわ。きっとそうよ。それにわたしも、お兄さまと一緒にいるあなたに嫉妬したりしないから安心して。だって、おふたりともこの国にとって重大な問題を話しあっているんですもの。あなた方のような立派な男性が国をおさめているのを喜ばしいことだと思っているのよ」

トマスが珍しく笑顔を見せた。練習の成果とは違う本物の笑顔だ。少年のように笑った侯爵はとてもハンサムで、ヘロはなぜ彼の妻になるのを承諾したのかを思い出した。

彼が頭をさげて言う。「おいで、ヘロ。今晩のディナーは何か、確かめに行くとしよう」

ヘロはトマスにいざなわれて歩きだした。これまでになく動揺した心を抱えたまま。

男女関係に関していえば、これまでグリフィンは舞踏会やほかの行事で望みうる以上の恩恵を受けてきた。見つかるかもしれない可能性に興奮する女性もいれば、夜中に窓から侵入されるよりは舞踏会で彼と逢引をした方が楽だと考える女性もいた。

そうした洗練された誘惑というのはその場では感情をかきたてられるものの、あとで忘れるのも簡単だった。薄暗い部屋での情事は回数を重ねるうちにいつしかあたりまえになり、その晩に選んだ部屋から一歩出てしまえば、相手の女性を思うこともまれになっていった。だが、すでに何度かの機会で明らかなように、ヘロはほかの女性たちとは違う。

舞踏室に戻ったとたん、グリフィンは彼女のことしか考えられなくなった。ヘロは考えを変えてしまっただろうか？　人々が集まる社交の場での情事など、卑しいと思っているだろうか？　失敗した。そもそも彼女を追って廊下に出るべきではなかったのだ。ヘロはいつも彼が誘惑している女たちとは違う。理想主義者で誇り高く、確固たる自分を信じている女性だ。そこへグリフィンが現われ、彼女もまた人間にすぎないと証明してしまった。

その思いは彼の気分を明るくするものではなかった。それどころか正反対だ。心にこみあげる男らしからぬ不安が、放蕩で知られた身に変化を強く求めている。グリフィンは唐突に笑いだし、近くにいた体格のいい女性を驚かせた。そろそろ落ち着いて身を固め、夜は暖炉のそばでホットミルクを飲む頃合がやってきたというのだろうか？

妹の姿を見かけても、グリフィンの憂鬱な気分は消えなかった。黒と赤の刺繍を施した黄色のドレスを身につけたマーガレットはとても魅力的だが、いささかしなびかけたキンポウゲのように見えなくもない。

「こんばんは、グリフィン」兄を見かけたマーガレットはため息まじりに言った。

グリフィンは眉をあげて応じた。「やあ、メグス」

彼女は自分のスカートをつまんだ。「わたしを見て、キスをしたいと思う男性はいるのかしら？　どう思う？」

「わたし以外にそんな男がいないことを願っているよ」グリフィンは不機嫌に言った。

マーガレットが呆れ顔で天井を見あげる。「わたしだって永遠に処女ではいられないわ、グリフィン。いつか子供だってほしいもの。神さまの奇跡の力を借りずにね。でも――」妹は一瞬だけ決意のこもった表情を浮かべたが、すぐに自信なさげにしゅんとなった。「そのためには、わたしを妻にしたいと思ってくれる男性が必要だわ」

眉間にしわを寄せ、彼は背すじを伸ばした。「ボリンジャーが何かしたのか？」

「いいえ。何もしないのが問題なの」マーガレットが沈んだ声で答える。「庭に行くのを断られたわ」

「それは悪いことじゃない」舞踏会の夜に庭へ出たら、何をされるかわかったものではない。彼もじゅうぶんすぎるほど承知している。

「違うのよ、グリフィン」マーガレットは真剣な口調で言った。「兄としての感情を捨てるのが簡単でないのはわかるわ。でも、わたしの身にもなって。わたしにキスをすると思っただけでいちいち腰が引けてしまう人と結婚するなんて、考えられる？」

「なぜ彼がおまえとのキスを想像したとわかるんだ？」グリフィンは指摘した。「腰が引けたのは、外が寒くておまえの身を案じたからかもしれないぞ。おまえの評判を大事に思っているのかもしれない。それに――」

「わたしが頼んだからよ」

「頼んだ？　何を？」

「キスをしてほしいと頼んだの」マーガレットがしぶしぶ言う。「そうしたら、まるでわたしがタコにキスをしてと言ったような顔をしていたわ。それも生きたタコにね」

妹にキスを〝しなかった〟からといって、その相手を殴りつけてもいいものか、グリフィンは考えた。

「そうか」ほかに言いようがない。

だがおかしなことに、マーガレットにはこの反応でじゅうぶんだったようだ。「そうなの。わかるでしょう？　キスくらいでぞっとするようでは、どうやっていい関係を築いていけるというの？」

「さあな」もう少しましな言葉はないものかと思いながら答える。「わたしたちのような階級にある者は愛のために結婚するわけじゃない、メグス。そういうものなんだよ」

自分で口にした言葉に、どうしようもなく陰鬱な気分になった。

「わたしがそれを知らないとでも思っているの？」マーガレットが言う。「わたしだって、自分がどういう結婚を期待されているかはわかってるわ。運がよければ、夫は何人もの愛人を囲ったりしないでしょうし、おかしな病気を移されることもない」

「メグス」グリフィンは驚きとともに抗議の声をあげた。妹はいつの間にこんなすれた考えを持つようになったのだろう？

マーガレットは手を振り、彼の男性としての怒りを受け流した。

「でも、少なくとも……友情みたいなものを期待したっていいでしょう？　互いに理解しあって、単なる子づくり以上のものをベッドで求めたっていいはずよね？」

「もちろんだ」妹のあけすけな物言いをたしなめるべきなのはわかっているが、そんなうわべだけの行為をするには疲れすぎていた。「おまえにはいい夫を見つけてやるよ、メグス」

妹がため息をつく。「できるはずよね？　キャロはハフとうまくやっているし、トマスだってレディ・ヘロが相手で満足しているみたいだもの」

ヘロの名を聞いてグリフィンは身をこわばらせたが、マーガレットは気づいていないようだ。

妹は鼻にしわを寄せて言った。

「トマスは婚約者に対する気持ちを表わさないから、どう思っているかわからないけれど、ヘロはいい人だと思うわ。わたしは好きよ。あの方も、トマスがたまに尊大な態度をとるのはその必要があるからだと、ちゃんとわかっているみたいだし」

グリフィンはしぶしぶながらも笑ってみせた。

「ただ……」マーガレットは頭上で輝くシャンデリアを見あげた。「今いきなりヘロがいなくなったら、それこそ馬の事故や雷に打たれて亡くなったりしたら、トマスは悲しむと思うわ。でも、打ちひしがれたりはしない気がする」かすかに憂いを帯びた表情で、妹はグリフィンを見た。「トマスは自分も死んでしまいたいとまでは思わないはずよ。わたしはもし自分が死んだら、心から悲しんで嘆いてくれる人と結婚したいの。わたし、おかしなことを言っているかしら？」

「いいや」グリフィンはそう答えるのと同時にヘロの姿を見つけた。この世の何よりもいとおしく、それでいて手の届かない存在。突然、彼は悟った。もしヘロが亡くなったりしたら、もはや自分の生き死になどどうでもいいと感じるだろう。「いいや、おまえの言っていることは正しいよ」

13

女王は小鳥の首にかかったどんぐりを見て、にっこりと微笑みました。どんぐりは大きくなると丈夫な樫の木となり、森の一部になります。王国の森はそうした力強い樫の木でいっぱいなのです。つまり、本当の意味で彼女の王国でもっとも力強いものは、どんぐりなのでした。

慎重な手つきでどんぐりを首から外してやり、女王は小鳥をそっと手で包みこみました。いつものように秘密をささやきかけ、夜空に向かって小鳥を放したあと、女王はバルコニーの手すりに身を預けて城の敷地を見渡しました。あたりは真っ暗で静まり返っていましたが、ただひとつだけ、廏舎には明かりがともっていました。

『黒髪の女王』

「またひとり、いなくなりましたぜ」

翌朝早く、グリフィンが醸造所に足を踏み入れるなりニックが言った。

グリフィンはため息をついて持っていた銃を木の樽の上に置いた。今日も男たちが作業をしていたが、いつもの陽気な笑い声も話し声も聞こえない。醸造所の内部を奇妙な静けさが支配していた。

「逃げたのか？　それとも司祭の手下に捕まったのか？」グリフィンはきいた。

ニックが肩をすくめる。「わかりません。いきなり姿が見えなくなりました」

グリフィンはうなずき、銃に弾をこめはじめた。中古で買った古い銃だが、まだ使えることはちゃんと確かめてある。

「もうひとつ。今日、ジンの売人が三人、密告のせいで捕まったそうで」

グリフィンは顔をあげた。「まったく、いい知らせばかりだな」

ニックがにやりとした。「司祭の野郎と密告者にはさまれているとは、ふたりの男に言い寄られた女の心境ですね。前とうしろ、両方から迫られてる」

その光景を頭に思い描き、グリフィンは顔をしかめた。「いいたとえだ」

「感じたままを言っただけですよ」ニックが陽気に言う。「こっちが密告者を捕らえてやりゃ、司祭の野郎に恩を着せて金を巻きあげることだってできるかもしれませんぜ」

グリフィンは苦い笑みを浮かべた。「だが、それには時間がかかる」

「たしかに」ニックは何かを考えるようにしばらく顎をかき、やがて口を開いた。「このあいだお連れになったお嬢さんはどうしたんで？」

「結婚してくれと申しこんだ」

「そいつはめでたい！」

「申しこんだが、断られた」

ニックが肩をすくめる。「女には考える時間が必要でしょう」

グリフィンはまた顔をしかめ、弾を充塡《じゅうてん》した銃を樽に置いた。

「時間の問題じゃない。どうやら向こうはわたしを夫向きの人間ではないと思っている。それにたいしたことじゃないが、彼女は兄の婚約者だという問題も残っているしな」

「こう言っちゃ失礼ですが、旦那より兄上を選ぶような女は頭が弱いとしか思えませんな」

顔をゆがませ、グリフィンは微笑んだ。

「もしこの商売をやめたらどうするかは考えましたか？」ニックが尋ねる。

銃を見つめたまま、グリフィンは肩をすくめた。

「うちのじいさんが昔、羊を飼ってましてね」ニックが煤けて黒くなった垂木を見あげた。

「俺は羊に囲まれて育ちました。あんな頭の悪い生き物はほかにいませんよ。扱うのは簡単だし、実入りもそれなりにいい」

しばしのあいだ、グリフィンはニックが持ちかけた妙な話について考えた。

「羊飼いになりたいのか？」

「まさか」ニックは傷ついたと言わんばかりに答えた。「でも、羊毛は金になりますぜ」

「どうやって儲ける？」

「北の領地で羊を飼えばいいんですよ。前に農業には向かない土地だとおっしゃっていたじゃないですか。作物には向かないけど、放牧には向いている土地ってのはよくあるもんです」

「それはそうだ」グリフィンはゆっくりと言った。まさかニックが商売替えについて、そこまで考えているとは思いもしなかった。

かすれた声で、ニックが熱っぽく続ける。「このロンドンに羊毛を送って、こっちで加工して売り物にすればいい。その手の業者なら俺の知りあいにいます。店でも出せるようになりゃ上出来だ。俺はロンドンの方を仕切りますよ」

「職工の元締めになる気か？」

「真っ当な商売ですぜ」ニックは胸を張って答えた。「しかも旦那にとっても俺にとっても、金になる商売だ」

グリフィンは眉間にしわを寄せた。「糸を紡ぐのは誰がやるんだ？」

ニックが分厚い肩をすくめる。「子供や女です」

「なるほど」たしかにロンドンでは毛織物の衣服の需要が高まっている。人口が増えて着る物が不足しているうえに、輸出品にもなっているのだ。それに子供たちに仕事として糸を紡がせるなら、心あたりがないでもない。

ニックがぴしゃりと膝を叩いた。「忘れてました。昨日、角の店でうまい鰻《うなぎ》のゼリー寄せを見つけたんでさ。そりゃもう絶品ですぜ。ちょっと行って、旦那の分も買ってきます」

「おい――」

断ろうとするグリフィンをよそに、ニックはさっさと建物から出ていってしまった。グリフィンはため息をついた。ニックは鰻に目がないのだが、グリフィンは違う。だが司祭やヘロに加え、ほかにもさまざまな心配事を抱えたグリフィンにとって、鰻程度のことは些細《ささい》な問題にもならなかった。

グリフィンは建物の外へ出て、好みではない朝食が到着するのを待った。太陽がのぼりはじめ、庭の上空が白っぽい灰色に変わっていく。ニックはすでにジンの密造をやめたあとのことを考えている。そして何者も信じていないグリフィンが唯一信用しているもの、それはニックの商売に対する頭脳だった。もしニックが羊毛が金になると言うなら、やってみる価値は――。

そのとき、朝の空気を銃声が切り裂いた。

とっさに走りだして門を開けてから、グリフィンは自分が武器を持っていないことに気がついた。しまった。彼を誘い出すための罠という可能性もあるのだ。だが……外の道路に人の姿はなかった。

グリフィンは叫んだ。醸造所を狙っている者はいない。「ニック！　どこにいる、ニック？」

振り返ろうとしたそのとき、苦しげにうめく声が聞こえてきた。

門のすぐそば、建物の入口まであと少しというところにニックが倒れていた。

悪態をつき、グリフィンは友人のかたわらで身をかがめた。小石の上に血と鰻のゼリーが飛び散っている。ニックはなんとか立ちあがろうとしているが、巨体を支える両脚が言うことを聞かないようだ。

「鰻をこぼしちまった」ニックが痛みにあえぎながら言う。「くそっ、あいつら。俺の鰻を」

「鰻なんかどうだっていい」グリフィンはうなった。「どこを撃たれた？」

ニックが空を見あげるのと同時に太陽がのぼり、傷跡だらけの顔を完全に照らし出した。

両目が横を向き、口元も力が入らずにゆるんでいる。グリフィンは息をのみ、自分がうまく呼吸ができないことに気づいた。

「セントジャイルズ一の鰻だってのに」ニックがささやく。

「くそったれ、ニック・バーンズ」グリフィンは声にならない声で言った。「死ぬんじゃない」

ニックの腕をつかんでかがみこみ、肩にまわしてふらつきながらもなんとか立ちあがる。ニックの筋肉の塊のような体は馬並みに重かった。グリフィンは門をくぐって醸造所の敷地に入り、鍵をかけてからニックの体を冷たく湿った庭の地面に横たえた。

「布を持ってこい！」警備の者たちを怒鳴りつける。あたり一面がすぐ血だらけになり、ニックのズボンも血でぐっしょりと濡れていた。グリフィンの上着にも赤い染みが点々とついている。彼はニックに顔を戻し、その頭を両手で支えた。「ニック！」

両目を開け、ニックは愛敬《あいきよう》のある笑みを浮かべた。

「あいつら、俺を待ち伏せてやがった。司祭の手下どもでさ。まったく、せっかくの鰻だったのに」

それを最後に彼は目を閉じ、グリフィンがどれだけ悪態をつこうとも、二度とまぶたを開けることはなかった。

その日の午後、〈恵まれない赤子と捨て子のための家〉の扉を叩いたヘロはあとずさりして上階の窓を見あげ、困惑に襲われた。雨戸がすべて閉まっている。

「誰もいないのかもしれません」従者のジョージが言った。

彼女は眉をひそめた。「つねに誰かいるはずよ。孤児院なんですもの」

ため息をもらして通りを見つめる。セントジャイルズにひとりでやってきたのを、グリフィンがかぎつけてくれないものかと期待する自分がどこかにいた。どういうわけか、ヘロがセントジャイルズを訪れようとすると、その情報が彼のもとへ届くようになっているらしいのだ。だが、今日はグリフィンも現われない。

扉が開き、安堵して振り向くと、玄関から悲しそうな顔をした少女が顔をのぞかせていた。ヘロは浮かべていた笑みをすぐに消した。

「どうしたの、メアリー・イブニング？　何かあったの？」

少女はこくりとうなずき、ヘロのために扉を大きく開けた。ジョージに玄関で待つように告げて敷居をまたいだとたん、彼女はあまりの静けさに驚いた。メアリー・イブニングはヘロを居間ではなく台所へと連れていき、彼女を残して駆けだしていった。

ヘロは台所を見まわした。やかんが火にかけられていて、洗い終わった食器が棚に置かれている。明らかに昼食の残り物と思われるものもあった。好奇心から戸棚に近づいて扉を開けると、そこには紅茶と小麦粉、砂糖、塩が置いてあった。

廊下から足音が聞こえ、サイレンス・ホリングブルックが台所に入ってきた。いつもの彼女と変わらないように見えたが、服の色がいつも着ている茶色とグレーではないことにヘロは気づいた。今日の彼女は黒ずくめの服装をしている。

それが意味することはひとつしかない。

「お待たせしてすみません」ミセス・ホリングブルックが、心ここにあらずといった様子で言った。「どうしてメアリー・イブニングはお嬢さまを台所なんかにお連れしたんでしょう」

「誰か亡くなったのね」ヘロは言った。

「ええ」ミセス・ホリングブルックが自分の黒いドレスを手でなでた。「ホリングブルックが……わたしの夫が亡くなりました」

そう答えたとたん、彼女は息を乱してあえぎはじめた。

「座って」ヘロはあわてて近づき、台所にある椅子のひとつを引いた。

「いいえ。すみません。わたし……わたしったら」

「座って」ヘロはそっとミセス・ホリングブルックの肩を押してそう繰り返した。「とにかく座ってちょうだい」

ミセス・ホリングブルックがうつろな顔で椅子に腰を落とす。

「いつ知らせが？」ヘロは戸棚に戻り、紅茶の葉を出した。棚にあった茶色いティーポットを持ってきて、スプーンで葉を入れる。

「昨日です。わたし……いいえ、昨日聞いたばかりです」ミセス・ホリングブルックは不思議そうな表情で言った。「もっとずっと前のような気がします」

ヘロは火のそばに行って布をとり、やかんを手にしてティーポットに湯を注ぎ入れた。ふたたび火に戻すとき、やかんの口から大きく湯気があがった。建築家が替わり、孤児院の建物の完成が遅れることになったのをミセス・ホリングブルックへ告げに来たのだが、それどころではなくなってしまった。こちらの話の方がずっと重要だ。

ティーポットを持って、ヘロはテーブルに戻った。「海で？」

「ええ」ミセス・ホリングブルックがスカートをいじりながら答えた。「船が沈みました。一五〇〇人の乗員はひとりも助からなかったそうです」

「お気の毒に」ヘロは棚からティーカップをふたつ出した。

「悲しいと思いませんか？」ミセス・ホリングブルックが言った。「海のことです。『あらし』の一節が頭から離れませんの。〝深い海の底で父は横たわる。骨に珊瑚《さんご》が宿り、目に真珠ができるまで……〟」じっとテーブルを見つめたままの彼女の声が、徐々に小さくなっていく。

ヘロは紅茶を注ぎ、砂糖を少し入れてからミセス・ホリングブルックの前に置いた。

「どのくらいかかると思いますか？」彼女がつぶやいた。

「えっ？」ヘロは問い返した。

顔をあげたミセス・ホリングブルックの目は真っ赤になっていた。「海の底で死体が別の何かに変わるまでです。人間は死んで土に還《かえ》る。そう思うと、わたしはいつも楽になれるんです。でも、それはあくまでも土に埋められたらの話だわ。土は人にやさしいですもの。土は花を育てたり、羊や牛が食べる草を育てたりもします。だから、お墓というのはきっと安らげる場所なんじゃないかっていう気がするんです。けれど海は……とても冷たくて孤独です。ずっとひとりぼっちなんて……」

紅茶を見つめ、ヘロは唾をのみこんだ。「ご主人は航海がお好きだったの？」

「ええ、もちろん」ミセス・ホリングブルックが驚いたように答える。「夫は家にいるとき、いつも航海の話をしていました。小さな子供の頃から、海に出るのが夫の夢だったんです」

「それなら、ご主人は海に対してわたしたちが抱くのとは違う印象を持っているかもしれないわよ」ヘロは言葉を選びながら告げた。「ご主人の気持ちはわたしにはわからない。でも、わたしたちとは違う考え方を持っていた可能性はあると思うの。海が大好きだったのかも」

ミセス・ホリングブルックが目をしばたたく。「ええ。ええ、そうかもしれませんわ」

彼女は両手でティーカップを持ち、ゆっくりと口に近づけた。

ヘロも自分の紅茶を飲んだ。いつも彼女が飲んでいるものほど味はよくないが、少なくとも熱くて濃い。こういうときはそれが何より必要なことなのかもしれない。

「すみません」ミセス・ホリングブルックが小さな声で謝った。「紅茶は、わたしが用意しなければいけなかったのに……ところで、何かご用があったのではありませんか？」

本来の目的は建築家が替わったのを告げることだった。ヘロは一瞬考えてから答えた。

「これといって重要な用件でもないのよ」

「そうですか」ミセス・ホリングブルックが、何かを考えこむように眉間にしわを寄せた。「ただ……」

「何かしら？」穏やかに尋ねる。

「お嬢さまにお話しすべきことではありませんね」ミセス・ホリングブルックが取り乱したようにつぶやいた。「お嬢さまには関係のないことですもの」

「そんなことはないわ。あなたさえよければ、ぜひ話してちょうだい」

「もちろんわたしはかまいません」ミセス・ホリングブルックは息をつき、早口で語りはじめた。「夫が――ウィリアムがこの最後の航海へ出かける前、わたしたちは……その……今までのようにはうまくいっていなかったんです」

ヘロはうつむいて紅茶を見つめ、去年の冬に聞いた目の前の女性をめぐる噂を思い出した。ミセス・ホリングブルックがミッキー・オコーナーという男性に貞操を奪われたという話がまことしやかにささやかれ、醜聞好きの人々が大勢、ヘロにも聞かせてやろうと近づいてきたものだ。しかし当時、ヘロはテンペランスとウィンター・メークピースを信用していたので、彼らを信じて噂には耳を貸さなかった。もし彼らが妹なら孤児院を切り盛りできるというなら、ヘロとしても異存はなかったからだ。

そして夏から秋にかけて、ヘロはミセス・ホリングブルックとじかに接してきたが、この女性に疑うべきところはひとつもなかった。噂が根も葉もないただの中傷なのか、それともミセス・ホリングブルックが実際に夫以外の男性と関係を持ったのか、本当のところはわからない。だが、今やヘロだってほかの女性が犯した過ちを責められる立場になかった。もし噂が事実であったとしても、ミセス・ホリングブルックが善人だというヘロの思いは揺るがない。彼女は〝つつましい〟と呼ぶにふさわしい女性だ。

それに今は噂が事実かどうかなど関係ない。信頼とは、ひとつのほころびからでも簡単に壊れてしまう、嘘と同じくらいもろいものなのだ。夫婦のあいだであっても同じなのだろう。

「お気の毒に」ほかにかける言葉が見つからなかった。

ミセス・ホリングブルックも多くの言葉を必要としているのではないようだ。

「ただ、もう一度夫と話す機会があれば……彼にわたしの気持ちを伝えられれば……」声が徐々に小さくなり、彼女は頭を振って震える息をついた。「とにかく、仲たがいしたまま離ればなれになってしまったのが残念でならないんです」

ヘロは迷わず目の前の女性に手を差し伸べた。身分も違うし、ミセス・ホリングブルックのことをそれほど知っているわけでもない。だが、悲しみに境界はない。

ミセス・ホリングブルックがヘロの手を強く握った。

「あとからこんなことを言うのは卑怯《ひきょう》です。自分でもわかっています。でも、〝もう終わってしまった〟という考えが頭から離れなくて」

「何が終わってしまったの？」ヘロはやさしく尋ねた。

もう一度頭を振ったミセス・ホリングブルックの目から涙がこぼれ、頬を伝って落ちた。

「わたしの人生や、自分が持っていたと思っていた何もかもがです。わたしは夫を愛して、結婚しました。ウィリアムもわたしも幸せだったんです。言葉にするのは難しいですけど……」彼女は目を閉じて続けた。「愛も幸せも、簡単に手に入るものではありません。一生かかっても手に入れられない人たちだって、たくさんいるんです。わたしはそれを手にしていたのに、失ってしまった」ふたたび開けられた彼女の目は絶望に満ちていた。「わたしが手にしていた愛は、一度の人生で二度も手に入るようなものじゃないんです。それが終わってしまった。これからは、その愛を失ったまま生きていかなければならないんだわ」

ヘロの目にも涙がこみあげ、彼女は下を向いた。愛は簡単に手に入るものではない。頭では彼女もわかっているが、目の前にいる女性は実際に愛を手にし、そして失ったのだ。突然、ヘロは無性にグリフィンに会いたくなった。ジンの密造をマキシマスに知られたと伝えなければならない。グリフィンの手に触れ、呼吸の音を聞いて、彼が無事に生きていることを確かめるのだ。このせつない気持ちが愛なのだろうか？　それとも、これも陳腐な偽物の愛にすぎないの？

「すみません」ミセス・ホリングブルックが涙をふきながら言った。「いつもはこんなふうに泣いたりしないんですけど」

「謝る必要はないわ」ヘロはきっぱりと言った。「大変なことが起きたんですもの。平然としていられる方がおかしいわよ」

ミセス・ホリングブルックが力なくうなずく。

それからしばらくヘロは孤児院の台所に残り、黙ったまま紅茶を飲んでいた。だが、グリフィンに会って無事を確かめたいという気持ちは募るばかりだ。やがて彼女はいとまを告げると、早足で玄関に向かった。

馬車での移動中、座席の乗り心地が悪いセントジャイルズの悪路から、ずっとましになるウエストエンドの一画に入るまで、最悪の想像が頭にこびりついて離れなかった。グリフィンが法廷に引き出され、有罪を宣告されて辱められるというものだ。そしてもっと恐ろしい、ぐったりとした体が絞首台からぶらさがっている光景も……。

グリフィンの屋敷の前で馬車をおりる頃には、ヘロは自分の頭がつくり出した想像で半狂乱になりかけていた。

扉を開いて彼女を出迎えたのはグリフィン本人だった。どうやら彼は使用人をそれほどたくさん雇っているわけではないらしい。無精ひげを顎に生やし、シャツの喉元のボタンを開けたまま、ぼさぼさの頭をしている。険しい表情でヘロを見おろす彼の目のまわりには隈《くま》ができていた。

「何をしに来た？」グリフィンが怒ったような声で言った。

彼の無事を確かめられてよかったというヘロの喜びは、やがていらだちに取って代わられた。「中に入れてくれないの？」

肩をすくめ、グリフィンがうしろへさがって戸口を空けた。いかにもしぶしぶという感じだ。

かまわずヘロは中に入った。背を向けて歩きだしたグリフィンのあとに続いて書斎へ入り、室内を見まわす。前にこの家に入ったときはすぐ議論になってしまい、どこを眺める余裕もなかった。

こうしてじっくり見てみると、彼の書斎はなかなかに贅を尽くしたものだった。ベストが無造作にかけられているのは美しい地球儀だし、壁にはとても細かな描写からなる聖人の古い絵が何枚か飾られている。とはいえ、そのうちの二枚は曲がっているし、ほかのものもほこりをかぶっていた。本棚は書物でいっぱいだ。本が並んでいる順番には秩序も何もなく、片っ端から詰めこんだ感じだった。ざっと見ただけでも地図やローマの歴史書、自然学者の研究書にギリシアの詩の本、さらには『ガリバー旅行記』の最新版まであった。

「わたしの読書の趣味に文句をつけに来たのかい？」グリフィンが自分のためにブランデーを注ぎながら言った。

「そうじゃないのは知っているでしょう」ヘロは振り向いて彼を見た。「今、トゥキュディデスを読みはじめたところよ。わたしのギリシア語はすっかり錆《さ》びついているから、時間がかかりそうだけど」

「気に入った？」

「ええ」彼女は簡潔に答えた。それが事実だからだ。ギリシア語を理解するための労苦は、一文を読み解くたびに充実した気分をもたらしてくれる。

ヘロはグリフィンの反応を待った。

しかし、彼は肩をすくめてブランデーをあおっただけだった。「なぜここに来た？」

「兄のことで、あなたに警告しに来たの」グリフィンが何も言わないので、ヘロはみずから長椅子にあった本をどけて腰をおろした。「あなたがセントジャイルズでジンの密造をしていると知られたわ」

グリフィンが彼女を見た。「それだけか？」

いらだちが大きくなり、ヘロは眉をひそめた。彼は自分の身の安全に関心がないのだろうか？

「じゅうぶんな理由ではなくて？　マキシマスが兵を動かしてあなたを捕らえに来る前に、密造なんてやめてちょうだい」

グラスの中の琥珀色《こはくいろ》の液体を見つめ、グリフィンは応えた。「お断りだ」

胸にこみあげるいらだちは募るばかりだった。マキシマスはグリフィンに手を出さないと約束したが、それは彼がジンの密造をやめるという条件が果たされてこその話だ。危険が迫っていることに変わりはない。

「どうして？　あなたはお金を稼ぐしか能がない人間とは違うわ。もっとずっとましな人間よ。親切だし、楽しいし、誇りだってある。わからないの？　あなたは――」

こちらを向いたグリフィンの目を見て、彼女は言葉をのみこんだ。緑色の瞳が濡れて光っている。あれは……涙だろうか？

「何があったの？」

「ニックが死んだ」グリフィンが言った。「ニック・バーンズだよ。わたしと一緒にこの商売をはじめた男だ。覚えていないかもしれないが、きみも醸造所に来たときに会っている。傷だらけの顔をした大男だ」

「覚えているわ」ヘロは彼を見つめた。「どうして亡くなったの？」

「今朝、鰻を買いに出たんだ」グリフィンは泣き笑いのような顔をした。「あいつは鰻が好物でね。そこを司祭の手下に撃たれた。わたしが駆けつけたときには……」

彼は頭を振り、言葉を濁した。

グリフィンが苦しんでいるのに、離れているのはいたたまれない。ヘロは立ちあがって歩み寄った。「残念だわ」両手で彼の頬をはさむ。「本当に」

「今、やめるわけにはいかない」グリフィンが瞳に緊張をはらませて言った。「わかるだろう？　ニックを殺したやつらを、このままのさばらせておくわけにはいかないんだ」

ヘロは唇をかんだ。「でも、あなたの命も危険なのよ」

「それがきみにどう関係がある？」

驚いた彼女はあんぐりと口を開けた。「なんですって？」

グリフィンがグラスをカーペットに落とし、両手でヘロの肩をつかんだ。

「わたしの命が危険だからといって、なぜきみが気にする必要がある？　わたしはきみにとって何者なんだ？　ベッドをともにする友人か？　結婚式に招待する義理の弟？　どうなんだ、ヘロ？」

彼を凝視したまま、ヘロは言葉を探した。グリフィンを気にかけているのは間違いない。けれどもそれ以上は、口に出して言えるはずがなかった。自分の感情を言い表わす言葉が見つからないのだから、どうしようもない。

今の自分の思いを言葉になどできない。

グリフィンはヘロの葛藤を理解したようだった。絶望といらだちが入りまじった瞳で彼女を見つめる。

「くそっ」彼は絞り出すように吐き捨てて、ヘロにキスをした。

彼女の唇はやわらかくて従順だったが、それでグリフィンの怒りがおさまるものでもなかった。もっとはっきり彼の存在をヘロに刻みこみたい。単なる友人や義理の弟よりも、ずっと大事な存在なのだと彼女に気づかせたかった。永遠に忘れられないように。

自分の存在を彼女の骨にまで刻みこむのだ。

ニックの死に対する憤りや悲しみが形を変えて、ヘロへの狂おしいまでの切望に変わったようだ。今この場で、彼女がほしい。

ヘロの背が弓なりになるほど抱きしめ、彼女がよろめくまで唇をむさぼる。やがてグリフィンは身を引き、彼女のダイヤモンドのような瞳を見つめた。ヘロの目もまた、欲望でうつろな輝きを放っている。グリフィンは彼女が声をあげるのも無視して抱きあげ、情け知らずのバイキングのごとく書斎から連れ出した。

ちょうど廊下に出てきたディードルと鉢合わせしてしまった。驚いた執事は顎をがくんと落とし、そのままぽかんと口を開けている。

グリフィンはディードルをにらみつけ、何も言うなと目で命じた。ヘロを抱きかかえたまま、階段をのぼっていく。

彼女がグリフィンの胸に顔をうずめた。「大変よ！　見られたわ」

「大丈夫、彼は何も言わない。首がかかっている」グリフィンは怒ったように言った。

二階の廊下を進んで寝室へと入り、扉を足で蹴って閉めた。ヘロの体をベッドに横たえ、すぐに探るような視線を走らせる。

官能的なまなざしを返して、彼女がささやいた。

「でも、ここで何をしているか、あの人に知られてしまうわ」

「いいさ」グリフィンはヘロにまたがって押さえつけた。「ロンドンじゅうに知られたって、わたしはかまわない」

目を見開いた彼女がグリフィンを見つめる。予想を裏切り、ヘロは抗議の声をあげることなく、腕を伸ばして彼の頭をなでた。

「グリフィン」どこか悲しげな声でささやく。「ああ、グリフィン」

ヘロの悲しみが彼の心をさいなんだ。だが、ここで引きさがるわけにはいかない。今は、今日だけは引きさがれない。すべてが手遅れになる前に、彼女とひとつにならなければならないのだ。せっぱつまった思いに駆りたてられたグリフィンは、彼女のボディスを飾るレースを乱暴に引きちぎった。

ヘロはとめようともせずにじっと横たわり、あやすように両手で彼の髪をなでている。グリフィンはボディスを脱がせ、横へ投げ捨てた。ボディスの下から現われたコルセットが、意思を持って抵抗しているみたいに思える。こんなふうに女性の服を脱がせるのに苦労するのははじめてだ。

「わたしがやるわ」ヘロが静かにつぶやき、彼の震える手をそっとどけた。

コルセットの紐がほどかれ、グリフィンはようやく両手に彼女のあたたかな素肌を感じることができた。落ち着けと自分に言い聞かせて、できる限りやさしく触れる。

「全部だ」彼は命じた。「きみのすべてが見たい」

ヘロは眉をあげたが、グリフィンの言うとおりにした。ゆっくりとドレスを脱ぐ彼女の姿をまのあたりにして、グリフィンは頭がどうかなりそうだった。靴を脱ぎ捨てたヘロがガーターに手をかけたところで、彼は言った。

「そこまででいい」

素晴らしい芸術品を前にした鑑定家のように、グリフィンは彼女を見つめた。ヘロの体は華奢《きゃしゃ》で、なめらかな肌は月明かりを受け、薄暗い部屋の中で今にも輝きだしそうだ。長い髪も、人を導く燈火《とうか》のごとく赤く光って見えた。

グリフィンの下腹部はすっかり高ぶっていたが、無防備に裸で横たわるヘロを見て感じていたのは決して単純な肉欲ではなく、奇妙な所有欲だった。彼女をそばに置き、守り、敬いたい。誇り高いヘロは、それゆえに傷つく可能性も多く抱えている。そのひとつひとつの可能性を思っただけで、グリフィンの心はナイフを突き立てられたように痛んだ。ついにはそこから流れ出した鮮血に、彼の魂が沈んでしまいそうな気がするほどに。

ヘロにはこの血が見えないのだろうか？ それとも逆にわたしを守ってくれるのだろうか？

切望と怒り、そして欲望。さまざまな思いをこめてグリフィンはヘロを見つめ、彼女の左肩にある三つのほくろに口をつけた。

ヘロが両手で彼の頭をつかみ、言った。「グリフィン」

「ヘロ」グリフィンはつぶやき、彼女の肩にそっと歯を立てた。「気に入ったかい？」

「わたし……ええ」

そのささやきを聞いたとたん、彼の胸にせつないまでの渇望がこみあげた。

「ほかにどうしてほしい？」グリフィンは尋ねた。

「あなたに触れたいの」

頭を引いてヘロを見た。彼女は静かに横たわったまま、いつもの真剣さをたたえた瞳でグリフィンを見つめている。彼は主導権を握って誘惑を仕掛けるのには慣れていた。いつだって行為をリードするのはグリフィンの方で、その逆はありえない。そういう性格なのかもしれないし、単にそれが男としての本能なのかもしれない。どちらにせよ、彼は愛を交わすときに相手に身を任せた経験がなかった。

「お願い」

しぶしぶグリフィンはヘロの横に体をずらした。もちろん彼女が逃げようとしたらすぐに捕まえられるよう、身構えたままだ。だが、ヘロは身を起こして脇にひざまずき、興味深げにシャツとズボンを身につけたままの彼の体を見つめた。

一本の指でグリフィンの喉に触れ、シャツの胸元のボタンまでなぞっていく。

「これを脱いで」

彼はシャツを頭から脱ぎ捨てた。

「ズボンも」

素早くズボンと下着を取り去り、裸になって横たわる。

しばらくのあいだ、ヘロは膝をついたまま首をかしげて彼の体を眺めていた。彼女を抱きしめて組み伏せたいという衝動に駆られたが、グリフィンは深呼吸をしてこらえ、相手が静かに観察するのに任せた。

やがてヘロがグリフィンの胸に手を置いた。うっとりと目を半分閉じて、胸の筋肉に触れる指に力をこめていく。

「男の人の体がこんなに毛だらけだなんて思わなかった」彼女が静かに言った。「彫刻にはないもの。両脚のあいだは別だけど。でも、あなたの体は彫刻とは違うわ」

ヘロの両手が動き、胸毛をもてあそんだ。くすぐられているような、引っ張られているような感覚だ。グリフィンは落ち着きなく両脚を動かした。体のことなど、自分と相手の女性を満足させられる程度のものだという以外は考えてみたこともない。

「気持ち悪いかい？」彼はきいた。

「いいえ。ただちょっと……慣れていないだけ」

細い指が腹部に差しかかり、へそのまわりの毛をもてあそんだ。「痛い？」

グリフィンはおかしくなって眉をあげた。「いいや。たまに服に引っかかって痛いときがあるけどね」

今の答えは納得できたようだ。ヘロはうなずき、指を下腹部へ動かしていった。男性のあかしのすぐ近くだが、まだそこには触れていない。

「これはきみにもある」そうグリフィンはつぶやいて自分も手を動かし、ヘロの両脚のあいだの茂みに触れた。彼女はしっかり脚を閉じているので、それ以上は何もできそうにない。

ヘロが視線をさげて、彼の手を感心したように見つめた。「奇妙な感じね。そう思わない？わたしたちはたくさんの服をそれこそ縛りつけるみたいにして着ているのに、結局のところその下は――」てのひらを開き、親指と人差し指でグリフィンのこわばりをはさむ。「こんなふうだなんて」

顔をあげた彼女は、真剣そのものの顔でグリフィンの目をのぞきこんだ。

「恋人同士はみんな、今のわたしのように感じるのかしら？　ふたりのあいだだけの秘密を持っているみたいな気がするの。あなたはほかの女の人とでも同じように感じる？」

グリフィンがはっきりと顔も思い出せない女性たちを、彼女が自身と同列に置いていることが、彼を動揺させた。ほかの女たちはみな、代わりのきく存在だった。たまたま出会ったにすぎない幻影だったと言ってもいい。

だが、ヘロは違う。

グリフィンは両腕を細い腰にまわし、彼女の体を持ちあげて自分の上にのせた。ヘロの脚が彼の腿をまたぐように開く。「ほかの女の人だって？　きみ以外の女性のことは、誰ひとりとして思い出せないよ」

キスをしようと引き寄せたが、彼女はグリフィンの胸に手をあてて抗《あらが》った。

「あなたの言葉は素敵よ。でも、言葉で事実は変えられないわ。あなたは過去にたくさんの女性と関係してきたし、これからだって同じでしょう」

「違う」グリフィンは考えるよりも早く、断固とした口調で答えた。ほかの女性たちがいる未来。ふたりが別れたあとの未来。つまりヘロは、彼女自身もまた別の男性と一緒にいる未来について語っている。それはグリフィンにとって、到底受け入れられる未来ではなかった。

強く抱きしめ、彼は体をまわしてヘロを組み敷いた。押しつぶしてしまうかもしれないが、かまってはいられない。

彼女に理解させなければならないのだ。

「ほかの女性なんて存在しないんだ。わたしにも、きみにも」グリフィンは鼻が触れあいそうになるほど顔を近づけて言った。「この世界にはわたしたちふたりしかいない。わたしと、きみと、そして〝これ〟があるだけだ」

　彼はヘロの中に身を沈めた。まだ受け入れる準備ができていないのか、とてもきつい。それでもかまわずに彼女を貫いた。もう立ちどまってはいられない。後退などありえないのだ。

「グリフィン」ヘロが息をのみ、背を弓なりにして両脚を広げた。

　さらに深く突き入れる。「わたしときみは――」グリフィンはかすれ声でささやいた。「特別なんだ。ほかの人々がしているのとは違う。わたしがこれまでにしてきたこととも違う。わたしたちは一緒にいることで特別になるんだ」

「そんなのありえないわ」指を彼のヒップに食いこませているというのに、ヘロは頑固に言い張った。

「いや、そうだ」なぜ彼女は信じないのだろう？　明白な事実をどうして受け入れようとしないんだ？「聞いてくれ。わたしにはきみのような女性は二度と現われない。きみにわたしみたいな男が現われないのと同じように。わたしたちが持っているものは、大切に慈しむべきものなんだ」

　グリフィンは最奥まで進み、ふたりは完全にひとつになった。ヘロの秘所もすっかり潤い、彼のものにからみついてくるようだ。気だるい快感がグリフィンを包みこみ、頭がくらくらしはじめた。

「でも、わたし――」彼女がまたしても口を開いた。まったく、腹立たしいとしか言いようがない。

　それにグリフィンはすでにまともな口論ができそうもなかったので、自分に唯一できることをした。ヘロの口を唇でふさいだのだ。舌をあたたかな口に差し入れる。腰はすでにみずからの意思とは関係なく動いていた。なんということだ！　神の裁きの対象になるのは間違いない思いを抱き、実行しているというのに、天国にいる心地がする。ヘロはやわらかで、どこまでも彼を受け入れていた。本能的にあえぎ声をもらしながら、腰をすりつけてくる。

もはやグリフィンは自分の動きを制御できなかった。何年もかけてこうした営みに磨きをかけてきたつもりだったのに、そんなものは通用しない。これは彼にとってもはじめての経験で、嘘が通じる余地はまったくなかった。今までしてきたのは体を使った行為にすぎないが、これは体だけでなく魂までも巻きこんだ営みだった。

相手がヘロだからだ。昔ながらの男女の行為が、愛しあうという営みに昇華していた。

グリフィンは首をのけぞらせ、体と心を包みこむ快感を味わった。ヘロは彼に空も飛べると信じさせてくれる。紅潮した彼女の顔を見おろした。目を閉じ、眉間にしわを寄せて口をわずかに開いている。そのまま見ていると、やがてヘロは下唇をかんだ。絶頂が近づいているのだ。

あと少しで、究極の歓びを与えてやれる。

さらに体を動かし、グリフィンはひと突きごとに彼女のもっとも敏感な部分を刺激した。ヘロが喉を動かして唾をのみこむ。

歯を食いしばり、グリフィンは必死で耐えた。彼もまた解放のときが近づいていたが、ヘロを頂に連れていくまで果てるわけにはいかない。グリフィンは頭をさげ、彼女の耳に向かってささやいた。「のぼりつめるんだ、ヘロ」

彼女が頑固に首を振った。

「いいんだ」今度は首すじに唇をつけてささやく。汗と女の味がして、欲望のあかしが彼女の中でびくりと反応した。

ヘロがせつない声をあげる。

「きみを感じさせてくれ」グリフィンは彼女の胸に唇を這わせた。「わたしのためにのぼりつめるんだ」

身をのけぞらせて、ヘロは両脚を震わせた。

「そうだ。のぼって」そっとささやき、とがった乳首に唇を触れさせる。口に含んで吸いたてると、軽く歯を立ててやさしく愛撫した。

やがてヘロが彼の腕の中でそのときを迎えた。グリフィンを包みこんでいる部分が激しく収縮し、彼はヘロの胸から顔を離して背中をそらした。最後に苦悶《くもん》の叫びをあげて深く彼女の中に身を沈めたあと、痛みにも似た狂おしい快感にのまれて体を痙攣《けいれん》させた。

ヘロはグリフィンのもので、グリフィンはヘロのものだった。その瞬間、ふたりの世界は完璧なものになった。

ヘロはベッドの天蓋を見つめ、グリフィンの大きな背中に指で円を描いた。彼はヘロの上に倒れこみ、動く気配もない。彼女は両脚を大きく開いたままで、ふたりはまだつながっていた。とても上品とは言えない格好だが、そんなことはどうでもいい。

たくましくて力強い体をやさしく抱きしめる。この男性に二度までも怒鳴られ、ベッドに運ばれたのだ。頑固で、粗野で、ジンの密造を商売にしているこの男性に。グリフィンはヘロが反対を唱えるあらゆるものを体現したような男だった。それなのに、もし彼がもう一度愛しあいたいと言えば、自分は身を任せるだろうという確信があった。

そのうえ、歓びを感じるのも間違いない。

これが愛なのだろうか？　われながら愚かな問いだ。肉体的な欲求と愛情を勘違いする年齢でもないはずなのに、それでも頭はつぎつぎと疑問を訴えている。もしグリフィンになんの感情も抱いていないなら、どうしてこんなにも彼のそばにいたいと思うのだろう？　なぜいずれやってくる別れがこんなにもつらく思えるの？

グリフィンが息をついて体をずらし、ヘロから離れていったとたん、彼女は取り残されたような気分になった。

「すまない」彼が少しばかりたどたどしい口調で言った。「きみを押しつぶすつもりはなかった」

「平気よ」ダンスで足を踏まれて謝られたときと同じく、礼儀正しく応える。

うなるような声をあげ、グリフィンが彼女の肩に腕をまわして自分の方に引き寄せた。ヘロは彼に寄り添い、上下するたくましい胸や、眠りに誘われて閉じていくまぶたを見つめた。

深く息をして、男らしく官能的な匂いを吸いこむ。彼と一緒にいるときの感情や、彼女を見つめるまなざしを思い起こした。グリフィンはヘロを、まるで彼には理解できない歌をさえずる、それでいてとてもいとおしい鳥を見るように見つめるのだ。ヘロはトマスの完璧さや、マキシマスの誇りと憎悪についても思いを馳せた。そして自分自身についても。馬車の中で、目の前で眠る男性——グリフィンの男性のあかしに触れたあの運命の瞬間から今まで、とても多くのことを学んだ。

しばしの時が流れ、影が壁まで伸びた頃になって、ヘロは決断した。

自分がすべきことはなんなのか、ようやくわかった。

14

つぎの日の朝、いかめしい顔をした三人の王子たちは乗馬をしたいという女王の望みに応じ、廏舎の前に集まりました。全員が馬に乗って準備が整うと、女王は候補者たちに顔を向けて尋ねました。「わたしの王国の心臓はなんだと思いますか?」

誰にも気づかれないほど素早く、女王が廏舎頭にちらりと視線を走らせると、彼は唇の端をわずかにあげて微笑みながら、帽子に指で触れて挨拶を返しました。

その瞬間、女王は馬を走らせ、王子たちとともに廏舎をあとにしたのでした。

『黒髪の女王』

「ミセス・ボーンったら、どうして毎年音楽会を開かないと気がすまないのかしらね」

翌朝、バティルダが朝食の席で言った。ひらひらと振られた招待状を見て、その膝に座っていたミニョンが自分のものにしようと暴れだした。

ヘロはバティルダのティーカップが引っくり返らないよう、こっそりとテーブルの端から動かして中央に寄せた。

「お金をかけて才能のある音楽家を呼ぶつもりもないくせに」バティルダが続ける。「出来の悪いケーキと水っぽいワインでおかしくなった調子っぱずれのバイオリンだの、声が震えるソプラノだのを聞かされるこちらの身になってほしいわ」

「音楽会がそんなに気に入らないなら、なぜ招待を受けるの？」フィービーがもっともな質問をした。怪我をしてからみなと一緒の朝食の席につくのはこれがはじめてだ。右腕をしっかりと胸の前に固定し、ぎこちなく左腕だけで食事をしている。

「いいこと、フィービー」バティルダはあくまでも真剣だ。「ミセス・ボーンはチャズワース公爵夫人の妹よ。つぎの公爵閣下の母上につながる血筋なの。大事な人脈をおろそかにするわけにはいかないでしょう」

フィービーが鼻の上にしわを寄せた。

「でも、ヘロはもう婚約したんだから、いいじゃない。それに未来のチャズワース公爵は少しおかしいと思うわ。顎だってないし」巻き菓子をひょいと持ちあげ、口に放りこむ。

「ヘロ、公爵夫人のご機嫌を損ねないのがどんなに大事か、妹に説明してやって。ご子息に顎があろうとなかろうと関係ないってね」バティルダが命じた。

ヘロは何か言おうと口を開いたものの、実のところあまり話を聞いていなかった。頭にあるのは、この朝食のすぐあとに申し入れようとしている約束だけだ。

しかし幸運にもバティルダは、自身の代わりに人に説明させようと本心から思っていたわけではないようだった。「自分がどんな身分だろうと、公爵夫人を怒らせたりしてはいけないの。それは大きな誤りよ」

「退屈な音楽会を開く方が、よほど間違っているのに」フィービーが生意気な口をきいた。

「あなたはまだ子供だからそう思うのよ」バティルダがきっぱりと言う。「もう少し大人になればわかるわ。そうよね、ヘロ？」

「ええ……」ヘロはぼんやりとバティルダを見た。意識を会話に集中させなくては。「そうね」

バティルダはミニョンにベーコンを食べさせていて、ヘロのことを気にしていないようだったが、フィービーは眼鏡の奥の目を細めて興味深げに姉を眺めている。

「本当にそう思っているの？」

「もちろんよ」ヘロは紅茶を口に含み、はじめて冷めかけていることに気がついた。「どうして？」

フィービーが肩をすくめる。「心ここにあらずって感じみたい」

「結婚が近いからよ」バティルダが言った。「何度も見てきたわ。その日が近づくにつれ、気持ちが落ち着かなくなるの。じきに完全に正気を失うわよ」

「おばさまの口ぶりだと、結婚って病気か何かみたい」フィービーは笑った。

「人によっては、そういう人もいるわ」バティルダが深刻な調子で応える。「さあ、食事をすませてしまいなさい。今日はマキシマスが昼前にあなたに会いに来ると言っていたわよ」

ヘロはバティルダが向けてきた意味ありげな視線に気づいた。マキシマスは妹に悪い知らせを持ってくるつもりなのだ。フィービーは社交界へ出られないと告げに。

バティルダの不吉な言葉を聞いたのを最後にヘロは退席し、出かけるための馬車を用意させた。バティルダがヘロの結婚について話すのを聞きたくなかったし、フィービーが心配でたまらなかった。かわいそうなバティルダは、ヘロがこれからしようとしていることをあとで聞いて腰を抜かすだろう。

それを思うと愉快ではないし、みなを失望させる結果になるのだとあらためて気づかされた。家族は決して許してくれないかもしれない。それでも今からしようとしているのは、簡単ではないが正しい選択なのだ。そう思うからこそヘロは誇らしげに顔をあげ、マンダビル侯爵邸の前に着いた馬車のステップをおりていった。

面会にふさわしい時間ではない。むしろ噂の種になるかもしれないほど早い時間で、ヘロは付添人を伴ってすらいなかった。マンダビル侯爵に会いに来たと告げると、執事はわずかに眉をひそめたが、それでも居間に案内してくれた。暖炉のそばまで歩き、マンダビル侯爵家の先祖の肖像画をぼんやりと眺める。今からしようとしていることは、きっとマキシマスを怒らせるだろう。以前の約束は無効になり、グリフィンも危険にさらされる。トマスとの話が終わったら、つぎはマキシマスのところに行き、ひれ伏してでも兄の情けにすがるのだ。彼女が約束すれば――。

トマスが扉を開けた。

ハンサムな顔に心配そうな表情を浮かべ、たちまち歩み寄ってくる。

「どうかしたのかい、ヘロ？　何かあったのか？」

背が高く威圧的な彼の姿をいざ目の前にして、ヘロは言葉に詰まってしまった。

「わたし……」咳払いをして室内を見渡す。部屋の隅に椅子がまとめて置かれている場所があった。「話があるの。座っていただけないかしら？」

トマスが目をしばたたく。ヘロは気まずい笑いがもれそうになるのをなんとかこらえた。彼は今まで自分の家で座れなどと言われた経験はないだろうし、もしかしたら場所がどこだろうとこんなふうに言われたのははじめてかもしれない。トマスは侯爵なのだ。これからしようとしていることが急に恐ろしく感じられ、彼女は気が変わらないうちに椅子のある場所まで歩いて腰をおろした。今や顔をしかめているトマスが、ゆっくりとあとに続く。

ヘロは彼が自分の向かいの椅子に座るのを待ち、ひと息に言った。

「わたしはあなたと結婚できないわ」

納得したような顔で、トマスが頭を振る。「ヘロ、結婚前には誰だってそう思うものだよ。きみのような聡明な女性だって例外じゃない。心配しなくても――」

「違うの」彼女はトマスの言葉を制した。「そういうのとは違うわ。女性のヒステリーとも関係ない。ただあなたとは結婚できないのよ」

彼に見つめられて、ヘロは唇をかんだ。

「ごめんなさい」うまく説明できない自分に気づき、遅まきながら謝った。

謝罪の言葉を耳にしてようやく彼女が本気だとわかったらしく、トマスが身をこわばらせた。「何かあるなら話してくれないか？　わたしが力になれるかもしれない」

彼がこれほど理路整然とものを考える人間でなければどれだけ楽だろう。

ヘロはうつむいて自分の両手を見つめた。

「わかってしまったの……その……わたしたちはうまくいかないって」

「わたしが何かしたのが原因かい？」

「違うわ！」彼女は顔をあげると、身を乗り出すようにして言った。「あなたは女性にとって理想の夫よ。あなたのせいじゃない。わたしがいけないの。とにかく、わたしはあなたと結婚できないわ」

「結婚の契約は結んでしまったし、婚約発表もすんでいる。気が変わったというには遅すぎるよ、ヘロ。きみは否定するが、わたしには結婚を前に気が立っているとしか思えないな。家に帰って休むといい。ぐっすり眠って紅茶を飲めば、気分も――」

「わたしはもう処女じゃないのよ。トマス」

殴られでもしたかのように、彼が首をのけぞらせた。「ヘロ……」

「あなたと結婚するなんて、わたしの良心が許さないわ」彼女は静かに告げた。「あなたに悪いもの」

しばらくのあいだ、トマスは黙ったままヘロを見つめていた。おしまいだとわかってくれたのかもしれない。

ようやく彼が口を開いた。

「そう言われて、うれしいはずはない」トマスは重々しく言った。「だが、それで世界が終わってしまうわけでもない。もちろん、生まれてくる子が間違いなくわたしの子供だと証明できるように時間は置かなくてはならないが――」

もちろん非が自分にあるのはわかっている。それでもヘロは叫びだしたい心境だった。

「相手はあなたの弟なの、トマス」

彼女を凝視するトマスの顔が、徐々に赤く染まっていった。

ヘロは立ちあがった。「わたしは純潔も、もしかしたら、もっと大事な自尊心まで失ってしまったのよ。ごめんなさい、トマス。あなたをひどい目に遭わせてしまって。もしわたしが――」

そこまではトマスも石のように硬い表情で彼女を見つめていた。だがつぎの瞬間、彼は怒りで真っ赤になった恐ろしい形相で向かってきた。ヘロが恐怖を覚えた瞬間――。

トマスが思いきり、彼女の顔を殴りつけた。

グリフィンはもやもやした気分を抱えたまま、マンダビル侯爵邸の階段をのぼっていた。悲しんでいるのか、それともはっきり考えられないほど疲れているだけなのか、自分でも判断がつかない。疲れのような気がする。ゆうべはニックを埋葬したので眠っていないのだ。棺《ひつぎ》も死に装束も、墓も墓石もすべてグリフィンが金を出し、墓穴の底におろされていくニックをひとりで見送った。そのあと、彼は醸造所に戻って司祭に反撃する策を練った。あと数日ですべての準備が整う。司祭を破滅させ、ニックの復讐《ふくしゅう》を遂げるのだ。あと数日。それでようやくグリフィンもひと息つけるはずだった。

しかしその前に、もうひとつやらなくてはならないことがある。母との約束を果たし、長椅子やら戸棚やらを買いに行くのにつきあわなければならない。どうしてこんなに早い時間から買い物に出ないとならないのか理解できなかったが、とにかく母は時間にうるさいので仕方がなかった。

グリフィンは執事にうなずきかけて家の中に入った。「兄上はどこだ?」

「侯爵閣下は〈真紅の間〉においでです」執事が答える。

彼はその部屋に向かって歩きだした。「案内はいらない」

「お客さまと面会中なのですが」

体ごと振り返り、そのままうしろ向きに進みながら尋ねる。「誰だ?」

「レディ・ヘロです」

グリフィンは立ちどまった。昨日、別れるときまでヘロの口数は少なかった。兄ではなく彼との結婚を真剣に考えはじめたせいだとグリフィンは思いたかったが、たとえそうであっても、ヘロはトマスに何も言えないだろう。言えるとしたら――。

〈真紅の間〉から悲鳴があがった。

グリフィンは身をひるがえして駆けだした。またしても悲鳴が響き、今度はどすんという音が続いた。

扉を開けたとたん、ほとばしるような絶叫が響き渡った。「このあばずれめ!」

顔を真っ赤にして肩を怒らせたトマスが、床にある何かに覆いかぶさるように立っている。長椅子が邪魔をして見えなかったので、グリフィンは部屋を横切ってのぞきこんだ。たちまち全身の血が凍りついたように冷たくなっていく。

ヘロはまだ生きている。グリフィンにわかったのはそれだけだった。エメラルドグリーンのスカートの上に横たわってぐったりしているが、とにかく彼女は生きていた。

つぎにグリフィンの注意を引いたのは、その美しい顔についている赤い跡だった。

男の手の大きさの。

怒りに支配され、グリフィンの頭の中が真っ白になった。音も聞こえないし、何も見えない。理性までもが完全に消え失せた。彼は身を低くしてトマスに突進し、肩からぶつかっていった。兄がうしろによろめいて椅子にぶつかり、ふたりはそのまま倒れこんだ。トマスが振るったこぶしを肩で受けたが、グリフィンは痛みすら感じなかった。

感じていたのは狂気のような怒りだけだ。

グリフィンはこぶしを握りしめて歯を食いしばり、トマスに頭突きを見舞った。耳のすぐそばで大きな悲鳴が聞こえる。兄が血まみれの顔で口を動かし、何か言っているのがかろうじて視界に入っていた。やめるように懇願しているのだろうか? グリフィンの胸に残忍な喜びがこみあげた。

トマスはヘロを傷つけたのだ。脚一本くらいの代償を払っても当然じゃないか。

誰かが背中にしがみついてきたのを感じたが、グリフィンは気にもしなかった。耳元でヘロの叫ぶ声が聞こえた。「グリフィン、やめて！」

彼はゆっくりとわれに返った。肩と、そしてなぜか顎も痛みはじめた。室内に人がいる気配を感じ、顔をあげると母の顔があった。

泣いている母の顔が。

両手を体の脇におろし、グリフィンは荒い息をつきながら母親を見つめた。

「ああ、グリフィン」母が言った。グリフィンはあまりの羞恥と悲しみに、母と一緒に泣きたい気分に襲われた。

視線をおろすと、彼の膝のあいだにトマスが横たわり、流れつづける鼻血を片手でどうにかとめようとしていた。鼻を覆う手の上で、目が怒りにぎらぎらと燃えている。しかし、そこにはグリフィンと同じ羞恥心もにじんでいた。

「グリフィン」ヘロが肩に軽く手を置いたまま呼びかけ、彼はようやく振り返った。

彼女の瞳は涙に濡れ、頬は赤く染まって腫《は》れはじめている。その光景がグリフィンに怒りをふたたび呼び起こしたが、今度は彼も兄の顔を見なかった。血だらけで震える手を出し、ヘロに触れようと腕を伸ばす。

グリフィンはあざのできた両手で彼女の体を揺すった。「大丈夫か？」

「いいえ」ヘロが答える。「いいえ」

「すまない」グリフィンは言った。「本当にすまない」

両腕で彼女を抱こうと立ちあがる。なんとかこの悪夢のような状況を正さなくてはならなかった。

しかし、ヘロは首を強く振ってあとずさりした。「やめて」

「ヘロ」懇願するグリフィンの視界がゆっくりとぼやけていった。「お願いだ」

「いいえ」彼女は白く繊細な手をあげ、グリフィンを制した。「だめよ……できないわ」

そしてヘロは彼に背を向けて部屋を出ていった。

周囲を見まわすと、部屋には執事と従者がひとり、それに何人かのメイドがいて、肩を震わせる母を尻目に呆然と事態を眺めていた。

「おまえたち、出ていくんだ」グリフィンは怒鳴りつけた。

使用人たちは黙って命令に従った。

グリフィンは母を抱きしめた。「すみません。野蛮な真似をして」

「わからないわ」母が言った。「何があったというの？」

「グリフィンがわたしの婚約者を誘惑したんですよ」床に横たわったままのトマスが、腫れた唇のあいだからくぐもった声を出した。「哀れなアンのときと一緒だ。こいつはヘロに手を出した」

「グリフィン？」母の困惑した瞳に見つめられ、心が引き裂かれそうになった。

「黙れ、トマス」グリフィンは低くうなるように告げた。

「わたしに向かってなんという――」

頭をゆっくりと兄に向け、グリフィンは上唇をあげて威嚇の表情をつくった。「この話は二度と持ち出すな。彼女の名前を出すのも許さない。わかったな?」

「わたしは――」そう言ったきり、トマスは口を閉じた。

「黙るんだ。でないと、さっきの続きをすることになる」

母が制するようにグリフィンの肩に手を置いたが、これだけは言っておかなければならなかった。トマスがうなずいて目をそらすまで、彼はにらみつづけた。

「よし」グリフィンは言った。「母上、こちらへ。紅茶でも飲みましょう。うまく説明できるか自信がありませんが、やってみます」

そうしてグリフィンは床に座りこんだままの兄を置き去りにして、母を部屋から連れ出した。

「あなたのしたことを喜べるはずがないわ」一時間後、バティルダがヘロに言った。「でもどんな罪を犯したにせよ、もうじゅうぶんな罰を受けたみたいね」

バティルダは腫れた頬に濡れた布をそっとあててくれたが、彼女の心配そうな表情をまのあたりにするのが怖くて、ヘロは目を閉じた。今は自室のベッドに横たわり、苦しみに満ちた外の世界から隠れているところだ。トマスに殴られた頬がずきずきと痛む。ミニョンがベッドの上にのり、小さな鼻を反対側の頬にすりつけてくるのが慰めだった。

突然、目から涙があふれ出した。「わたしは介抱してもらう価値もない人間だわ」

「馬鹿をおっしゃい」バティルダがいくらかの元気を絞り出して言う。「侯爵のほうこそ、あなたを殴る権利なんてないわ。女性に手をあげるなんて！　頬骨を折られたりしなくて本当によかった。こんな凶暴な男とは結婚しなくて正解よ」

「わたしが挑発したようなものなのよ」

目の前に怒ったトマスが立っていたのを思い出すだけで体が震える。グリフィンが部屋に入ってきて兄弟が取っ組みあいをはじめたときは、まるで悪夢を見ているようだった。兄を殺すまでグリフィンがやめないのではないかと、ヘロは本気で心配した。どうしてこんなことになってしまったのだろう？

「目立たないように小さな結婚式にしないとね」バティルダが言った。

ヘロは驚きに目をしばたたいた。「でも、わたしはマンダビル侯爵とは結婚しないわ」

バティルダがヘロの肩をぽんと叩く。「違うわ、リーディング卿との結婚式の話よ。尾ひれのついた醜聞が出まわる前に式を挙げないといけないから、できるだけ急ぎましょう」

不安がこみあげ、ヘロは目を閉じた。自分はグリフィンとの結婚を望んでいるのだろうか？　それにマキシマスはそんな結婚を許してくれる？　兄のことが頭に浮かび、彼女ははっとした。

「いけない。マキシマスを忘れていたわ！」身を起こすと、頬にあてられていた布が落ちた。すがるようにバティルダを見る。「お兄さまはもうこの件を知っているのかしら？」

バティルダがぎょっとしたようにのけぞった。「わたしが言うはずないじゃない。でも、彼のことはあなたがいちばんよくわかっているでしょう？」

「ええ、わかっているわ」ヘロはベッドからおりた。

「どこへ行くの？」

「今頃はお兄さまも知っているはずよ」彼女は靴を探しながらつぶやいた。「密告者を使って情報を集めているのか、噂話に耳をそばだてているのか知らないけれど、マキシマスの耳に入らない出来事なんてないわ。今回の件は醜聞につながってしまうかもしれないから
……」声を落とし、身をかがめてベッドの下をのぞくと靴が見つかった。

「マキシマスに慰めてほしいなら、とめる気はさらさらないけど、それにしたって少し間を置いた方がいいんじゃない？　彼だって、気持ちの整理をする時間くらいは必要だわ」

「気持ちの整理がついたあとで、お兄さまが何をすると思う？」ヘロは足を靴に突っこんで尋ねた。髪は乱れ放題に違いない。確かめようと鏡に駆け寄った。

「何をするって……どういうこと？」バティルダが息をのんだ。

ヘロは振り向いてバティルダを見た。ようやく彼女もただごとではないと気づいたようだ。妹とトマスの結婚がなくなれば、マキシマスはグリフィンに攻撃を仕掛けるに決まっている。もっと悪い事態になるかもしれない。

ヘロはうなずいて適当に髪を整えた。悠長に着替えている時間はないが、そうしなければとても見られたものではないありさまだった。「お兄さまはすぐに動くわ。もしかすると乱暴な手を打つかもしれない。それに正直言って、男性の暴力はもうたくさんなの」

部屋を飛び出したヘロは階段を駆けおりたものの、馬車の準備が整うまで玄関広間で待たされることになった。

「待ってちょうだい、ヘロ」息を切らせたバティルダが背後から声をかけてきた。盾のように両手でミニヨンを抱えている。

「きっとお兄さまの機嫌は最悪よ」ヘロは言った。「わたしはひとりで大丈夫だから」

バティルダが顎をつんとあげた。「ご両親の亡きあと、あなたたちきょうだいの面倒を見てきたのはこのわたしなのよ。あなたをひとりでマキシマスと対峙させたりするものですか。それに……」やや勢いを落として続ける。「彼をなだめるには、女ふたりの力を合わせないといけないかもしれないわ」

そう言われて喜べるはずもない。だが、ヘロは決意を固めて馬車に乗りこんだ。

一時間半後、ふたりはウェークフィールド公爵邸の扉を叩いた。かつてヘロの父が建てた威厳ある建物だ。父はこの家で子供たちを育てようとしたのだが、今はマキシマスひとりしか暮らしていない。

不機嫌そうな執事が玄関の扉を開け、ヘロを見て背すじを伸ばした。

「お嬢さま、今はおやめになった方が――」

彼女は執事を押しのけて中に入った。「お兄さまはどこなの?」

「閣下は自室にいらっしゃいます。ですが――」

きっぱりとうなずき、ヘロは階段をのぼりはじめた。いつもであれば、決して兄の寝室を訪れようとは思わない。でも、今日だけは別だ。

マキシマスの部屋の扉は開いていて、ちょうど秘書が叱られた犬のように駆け出てきた。大きく息をついてから、ヘロは部屋の中に足を踏み入れた。

シャツ姿のマキシマスが机に向かって身をかがめ、何か書き物をしていた。室内にはほかに三人の男が立っている。その中には従者としてずっとマキシマスに仕えているクレイブンもいた。いつも黒ずくめの格好をした背の高い痩身《そうしん》の男で、従者というよりも棺をつくる職人のように見える。

クレイブンがヘロとバティルダを見て、マキシマスに声をかけた。「閣下」

兄が顔をあげてヘロを見た。

「外してくれ」使用人たちに告げる。

三人の男たちは部屋を出ていき、最後にクレイブンがうしろ手に扉を閉めた。

身を起こしたマキシマスがヘロに向かって歩み寄った。まったくの無表情で彼女の顔を見おろす。

そして彼は、まだ痛みが残るヘロの頰に指で触れた。「あいつを殺す」

兄の言う〝あいつ〟が誰を指すのかわからなかったが、どちらにしても重大なことには違いない。「いいえ、だめよ」

マキシマスは顔をしかめ、机へと体の向きを変えた。

「リーディングのところに人を送った。もうやつの運命は決まっている」

バティルダが息をのみ、空気を求めて小さくあえいだ。

ヘロは兄の腕に取りすがった。「呼び戻して」

兄は眉をひそめただけだった。結局のところ、マキシマスは公爵なのだ。人から何か命令されたことなどないし、相手が妹のヘロであっても例外ではない。

だが、人の命がかかっている以上、彼女もあとには引けなかった。

「決闘なんてだめよ」ヘロは決意をこめた視線で兄を見つめた。「わたしはどんな暴力も望まないし、誰にも死んでほしくないわ」

「おまえには関係のないことだ」

「あるに決まっているでしょう！　トマスが怒ったのはわたしのせいよ。純潔を捨てて今の状況をつくったのもわたしだわ」

頭を振り、マキシマスが言いかけた。「ヘロ――」

「いいから聞いて」彼女は小さな声でさえぎった。「わたしだって自分のしたことを恥じているわ。でも、だからといって責任逃れをする気はないの。人を送ったのなら呼び戻して、マキシマス。決闘なんかして、わたしの代わりにお兄さまが傷つくようなことになったら、わたしはとても生きていられないわ」

マキシマスはしばらく黙ったままヘロを見つめていたが、やがて部屋を横切って扉を開けた。クレイブンが控えているのだろう。兄は小声で何かを言い渡し、扉を閉めて戻ってきた。

「これはわたしの本意ではない。あくまでもおまえのためだ。あとでこの問題がきちんと片づかなかったと感じたら、後日、決闘でけりをつける」

ヘロはごくりと唾をのみこんだ。兄にすれば大きな譲歩だ。たとえ一時的なものであっても。「ありがとう」

「よかった！」バティルダが椅子に座りこんで言った。

マキシマスはうなずき、机の向こう側にまわった。「マンダビルとの結婚の日取りを決めなければならないな。今頃はもう、メイドたちが今朝の一件を触れまわっているのは間違いない」

ヘロの背すじに震えが走った。「マキシマス――」

兄はしかめっ面で机に置かれた紙を眺めている。「おまえが弟と関係したんだ、マンダビルも動揺しているだろうが、考える時間さえあれば落ち着くだろう。この結婚がマンダビルにとっていい話なのは間違いないのだから」

「マキシマス！」ヘロは祈る気持ちで繰り返した。

眉間にしわを寄せた兄が顔をあげる。

彼女は顎をあげて告げた。「わたしはトマスとは結婚しないわ」

「わたしがリーディングを捕らえてもいいのか？」

息をのむよりほかに、ヘロは答えられなかった。

マキシマスはしばらく彼女を見つめ、ふたたび紙に視線を落とした。まるで妹の思いなど関係ないと言わんばかりだ。「それならおまえはマンダビル侯爵と結婚しろ」

感情のこもっていない兄の口調を聞き、ヘロの背中に冷たいものが走った。この声には聞き覚えがある。兄のマキシマスではない。ウェークフィールド公爵の声だ。

そして、ウェークフィールド公爵は一度決めたことを覆すような人間ではない。

15

その夜、女王は候補者たちを王の間に呼び出し、それぞれの答えを聞きました。まずウエストムーン王子が前に進み出て、美しい旗を女王の足元に広げました。王家の紋章と城の意匠が縫いこまれた旗です。「この城こそ――」彼は言いました。「陛下の王国の心臓です」つぎはノースウインド王子の番です。王子は真珠と珊瑚の飾りをちりばめた銀の羅針盤を出しました。「港です、陛下。港こそ、あなたの王国の心臓です」そして最後に、イーストサン王子が街の模型を仕込んだクリスタルの球を女王の前に置いて言いました。「この街こそ、陛下の王国の心臓です」

『黒髪の女王』

ウエークフィールド公爵は軽々しく客を招き入れる気安い人物ではない。

グリフィンは午後の半分を公爵家の居間のひとつで待たされて過ごし、それから別の居間に通された。偉大な人物に一歩近づいたというところなのだろうが、この分では実際にお目通りが叶《かな》うまでにクリスマスが終わってしまうかもしれない。

そこでグリフィンは、恐ろしいまでに優雅な廊下へ出て、みずから公爵の書斎を探すことにした。公爵が妹を誘惑した男に会いたがるはずもないのは承知のうえだ。しかもグリフィンがジンを密造しているると知っているのだから、なおさらだろう。しかし、不幸はそれにとどまらない。グリフィン自身とヘロの将来が、この話しあいにかかっているのだ。

小さな書斎を通り抜けると、別の居間があった。この屋敷にはいったいいくつの居間があるのだろう？　その居間も抜けたところ、右手に閉じられた扉があった。

グリフィンはノックもせずに扉を開けた。

たくさんの豪勢な部屋がある広大な屋敷に住んでいるにしては、公爵は狭い部屋を自分の書斎にあてていた。家の奥まった場所にあるのも変わっていて、主人らしくもない。書斎の壁と天井は暗い色をした板張りで、板には中世の寺院で見られるような手の込んだ文様が彫られていた。床には琥珀色やルビー色、それにエメラルド色の刺繍が施された敷物が敷かれており、端には恐ろしく巨大な机が鎮座している。その机の向こうにウェークフィールド公爵マキシマス・バッテンが座り、グリフィンをにらみつけていた。

グリフィンは机に近づいていった。「閣下、お邪魔でなければいいのですが」

マキシマスが片方の眉をあげた。「なんの用だ？」

「あなたの妹さんの件です」

公爵が鋭く目を細める。「妹の話から察するに、おまえはもうあの子を手に入れて用はすんでいるはずだ」

「そうですね」純情ぶっていても仕方がない。グリフィンは率直に言った。「ですが、用がすんだというわけではありません。彼女との結婚を認めていただきたいのです」

マキシマスが椅子の背に身を預けた。「財産狙いの誘惑に引っかかった妹がそのまま結婚するのをわたしが許すと思ったら――」

「財産狙いではありません」グリフィンは兄を殴りつけたときに痛めたこぶしを握った。ここで怒りに身をゆだねてしまっては元も子もない。「金ならじゅうぶん持っています」

マキシマスが唇をわずかにゆがめた。

「おまえとおまえの商売について、わたしが何も知らないとでも思っているのか？」

グリフィンは身をこわばらせた。

「おまえは放蕩者の悪党だ。何人もの――しかも大半は結婚している女性をたぶらかし、それを楽しんでいる。相続した財産はわずかなものだが、どういうわけかおまえの兄はおまえにそのわずかな財産と侯爵家の領地の管理を任せた。おまえがセントジャイルズでジンの醸造をしているのと合わせて考えると、そのじゅうぶんな金とやらの出所もうさんくさいな。違うか？」

相手の目を見据えて、グリフィンは答えた。「わたしは賭け事もしないし、酒だって飲みすぎたりはしない。あなたの言う〝わずかな財産〟を受け継いでから四倍にしたし、これからだってもっと稼ぐつもりです。女性関係で悪い噂があるのは事実かもしれませんが、あなたの妹と結婚したあとは誠心誠意、彼女に尽くすつもりです」

マキシマスが皮肉をこめた笑みを浮かべた。

「わたしたちの階級の男は、ほとんどが結婚したら愛人を囲うようになる。それなのに、ほかでもないおまえのような男の口から出たその言葉をわたしに信じろと？」

「そうです」

「ジンはどうする？　わたしの妹のためにあきらめるとでもいうのか？」

グリフィンの頭に鰻のゼリーと血にまみれたニックの姿が浮かんだ。

「いいえ。今はまだ、やめるわけにはいきません」

たっぷり一分、公爵に無言で見つめられ、グリフィンは背すじに汗が伝うのを感じた。何か話さなくてはという衝動に圧倒されそうだったが、ここはできる限り強気を押し通さなければならないのもわかっていた。公爵の脅すような視線を受けて言葉を発するのは、弱みを見せるのと同じことだ。

ようやくマキシマスが口を開いた。「まあ、どちらでも関係ない。この話自体が無意味だよ。ヘロには、つぎの日曜におまえの兄と結婚するようにと告げてある。それにその日までに醸造所を閉鎖しなければ、結婚式が終わってまもなく、わたしが兵を引き連れておまえのもとを訪れることになるだろう」

マキシマスは机にある紙を取って目を通しはじめた。会見もこれまでということだ。

今日は水曜日。日曜日までは四日しかない。グリフィンは巨大な机に向かって足を踏み出し、上にのっているものを腕で払い落とした。ペンや紙、本や大理石の小さな胸像、金のインク壺《つぼ》が床に散らばる。

何もなくなった机に両手をついて身を乗り出し、怒りをたたえた公爵の目をにらみつけた。

「どうもお互いの理解に食い違いがあるようですね。わたしはあなたの妹さんとの結婚をお願いしに来たのではない。ヘロと結婚すると告げに来たのです。あなたの許可があろうとなかろうと関係ないんですよ、閣下。わたしとヘロは一度ならず関係を持った間柄だ。彼女がわたしの子を身ごもっている可能性だってあるんです。もし、わたしがヘロとわたしたちの子をあっさりあきらめるとお思いなら、それこそあなたはわたしという人間をまるでわかっていない」

机から身を離し、グリフィンは相手に口を開く間を与えずに部屋をあとにした。


深夜、遅い時間にトマスは目を細めて扉の脇に片方の手を置き、もう一方の手でノックをした。これが二度目のノックだ。うしろにさがり、さらに目を細めて建物を見あげる。もちろん家を間違っているはずはない。どうしてこの住所を間違えることがあろうか。つまりは無視されているか、あるいはもっと悪い事態だ。彼女はたくさんいる若い愛人のひとりのもとを訪れているのか？　だとしたら――。

扉が勢いよく開き、怖い顔をした大柄な使用人が姿を現わした。見たことのない男だ。

トマスは顔をしかめて言った。「彼女はどこだ？」

男が無言で扉を閉じようとする。

トマスは激しく肩をぶつけていったが、相手の力は思っていたよりも強く、気づけば尻もちをついていた。一日で二度目の屈辱にトマスの顔は真っ赤になった。彼はマンダビル侯爵なのだ。こんな目に遭っていいはずがない。

扉のあたりで人の動く気配がして、紫のショールをまとったラビニアがトマスの前で身をかがめた。ワインレッドの髪が肩にかかっている。着飾っていないふだん着の彼女はどう見ても年相応に見えた。それでも彼はラビニアを見あげ、こんな美しい女性はほかにいないと思った。

「どうしたの？」彼女が大声で尋ねた。

「きみを愛しているんだ」トマスは反射的に言った。

ラビニアが呆れ顔で天を仰ぐ。

「酔っているのね。ハッチンソン、中に入れるから手伝ってちょうだい」

使用人に体をつかまれてトマスは抵抗しようとしたが、脚がふらついてどうにもならなかった。数分後、彼はラビニアの居間にある黄色い長椅子に身を落ち着けていた。

「わたしはこの長椅子が好きだ」トマスは横にあるクッションを叩き、意味ありげな視線を彼女に送った。「これにはいい思い出もあるしね」

ラビニアがため息をついた。かつて彼が同じ視線を送ったときに見せた反応とはまるで違う。「どうして婚約者の家にいないでここにいるの、トマス？」

「もう婚約者ではない」彼は答えた。自分の耳にもすねた子供の口調のように聞こえる。

ラビニアが上品な眉をあげた。「結婚の書類にサインをしたんでしょう？」

「あの女はグリフィンと寝た」

魅力的な胸のすぐ下で腕を組んだ彼女は、黙ってトマスを見つめた。

いらだちがこみあげ、彼は視線を室内にさまよわせた。

「わたしの弟と寝たんだ。アンのように。どいつもこいつも、男なら誰でもいいんだよ」

不作法な言葉に、ラビニアが体をぴくりとさせる。

「わたしがそういう物言いを嫌いなのは知っているでしょう、トマス？」

「すまない」彼はくらくらしはじめた頭を両手で抱えた。

「その顔はどうしたの？」穏やかな声でラビニアはきいた。

「グリフィンだよ」トマスがふんと笑って答えると、鼻がずきりと痛んだ。すっかり腫れあがった鼻は折れているに違いないが、今の今までその痛みを忘れていた。「あいつが襲いかかってきたんだ。わたしの婚約者を誘惑しておきながら、わたしを殴ったんだぞ。決闘で片をつけるべきだった」

「殴られるようなことをしたの？」

トマスは申し訳なさそうに肩をすくめた。「レディ・ヘロを殴ってしまった。これまで女性に手をあげたことなど一度もなかったのに」

「それなら殴られても仕方ないわね」ラビニアはにべもなく言うと、傷の具合を見ようと身をかがめた。「それにしても痛そう」

からかうように彼女を見つめ、トマスは言った。「きみはいつもわたしを心配してくれる」

「今はもう違うわ」

彼は顔をしかめた。せめて愛情のあるふりくらいしてくれてもよさそうなものなのに。

「ラビニア……」

彼女はため息をついた。「鼻を冷やさないと」

ラビニアが居間の扉に向かい、がっしりした執事に冷たい水と布を用意するように申しつける。その様子を、トマスは切望を感じながら見つめていた。紫色のショールが官能的なヒップのあたりにまでかかっていた。室内用の靴は底がすり減っており、刺繡もほころびが目立つ。宝石で飾った新しい靴が必要だ。もし彼女が戻ってきてくれれば、靴どころかなんだって与えてやれるのに。トマスは目を閉じた。

つぎに目を開けたとき、ラビニアは水の入った鉢を手に彼の隣に座っていた。濡らした布をトマスの鼻にあてる。

「痛い」彼は顔をしかめた。

「じっとして」

眉間にしわを寄せ、トマスは自分に身を寄せるラビニアをじっと見つめた。

「なぜわたしから去った？」彼は尋ねた。

「理由はわかっているはずよ」

「いいや、わからない」ずっと抱いてきた疑問の答えが知りたい。今すぐに。「なぜだ？」

「それはね」ラビニアが彼の顔からいったん布を離し、鉢の水に浸した。「あなたが妻をめとると決意したからよ。レディ・ヘロに結婚を申しこんだじゃない」

「だからといって、なぜわたしから去った？」トマスは頑固に同じ問いを繰り返した。「わたしなら、きみに一生いい生活をさせてやれる。それはわかっているだろうに」

「一生ですって？」ラビニアは彼を見つめたが、その瞳にどんな感情がこめられているかは読みとれなかった。

「そう、永遠に。ほかに愛人をつくる気はない。きみにだけ誠実でいるつもりだったのに」

「妻にも、でしょう？」ラビニアが頭を振って言葉を続ける。「あなたには悪いけれど、わたしは愛人になって囲われる気はないのよ、トマス」

「わたしはきみとは結婚できないんだ」彼は大きな声を出した。

鼻を腫らした今の自分の外見が魅力的でないのは承知している。むしろ醜いとさえ言えるだろう。それでも、ごまかしや言い逃れはもうたくさんだ。トマスの胸には強い感情がこみあげていた。

「あなたがわたしと結婚できないのは知っているわ」ラビニアは淡々とした口調で言った。

「でも、わたしは誰かほかの人となら結婚できるのよ」

トマスはびくりと顔をあげた。弟のこぶしよりも今の言葉の方がよほど痛い。

「そんなことは許さないぞ！」

彼女が眉をあげる。「どうして？　あなたにはなんの権利もないわ」

「なんてことを言うんだ」トマスは息をもらすように言い、布を奪って投げ捨てるとラビニアの体をつかんで抱き寄せた。「なんてことを！」

心を引き裂かれた痛みと絶望をこめて、彼はラビニアの唇を奪った。

紫色のショールの下に手を入れると、彼女が唇を引き離して言った。

「こんなことをしてもなんの解決にもならないのよ、トマス」

「そうかもしれない」彼はうなり、ラビニアの首すじに舌を這わせた。「だが、わたしの気分はずっとよくなる」

「ああ、トマス」彼女がため息をついたが、拒絶しているようには感じられない。トマスはそのまま何ヵ月も胸に抱いていた望みを果たした。

ラビニアとまた愛を交わしたいという望みを。


マンダビル侯爵家の玄関の扉が開き、ふたたび閉まる音が響き渡ったとき、グリフィンは兄の椅子でうとうとしていた。椅子から飛び起きて、寝不足でぼうっとしたまま顎をなでる。

ゆうべもウェークフィールド公爵の家を出たあとにここへやってきたのだが、兄は留守だった。しばらく待っても帰ってくる気配すらなかったので、グリフィンはセントジャイルズに向かった。

そして今朝、家に戻らず、出かける前の兄をつかまえようとふたたびこの家を訪れた。しかし品行方正なはずのトマスは外泊をしたらしく、戻っていないようだった。

珍しいこともあるものだ。

グリフィンは廊下をのぞいた。

鼻を大きく腫らし、見るからに不機嫌な兄がいた。執事に厳しくあたっているようだ。

「誰が来ていようと知るものか。とにかくわたしは留守だと言え」

「弟に居留守を使うのか？」グリフィンはあえてのんびりと言った。

トマスが勢いよく振り向く。痛むのか即座に顔をしかめ、片手をあげて頭に持っていった。

「弟には、なおさら会いたくない！」

兄は階段の方に歩きだした。

グリフィンは数歩で追いつき、横に並んだ。

「それは残念だったな。それでも、わたしたちは腹を割って話さなければならない」

「知ったことか」

「いいや」グリフィンは体を傾けて兄の顔をのぞきこんだ。「そんなに、汚れた格好で立ち話がしたいというなら話は別だがね。それにメイドに立ち聞きされてもかまわないのか？」

しばらくのあいだトマスは苦虫をかみつぶしたような顔をしていたが、やがて乱暴に階段を顎で示し、無言でふたたび歩きだした。

思っていたよりもましな応対だ。グリフィンは兄に続いて階段をのぼった。

ふたりは二階にある書斎に入った。グリフィンが室内をひとまわりしていると、トマスはまっすぐクリスタルのデカンタに近づいていき、琥珀色の液体をグラスになみなみと注いだ。

グリフィンは眉をあげた。「ブランデーにはちょっと時間が早すぎるんじゃないのか？」

「わたしにとっては違う」トマスがいかにも不機嫌そうに答える。

壁に中世のエッチング画がかかっているのを見て、グリフィンはうなった。「ここは父上の書斎だったか？」

驚いた様子でトマスが顔をあげた。「そうだ。覚えていないのか？」

グリフィンは肩をすくめた。「あまりここには入ったことがないからね」

「わたしは日曜の夜ごとに、父上にこの部屋へ呼び出されたものだ」トマスは感慨深げに言った。「学校に行きはじめるまではな。家に戻ってからは毎晩だ。夕食のあとはここへ来るのが日課だった」

「何をしていたんだ？」

「話だよ」今度はトマスが肩をすくめた。「勉強の話だ。小さな頃はラテン語のレッスンを復習させられたし、大きくなってからは政治について話すことが多かった」

グリフィンはうなずいた。「侯爵になる準備をさせていたんだろう」

「おそらくな」トマスが目を向けてきた。「おまえも同じことをしていたんじゃないのか？」

「いいや。わたしはそもそも呼ばれたこともない」冷めた口調で答える。

兄は一瞬混乱した面持ちで彼を見つめたが、すぐにグラスへ視線を落とした。

「わたしになんの用なんだ、グリフィン？」

「ヘロとの結婚を断ってほしい」

「すでに彼女の方から断ってきたじゃないか」

グリフィンは兄の顔をじっと見た。どうやらトマスはマキシマスからの知らせをまだ受けとっていないらしい。「公爵は、妹がつぎの日曜に兄上と結婚することを望んでいる」

トマスが眉をひそめた。「その話は本当か？」

「ああ」グリフィンは奥歯をかみしめた。「だから兄上に彼女との結婚を拒否してもらいたいんだ」

トマスが怒りをこめて鼻を鳴らした。「それはそうだろう。彼女を自分のものにしたいんだな？　わたしの最初の妻をそうしたように」

「これはアンとは関係のない話だ」できるだけ落ち着きを保って応える。

「そうか？」トマスがあざけった。「まったくアンが哀れだよ。こんなにもあっさりと恋人に忘れられたと知ったら、彼女はどう思うだろうな？　もっとも移り気なおまえのことだ、女性の名前をいちいち覚えるのも面倒だろうし、死んだとなればなおさらだろう。ヘロにはアンの話をしたのか？」

「ああ」

予想外の返答にトマスは勢いをそがれ、目をぱちくりさせた。

「なんだと？　兄の女を誘惑するのが趣味だとでも言ったのか？」

「いいや。わたしはアンに指一本触れたこともないと言った」グリフィンは兄の充血した目を敢然と見返した。

いきなりトマスが大声で笑いだした。「嘘をつくな」

「嘘じゃないさ」声に力がこもるのを自分でも抑えられなかった。ここ数年、このいわれのない中傷に耐えてきたのだ。「わたしはアンとベッドをともにしたことはない。誘惑もしていないし、しようと思ったことすらない。それ以外の話をアンが兄上に吹きこんだのなら、彼女こそ嘘つきだ」

「アンは死の床で、おまえが恋人だったと告白したんだぞ」トマスはグラスをサイドテーブルに叩きつけた。「子供の父親はおまえだと言ったんだ。もう何ヵ月も不貞を働いていたと。おまえはわたしが彼女と結婚する前に誘惑の手を伸ばしていたそうじゃないか」

「アンの葬儀の日に、そんな話は全部でたらめだと言ったはずだ！」

「自分の妻よりもおまえのような放蕩者を信じろというのか？」

「弟を信じろと言っているんだ！」怒鳴り声が部屋じゅうに響き渡った。グリフィンは身をかがめ、近くにあった椅子の背に手をかけた。なんとかして落ち着きを取り戻さなくては。「なぜなんだ？　どうしてわたしが兄の妻を誘惑したなどという与太話を信じる？　わたしは兄上の弟だ。それなのに兄上はわたしの言葉を信じようとせず、死の床で混乱状態にあった女性の言うことを信じた。日頃ずっとわたしを疑っていたとしか思えない。彼女の言葉は単に兄上の疑念に裏づけを与えただけだ」

「疑っていたさ」トマスは手にしたグラスを一気にあおった。「おまえはアンと仲がよかったじゃないか。認めろよ」

「ああ、認めるよ！　たしかに彼女と仲よくしていた。男がみな、舞踏会であらゆる女性に接するように接していたのは事実だ」グリフィンは手をあげて続けた。「でも、それだけだ。人前で軽口を叩いたこともあったが、それ以上は何もなかったし、そもそも本気で言っていたわけでもない」

「アンはおまえを愛していた」

グリフィンは息を吸いこんだ。「もし彼女がわたしを愛していたのだとしても、それはわたしが仕向けたことじゃない。兄上だってわかっているはずだ。アンが兄上と結婚してすぐ、わたしは彼女が社交の場でのおふざけをベッドでも実現させようとしているのかもしれないと感じた。だから北に引き払ったんじゃないか」

しかし、トマスは首を振るばかりだった。

「おまえはアンが自分に好意を持っていたのを知っていた。そしてつけこんだんだ」

「どうしてわたしがそんな真似をしなければならない？」思わず感情を爆発させて怒鳴った。

「嫉妬だ」トマスがグリフィンをグラスで示す。「おまえがさっき自分で言ったじゃないか。父上にこの書斎へ招かれたことがないと。おまえは跡継ぎではなかった」

信じられない思いでグリフィンは笑った。「わたしが嫉妬から兄の妻を誘惑するようなくだらない男だと、本気で思っているのか？」

「思っているとも」トマスはグラスに残った酒をひと息で飲み干した。

兄の言葉にグリフィンは目を閉じた。これがトマスでなくほかの者であれば、躊躇《ちゅうちょ》せずに決闘を申し入れていただろう。名誉も、尊厳も、彼自身の人間性までも侮辱されて耐えがたい思いだが、それでも相手はトマスだった。

たったひとりの兄なのだ。

そのうえ、グリフィンはまだその兄の力を必要としていた。

彼はゆっくりと息を吸いこんだ。「その頑固で融通のきかない心のずっと奥の方では、兄上だってわたしがそんな真似をするはずがないとわかっているんだ」

口を開きかけたトマスを、手をあげて制する。「続けさせてくれ」

少し間を空けて、トマスが険しい顔でうなずいた。

「ありがとう」グリフィンは兄を見つめた。「兄上はヘロを愛していない。しかも彼女はわたしと恋人同士になることに同意した。兄上に彼女と結婚する理由はないはずだ。彼女とわたしを結婚させてくれ、トマス」

「だめだ」

絶望感が胸にこみあげたが、グリフィンは弱気を表に出すまいとした。「兄上は彼女を求めていないが、わたしはヘロを求めているんだ。意地悪はいいかげんにやめてくれ」

トマスが笑う。「どうやら風向きが変わったようだな。ずいぶん殊勝じゃないか」

「わたしを挑発しないでくれ、トマス」グリフィンは目を閉じた。

「ウェークフィールド公爵が日曜に結婚だと言うなら、わたしは喜んで従うさ」

「わたしはヘロを愛しているんだ」

はっきりと口から出た自分の言葉を耳にして、グリフィンは目を開けた。そのとおりだ。たった今、気づいた。突然すぎて衝撃を受けてもおかしくないのに、代わりに彼が抱いたのは、今言ったことは正しいという実感だった。

グリフィンは兄を見つめた。希望があるわけではないが、かといって恐怖も感じない。

トマスは一瞬驚いたような顔をしてから、気まずそうに目をそらした。

「まったく馬鹿なやつだ」そう言い残し、兄は部屋をあとにした。

その夜、ヘロは眠れないままにベッドに横になっていた。頭の中ではひっきりなしにさまざまな考えがさまよい、思考は堂々巡りをしている。そのうち、窓から小さな音が聞こえてきた。引っかくような本当にかすかな音だ。不安で目が冴《さ》えていなければ、きっと聞き逃していただろう。バルコニーに猫がのぼってきたのだろうか。上体を起こし、細長い窓に目をやる。部屋の明かりはないが、外の月明かりがぼんやりと窓を照らしていた。目を凝らすと――。

いきなり大きな影が現われ、窓に陰影が浮かびあがった。

ヘロは息をのみ、そのまま呼吸ができなくなった。なんとか悲鳴をあげようと試みる。

影が動いて窓が開き、グリフィンが寝室に足を踏み入れた。

彼の姿を見て、心が喜びに浮きたつ。ヘロはかろうじて声をあげた。

「いったい何をしているの？　自分でわかっているの？」

「しいっ！」グリフィンが真夜中の刺客というよりも説教をする教師のように言った。「家じゅうの人間を起こすつもりかい？」

「そうしたっていいのよ」ヘロは答えたが、自分でも嘘だとわかっていたし、もちろんグリフィンも気づいているはずだった。ベッドの上に座り、上掛けを両脇にはさんで体を隠す。シュミーズだけは着ているものの、裸に近い格好なのを知られて、身持ちの悪い女性だと思われたくなかった。

もっとも、すでに身持ちの悪さはみずから証明してしまったが。

グリフィンは何も言わずに近づいてきた。部屋は暗く、ヘロはベッドの天蓋にかかる幕のうしろにまわった彼の影を見失った。視界からグリフィンの姿が消えたとたん、二度と会えないように思えて気が動転した。腕を伸ばして幕をめくると、彼はドレッサーの脇に立っていた。上に置いてあるものを確かめているようだ。こんなに暗くて見えるのだろうか？

「きみの兄上と話した」

ヘロは緊張に身をこわばらせた。「そうなの？」

「きみはトマスと日曜日に結婚すると言われたよ」グリフィンが言った。「わたしたちの……話しあいはあまりうまくいかなかったと思う」

言葉もなく、彼女は黙りこんだ。

「それで？　きみはトマスと結婚するのか？」

目を細めても、やはり彼の表情はわからなかった。「兄はそれを望んでいるわ」

グリフィンが彼女に顔を向けた。「きみは何を望んでいるんだ?」

ヘロはグリフィンを望んでいた。けれど、そう簡単な話ではない。トマスとの結婚を拒めば、マキシマスがグリフィンを追いつめるのをやめさせる者がいなくなってしまう。兄がグリフィンを捕らえ、絞首刑に処するのをとめられないのだ。それに、もしそうならないとしても、家族と訣別《けつべつ》しなければならないと知りつつグリフィンと結婚することができるだろうか? フィービーやバティルダ、それにマキシマスに二度と会えなくなるかもしれないというのに? その可能性を考えただけで、ヘロは動揺のあまり吐き気がしそうだった。

「ジンの密造をやめる気になったの?」すがるような思いとは裏腹に静かな声で尋ねる。

「それは無理だ」グリフィンの声には断固とした決意がこもっていた。「ニックは醸造所を守るために死んだ。その気持ちを踏みにじるような真似はできない」

「それならわたしはトマスと結婚する以外にないわ」ヘロは絶望的な気持ちで言った。幕をめくっている手を離し、ふたりのあいだを隔てる。「そうするのがいちばんなのかもしれない」

「心にもないことを言わないでくれ」グリフィンの低く苦しげな声が耳に届いた。さっきよりも距離が縮まっているようだ。

「仕方ないわ」気弱な声で言った。もうずっと何日も激しく胸が痛む。あまりにも長くこの状態が続いているので、もはや痛みにすら感じないほどだ。心臓はただ動きつづけ、悲しみという脈を刻んでいた。「わたしはあなたと結婚できない。わたしたちは違いすぎるもの」

「そのとおり」グリフィンがささやいた。彼はすぐ隣にいる。天蓋の幕だけが、グリフィンの息が彼女にかかるのを妨げていた。「わたしたちはまったく違う種類の人間だ。きみはトマスと同じだよ。厳格に注意深く考えて決断し、慎重に行動する」

「なんだか、わたしがひどく退屈な人間みたいに聞こえるわね」

グリフィンが笑い、暗闇に親しげな笑い声が響いた。

「わたしはきみとトマスが同じ種類の人間だと言っているだけだ。似ているとは言っていない。きみが退屈だなんて思ったこともないよ」

「やさしいのね」ヘロは指先で幕に触れ、そっと押してみた。薄い布越しに彼の頬の感触が伝わってくる。

「まるで違うからこそ、わたしたちは完璧な組みあわせなんだ」グリフィンは彼女が触れている顎を動かして言った。「トマスと結婚したら、きみは一年ももたずに退屈で死んでしまうだろう。わたしだって、もし自分に似た女性と一緒になったら、何ヵ月後かには殺しあいをはじめるに決まっている。だが、わたしたちはパンとバターのようなものなんだ」

ヘロは鼻で笑った。「泣かせるたとえね」

「しいっ」グリフィンの声が震えていた。笑いをこらえていると同時に真剣さも感じられる声だ。「パンとバターだよ。パンはバターに居場所を与え、バターはパンに味をもたらす。一緒になれば完璧だ」

ヘロは眉をひそめて言った。「わたしがパンでしょう？」

「ときにはね」グリフィンが低く喉を鳴らすように言い、彼女は自分のてのひらを彼の言葉が転がっていくような錯覚にとらわれた。「そしてときにはわたしがパンで、きみがバターになる。いずれにしても、わたしたちは一緒にいさえすれば——あとはわかるだろう？」

「わたしは……」わかると言ってしまいたかった。グリフィンの求婚を受け入れ、頭に響く反対の声を無視してしまいたい。「わからないわ」

「ヘロ」グリフィンがささやき、彼女はその唇の動きを幕越しに指先で確かめた。「わたしはほかのどんな女性が相手でも、こんな気持ちになったことはない。これからもならないと思う。わからないか？　これは一生に一度のチャンスなんだ。もしきみが手放してしまえば、わたしたちはこの先ずっと道に迷いつづけることになる。永遠に」

その切実な言葉にヘロの体が震えた。〝永遠に道に迷いつづける〟彼をそんな目に遭わせるなんて、とても耐えられそうもない。ヘロは衝動的に身を乗り出し、幕をはさんでグリフィンの唇にキスをした。彼のぬくもりが、そして存在が心に染みる。

しかし、グリフィンはすぐに頭を引いた。

「きみがわたしにとってどれほど大きな存在かわからないのか？　わたしたちが一緒にいるのがどういうことなのかも？」

ヘロは頭を振った。

「あなたこそ、自分がわたしにどれほど大きなことを望んでいるかわかっているの？　あなたの言葉だけを頼りに崖《がけ》から飛びおりろと言っているのよ。わからないの、いったい何が

――」

「だったら、わたしがわからせる」

幕布が横に引かれ、つぎの瞬間にはグリフィンがヘロのベッドにいた。幕がふたたび閉じられたとたん、彼女は自分のベッドがとても小さくて親密な空間になったような気がした。しかも真っ暗だ。ふたりは自分たちだけの隔絶した世界にいる。ほかには誰もいない、時間や空間すらも超越した場所だ。

ヘロがつかんでいる上掛けに彼が手をかけた。ヘロは抗うふりすらせず、グリフィンがそれをはぎとるのに任せた。両脚の上をシーツがすべる音がして、彼女はごくりと喉を鳴らした。全身がグリフィンを求めてうずきはじめている。今やヘロも知っていた。彼がこの体に何をもたらせるのかも、どう感じさせられるのかも。

グリフィンが彼女の両方のかかとに触れ、ほてった手でしっかりと包みこんだ。「ヘロ」切迫感のこもったその声は、低くかすれていた。

彼の両手がかかとからふくらはぎに移っていく。暗闇の中、とてもやさしい手つきだ。グリフィンが影にしか見えないので、ヘロは目を閉じた。これが最後になるかもしれないという思いを頭から追い払い、腿へと移っていく指の感触に集中する。肌をなぞられて思わずあえぐと、自分の声が思いのほか大きな音となってヘロの耳に響いた。彼の指はやがて腿の付け根へと達し、ヘロは両脚を落ち着きなく動かした。だがグリフィンがシュミーズを頭から脱がせはじめると、やさしい指の感触は離れていってしまった。裸になって横たわった体を、冷たい夜の空気が冷やしていく。

やがてグリフィンの指が戻ってきて、彼女の両脇を軽く円を描いてなぞった。まるでくすぐられているようだ。ヘロの肌はひとりでに反応し、敏感になっていった。

焦燥感に勝てず、彼に向かって腕を伸ばす。「グリフィン……」

「しいっ」グリフィンがつぶやく。「わたしに任せてくれ」

指がヘロの両脇から腹部へと移り、へそのあたりで合わさった。じっとしていられずに思わず息を吸いこむと、グリフィンは声をあげずに笑い、つぎに軽く爪を立てて指を彼女の胸の下まで走らせた。乳首は快感を待ち焦がれて硬くとがっている。ふくらみの下を指でくすぐられ、ヘロはこみあげる興奮を体の中に閉じこめておくために両脚に力をこめた。

グリフィンが胸に顔を寄せて、うずく先端を熱い口に含んだ。濡れた舌に頂のまわりを刺激され、ヘロはたまらず彼の髪をつかんだ。彼は片方の乳首をむさぼりながら、もう一方を指ではさみ、あと少しで痛みに変わるほどの強さでひねりあげた。

「グリフィン」ヘロはせつない声をあげた。

彼が指に力をこめ、声を出したヘロを罰した。息をのんで両脚をあげると、腿の内側にグリフィンのズボンが触れた。彼はまだ服を着たままだ。ヘロは驚いたが、すぐにそんなことはどうでもよくなった。必死になって腰をあげ、グリフィンを求めてすりつけていく。あった。男性の象徴がズボンの中で、硬く、大きくなっていた。さらに脚を広げ、切望に熱く濡れた秘所を押しつける。

しかし、グリフィンは体重をかけて彼女の欲張りな体を組み伏せた。

「まだだ」そうつぶやいて、もう一方の乳首に唇を移す。

ヘロはなんとか腰を動かそうとしたが、彼の大きな体にのしかかられてどうにもできなかった。胸を愛撫しているグリフィンは上体こそ浮かせているものの、下半身で彼女をがっちり押さえつけている。

頭をあげさせようと彼の髪をつかんだが、短くて思うように引っ張れない。グリフィンはただ、彼女の胸を口に含んだまま笑うばかりだ。

すっかり敏感になった乳首を強く吸われ、ヘロはあと少しというところまでのぼりつめた。あと少しなのに！　グリフィンが彼女の体を自由にさせてくれさえすれば――。

「グリフィン！」すっかりじれたヘロは怒りの声をあげた。

体の中がどんどん熱くなっていく。全身の肌が隅々までグリフィンを求めて悲鳴をあげているようだ。彼が高ぶっているのはわかっていた。大きくなった欲望のあかしが、彼女のいちばん敏感な蕾に触れている。それなのにグリフィンは動こうとしない。

「じっとして」彼が頭をあげ、ゆっくりとヘロの胸の先端をなめた。グリフィンがささやくとき、息が唾液《だえき》に濡れた乳首にかかる。それだけでもう、彼女にとっては拷問のような快感だった。

「グリフィン、お願い」ヘロはささやいた。

「わたしがほしいのか？」

「ほしいわ！」せわしなく頭を揺すって答える。このままでは体が爆発してしまうかもしれない。

「わたしを必要としているんだね」グリフィンが胸の頂にやさしくキスをした。

「お願い、ああ、お願いよ」

「わたしを愛しているか?」

激しい感情の高ぶりにもかかわらず、ヘロは彼の仕掛けた罠を見抜いた。暗闇の中、グリフィンの顔を見ようと目を凝らす。だが、やはり顔も表情も見えなかった。

「グリフィン」絶望的な思いで息を吐き出す。

「言えないんだね、違うかい?」彼がささやいた。「認めることもできない」

彼が胸のふくらみに顔を押しつけた。グリフィンの頬が……濡れている?

「グリフィン、わたし――」

頭をあげた彼が体を横にずらした。「気にするな」

一瞬、グリフィンがそのまま去ってしまうような気がした。心臓がとまりそうになり、ヘロは必死でたくましい腕にすがりついた。

「落ち着いて、大丈夫だ」グリフィンがささやき、ふたたびヘロの両脚のあいだに体を入れた。ズボンがなくなり、高ぶった欲望のあかしがあらわになっている。「きみがほしいものも、必要としているものも、わたしは持っている。たとえそれが愛でなくてもね」

ヘロは混乱して、ただ頭を振った。自分の思いが現実なのか、それともただの肉体的な欲望なのか、もうわからない。「わたし――」

「いいんだ」グリフィンが高ぶりの先端を秘所にあてると、彼女は自分が押し広げられるようなめくるめく感覚に包まれた。「素敵な感じだろう?」

どこか投げやりな口調で告げ、グリフィンは少しずつヘロの中に入ってきた。すべてを一気に受け入れようと彼女は腰を浮かしかけたが、彼が片方の手でそれを押さえつけた。

「わたしを受け入れてくれ」うなるように言う。「せめて体だけでも」

グリフィンがわずかに腰を引いた。ヘロが抗議の声をあげると、彼はふたたび身を沈めてきた。硬いものがどこまでも深く入りこんでいく。同じ動きが繰り返され、やがてふたりの腰がぴったりと合わさった。

動きをとめたグリフィンの呼吸は荒くなっていた。だが、口を開いた彼の声は淡々としていた。「これだ。これでいい。きみの望みは男に貫かれることなんだろう?」

言い終わった瞬間、グリフィンは大きく腰を引き、すぐさままたヘロを貫いた。彼は正しい。これこそがヘロの望みだった。グリフィンが彼女の上で荒々しく動き、彼の筋肉と汗を感じて、狂おしいほどの快感をともに分かちあうことが。

ヘロの膝をつかんで脚を大きく開かせ、グリフィンは何度も力強く突きあげた。そのたびに彼女の頭は、ベッドの支柱に押しつけられた枕《まくら》に埋もれた。ヘロはただ息をのみ、彼の野性に感嘆した。この瞬間が永遠に続けばいいのに。彼が何者なのか、彼女自身が何者なのか忘れてしまうまで続いてほしい。

それこそ、時間がとまってしまうまで。

だが、永遠に続けていられないのはふたりとも同じだった。グリフィンの動きがさらに激しさを増し、ヘロも自身の絶頂が近いのを感じとった。彼女は身をのけぞらせて、グリフィンの肩に爪を立てる。叫ぼうと口を開けたとたん、キスで唇をふさがれた。まぶたの裏では火花が散るように光がまたたいている。終わりのない快楽に命が尽きてしまいそうだ。

入りこんできたグリフィンの舌を、彼女は夢中で吸いたてた。彼が奥深くまでヘロを貫いて身を震わせる。大きな肩が震えるのが伝わってきた。唇を引き離したグリフィンは低くて長いうめき声をあげた。まるで彼女に自分の命を注ぎこもうとしているかのようだ。

脱力した彼の体がヘロの上に落ちてきた。グリフィンはぐったりとしたまま動かず、彼女はそのあいだに乱れた呼吸を落ち着けようとした。

しばらくすると、ようやくグリフィンは彼女の方に顔を向け、頰にそっとキスをした。

「わたしはきみを心から愛している。きみだってわたしを愛しているはずだ。わたしにはわかっている。それなのに、なぜそれを口に出して言えないんだ、ヘロ?」

16

女王は王子たちの出した答えを見つめ、わかったという意思をこめてうなずきました。

「では、また明日お目にかかりましょう、みなさん」

立ちあがって王の間をあとにしようとした女王に、イーストサン王子が声をかけました。「決心はおつきになりましたか、女王陛下？」

三人は厳しい顔で女王を見つめています。

「そうですとも。わたしたちのうち、誰をお選びになるのですか？」ノースウインド王子がとげのある口調で尋ねます。「わたしたちは陛下の質問にすべて答えているというのに、陛下は何もおっしゃらないではありませんか」

「もうお決めいただかなくてはなりません」ウエストムーン王子も言いました。「明日までに決心していただきます。わたしたちのうち、誰と結婚なさるおつもりなのかを聞かせてください」

グリフィンは起きあがり、暖炉の残り火からろうそくに火を移した。彼が裸のままでベッドに戻るあいだ、ろうそくの炎が平らな腹部を照らしていた。ベッドの脇にろうそくを立て、ふたたびヘロの隣に横たわる。彼は大きくて、男らしく、そして強気だ。

「なぜだ？　どうして言えない？」

自分の心が砕けていくのを感じながら、彼女はグリフィンを見つめた。

「そんなに重要なことかしら？　ただの短い言葉じゃない」

「きみにはわかっているはずだ」

けれども、ヘロは首を振った。「わたしにはできないわ。あなたはわたしに家族をあきらめろと言っているのよ。わたしにとってはすべてにも等しい存在の家族を。そのくせ、あなたの方はいまいましいジンの密造をやめようともしない。自分が無理を言っているとは思わないの？」

怒りの言葉が返ってくるものと予想していたが、グリフィンは疲れきっているのか、ただ目を閉じただけだった。「醸造所なら、もう少し時間が必要なだけだ。司祭を片づけさえすれば、あとは――」

「どのくらいの時間が必要なの、グリフィン？」ヘロはかすれ声で言った。「数日？　数週間？　数年？　わたしはそこまで待っていられないわ。マキシマスとあなたのお兄さまがそんなことを許すとも思えない」

ふたたび目を開けた彼の視線は厳しいものに変わっていた。

「つまりこういうことか？　きみはわたしと結婚するよりも、トマスと結婚するほうを選ぶと？」

「そうよ」

「なぜわたしに、いや、わたしたちふたりにそんな仕打ちをする？」

唇をかみ、ヘロは言葉を探した。「わたしは社交界と兄が決めた規律に従って、今まで生きてきたのよ。マキシマスがトマスこそわたしにふさわしいと決めたの」

「きみは、わたしがきみのために醸造所を閉めないと言って責める」グリフィンが静かに言った。「だが、わたしに言わせれば臆病なのはきみの方だ。きみはわたしのためにトマスをあきらめようとしない」

「たぶんあなたの言うとおりね」彼女は応えた。「今、兄に逆らうわけにはいかないの。そんなことは絶対にできない。マキシマスはわたしと家族を引き離す力を持っているわ。それに、そもそもマキシマスの決断は正しいもの。トマスは信用できるし、安全だわ」

「わたしは違うと？」

「ええ」その言葉は鉛の塊のように、ふたりのあいだに沈んでいった。ヘロは何が悲しいのか自分でもわからないまま、目に涙をあふれさせた。

ベッドが揺れて、つぎの瞬間にはグリフィンが彼女に覆いかぶさっていた。彼は体重をかけてヘロをマットレスに押しつけ、怒りのこもった熱い吐息を頬にかけた。

「トマスはたしかに安全かもしれない。でも、きみはトマスを愛しているのか、ヘロ？」

「いいえ」泣き声で答える。

「きみはトマスが相手でも、怒りや欲望で頬を赤らめるのか？」グリフィンが脚を使って彼女の両脚を開かせ、そのあいだに腰を据えた。「トマスはきみの胸の先端がどれほど感じやすいか知っているのか？ 吸われただけで絶頂を迎えてしまうほど敏感だと知っているのか？」

「まさか。知らないわ」

「わたしがきみを見るように、トマスもきみを見るのか？ 体が高ぶってくるときみの瞳がダイヤモンドのように輝くと、兄上も知っているのか？」グリフィンはヘロの首すじに唇を這わせた。「ギリシア語を読むのが好きで、絵を描くのが嫌いだということも、トマスは知っているのか？ トマスはきみが取り澄ました顔で左の眉をあげるのを、息を詰めて待っているのか？ そして実際にそれを見て、欲望に駆られているのか？」胸の頂を指で愛撫され、彼女の下腹部が一気にほてった。「言うんだ、ヘロ。頼むから教えてくれ。トマスといるときも、わたしに対するのと同じ感情を抱いているのか？」

「いいえ！」ヘロは泣きながら、懇願するように答えた。

グリフィンは両手の指で秘所の入口を開いた。そうするのが当然で、この世界が終わるまで彼女は永遠に自分のものだと主張するように。つぎの瞬間、彼はふたたびヘロの中に入ってきた。硬くて熱いグリフィンの分身が甘美な動きを繰り返し、彼女はなすすべもなく声をあげた。

グリフィンの引きしまった腰に両脚を、たくましい肩に両腕をしっかりとまわし、ヘロは彼にしがみついた。

先ほど愛を交わしたせいで、すでに全身の感覚が研ぎ澄まされている。グリフィンのあまりにも荒々しい動きについていけず、ヘロは息をのんだ。もう無理だ。これ以上続ければ、自分が自分でなくなってしまう。彼の体を押しのけ、この部屋からも、激しすぎる行為からも逃げてしまいたかった。グリフィンはまったく譲ろうとせず、みずからの情欲を抑えようともしない。ひたすら彼女を攻めたてて、今この瞬間のふたりの行為を体に刻みつけようとしている。

彼が身をかがめてヘロの唇を奪い、所有欲むき出しのキスをした。ヘロは口を開いてグリフィンの舌を受け入れ、自分の涙を味わいながらせつない声をあげた。

「ヘロ」彼がつぶやく。「ヘロ、ヘロ、ヘロ」

名を呼ぶたびに、グリフィンはまるで刻印を押すかのように彼女の体を突きあげた。息を乱した彼の体から汗が流れ落ち、ベッドがきしむ。

ヘロは枕の上の頭を大きく振った。グリフィンに対する拒絶なのか、それともこの行為に対する拒絶なのか、もはやわからない。しかし、彼は両手でヘロの頭を押さえてさらに攻めたてた。力強く腰を動かしながら彼女の顔を自分の方に向け、無理やり視線を合わせる。

「わたしを愛しているか、ヘロ?」緑色の瞳には苦しみが満ちていた。「わたしがきみを愛しているように、きみもわたしを愛しているのか?」

その言葉でヘロは限界に達した。体の中心から、愛情が蜜となってなおいっそうあふれ出す。情熱を爆発させながらも、彼女は身を震わせてグリフィンから視線をそらそうとした。だが、彼はそれを許そうとはしなかった。強引に目を合わせたまま、顔や首、胸の筋肉をこわばらせる。ヘロはどうすることもできず、グリフィンが広い肩を汗で光らせ、体をわななかせるのを見つめていた。

それから一度、二度と彼女の体を貫き、グリフィンは三度目で動きをとめた。彼が極限まで高まった欲求を解放するあいだ、ふたりの体は微動だにしなかった。グリフィンは懇願するような、誇っているような、あるいは確信したような目つきで彼女を見つめつづけた。

ヘロの視界が曇っていく。

乱れた呼吸で胸を上下させながら、グリフィンが彼女の上にくずおれた。

目を閉じて、彼の汗で濡れた肩に指を走らせる。このひとときを記憶に焼きつけるのだ。グリフィンの匂いを、体に感じる彼の重みを、耳に聞こえる彼の荒い息づかいを。いつかそう遠くない先に、この記憶を呼び起こしたくなる日がやってくる。大切に心にしまっておこうと思う日がやってくるのだから。

いきなりグリフィンが体を横にずらしたので、ヘロはしがみついた。だが、彼はベッドを出ようとしたわけではないようだ。少なくとも、もうしばらくはとどまるつもりらしい。

グリフィンはうしろからヘロを引き寄せ、大きな肩で彼女の背中を包みこんだ。うなじにかかった髪をそっと払い、そこに口づける。

「眠るといい」彼は言った。

その言葉に従い、ヘロはやがて深い眠りに落ちていった。


今日、空はたまたま曇っているが、今となっては毎日が灰色の曇り空のようなものだ。サイレンスは汚れた台所の窓から外を眺め、そんなことを考えていた。

「マムー！」メアリー・ダーリンがぐずった声をあげ、サイレンスのドレスを汚れた手でつかんだ。「マムー！」

「まあ、メアリー・ダーリンったら」彼女はため息をついた。

遅めの朝食をメアリー・ダーリンと一緒にとっていたのだが、エプロンをつけるのを忘れていた。黒いボディスについた染みを、サイレンスは救いのない気分でぼんやりと見つめた。着替えるか、少なくともエプロンを見つけてくるかしなければならないのに、その力すらわいてこなかった。

「ぼくが代わりに抱いていよう」ウィンターが扉の脇に丸い帽子をかけ、台所に入ってきた。テーブルに木の箱を置き、メアリー・ダーリンをサイレンスの腕から抱きあげて小さな体を上に投げ、大喜びで笑う赤ん坊をいともたやすく受けとめる。

どうして男性は赤ん坊に空を飛ばせるのが好きなのだろう？　兄たちの中でいちばん生真面目なはずのウィンターでさえも、その悪癖に感染しているようだ。

「それを見るたびに、赤ちゃんを床に落とすんじゃないかと心配になるのよ」

「でも、落としたことなんてないぞ」ウィンターが反論した。

「まだお昼前なのに、ここで何をしているの？」

「風邪が流行《はや》っていて、生徒が半分休んでいるんだ。残りの半分も勉強に身が入らなくてね」ウィンターは肩をすくめた。「仕方ないから、登校してきた子供たちも家に帰した。みんなはどこだい？」

「朝食をすませてから、ネルが散歩に連れていったわ」

兄は赤ん坊の肩越しにサイレンスを見て眉をあげた。「全員を？」

「歩ける年齢の子たちはね」罪悪感に駆られながら答える。「わかっているわ。わたしも一緒に行くべきだったわね」

「いや、そんなことはないよ」ウィンターがあわてて言い、赤ん坊を体の脇に抱き直して戸棚から皿を取った。「誰だって、たまには休みが必要だ」

「兄さんは休まないわ」

「ぼくは愛する者を失ったことがないからね」兄はやさしく言った。

サイレンスはしばし唇をかみしめてから立ちあがり、ウィンターの手から皿を取った。炉に向かい、鍋《なべ》からポリッジを皿にすくうと、テーブルへ戻って兄の前に置いた。

「わたしがメアリー・ダーリンを抱くわ。あっという間に上着をポリッジだらけにされるわよ」

「ありがとう」ポリッジをひと口食べてから、ウィンターは満足げな顔でつぶやいた。「うまい」

「ネルがつくったの」サイレンスはあえてさらりと言った。彼女自身の料理の腕は、大いに改善の余地があるのだ。

「そうか」ウィンターはポリッジをのみこみ、テーブルに置いた木の箱を手で指し示した。「玄関に置いてあったよ」

「玄関に？」好奇心に駆られ、箱に目をやった。その反応はここ数日で彼女が見せた、もっとも生気のあるものだった。「メアリー・ダーリンの〝崇拝者〟かしら？」

ウィンターが穏やかな笑みを浮かべる。「さあ、わからないな。でも、開けてみればわかると思うけどね」

サイレンスは兄に向かって舌を出し、箱に視線を移して触れてみた。ちょうど彼女のてのひらくらいの大きさだ。飾りのない簡素な作りながらも、かなり上等なものであることがすぐにわかった。蜜蠟《みつろう》で磨かれて輝いている。彼女は不安を覚えて眉をひそめた。メアリー・ダーリンへの今までの贈り物と比べたら、この箱はずっと高価なものだ。

赤ん坊が箱をつかみ、好奇心いっぱいの顔でしげしげと見つめた。

「まだだめよ、いい子ね」サイレンスは言った。「先に中を確かめないと」

箱をテーブルに戻してふたを開け、サイレンスは息をのんだ。

「何が入っているんだい？」ウィンターが箱をのぞきこもうと立ちあがりかけた。

箱の向きを変え、サイレンスは兄に中身を見せた。そこにはいくつもの真珠がつなげられた首飾りが入っていた。

ウィンターはしばし押し黙り、やがて長い指で箱から首飾りを取り出した。真珠を持ちあげ、光にあてて反射する輝きを見つめる。

「子供への贈り物にしては、ちょっと高級すぎるな」

「メアリー・ダーリンへの贈り物じゃないわ」サイレンスはささやき、首飾りの下にあった紙を掲げてみせた。紙にはふたつの単語が書かれていた。

〝サイレンス・ホリングブルック〟

目覚めたとき、ヘロはまぶたを開く前にグリフィンがいなくなっていることを悟っていた。避けられない現実と向きあいたくなくて、しばらく目を閉じたままじっと横たわっていた。ベッドが冷たい。グリフィンが去ってから、かなりの時間が経っているのだろう。

こぶしを握りしめると、右手に何かを握っている感触があった。目を開き、右手を顔の前に持っていく。そろそろ午前も終わりの時間だ。強い太陽の光がまぶしい。

握っていたのはダイヤモンドのイヤリングだった。ヘロは指先でイヤリングをなぞった。ずいぶん前に彼女がグリフィンの背中へ投げつけたあと、彼がずっと持っていたものだ。見つめているうちにイヤリングが戻ってきた理由に思い至り、目から涙があふれ出した。

グリフィンはもう、戻ってこないつもりなのだ。

グリフィンが自宅の玄関前の階段をのぼりはじめたときは、まもなく昼になろうかという時刻だった。脚はだるく、胸もずっしりと重たくて何かがつかえているようだ。

「どこに行っていたの？」

聞き慣れた声に彼は顔をあげた。階段の上にビロードのケープをまとった母が立っている。

立ちどまったグリフィンは愚かな問いを発した。「なぜここに？　何かあったのですか？」

「何かあったかですって？」母は信じられないと言いたげに息子に問い返した。「あったに決まっているでしょう。あなたがトマスを殴ったわ。トマスはあなたが婚約者を誘惑したと言いだすし、そのあとで今度はふたりとも姿を消してしまうなんて！　わたしは何が起きているかを知りたいし、あなたがトマスとのいさかいをどう解決するつもりなのかも知りたいわ。事態はあなたがロンドンに戻ってくる前より悪くなっているのよ。わたしたち家族はいったいどうしてしまったというの？」

グリフィンは母を見つめた。小柄ながらも芯の強さを持った母が肩を落としている。父の死にも、借金や醜聞にも耐え抜いた母が、今や彼のせいで打ちのめされようとしているのだ。

グリフィンの口に苦いものが広がった。

これまで彼が重ねてきた罪に、母の幻滅までもが加わろうとしている。

周囲を見まわし、グリフィンは自分たちがまだ家の外にいることに気がついた。興味津々の隣人のひとりが、カーテンのうしろからこっそり様子をうかがっている。

彼は母の腕を取った。「中に入りましょう、母上」

母が不安そうに見あげる。昼の日差しのせいで、目尻にあるしわがくっきりと見えた。

「グリフィン？」

「中に入りましょう」彼は繰り返した。

書斎へと母を案内したが、ヘロと愛を交わした長椅子を目にしたとたん、グリフィンは部屋の選択を誤ったことに気づいた。声に出さずに悪態をつく。だが、ほかにどこへ通せばよかったというのだ？　この家にある部屋のうち、使わない半分はシーツをかけたままなのだ。

「どうしたの？」母が心配そうに息子の腕に触れた。

「なんでもありません」そう答えて扉に向かい、メイドを呼んだ。お世辞にもきちんとしているとは言えない身なりのメイドがやってくるまでに、たっぷり一分ほどかかった。「熱い紅茶とケーキを用意してくれ」

メイドが膝を折ってお辞儀をする。「でも、ケーキなんてありません、閣下」

グリフィンは顔をしかめた。「パンでもなんでもいい。用意できるものを」

扉を閉め、頭をかきながら部屋の中央を振り返った。グリフィン自身、かつらもかぶっていないし、ひげも何日か剃っていない。加えて部屋もメイドの身なりも乱れているときた。とはいえ、部屋やメイドはこの際どうでもいい。司祭との決着がつけば、グリフィンはこの借りている屋敷を引き払い、ディードルとともに北へ向かうつもりだった。ディードルは北の領地が嫌いなようだが、グリフィンにとってはトマスやヘロと同じ街で暮らすよりはよほどましだ。

「グリフィン？」母が静かに呼びかけた。

しまった。母は田舎暮らしが好きではないのを失念していた。ほかのすべてとともに、母までも残して去ることになってしまう。マンダビル侯爵家の領地に近い都市に居を移そうと母が意を決してくれれば話は別だが、それでもその都市はロンドンとあまりにも違う。ロンドンのような街は、世界じゅうどこを探してもないのだ。

「グリフィン！」母が部屋を横切り、彼の手を取った。「何を考えているのか教えてちょうだい」

グリフィンは気まずそうに笑った。「そんなにたいそうなことは考えていませんよ、母上。ただ、ロンドンを出る算段をしていただけです」

「どうして出ていくの？」

目を閉じて答える。「トマスと〝彼女〟がいるこのロンドンでは暮らしていけません」

「レディ・ヘロね」母が笑いまじりに言う。グリフィンはまぶたを開け、いらだちをこめた視線で母の目を見返した。「彼女の名前を出すのもだめなのかしら？」

「わたしより、むしろトマスがそう思ってますよ」グリフィンはゆがんだ笑みを浮かべた。

母が目をしばたたく。「トマスと彼女は……」

うなずいたグリフィンは言葉を引き継いだ。「日曜日に結婚します」

握っていた母の手を放し、彼はブランデーを注ごうと歩きだした。

「けれど、わたしはてっきりあなたたちが……」

「結婚すると？」母に背を向けたままで言う。「違うようですね」

「でも、どうして？」

グリフィンは肩をすくめた。「今となっては理由など、どうでもいいことです。とにかくトマスは、アンを誘惑したわたしに復讐を果たしたわけだ」

「何を馬鹿なことを」母は決然として言った。「あなたがアンを誘惑したなんて、わたしは一瞬たりとも信じたことはないわ」

わずかな驚きと大いなる感謝を覚えながら、グリフィンは振り向いた。

「本当ですか？　ほかの者はみな信じていますよ」

「わたしはあなたの母親よ、グリフィン」両手を腰にあて、今度は母がいらだちをこめた目で息子を見つめた。「わたしを信用なさい」

「ああ、母上。愛していますよ」グリフィンはまた顔をゆがませて笑い、グラスをあおって喉を焼くブランデーに少しだけ眉をひそめた。

「だいいち、そんな古い醜聞を信じている人なんているものですか」

「トマスは信じています」

今度は母が驚いたようだ。「なんですって？」

グリフィンはうなずき、さらにブランデーを飲んだ。液体が最初よりもなめらかに喉を通っていく。もう酔いがまわりはじめたのだろうか？

「そんな馬鹿なことがあるものですか！」

「兄上がそう言ったんです。アンが死の床で告白したと」

「アンはいつだっておかしなことを口走っていたわ。神よ、彼女の魂に安らぎを」母はつぶやいた。「あなたはその場で違うと言ったんでしょう？」

「ええ。でも、兄上はわたしを信じようとしません。たぶん、わたしがレディ・ヘロにしたことのせいでしょうね」

「それとこれとはまるで別の話だわ」

「そうでしょうか？」グリフィンはきいた。「少なくとも、トマスにとっては同じのようですよ」

「アンはあの子の妻よ。レディ・ヘロは婚約者にすぎないわ。それに……」

母は言葉を切り、唇をかんだ。

彼は目を細め、いぶかるように母を見つめた。「それに……なんです？」

母がいらだちまじりに手を振る。「わたしが話していい秘密ではないわ」

「母上！」

「わたしに向かって声を荒らげるのはおよしなさい」母はグリフィンの目をじっと見て、それから視線をそらした。「トマスはたまに、とんでもなく愚かになってしまうことがあるわね」

「話してください」

「あなたには関係のない話なのよ、グリフィン」

「ヘロに関係があるのならそうもいかない。わたしは彼女を愛しているんです」

母の表情が一気にやわらいだ。「あら、それは本当?」

「ええ、残念ながら」グリフィンは答えた。「さあ、話してください」

「去年の社交シーズンにトマスはある女性と関係を持ったの。ミセス・テイトよ。あの子はもちろん隠そうとしていたけれど、見ていればわかったわ。舞踏会やほかの集まりでも、トマスは彼女から目が離せないのだもの」

「トマスに愛人が? なんてことだ。やはりそうだったのか! 兄上はハート家の庭園でも彼女のあとを追っていたんです」

「わたしが思うに、ただの愛人ではないわね。もっとも、あの子自身も気づいていないかもしれないけれど」

グリフィンの胸に怒りがこみあげた。トマスは愛人に心を残しながら、ヘロと結婚しようとしていたのだ。「ミセス・テイトとの関係は終わっているんですか?」

「そこなのよ」母が言った。「レディ・ヘロに求婚したときには、わたしも終わっていると思ったんだけど、どうやら最近また会っているような感じなの」

「ヘロを罰するつもりか」彼は思わず声を荒らげた。

「いいえ、違うわ。ただ、もうひとりの女性の方に気持ちが向いているのよ」母は悲しげに首を振った。「わたしはトマスを愛しているわ。あの子はわたしの最初の子ですもの。でも、ここまで頑固だとはね。レディ・ヘロを自由にしてあげるべきなのに」

「まあ」グリフィンはグラスに残ったブランデーを飲み干した。「あのふたりがどうなろうと、結局のところわたしには関係ないと思います」

「どういうこと？」

「彼女はわたしを愛していない」彼は笑おうとしてみじめに失敗した。「結婚の申しこみを断られました」

「そうかしら」母が眉をひそめた。「たしかに彼女はあなたと結婚したくないと言ったかもしれないわ。でも、あなたを愛していないわけじゃない。レディ・ヘロのような女性が男性に身を任せるのは、結婚したときか、完全に相手に恋をしたときだけよ」

グリフィンは母と目を合わせられず、手にしたグラスに視線を落とした。いきなり言葉がうまく出てこなくなってしまったようだ。

「もし本当はわたしを愛しているのなら、彼女は嘘の達人だ」

「時間さえもう少しあれば」母が声を大きくして言った。「トマスが結婚を先延ばしにすれば、レディ・ヘロも自分の本心に気づくでしょうに」

「結婚を急いでいるのはウェークフィールド公爵なんです」彼は頭を振った。「それに、わたしにはヘロが心を変えるとはどうしても思えません。わたしはここでやり残している仕事を終わらせたら、ランカシャーに戻ります」

「今、ロンドンを出てはだめよ！」母が叫びにも近い声をあげた。「わからないの？　もう少し待てば彼女だって――」

「彼女がトマスと結婚するのを見ていられないんだ！」どれだけ無視しようとしても、心がずきずきと痛む。彼は同情が浮かぶ母の目を見つめた。「絶対に無理なんです」

「グリフィン――」

「待って」彼は手をあげてさえぎった。「聞いてください。わたしはやり残した仕事を片づける。そしてそれがすんだら北へ向かい、そこで暮らします。仕事も北に移すか、ここに代理人を置くかのどちらかにするつもりです。ロンドンには戻りません」

母が黙ったまま、目に涙を浮かべてグリフィンを見つめる。

彼はもう、これ以上は耐えられなかった。

「彼女はわたしを愛していない。わたしはその現実を受けとめて前に進むしかないんです」

グリフィンはデカンタとグラスを手に取り、扉へ向かった。母に背を向けたまま立ちどまる。

「すみません」彼は言った。

そうして逃げるように書斎をあとにした。運がよければ、一時間ほどで前後不覚になるまで酒に溺《おぼ》れられるはずだった。

17

女王は沈んだ心を抱えて自分の部屋に戻りました。候補者たちの言うとおりです。彼女は決断し、完璧な結婚相手を選ばねばなりませんでした。でも、そう思うだけで、女王の心は悲しみに打ちひしがれてしまうのです。バルコニーに出ると、いつもの茶色の小鳥がもうそこにいました。

小鳥をそっと両手で包みこみ、女王はその首に糸がかけられているのに気づきました。糸の先には小さな鏡が結びつけられています。糸をほどいて鏡をのぞきこむと、当然のように自分の顔が映りました。そのとき、彼女は鏡にこめられた意味に気づいたのです。彼女の王国の心臓、それは女王自身でした。

『黒髪の女王』

その日の午後遅く、ヘロはダイヤモンドのイヤリングを指でもてあそんでいた。紅茶のポットを持って居間に引きこもり、それをテーブルの上に置いて冷めるのを待っている。部屋の端にある別のテーブルには大きな花瓶があり、いけられた薔薇の香りが室内を満たしていた。薔薇は淡いピンク色で彼女の好きな色だったが、今は目をやる気にもなれなかった。

バティルダは日曜日に結婚しろというマキシマスの要求にすっかり逆上し、今も兄のもとへ行って直談判《じかだんぱん》を試みている。しかし、ヘロにはマキシマスがバティルダの言うとおりに結婚を先延ばしにするとはどうしても思えなかった。いったん決めたらてこでも動かない、兄はそういう鉄の意志の持ち主なのだ。

それに、そもそもどちらでも同じだというのがヘロの本心だった。

トマスと結婚するのがつぎの日曜日でも、数ヵ月先の日曜日でも違いはない。もはや避けられないであろう醜聞すら、彼女にとってはどうでもよかった。本来ならもっと動揺し、部屋じゅうを歩きまわったり、わめきちらしたりするべきなのだ。心のどこかでそれは承知している。それでも、やはりどうでもいいとしか思えなかった。

〝わたしは間違いを犯そうとしている〟

ヘロはため息をつき、イヤリングをティーカップの横に置いた。自分が取り返しのつかない間違いを犯そうとしているという思いが、どうしても振り払えない。

「ここにいたのね」フィービーが戸口で言い、室内に入ってきた。「バティルダおばさまはどこ？　姿が見えないけど」

「ごめんなさいね」ヘロは罪悪感にさいなまれながら言った。「あわててマキシマスのところに行ったわ」

「そう」フィービーはヘロの座る長椅子の右手にある椅子に腰をおろした。

小さな肩を落としている妹を見て、ヘロは唇をかんだ。「マキシマスと話したのね？」

フィービーはうなずいてうつむいた。

「残念だわ」

「いいのよ」フィービーがわずかに身を起こして言った。「舞踏会とか社交の集まりなんて、どうせ退屈だもの。そうでしょう？」

「そうね。たしかに疲れることの方が多いわ」ヘロはやさしく答えた。

「でも……」フィービーが鼻にしわを寄せる。「一度くらい、血のつながっていない男性と踊ってみたかったわ。一度でいいの」

ヘロは目が潤んでしまうのを抑えられなかった。

「こうするのがいちばんなのよ。自分でもそれはわかっているの」フィービーが息を吸って顔をあげた。「バティルダおばさまは、お姉さまの結婚の件でマキシマスの家に行ったの？」

遠慮がちに尋ねるフィービーの口調に、ヘロはますます罪悪感を募らせた。妹には何も話していないのだ。それでもフィービーはここ数日、家の中に漂っているただならぬ空気を察していたに違いない。

「マキシマスがわたしに、日曜日に結婚するよう言ってきたのは知ってる？」ヘロはきいた。

「メイドのひとりが話を聞いたらしくて、わたしにも教えてくれたわ」フィービーが視線を落とす。「お姉さまは彼のことが嫌いになったのではなかったの？」

「色々と複雑な事情があるのよ」

「でも、侯爵はお姉さまをぶったんでしょう?」フィービーは心配そうにヘロを見つめた。

「だから頬にあざができてしまった、そうよね?」

「そうよ」ヘロは顔をしかめ、自分の頬に手をやった。「でも、トマスは謝罪したわ」花瓶にいけられたたくさんの薔薇を指差す。

フィービーが薔薇に目をやった。「あれはそういうことなの?」

「ええ」

「すごいお花ね。きっと侯爵も罪の意識を感じていらっしゃるに違いないわ。だけど当然よ。悪いことをしたんですもの。わたしは、お姉さまは彼と結婚すべきじゃないと思う」フィービーは真剣に言った。「そんな男性との結婚をすすめてお姉さまを傷つけるなんて、お兄さまはいったい何を考えているのかしら」

「そう簡単な話じゃないの」ヘロはため息をつき、ダイヤモンドのイヤリングを拾ってもてあそびはじめた。「マキシマスはわたしによかれと思ってやっているだけなのよ」

「どうしてこれがお姉さまのためになるのか、わたしには理解できないわ」

「トマスは怒りでわれを忘れてしまったの。そこまで怒らせたのはわたしよ。ふだんの彼は、とても信頼の置ける男性だわ。マキシマスもそう思っているし、トマスがわたしにとってよい夫になると信じているの」

フィービーが鼻のしわを深める。「信頼の置けるいい夫、ね」

あっさり言われてしまうと、トマスの長所もそれほど魅力的でないように思えてくる。それでもヘロはうなずいた。「そうよ」

「結婚する理由としては退屈すぎるような気がするけど」

ヘロは唇をかんだ。「結婚は退屈なものなのよ」

「どうして？　結婚が心躍る……冒険であってはいけないの？　お姉さまだって、もう少しまわりをよく見れば、きっと姿を見ただけで胸が高鳴るような相手に出会えるはずなのに」

〝胸が高鳴る〟グリフィンの姿を見るたび、ヘロはそう感じていた。でも、彼は結婚相手として適切な男性ではない。まだ若いフィービーには、それが理解できないだけなのだ。

頭を振り、ヘロは手にしたイヤリングを見つめた。

フィービーが身を乗り出してのぞきこむ。

「婚約発表の晩になくしたと言っていたイヤリング？」

「ええ」ヘロは宝物を守るように、指を折ってイヤリングを握った。

「見つかってよかったわね。なくしたイヤリングが見つかると、新しいものが手に入ったような気がしてうれしくならない？　わたしはいつもそう思うわ」

少しだけ気分が晴れた気がして、ヘロは眉をあげた。「よくイヤリングをなくすの？」

「しょっちゅうよ」フィービーが答える。「イヤリングって――」

「あなたたちのお兄さまはとんでもない強情者だわ！」部屋に入ってきたバティルダが大声を出して、ミニョンが返事をするように吠えたてた。

「お兄さまは日取りを先に延ばすつもりはないのね？」ヘロはきいた。

「日を延ばすどころか、わたしの話を聞こうともしないの」バティルダが長椅子のヘロの隣にどすんと腰をおろすと、ミニョンが不機嫌そうにうなった。「しかも仕事があるとかなんとかで、このわたしに向かって、話はここまでだと言ってのけたのよ！　信じられる？　あんな無礼な物言いをどこで覚えてきたのか見当もつかないわ。あなたたちのお母さまは、それは上品な真の淑女だったのに。爵位なんてなくてもね。もちろんわたしだって、年上の人間に礼節のかけらもないあんな態度を取っていいとは教えなかったわよ」

バティルダがいらだたしげにスカートをいじりつづけるのがわずらわしいのか、ミニョンが彼女の腿からヘロの腿に移って大きく息をついた。

犬の耳のあたりをなでながら、ヘロは言った。「紅茶でもお飲みになる、おばさま？」

「そうね、いただくわ」バティルダが答えた。「でも、このポットのはもう冷めてしまったのではなくて？　フィービー、新しいものを用意させてきてもらえる？」

「わかったわ、おばさま」

バティルダはフィービーが扉を出るところまで目で追ってから口を開いた。「あの子はこの件をどこまで知っているのかしら？」

「たぶん、全部知っているわ」ヘロは疲労もあらわに言った。「メイドが盗み聞きするのはとめようがないし、彼女たちは噂話が好きだから」

「ろくでもない噂ばかりよ！」バティルダは吐き捨てて、フィービーが戻ってきたとたん、顔をいつもの表情に戻した。「ありがとう、フィービー。少なくともあなたたちふたりにはきちんと礼節を教えられたみたいで、わたしもうれしいわ」

「礼節とかは関係なく、お兄さまに意に沿わないことをさせられる人はいないと思うわ」フィービーが陽気に言った。「なんといっても公爵ですもの。公爵じゃないマキシマスなんて想像もつかないけれど、あれでも赤ちゃんの頃があったのよね」ふと不安そうに眉をひそめる。「あったわよね？」

「あたりまえでしょう！」バティルダが答えた。「それはかわいい赤ちゃんだったわよ。その頃から深刻ぶった顔をしていたけれどね。あなたたちのお母さまも、真面目ぶってむすっとした赤ちゃんの顔を見ては笑っていたわ」

「そうなの？」フィービーが身を乗り出した。両親の話をするときはいつもこうなのだ。両親が亡くなったときにまだ幼かったフィービーは、親の記憶というものがない。

「そうよ」バティルダが言った。「もっともお父さまは、そんなお母さまをたしなめていたけど。お父さまは、赤ちゃんの頃からこれなら、この子はきっと立派な公爵になるとおっしゃっていたわ。そしてお父さまは正しかった。マキシマスは立派な公爵よ。たとえ、とんでもない強情者だとしてもね」

メイドたちが新しいポットを持ってきて紅茶の準備をするあいだ、しばし部屋が静まり返った。ヘロが労をねぎらうと、メイドたちはお辞儀をして静かに立ち去った。

「おいしそうね」バティルダがテーブルに身を乗り出す。「フィービー、あなたも飲む？　ヘロは？」

ヘロが首を振って断ると、バティルダは自分とフィービーのために紅茶を注いだ。ティーカップがのったソーサーを手に長椅子に身を預け、熱い紅茶の湯気を吸いこむ。

「ああ、生き返るわ。まったく、あなたたちのお兄さまは、なんだってわたしにこんな仕打ちをするのかしらね」

「とても大切なお仕事で忙しいからではなくて？」フィービーも紅茶をすすって言った。

バティルダは上品に鼻で笑ってみせた。「あの子もそう言っていたけれど、セントジャイルズのはきだめでジンを密造している人間を捕まえるのがそこまで大事なことだとは、わたしには思えないわ」

ヘロは思わず犬の耳を握ってしまい、ミニョンが哀れっぽく鳴いた。マキシマスが今日、ジンの密造者を捕まえる！　グリフィンはゆうべ、マキシマスと話したと言っていた。グリフィンがヘロとトマスの結婚の障害になると判断すれば、マキシマスがグリフィンの排除に動いたとしてもおかしくない。

背すじを恐怖が走り、彼女は身を震わせた。たしかに兄は、ときに無慈悲になることもある。だがヘロがトマスとの結婚を控えている今は、グリフィンに手を出すことは絶対に――絶対に！――ないはずだった。妹との約束はどうなってしまったのだろう？　いや、正確には言葉で約束を交わしたわけではない。兄は単にグリフィンが捕らえられてもいいのかと尋ねただけだ。そうして彼女がトマスと結婚しなければ、グリフィンを捕まえるとほのめかしたにすぎない。しかしそのあとでグリフィンと言いあいになり、彼が結婚の障害になると判断した兄は脅威を取り除こうと決心したのだろうか？

バティルダがヘロの方を見た。「どうかしたの、ヘロ？」

「わたし……その……マキシマスがいつジンの密造者を捕まえに行くのかが気になって」やわらかな毛に指を沈めていくと、ミニョンが彼女の手をなめた。

「もう行ったかもしれないわね」バティルダの言葉に、ヘロの心臓がとまりそうになった。

「いずれにしてもすぐよ。わたしを扉まで送るあいだにも、兵がどうとか、密告者に案内させるとか、色々と指示をしていたから」

ヘロは焦って身を乗り出した。「じゃあ、本当に動きだしたわけではないのね？　まだ時間はある？」

バティルダが驚いた表情を浮かべ、ゆっくりとティーカップをおろした。

「たぶんね。でも、どうしてそんなことをきくの？」

「その……約束があるのを思い出したわ」ヘロはいきなり立ちあがった。ミニョンが床に落ちて哀れな声をあげ、長椅子の下に退散した。「馬車はまだ玄関にいるかしら？」

「さあ」急いで扉へ向かうヘロに、バティルダが背後から声をかけた。「ヘロ、いったいどうしたっていうの？」

だが、彼女はすでに廊下に出て階段へ向かっていた。バティルダやフィービーに説明する時間はないし、どこかに助けを求める猶予もない。まっすぐセントジャイルズへ向かい、グリフィンに伝えなければならないのだ。兄が彼を牢に入れようとしている。

絞首刑になるかもしれない罪で。

その日の午後、トマスはラビニアの家の前で馬車をおり、別の馬車がとまっているのを見て驚いた。扉を叩いているあいだにおぼろげな不安が心の片隅にこみあげ、彼は眉をひそめた。

あいかわらず威圧的な大柄の執事が扉を開けて、にらむような視線でトマスを見おろした。彼はかまわず執事の脇を通り抜け、廊下の壁沿いにたくさんの木箱やバスケットが積みあげられていることに気づいた。

「彼女はどこだ？」

「ミセス・テイトはお部屋にいらっしゃいます」執事が苦々しげに答える。わざと〝閣下〟を抜かしたのだと、トマスにはわかった。

それ以上は何も言わず、彼は階段を駆けあがった。あんな男は放っておけばいい。ただの執事にすぎないのだ。ここの使用人たちの態度についてはいずれラビニアと話しあわなければと思っていたトマスだったが、彼女の部屋までやってくると凍りついたように動けなくなった。衣装戸棚の引き出しがすべて開けられ、衣服が散乱している。ドレスやペチコート、ストッキングに靴、シュミーズにその他の小物に至るまで、あらゆるもので床が埋め尽くされていた。その無秩序な空間の真ん中で、ラビニアがふたりのメイドに指示を与えて衣類を箱に詰めさせている。

「何をしているんだ？」トマスは責めるように言った。

その声にラビニアが顔をあげたが、そこにはなんの感情も見られなかった。

彼の心の何かが締めつけられた。「ラビニア？」

「マルタ、メイシー、階下の居間にいる従者たちを手伝いに行ってちょうだい」彼女が言った。

メイドたちはお辞儀をし、好奇心もあらわにトマスを見つめながら部屋をあとにした。

あんな連中が何を考えていようと知ったことではない。トマスはあらためて問いかけた。

「何をしている？」

顎をつんとあげて、ラビニアが言った。「荷造りよ。見ればわかるでしょう」

今日の彼女は、いつもとは感じがまったく違う地味なグレーのドレスを着ていた。ワインレッドの髪とは正反対の色で、その対照がラビニアを厳格に見せている。

あのドレスを引き裂き、彼女の体からはぎとってしまいたい。そんな野蛮な衝動がトマスの胸にこみあげた。

「わたしはてっきり……」喉が詰まり、いったん言葉を切った。自分が泣いてしまうかもしれないという恐ろしい可能性が頭をよぎる。「てっきりきみがわたしのもとにとどまってくれるものと」

「この前、ベッドをともにしたから？」

「そうだ。あたりまえじゃないか！」

ラビニアがため息をついた。「でも、あなたがほかの女性と結婚するなら、わたしは愛人になるつもりはないと言ったはずよ。わたしの考えは変わらないわ」

トマスはベッドのある方に向き直ろうとした彼女の腕を乱暴につかんだ。

「きみはわたしを愛している」

「ええ、愛しているわ」ラビニアが悲しげとも取れる表情で彼を見た。「だけど、愛なんて関係ないのよ」

「よくもそんな……」ささやいたトマスは絶望に駆られ、ほかにどうすることもできずに彼女の唇を奪った。

ラビニアは無言でされるがままになっていた。唇を重ねられても抵抗すらしない。彼女の唇にミントと紅茶の味を感じ、トマスは欲情がこみあげてきてうなり声をあげた。舞踏会でどこかの男に笑いかけている彼女をはじめて見たときから、いつもこうだ。ラビニアは彼の野性を引き出し、貴族であることも、議会の一員であることも、そして広大な領地を持つ紳士であることも忘れさせる。

彼女はトマスをただの男にしてしまうのだ。かつてはそのせいでラビニアを憎んだ。高貴な外見の下には、ロンドンでくすぶりながらかろうじて生きながらえている人々と同じ血と骨があるだけだと彼に思い起こさせるからだ。しかし、今この瞬間はそんなことなどどうでもよかった。彼はラビニアを失おうとしていた。ワインレッドの髪をして、トマスのもっとも恥ずべき秘密を茶色の瞳で見つめながらも彼を愛した彼女が、腹立たしい笑い声をあげながら去っていこうとしている。

ようやくトマスが唇を離すと、ラビニアはじっと彼を見つめてから背を向け、ストッキングを拾いあげて丁寧に丸めはじめた。「さようなら、トマス」

彼はラビニアの部屋のところどころすり減ったカーペットに膝をつき、頭に浮かんだ最初の言葉を口にした。「わたしと結婚してくれ、ラビニア」


「死んで四日ばかり埋められて、また掘り起こされたみたいな顔ですな」この夜、グリフィンを出迎えたディードルは神妙な面持ちで言った。首を横に傾け、さらに主人の顔をのぞきこむ。「しかも、そのあいだまるで地獄にいたみたいですよ」

「ありがとう、おまえの言うとおりだよ」グリフィンはランブラーの餌を用意しながら不機嫌そうに応えた。

責任者に指名するほど信用できる人間が醸造所にいなかったので、グリフィンはやむなくディードルにその仕事を任せることにしたのだった。執事は海賊のように二丁の銃と剣を腰に差して立っている。グリフィンは空を見あげた。時間はあっという間に過ぎ、セントジャイルズに夜のとばりがおりようとしていた。

ディードルが抜けた歯のあいだから舌を突き出して言った。

「何があったんです、旦那？」

頭を振ると、あたかも警告のように頭痛がしたので、グリフィンは動きをとめた。

「おまえが心配するようなことじゃないさ」

ディードルがふふんと鼻で笑う。「まあ、旦那がそうおっしゃるのなら」

「信じるも信じないも好きにしろ。わたしはどちらでもかまわない」グリフィンは薄暗い醸造所の建物の中に入っていった。今夜はディードルと言葉遊びをするほど機嫌がいいわけではない。

「もちろん信じますとも」ディードルが小走りで追いかけてきた。

「わたしが出たあとで何かあったか？」グリフィンは尋ねた。

ため息をついたディードルが答える。

「ゆうべのうちに、またふたり消えました。残ったのは旦那とわたしを除いて五人です」

「賃金は倍にしたんだろうな？」

「ええ、旦那がおっしゃったとおりにね。でも、逃げたふたりには効果がなかったようですな」

「もうそれも問題じゃない」グリフィンは言った。失望を感じつつ、残った男たちが樫の木でつくった樽にジンを流しこむのを見つめる。「今夜ですべてが終わる」

グリフィンの正面にまわりこんだディードルが言った。

「それじゃ、いよいよ今夜ですか？」

「ああ」グリフィンは銅製の釜を見つめ、ジンで満たされるのを待つ樽や炎に視線を移して、醸造所全体を見まわした。すべては彼とニックが大変な苦労をしてつくりあげたものだ。

「そう、今夜だ」

「なんてこった」ディードルが息を荒くした。「本気ですか？　こっちは七人しかいないうえに、旦那が必要だと言っていたブツもそろってないんですよ。旦那、こいつは自殺行為だ」

グリフィンはまっすぐにディードルを見つめ返した。頭は痛み、口の中は血と胃液の味がする。ヘロを失い、母を失おうとしているのだ。最初からトマスとの関係を修復するのは無理だったし、親しい友人だったニックは死んでしまった。このいまいましい醸造所だけが、ロンドンでグリフィンに残された唯一のものだ。

「今夜やるか、未来永劫《えいごう》やらないかだ。これ以上は待てない。終わりにしたいんだよ」グリフィンは体の向きを変え、並べてある剣を取った。部下たちにも使わせている、見た目のいかつい剣だ。ふたたび向き直り、ディードルに視線を戻す。「わたしについてくるかこないか、どっちだ？」

ディードルはごくりと喉を鳴らし、銃を握りしめた。

「もちろんついていきますとも、旦那」

18

小さな鏡にこめられたメッセージの簡潔な美しさに目を潤ませ、女王は両手でそっと小鳥を包みこみました。「わたしはいったいどうすればいいの？」やわらかな羽毛に向かってささやきかけます。

「誰を夫にすればいいのかしら？」

女王が空に放ってやると、小鳥は羽ばたいていきましたが、いつものように夜空に消えていかず、数分後に舞い戻ってきました。バルコニーにふたたびとまり、小鳥はくちばしを開いてさえずりました。〝心のままに決断なさい〟


『黒髪の女王』


「やつを追いつめました」その夜、フレディが満足げに言った。「リーディングは今度こそくたばりますぜ。やつはニック・バーンズを失い、ほとんどの部下にも見放されました」

片方の耳で手中のさいころが転がる音を追い、もう一方で残りの音を聞いていたチャーリーはうなずいた。「こちらの密告者はウェークフィールドにリーディングの醸造所の場所を教えたか？」

「はい。場所を教えて、今頃は案内をして向かっている頃かと」フレディは上機嫌で、あと少しでチャーリーの顔をまともに見られそうだった。

あくまでも〝あと少しで〟だが。

チャーリーがテーブルの上にさいころを放る。一の目がふたつで二。チャーリーはさいころを見つめ、不吉な兆候に気分を害した。二は死を予告する目だ。だが、誰の死かが問題だった。敵か、それとも彼自身か……あるいは階上で寝ている女の死か？

「やつを引きずり出す」不吉なさいころの目に気を取られながらも、チャーリーはささやいた。「引きずり出して殺し、やつの醸造所に火を放つんだ」


セントジャイルズに差しかかりヘロが馬車をおりると、空の色が灰色に変わっていた。

「わたしはやはり反対です、お嬢さま」角灯を掲げ、彼女に渡された銃に手をかけた従者のジョージが言った。

道端に引っくり返った台車を囲んで口論をしている男たちの声が響く。ヘロの馬車は事故に前方をさえぎられていた。道が狭いので、馬車を方向転換させることもできない。

「あなたが反対するのも無理はないわ」彼女はつぶやいた。「でも、道が通れるようになるまで待っていられないの。あと何時間かかるのかもわからないもの」

「差しでがましいことですが、お嬢さま、せめてお屋敷に人を走らせて、あとひとりかふたり従者を呼ぶわけにはいきませんか？」

「言ったはずよ。時間がないの」ヘロはスカートの裾を持ちあげ、足早に馬車と事故の現場から遠ざかりはじめた。

「ですが、すぐに暗くなります」ジョージが不安そうに言う。「襲われたらどうするおつもりですか？」

「あなたが銃を持っているわ」彼女は声に励ましをこめて答えた。

主人の意見で安心したようにはとても見えなかったが、ジョージはそれ以上の抗議をしようとはせず、代わりに警戒の目を周囲に走らせはじめた。

ヘロは唇をかみ、マントをしっかりと体に巻きつけるように押さえた。ジョージが躊躇するのは当然だ。この道行きは危険すぎる。いつもの彼女であれば、暗くなってからセントジャイルズに入ろうなどとは決して思わないだろう。護衛がひとりきりで徒歩となればなおさらだ。セントジャイルズがどれほど危険な場所かはヘロもよく承知していた。

しかし、こうするしかなかった。一刻も早く、グリフィンの醸造所にたどりつかなければならないのだ。それに従者をたくさん引き連れていったせいで、バティルダの疑いを招くのもいやだった。

あたりを見渡すと、道は暗くなりはじめ、人の姿も少なくなってきていた。出歩いている人々も、暗くなる前に目的地へ着こうと急いでいるように見える。ヘロの体に震えが走った。ああ、神さま。もう手遅れで、マキシマスが醸造所に踏みこんでいたら？　グリフィンが鎖をかけられて荒れ果てた牢に入れられてしまうだなんて、とても耐えられそうにない。彼は誇り高い男性なのだ！　もっと悪いことに、捕まるときに彼が抵抗したらどうなってしまうのだろう？　撃たれてしまったら？

考えただけで泣きそうになった。おかしな話だ。グリフィンを拒絶したのはついゆうべのことなのに、今は彼の命のためにセントジャイルズの路地を急いでいるなんて。

頭がどうかなってしまったのだろうか？　それとも、単にとんでもない過ちを犯しているだけ？

そもそも、どうしてグリフィンを拒絶してしまったのだろう？　考え抜いて彼に告げた言葉も、理性的だと思っていた判断も、今や何ひとつ筋が通っているとは思えない。わかっているのは、自分が心の底からグリフィンを求めているということだけだ。彼の粗野な態度にもかかわらず、影のある過去にもかかわらず、そして兄が今まさに彼を捕らえようとしているにもかかわらず。

ヘロはグリフィンを求めていた。もし彼に何かあったら生きていられない。グリフィンなしの人生は長くて暗く、どれくらい耐えられるかを試すだけの退屈なものに違いない。彼女はグリフィンを求め、必要としていた。それにもちろん彼を愛していた。手遅れかもしれないがようやくわかった。グリフィンを愛しているのだ。

大事なのはそれだけだった。

「こいつはどうかしているとしか思えませんよ」ディードルが声を殺してささやいた。

振り返ったグリフィンは肩越しにディードルを見た。ついに日が暮れ、醸造所の裏の通りも陰にのみこまれていた。暗闇は夜に動く獣たちにとって天の配剤なのだ。うろつく暗殺者やさまよう襲撃者は姿を隠すことができる。

もちろん、闇に身を隠せるのは獣だけではない。襲われる獲物も同じだ。そして今夜、グリフィンやディードルたちも闇に身を隠している獲物の中に含まれていた。

グリフィンは銃の引き金に指をかけたままで応えた。

「たしかにどうかしているかもしれない。だが、われわれにはこれが唯一の道だ」

ディードルが不満そうに言った。

「連中もこっちの動きは予想してないでしょうがね。それは間違いありません。こんなふうに暗闇に紛れて待ち伏せしているとは思わないでしょうよ」

物音がして、グリフィンは音のした方へ慎重に顔を向けた。小さな影が路地を横切って走っていく。

「猫です」ディードルがささやいた。「司祭の野郎、本当に今夜、仕掛けてきますかね?」

「あいつはニックを殺してから、ずっと機会をうかがっていた」グリフィンはつぶやいた。

「こちらの人数が減るのを待ち、いまいましいことにそのとおりになったんだ。それにあいつはわたしを恐れ、この首をひどくほしがっている。今夜動く可能性はかなり高いだろうな」

グリフィンが人影に気づくのと、ディードルが彼の肩をつかんだのは、ほぼ同時だった。三つの人影がゆっくりと近づいてくる。ひとりが醸造所の建物の壁に飛びつき、のぼりはじめた。グリフィンの読みがあたっていれば、前回と同じように煙突をふさいでから攻撃してくるだろう。

身を低くしたグリフィンは素早く敵に襲いかかった。最初の男の髪をつかみ、銃の柄で殴りつける。男はその場に倒れた。つぎの男が声をあげたが、ディードルに撃ち倒された。グリフィンは身をひるがえし、壁をのぼっている三番目の男に銃を向けた。引き金を引くと男が壁から落ち、野蛮な高揚感がグリフィンの胸に広がっていった。

つぎの瞬間、何者かが横から殴りかかってきた。壁に叩きつけられた勢いで、銃が手から飛んでいく。大きなこぶしを顔や腹部に打ちこまれ、グリフィンは痛みにあえいだ。呼吸がとまり、視界がまわりはじめる。もう一丁の銃を抜き、さして狙いを定めることもできないまま敵の顔あたりに向けて発砲した。

グリフィンの顔のすぐそばで火薬が飛び散る。顔の横に痛みが走り、同時にねばつく液体が顔じゅうにかかった。ぐったりした敵の巨体を押しのけて顔をあげると、物音が奇妙にくぐもって聞こえた。遠くの路地の入口から敵がつぎつぎに姿を現わし、グリフィンとディードルの方に向かって駆けてきた。少なくとも二〇人、いや、もっと大勢かもしれない。

これは罠だ。不思議と冷静にグリフィンは思った。司祭はこちらが醸造所の外に出てくるのを待っていた。それなのにグリフィンたちはのこのこと出ていき、まんまと罠にかかってしまったのだ。

路地の中央に歩み出て、彼が敵に向き直った。目前に迫った殺戮《さつりく》に備えて剣を抜く。

「旦那」ディードルがグリフィンのかたわらであえぐように言った。「あれは誰です？」

肩越しに振り返ると、路地の反対の入口から別の集団が駆けてくるのが目に入った。こちらは隊列を組んで近づいてくる。列の後方には馬に乗った男たちの姿もあった。

「軍だ」グリフィンは口内にたまった血を足元に吐き出して言った。「ウェークフィールド公爵がわたしを捕らえにやってきたらしいな」

「なんてこった」ディードルがつぶやく。「おしまいだ、旦那。やられちまう！」

視線を戻し、グリフィンは高らかに笑った。まもなく彼の死地となる、薄汚れた煉瓦の壁にはさまれた狭い路地に笑い声が響いた。

サイレンスは暗くなったセントジャイルズの路地を足早に家へ向かっていた。

孤児院で雇っている乳母たちを訪れ、細々とした用をすませるだけの簡単な外出のつもりだったのだが、ひとりの乳母の自宅に入ったとたんにジン特有の匂いが鼻をついた。反論と抗議の金切り声が響き渡る中でひどい場面を演じ、サイレンスはようやく女性が面倒を見ていたはずの孤児を取りあげてその家をあとにしたのだった。乳母――彼女自身の子供がひとりいる未亡人――に同情する気持ちもなくはなかったが、幼子の安全を犠牲にはできない。乳母に預けていた赤ん坊は、まだ生後ひと月ほどの不安定な時期だった。

代わりの乳母には心あたりがあったが、その女性の家まではかなりの距離があるうえに、孤児院《サイレンスの家》とは反対方向だった。赤ん坊を抱いた彼女はできるだけ急ぎ、そうしたかいもあって結果は上々だった。新しい乳母となってくれたポリーは経験豊富で、その仕事ぶりは折り紙付きだった。

一日の仕事としては悪くないとサイレンスは思った。だが疲れきってしまったうえに、暗くなるまで時間がかかってしまった。

薄い毛織のマントでしっかりと肩を覆い、通り過ぎる建物の玄関を見つめる。ネルから聞いたひどい事件の数々を思い出さずにはいられない。ネルはしょっちゅうそういう話をするのだ。三人の酔っ払いに襲われて路地に引きずられていった女性の話や、四人の子供のためにミートパイを買いに出かけてそのまま行方知れずになった女性の話。つぎの日、消えた女性の靴だけが路地で見つかったという。

サイレンスは体が震えた。ネルの話に出てくる事件にはふたつの共通点がある。どの話もひとりで出歩いた女性が登場する。

そして事件が起きるのは、決まって暗くなってからだった。

前方から悲鳴が聞こえ、サイレンスはつまずきそうになった。広い通りを歩いているのだが、この先に曲がれる道はない。小さな靴屋の前に角灯が掲げられているのが唯一の明かりだった。声が段々と大きくなり、明かりが近づいてくる。

懸命に目を凝らしていると、男が悪態をつく大声が轟いた。続いて前方の建物から人影が姿を現わした。たいまつを手にした男性が三人と女性が数人だ。彼らは激しく動きながら叫び声をあげており、その中心には襟首をつかまれて引きずられる〝何か〟がいた。

窓が閉じられる音がどこからともなく聞こえ、サイレンスは身をこわばらせた。いったんあとずさりして脚に力をこめ、歩く速度をあげる。集団を通り過ぎてから肩越しに振り返ってみると、ふたりの男が被害者を通りの中央まで引きずり、棍棒で打ち据えていた。

「やめてくれ！」被害者の声が彼女の耳に刺さった。

さらに怒号が響いたが、サイレンスに聞きとれたのは〝密告者め！〟というひと言だけだった。

ああ、神さま。彼らはジンの密告者を袋叩きにしているのだ。

前方の扉が開き、サイレンスはすがるような思いで目を向けた。大勢の人々がばらばらと飛び出してきて、彼女のうしろで繰り広げられている私刑の現場めがけて駆けていく。通りは一瞬にして人であふれ返り、人々の怒鳴り声があたりの空気を揺るがした。サイレンスは建物に倒れかかり、壁にぴったりと背中を押しつけた。

手を震わせて醜く口をゆがめたひとりの酔っ払いが目の前に現われて、無言で彼女のマントのフードをはぎとった。フードと一緒に髪を強く引っ張られ、頭に痛みが走る。男の背後で夜空に向かって火の手があがり、オレンジ色の炎が男の黒いシルエットをくっきりと浮かびあがらせた。あの哀れな密告者はいったいどんな目に遭わされているのだろう？

だが人の心配よりも、サイレンス自身、眼前に危険が迫っていた。醜い男が恐ろしげに身を乗り出してくる。

彼女は右手に向かって駆けだし、逃げられたという喜びに胸をなでおろしかけた。

しかしつぎの瞬間、髪を力任せに引っ張られて悟った。この夜が最悪の悪夢に変わろうとしていることを。

19

さえずりを耳にした女王は動揺し、その夜は小鳥に背を向けてバルコニーから部屋へ戻ってベッドに入りましたが、朝になって決心を固めたのでした。いつにも増して丁寧に身支度をし、いちばん上等な金色のドレスに身を包んでダイヤモンドとルビーの王冠を頭にのせた彼女は王の間へと向かい、候補者たちと顔を合わせました。王子たちもそれぞれ、いちばん上等な服を身につけています。イーストサン王子は金と銀のローブをまとい、ウエストムーン王子はエメラルドを縫いこんだ丈が短く体にぴったりした上着を着て、ノースウインド王子は真珠をふんだんに身につけていました。三人ともすらりとして背が高く、とてもハンサムです。その姿は輝くばかりで、まさに完璧に見えました。

「ご決心はつきましたか?」イーストサン王子が尋ね、女王はうなずきました。

「はい」

敵の最初の一団が羊の群れのように襲いかかってきた。銃は持っていないようだが、棍棒で武装し、中には剣を持った者もいる。グリフィンは最後の銃弾を放ち、一団を率いていた先頭の男を撃ち倒した。

剣を抜いて、彼は雄叫《おたけ》びをあげた。「ニック・バーンズのために！」

背後で銃声が轟き、グリフィンとディードルを真ん中にはさんで司祭の手下と兵士たちがぶつかりあった。グリフィンが剣を操って敵の腕を切りつけると、相手は悲鳴をあげて倒れ、馬の下敷きになった。

ほんの一瞬、グリフィンは男たちが入り乱れる中で、ある顔――悪夢に出てくるのにふさわしい顔――を見かけた。顔の皮膚が溶けた蠟のようになって、頭蓋骨《ずがいこつ》の側面を流れ落ちているみたいだ。そのまま固まれば、さぞ醜悪な容貌《ようぼう》になるだろう。まばたきをすると、男の顔はすでに見えなくなっていた。

グリフィンは別の敵を殴りつけ、逆に反撃を食らった。何者かが棍棒を振りおろし、左肩でその一撃を受けとめる。たちまち腕全体にしびれが広がった。頭を強く振り、目にかかる血を払い落とす。いつの間に流血するような怪我を負ったのか、自分でもわからなかった。このままでは早々に撃たれるか、背後から刺されるかもしれない。それでも、グリフィンは振り返らなかった。

どのみちいずれは死がやってくるのだ。

隣でディードルが毒づく声がした。グリフィンは首をまわし、三人の敵を相手にして腕を血で赤く染めたディードルが、ふらつきながらあとずさりするのを見た。

咆哮《ほうこう》をあげたグリフィンは、ディードルを襲っている敵に突進した。最初の男につかみかかって投げ飛ばす。自分の顔が引きつれた笑みの形にゆがんでいくのがわかった。残りのふたりが背を向けて逃げ、わずかな間が空いた。そこへいきなり、金の拍車がついた黒いブーツが飛びこんできた。グリフィンの目の前だった。顔をあげると、巨大な黒い馬に乗ったマキシマスが彼をにらみつけていた。

「リーディング!」マキシマスが叫んだ。「ここはおまえの醸造所だな?」

「知ったことか」グリフィンは答え、飛びかかってきた背の低い男の顔に強烈な肘打ちを見舞った。

マキシマスが銃を抜き、グリフィンの頭の上空に狙いを定めて引き金を引いた。すぐ近くで銃声の轟音《ごうおん》が響き、危うく鼓膜が破れそうになった。マキシマスが険しい表情でグリフィンを見おろして唇を動かしているのだが、何も聞こえない。

背中を押されて振り返ると、ディードルが銃の柄で敵の頭を殴りつけているところだった。

何者かが肩に触れ、グリフィンは剣を振るって応じた。

馬上から、マキシマスが口元に手をやって叫ぶ。「こいつらはおまえの手下なのか?」

「わたしが味方と戦っているとでも思うのか?」グリフィンは怒鳴り返した。

横から襲ってきた敵をかわし、足を払って思いきり頭を踏みつける。まわりを見ると、司祭の手下たちは統制を失い、ほとんどが退散しようとしていた。そこへ戦い慣れた兵士たちが攻撃を加えている。

「おまえには商売敵がいるらしいな」マキシマスもあたりを見まわして言った。

マキシマスが剣を抜いて身をかがめ、飛びかかってきた敵の顔を剣刀の側面でしたたかに打ち据えた。強烈な一撃に相手はうしろによろめき、そこへグリフィンが剣の柄を後頭部に叩きこんでとどめを刺した。男が倒れるのを見届け、グリフィンは皮肉めかした笑みを浮かべてマキシマスに向き直った。

しかし、公爵の巨大な馬の背後の光景に気づいたとたん、グリフィンは胸に恐怖がこみあげ、肩が凍りついたようにこわばった。

路地の入口から、ヘロが乱闘の場に向かって上品に歩いてくる。かたわらに立つ従者は角灯を掲げ、武器といえば銃を手にぶらさげているだけだ。

「なんてことだ」グリフィンはあえぐように言った。

マキシマスが肩越しに振り返る。

「わたしの妹がなぜこんなところにいるんだ、リーディング？」

トマスはこれまで、誰に対しても膝をついたことなどなかった。ラビニアを見あげる自分の格好のなんと卑屈なことか。それでも、これは正しいことなのだと感じられた。彼女に向かって手を差し出す。心の底から、この手を取ってほしいと思わずにはいられなかった。ラビニアに去られたら、彼には何もなくなってしまう。彼女が望むのであれば、四つん這いになってみせたっていい。

みずからがトマスにもたらした苦悩の大きさを、彼女はわかっているのだろうか？　だが、ラビニアは茶色の瞳を涙で光らせるだけだった。「あなたはわたしと結婚できないのよ、トマス。今まで何度もあなた自身がそう言ったじゃない」

ラビニアが背を向けようとした。トマスは即座に立ちあがった。彼女の手を取り、両手でしっかりと握りしめる。

「ああ、たしかにわたしはそう言った。だが、わたしは嘘をついていたんだ。きみと自分に対してね。わたしはきみと結婚できるとも」

「でも、アンの件はどうなったの？　裏切られるのが怖くない？」

トマスの胸にみじめな動揺が広がった。「そんなことは関係ないんだ」

「いいえ」ラビニアが深呼吸をして言葉を続ける。「あるのよ。あなたはアンに手ひどく裏切られて、それからというもの女性を信じられなくなった。あなたに誤解されたらと、一生を怯えながら生きていくなんて、わたしにはできないわ」

「違う！」トマスは目を閉じた。この大事な願いを正しく伝えるには、みずからの心を冷静に保たねばならない。「わたしが愚かだったんだ。認めるよ。たしかにわたしはきみを疑った。一緒にいた頃のきみは、わたしに誠実でいてくれたというのに。それにほかの女性に走ったのもきみじゃない。わたしだ」

「でも――」

「いいや、聞いてくれ」彼はラビニアの手を握る手に力をこめた。「わかっているんだ。問題はわたしだ。グリフィンはアンを誘惑していないと言ったのに、わたしは弟を信じてやらなかった。お願いだ、ラビニア。わたしは変わる。それを証明させてほしい」

彼女は頭を振り、とめどなくあふれる涙をぬぐおうとした。

「議会はどうするの？　侯爵家の跡取りは？」

「わからないか？」トマスも頭を振り、言葉を探した。貴族院でも雄弁で知られた彼が。「そんなものはどうでもいいんだ。きみがいなければ、わたしはただの抜け殻になってしまう。議会も、それに侯爵家だって、わたしがいなくてもどうにかなる。だが、きみがいなければわたしは生きていけない」

ラビニアが息をのんだ。

「きみを愛している」彼は必死で訴えた。「この気持ちはこれからもずっと変わらない。きみを忘れようとしても忘れられないんだ。わたしはきみを愛しているし、きみと結婚したい。どうかわたしと結婚してくれないか？」

「ああ、トマス！」ラビニアは笑い、同時に泣いていた。目は赤く充血し、頬にはしみがある。それでもトマスの目には、彼女がこれまで出会ったどの女性よりも美しく見えた。「ええ、あなたと結婚するわ」

馬に乗ったマキシマスとその隣に立つグリフィンを見つけ、ヘロは走りだした。彼らの姿は揺れるたいまつの火に照らされている。周囲では激しい乱闘が続いていたが、彼女の目にはふたりの男性しか見えていなかった。なんてこと、マキシマスはグリフィンを殺そうとしているのだろうか？

「お嬢さま！」ジョージが叫び、大きな棍棒を持った男の一撃を防いだ。「お嬢さま、お待ちを！」

グリフィンがマキシマスの馬をまわりこみ、立ちはだかった最初の敵を殴り飛ばした。剣でふたり目の体を貫き、三人目を殴り、蹴りつけた。そうしているあいだも、彼の目はヘロしか見ていなかった。おぼろな光しかない狭い路地で、緑色の瞳が凶暴に光り輝いている。

グリフィンがヘロのもとへたどりつくと同時に、ジョージが叫び声をあげて銃声を轟かせた。彼女が身をこわばらせて振り返ると、血まみれになった男がジョージの足元に倒れこむところだった。

肩をつかまれて振り向かされた。グリフィンがヘロをにらみつけている。彼はかつらもかぶっていないし、額には傷があり血を流していた。顔の右側には乾きかけた黒い血がべっとりとついていて、右目がその中心あたりで悪魔めいた異様な輝きを発している。

生きているグリフィンを見て、ヘロは気を失いそうなほどに安堵した。間に合ったのだ。これで彼を悼みながら残りの人生を送らずにすむ。これで――。

彼の口が開いた。「こんなところで何をしている？　気でも触れたのか？」

ヘロは目をしばたたき、身を硬くした。「わざわざあなたに会いに来たのよ！」

「ひとりでセントジャイルズに来るなと言っただろう！」グリフィンが彼女の体を揺さぶる。

「ジョージがいるわ――」

グリフィンは鼻で笑った。「ジョージだと！　彼ひとりだけじゃないか！　しかも暗くなったあとでだ。どうかしているとしか思えない」

屈辱と痛みが涙となってヘロの目から落ちた。彼女はグリフィンを突き放して背を向け、この場から逃げだそうとした。

悪態をついた彼が、うしろからヘロの腕をつかんだ。ふたたび彼女を振り向かせて唇を重ねる。情熱と怒りがこもった、生命感あふれるキスだった。

グリフィンが無事なのがうれしかった――たとえひどい態度を取られたとしても、これ以上ないほどにうれしい。ヘロは口を開いてキスを受け入れ、両腕を彼の首にまわして強く引き寄せた。景色も音もすべてが消えていき、ふたりは自分たちだけの世界に入りこんでいった。ヘロには自分の心臓が打つ音が聞こえていた。グリフィンからは火薬と汗の匂いがする。その匂いが、彼が現実にここにいることを感じさせてくれた。グリフィンは〝生きて〟ここにいるのだ。ヘロの口に、みずから流した涙の――喜びの涙の苦い味が広がっていった。

「ヘロ」彼がうなるように言う。

「グリフィン」吐息まじりに応えた。

「なんということだ」近くにいる誰かが、心底うんざりした口調で告げた。

グリフィンはヘロを見つめたまま、顔だけをあげて言った。

「さっさと消えてくれ、ウェークフィールド」

ヘロは目を見開いて周囲を見まわし、まだ馬に乗ったままの兄が苦々しげな顔で彼女を見おろしていることに気づいた。

「グリフィンを連れていかないで！」ヘロは叫び、グリフィンの胸にすがりついた。こうしてぴったりと体を預けておけば、マキシマスだって彼を捕まえられないだろう。

「公爵はわたしを捕らえたりしないよ」グリフィンが言い放った。「きみがわたしと結婚してくれればね」

「わたしの妹を脅しているのか？」マキシマスが怒りをこめた声で言う。

「必要とあらば脅しもしますよ」グリフィンはふたたび彼女に視線を戻した。彼の目に浮かぶ何かが、かたくなだったヘロの心を解き放った。「きみと結婚するためなら、わたしはなんだってしてみせるよ、ヘロ」

彼女は落ち着かない手つきでグリフィンの顎をなでた。そこだけは血がついていない。

「わたしを脅す必要なんてないわ。だって、わたしはあなたを愛しているもの」

グリフィンの目がぱっと輝き、彼はふたたびヘロをしっかりと抱きしめた。

「本当か？　では、わたしと結婚を？」

「喜んで」小声で答える。

身をかがめたグリフィンは彼女にキスをした。受け入れようとしたヘロが口を開くと同時に、彼が何かに反応してさっと顔をあげた。

「閣下！」兵士のひとりがマキシマスに駆け寄って告げた。「西の地区で暴動が発生しました。兵を送りますか？」

恐怖がこみあげ、ヘロはグリフィンを見つめた。「孤児院がある方角だわ！」

「ああ」彼は周囲を見渡し、大きな声で叫んだ。「ディードル！」

執事はすぐに姿を見せた。髪は乱れ放題で、片方の腕が血まみれになっている。

「はい、旦那？」

「司祭のやつは罠に食いついたか？」グリフィンが意味深長な物言いをした。

マキシマスが眉をひそめる。「なんのことだ？」

ディードルがにんまりした。

「やつらは中に入りました。こっちの味方はひとりも残ってませんぜ、旦那」

「よし、やれ」

ディードルがうなずき、二本の指をくわえて大きな口笛を吹いた。

グリフィンはマキシマスに向き直って言った。「部下たちを集めた方がいいでしょう」

マキシマスはいぶかしげに眉をあげ、それから叫んだ。「集まれ！」

即座に兵士たちが反応し、指揮官のもとへと動きだす。

「ちょっと時間がかかりすぎですかね？」ディードルが不安そうにこぼした。

その瞬間、すさまじい爆発音が夜を切り裂いた。

激しい衝撃で地面が揺れる。近くの建物の煉瓦壁が崩れ落ち、炎が闇夜を明るく照らし出して、たちまち煙の匂いが周囲にたちこめた。

ヘロはグリフィンにすがりついた。「今のは何?」

「司祭をこっぱみじんにする仕掛けだ」彼は残忍な笑みを浮かべた。「司祭と手下どもへの贈り物だよ。ニックも気に入ってくれただろう」

爆発を見届けたマキシマスがふたりを見おろした。

「おまえが醸造所を吹き飛ばした。そういうことか?」

にやりとして、グリフィンは答えた。

「なんの話かわかりませんね。でも、もし醸造所が吹き飛んだのなら、あるしつこい女性がジンとその密造がもたらす害をわたしに教えてくれたおかげでしょう」

ヘロは胸がいっぱいになり、目には涙がこみあげた。「ああ、グリフィン!」

いかにも面白くなさそうにマキシマスは言った。

「まったくおまえは腹の立つ男だな。だが、わたしもおまえを家族として受け入れる覚悟をしなければならないようだ」

兄の視線がヘロに移った。

彼女は顎をつんとあげて言った。「そうでなければ、わたしは駆け落ちするわよ」

マキシマスが身を震わせる。「そんな報告をバティルダからされたら、わたしはとても最後まで話を聞いていられそうにない」彼は上体をかがめ、グリフィンに向かって手を差し出した。「では、手打ちといくか?」

グリフィンは差し出された手を握った。「もちろんです」

「さて」マキシマスが馬上で背すじを伸ばす。「その孤児院はどこだ？」

サイレンスは向かってくる酔っ払いを見あげ、この男が望みを達したあとでも自分は生きていたいと思うだろうかと考えた。

男の背後で誰かが大声をあげたが、怒号が飛び交う中ではさして際立った声でもなかったので、彼は無視することにしたようだった。しかし、手袋をした手で強く肩を叩かれ、男はうしろを振り向こうとした。そのまま体が回転し、酔っ払いは顔から地面に倒れこんだ。

驚きに目をしばたたいて、サイレンスは救世主の姿を見あげた。

とたんに体が凍りつき、どうすることもできずにただ相手を見つめた。まるで子供向けの芝居から抜け出してきたような男が立っている。赤と黒のまだら模様のチュニックとズボンに、膝まである黒いブーツ、ボタンのついた黒い手袋といういでたちだ。やはり黒の仮面で顔の上半分を隠し、口と顎だけがのぞいている。サイレンスが見つめていると、男はつばの広い黒の帽子を取り、ひどく丁寧に頭をさげて彼女を唖然《あぜん》とさせた。

「あなたは〝セントジャイルズの亡霊〟ね？」サイレンスは思ったままを口にした。

男は声をあげずに口だけを動かして笑い、道案内を買って出るかのように帽子で自分の前を示した。

「わたしの家はすぐそこなの」無言劇を演じる喜劇役者に話しかけているようで馬鹿みたい

な気がしたが、サイレンスはそれでも声をかけた。

口元を引きしめた男がまた頭をさげ、断固とした仕草で彼女の家と反対の方角を示す。

「あなたを信用してもいいのね？」

男性はにやりとしたが、それでサイレンスの心が休まるはずもない。でも、この人は助けてくれたのだ。それにこんな異様な風体の連れがいる限り、ふたたび襲われることもないだろう。

「わかったわ」彼女はスカートを持ちあげて歩きだしたが、男性の背後に人影があるのを見て立ちどまった。

路地の反対側にミッキー・オコーナーがいた。眉をわずかにひそめてサイレンスの方に体を向け、腰に手をあてて立っている。彼女は息を震わせて目をそらした。その視線の先ではセントジャイルズの亡霊が剣の柄を握りしめていた。

「だめよ、やめて」サイレンスは亡霊の腕に手をかけて言った。

亡霊が彼女を見つめ、問いかけるように頭を傾ける。

亡霊とミッキー・オコーナーのどちらを恐れるべきなのか、サイレンスにはわからなかった。ただひとつはっきりしているのは、今夜はもう暴力沙汰はたくさんだということだけだ。

「お願い」

うなずいた亡霊が剣から手を離した。

自分を抑えられず、サイレンスはもう一度路地の反対側に目をやった。

ミッキー・オコーナーが濃い茶色の瞳で射抜くように彼女を見つめている。とても不機嫌そうなまなざしで。

いたたまれなくなり、目をそらした。「こっちでいいの?」

うなずいた亡霊とその場をあとにする。小石を敷きつめた道を歩きはじめてから数分のあいだ、サイレンスは背中にミッキー・オコーナーの視線を感じていた。気づいていると思われるのがいやであえて振り向かなかったが、そのうちに何も感じなくなった。

彼女は大きく息をつき、自分が置かれた状況を考えることに集中した。セントジャイルズの亡霊は軽快な足取りで、ほとんど音もなく歩いている。頭をあげて歩く姿は、風の匂いを頼りに進んでいるかのようだ。彼は何度か立ちどまり、危険を避けるようにして違う路地に入っていった。一度などは彼がサイレンスの腕を取り、走るように促した直後に背後から悲鳴が聞こえてきた。不思議なことに、彼女はこの男性に恐怖を感じていなかった。まったく言葉を発さず、顔も大部分が見えないというのに。

ようやく孤児院が仮住まいをしている建物が見えるところまでやってきて、サイレンスは足をとめた。玄関に人だかりができている。人々が掲げている角灯の光で、集まっているのが兵士たちだというのがわかった。

「兵隊がこんなところで何をしているのかしら?」彼女は尋ねた。

もちろん答えを期待していたわけではない。だが振り返ってみたら誰もおらず、ひとりきりで立っていると気づいたときにはさすがに驚いた。あわてて路地を見まわしたが、セントジャイルズの亡霊の姿は跡形もなく消え去っていた。

現われたときと同じく、唐突に姿を消してしまったのだ。

「まったく、男の人っていうのは」サイレンスはつぶやき、孤児院の建物へと向かった。

「ミセス・ホリングブルック！」ネルが玄関から飛び出し、駆け寄ってきた。「ああ、奥さま！ この人たちが言うには、今夜は密告者が三人殺されて、暴動まで起こったそうですよ。ミスター・メークピースも現場にいあわせたそうです。あんな様子のあの方をはじめて見ました」

「ウィンターはどこ？」サイレンスはなかば取り乱してきいた。「あれはレディ・ヘロなの？」

「ええ」ネルが言った。「それがなんと、ウェークフィールド公爵ご本人もご一緒なんです！ みんなびっくりして、それはもう大変だったんですから」

サイレンスは目を凝らした。あれはどう見ても……。

「レディ・ヘロはグリフィン卿とキスをしているの？」

ネルがうなずく。「ご婚約なさったそうですよ」

「でも、レディ・ヘロはグリフィン卿のお兄さまのマンダビル侯爵と婚約していたのではなかった？」困惑して尋ねた。

ネルが肩をすくめた。「とてもそうは見えませんね」

たしかにレディ・ヘロはグリフィン卿とたいそう親しいように見える。サイレンスが事態をのみこもうとしているうちに、ウィンターが走り寄ってきた。帽子はかぶっていないし、ひどく息を切らしている。

「よかった！」彼はサイレンスをきつく抱きしめた。兄にすれば最大限の愛情表現と言っていいだろう。「最悪の事態を予想していたんだぞ」

「ごめんなさい」彼女は空気を求めてあえいだ。「赤ちゃんを新しい乳母のところに連れていかなくてはならなかったの。帰ってくる途中で暗くなってしまって」

ウィンターがあとずさりして目を閉じた。

「もう何も言うな。まったく、またこんなことがあったら、ぼくは生きていられないよ。これから出かけるときは、ふたりひと組で行くようにしよう」

サイレンスはうなずいた。「そうね。セントジャイルズの亡霊がいなかったら――」

ウィンターが素早く振り向き、険しい視線で彼女をにらんだ。「なんだって？」

兄の剣幕に目をぱちくりさせ、彼女はうしろにさがった。「セントジャイルズの亡霊よ。彼と一緒だったの。ここまで安全に送ってきてくれたのよ」

酔っ払いから助けてもらった話はしない方がいいだろう。ウィンターは妹の無事を祈ってすでにじゅうぶん心配していたのだ。乱暴されそうになり、それ以上ひどいことになっていた可能性もあったなどと今さら告げる必要はない。

首を伸ばしたウィンターが暗い路地を見まわした。「彼はどこだ？」

「消えたわ。わたしをここまで連れてきて、いなくなってしまったの。どうしてそんなことをきくの？」

兄が肩をすくめる。「亡霊はぼくがいないときに限って現われるからね。噂のお化けを、ぼくも一度見てみたいものだ」

「彼はお化けじゃないわ。それはたしかよ」サイレンスは言った。「わたしや兄さんと同じ人間だわ」

ウィンターはうなるように言った。「まあ、どちらにしても、今は亡霊の正体を議論している場合じゃない。ご高名なお客さまがぼくたちに用があるそうだからね」

「レディ・ヘロが奥さまにお話があるそうですよ」ネルが言った。「今、思い出しました」

「どんなお話かしら？」サイレンスは尋ねた。

ネルが眉間にしわを寄せて答えた。「糸がどうとかいう話でした。なんのことだかあたしにはわからなかったですけど、それはご熱心でしたよ」

「糸？」なぜレディ・ヘロが糸の話を？　でも貴族というのは、ときにおかしなことを言いだすものだ。「きいてみるのがいちばんね」

20

「最後にお尋ねしたいことがあります」女王は眉をひそめる候補者たちに言いました。「わたしの心の中にあるのはなんだと思いますか？」

王子たちは女王の問いを快く思わなかったようです。イーストサン王子は顔をしかめ、しばらく口を開いたり閉じたりしていましたが、やがて礼をして部屋から出ていってしまいました。ウエストムーン王子もあからさまにいやな顔をして、女王や女性たちの浮ついた心の内などわからないとつぶやきながら、つかつかと歩み去りました。ノースウインド王子は頭を振って言いました。「誰に女心が理解できるでしょう？」そしてやはり、彼も部屋から立ち去っていきました。

相談役や閣僚たち、文官たちが議論をはじめましたが、その喧騒《けんそう》の中、女王は静かに王の間をあとにして廏舎へと向かったのでした。

『黒髪の女王』

六週間後……


「兄上は気取り屋の頑固者だ。わたしが返事をする必要なんてないよ」

グリフィンは朝食の席で、トマスからの手紙をテーブルに投げた。

一週間前に結婚したばかりの彼の妻が、向かいの席で静かに紅茶を注ぎながら言った。

「あら、そんなことはないわ。ちゃんと返事をしたためて、ディナーの招待を受けなくてはだめよ。だってトマスはあなたのお兄さまですもの」

グリフィンは腕を組んでうなり、ヘロをにらみつけようとしたが、肩があらわになった素晴らしいドレスに気を取られてうまくいかなかった。「ドレスを新調したのか？」

「ええ、でも話をそらす気はないわよ」ヘロが美しくも生真面目な表情で答える。彼女がそういう表情をすると、彼は興奮をかきたてられてしまうのが常だった。

もちろん、妻がただアルファベットをそらんじただけだとしても、それは変わらないのだが。

「今日は何をするつもりだい？」グリフィンは彼女の言葉を無視して尋ねた。

「ミスター・テンプルトンの工事がどこまで進んだかを見に行くわ。この前の話では、春までに完成するそうよ。それがすんだら、つぎは子供たちがどこまで糸を紡ぐのが上手になったか、孤児院で見てくるつもり」

「そいつはいい！」グリフィンはすでに最高級の牡羊と繁殖用の牝羊《めひつじ》を手に入れていた。春までには、子供たちが紡ぐ羊毛も準備できるはずだ。

ヘロがにっこりした。「それからレディ・ベッキンホールのところでお茶をいただくわ。〝〈恵まれない赤子と捨て子のための家〉を支える女性たちの会〟に参加してもらおうと思っているの」

「どうして？」

グリフィンは大げさに身を震わせてみせた。「その名前を聞いただけで怖くなるよ」

「妻と妹がかかわる女性だけの組織だぞ」彼はふざけてがっくりと肩を落とした。「男なら誰だって恐ろしいと思うさ」

「馬鹿ね」ヘロがこともなげに言う。「そんなことを言っていると、マーガレットに笑われるわよ」

「だからそれが恐ろしいんだよ」

彼女は視線でグリフィンをたしなめ、ティーカップを自分の前に置いた。「いい？　お兄さまのお話だけど――」

「なぜわたしが兄上に会わなければいけないんだ？　もっともな理由があるなら、ひとつでいいからあげてくれ」ヘロが口を開きかけると、彼は指を一本あげて制した。「不幸なことに血がつながっている、という点は除いてだ」

彼女はかわいらしく微笑んだが、それが警戒すべき徴候だということが、この一週間でグリフィンにもわかってきていた。「お母さまがお喜びになるわ」

「ふむ」返す言葉もなく、ただつぶやいた。彼は母を幸せにするためならなんでもするつもりでいるし、ヘロもそのことをよく知っていた。

「それに」彼女はトーストを手にとって言った。「そうしてくれるとわたしもうれしいわ」

妻の言葉にグリフィンは背すじを伸ばした。「兄上はきみを殴ったんだぞ！」

「わたしはもうトマスを許したわ。謝罪のあかしに、信じられないくらい高価なエメラルドのネックレスだっていただいたのよ」

「あれはラビニアが無理やり贈らせたんだ」グリフィンは指摘した。

「それでも、わたしを気づかってくれたことには変わりないでしょう」ヘロはトーストをかじりながらグリフィンを見た。「その前だって三週間も毎日、薔薇の花を贈ってくれたじゃない。あなたがどうしてやめさせてしまったのか、わたしにはわからないわ」

「家じゅうにしおれた薔薇の匂いが充満してた」彼はぼそりと言った。「あんなにいらつく匂いはないよ」

妻がダイヤモンドのような瞳でグリフィンを見つめた。

「わたしがトマスを許せたんですもの、あなただって許せると思わない？」

「ふむ」ヘロと結婚してからめっきり増えた反応だ。そのとき頭に不届きかつ邪《よこしま》な考えが浮かび、彼は両目を見開いた。「身の毛もよだつトマスとの夕食会を我慢したら、キスしてくれるかい？」

ヘロが警戒して眉をひそめる。愛らしいが愚かではない。さすがに彼の妻だ。

「キスならいつもしているじゃない」

「違うよ」グリフィンはいたずらっぽくつけ加えた。「そのキスではない」

目の前で彼女の頬が染まった。結婚して一週間、いまだに妻の顔を赤らめさせることができるとは！　それに、勝つ機会があれば逃さず勝っておくべきだというのは人生の真理だろう。

「わたしを脅迫する気なの？」ヘロが信じられないという顔でささやいた。「あなたのすることにしたって卑劣だわ」

グリフィンは上着の袖を整えた。「そのくらいのご褒美があっていいと思うけどね」

彼女が上品に鼻で笑う。

「キスを一回だけ」妻が〝そこ〟にキスをする光景が頭をよぎり、グリフィンは思わずうっとりとまぶたを閉じた。「ほんの少しでいい」

妻が頬をさらに紅潮させ、彼を喜ばせる。「悪い人ね」

気だるい笑みを浮かべ、グリフィンは応えた。「きみこそ思わせぶりだ」

「夕食会に行くの？」

「キスは？」

唇をかむヘロの顔を見て、彼の下腹部が反応した。「たぶんね」

そんなやりとりの数時間後、グリフィンはマンダビル侯爵家の玄関前にある階段をのぼっていた。まだ脳裏に残っている〝たぶんね〟と言ったときのヘロの表情すらも、彼を不機嫌から救い出すことはできなかった。トマスが留守であることを祈りつつ扉を叩く。兄さえいなければ、あとは妻の待つ家に帰るだけだ。

　しかし残念ながら扉は開き、グリフィンはそのまま食堂に通された。室内を見まわすとマホガニー材の長いテーブルの端に兄が座っており、その右手の席にひとり分の食器が並べてあった。あとはすべて空席のようだ。

　前に喧嘩をしたとき以来、グリフィンはトマスと会っていなかった。そのあいだに兄弟はどちらも結婚し、トマスは――面白いことにいつもとは逆に――悪名高きミセス・テイトと結婚したことでちょっとした醜聞を巻き起こして、それに耐えなければならなかった。

　彼は兄の方へと進んでいった。「ラビニアは？」

　グリフィンが部屋に入ったときから立っていたトマスは、弟に視線を据えたままワインをがぶりと飲んだ。

「彼女が言うには、今回の夕食会はわたしたちふたりきりの方がいいそうだ」

　グリフィンは用意された席にどさりと腰を落とした。「ヘロも来ない」

　トマスが目を伏せる。「彼女には本当にすまないことをした」

「すまなく思って当然だ」うなるように言って視線をそらす。「だが、ヘロは兄上を許したと言っている」

　トマスがため息をついた。「よかった」

　席の前に置かれたグラスに、グリフィンは目をやった。ここで飲んでしまえば、ずるずると飲みつづけてしまいそうな気がする。家では妻と彼女のキスが待っているのだ。できることなら素面《しらふ》で帰りたい。

咳払いをして、トマスが言った。「ラビニアは、わたしがおまえを信じていると伝えなければいけないとも言っていた」

遠まわしな言葉の意味を理解するのにしばらく時間がかかったが、グリフィンは兄の真意に驚いて、椅子に座ったまま背すじを伸ばした。「そうなのか？」

うなずいたトマスがワインを飲む。

グリフィンがてのひらでテーブルをばんと叩くと食器が跳ねあがり、フォークが一本、床に落ちた。「それなら、なぜもっと早くそう言ってくれなかった？」

苦々しげな顔をしてトマスが答えた。「彼女はいつもおまえを気に入っていた」

「アンのことか？」信じられない思いで尋ねる。

トマスがふたたびうなずいた。

「だから？　彼女が結婚したのは兄上だ」

「だが、もしわたしに爵位がなかったら――」

「でも、現に兄上は爵位を持っているじゃないか」グリフィンは怒鳴り声に近い声で言った。こんな愚かな、馬鹿な話があっていいはずが――。

いきなりトマスが腕を振り、グラスを床に投げつけた。

「おまえにはわからないんだ！　今までだって気づきもしなかったろう。たしかにわたしには爵位があるし、父上はわたしを愛してくれた。だが、母上も含めたほかのみんなが愛しているのは〝おまえ〟なんだ！」

グリフィンは呆然とまばたきをした。「兄上は……嫉妬していたのか？　このわたしに？」

顎の筋肉を震わせながら、トマスが視線をそらす。

いやはや、なんてことだ。グリフィンは腹を抱え、テーブルにのしかかるようにして大声で笑った。

「笑い事じゃない」トマスが言った。

「いや、これが笑わずにいられるか」グリフィンは兄に告げた。「兄上がわたしと三年も口をきこうとしなかった原因が嫉妬だったとはね。まったく！　わたしより金持ちで年上で、はるかに男前だというのに、それ以上何を望むんだ？」

トマスが肩をすくめる。「おまえはいつだって気に入られていた」

グリフィンは真剣な表情に戻って尋ねた。「誰に？　アン、それとも母上か？」

「どちらにもだ」トマスは憂鬱そうに割れたグラスを見つめた。「父上が亡くなったとき、わたしはすべてが自分にかかっていると思った。爵位を継いだのはわたしだったしな。だが、父上に借金があるとわかったとき、母上はおまえを頼って大学から呼び戻した」

「たしかに、商才に関してはわたしの方が上だからね」

きっぱりとうなずき、トマスは続けた。「今もそうだし、昔からそうだったんだ。おまえはまだ二〇歳で、わたしよりふたつも年下なのに、借金だらけだったわが家をたちまち立て直した」

「では兄上は、あのまま家族そろって路頭に迷うことになった方がよかったと？」グリフィンは乾いた口調できいた。

「まさか」トマスは顔をあげ、弟の顔を澄んだ目で見つめた。「ただ、母上をあの苦境から救ったのがわたしだったらよかったのにとは思うよ」

しばらくのあいだ、グリフィンは兄をじっと見た。トマスにとって、自分にも秀でていない分野があると認めるのは相当つらいに違いない。

グリフィンは身を乗り出し、兄のために新しいグラスにワインを注いだ。「兄上が議会で演説をするたびに、母上はわたしに手紙を送ってくれる。何枚も何枚も、兄上の演説の要点から貴族たちの反応まで事細かに記してね」

トマスがあんぐりと口を開いた。「本当か？」

グリフィンはうなずいた。「本当だ。母上が傍聴席にいることは知っていたんだろう？」

「いいや」トマスが呆然としたまま首を振る。「まるで気づかなかった」

「では、母上の気持ちもこれでわかったはずだ」グリフィンはワインのボトルをテーブルに戻し、椅子の背にもたれた。「それに、商売上手が一家にふたりいたっていいことなどないさ。そうだろう？」

その夜、ヘロは寝室の扉が開く音で目を覚ました。あくびをして、無造作に体を伸ばしながら、グリフィンが持ってきたろうそくを置いてかつらを外すのを見つめる。

残念なことに世間では洗練されていると思われていないあり方だが、ふたりは同じ寝室のひとつのベッドで夜を過ごすと決めていた。そこで、ヘロは結婚したのちグリフィンの寝室に移ってきた。今は隣りあう居間のひとつを、彼女の衣装室に改造中だ。

「遅かったわね」ヘロの声は眠っていたせいでかすれていた。

グリフィンが鏡台の上にある鉢の水で顔を洗い、手をふきながら彼女に向き直った。

「トマスと領地の話をしていたんだ」

夫の声は落ち着いている。夕方に兄の家を訪ねる前までの緊張しきった様子が嘘のようだ。

「話はうまくいった?」

「じゅうぶんにね。兄上も新しい商売に乗り気になってくれた」グリフィンは手をふいていた布を鏡台の上に置いて、ゆっくりとベッドに向かってきた。視線をヘロが胸の上で押さえているシルクの上掛けのあたりに走らせる。「何も身につけていないのか?」

彼女は上品に目を伏せて答えた。「つけて……いるわ」

上着を脱ぎながら、グリフィンが眉をぴくりと動かす。「何を?」

黙ったまま、ヘロは首を横に傾けた。

夫の視線が彼女の左の耳でとまった。「ああ、ダイヤモンドのイヤリングだね」グリフィンはクラバットを外した。「もう片方はどうしたんだ?」

むき出しの腕を上掛けから出して、ヘロはベッドの脇にあるテーブルの方を指差した。

彼はクラバットを落とし、ベストを椅子の背にかけてからテーブルに歩み寄って、イヤリングをつまみあげた。「これはわたしに投げつけたイヤリングかい？」

「ええ」ヘロはふかふかの枕に頭を預けて横たわった。

「そうか」グリフィンが靴を脱ぎ、ベッドにのって身を寄せてきた。重みでマットレスが沈む。「いいかな？」

胸の高鳴りが激しくなっていくのを感じながら、彼女は唇を湿らせた。「いいわ」

グリフィンが上掛けに膝をついてヘロにまたがり、上体をかがめる。あたたかい指が耳たぶにやさしく触れ、イヤリングがつけられた。

思わず彼女は身を震わせた。

グリフィンが上体を起こして見つめる。「美しい」

「いちばん好きなイヤリングなの」

ヘロと目を合わせた夫の瞳は楽しげで、欲情しているようでもあり、しかも危険なほどの所有欲に満ちていた。「イヤリングのことを言ったんじゃないよ」

彼女は無邪気に眉をあげてみせた。「違うの？」

「違う」グリフィンがふたたび身をかがめ、ヘロの喉に唇を這わせた。

全身に鳥肌が立ち、胸の頂が痛いほどに張りつめた。

「わたしがきみに恋に落ちたのは、そのイヤリングを投げつけられたときだったような気がする」グリフィンが彼女の肌に向かってささやいた。

「よくそんなことが言えるわね」あえぐように抗議する。両腕を上掛けから出したいが、彼がその上にまたがっているのでどうにもならない。「ほかの女性と愛しあっていたくせに」

「愛しあってなどいなかったさ」グリフィンが訂正した。「わたしはきみと出会うまで、誰とも愛しあったことはない。それに今となってはどうでもいいことだ。きみを見た瞬間に、相手のことはわたしの頭から消えていたしね」

ヘロは震える唇で笑ってみせた。「そんな話をわたしが信じると思っているの?」

「もちろんだとも」グリフィンはつぶやき、彼女の胸にかかった上掛けを少しだけさげた。「わたしを信じるんだ。そして愛してくれ」

頭をあげた夫の真剣な瞳を見つめ、ヘロは応えた。

「愛しているわ。わたしはあなたを愛してる」

グリフィンが口の端をあげて微笑んだ。「いつ気がついた?」

キスをしてほしい。それに、できることなら答えを永遠にはぐらかしておきたい。ヘロは唇をかんだ。「気分がよくなることでも言ってほしいの?」

「そうだとしたら?」グリフィンが歯で上掛けをさげ、片方の胸のふくらみをあらわにした。熱い吐息が肌に感じられるところまで口を寄せたものの、まだ触れようとはしない。

「たぶん、ハート家の庭園でキスをしたときだと思うわ」ヘロはささやいた。

彼が鼻で笑う。「きみはわたしをトマスだと思っていたじゃないか」

ヘロも笑った。「まさか! 勘違いしたふりをして、からかっていただけよ。だってあなたったら、わたしをひどくいらつかせるんですもの。でも、あなたとトマスを間違えたことなんて——あっ！」

　上体をかがめたグリフィンが乳首にそっと歯をあてた。敏感にとがったその部分に舌を這わせてから、強く吸いたてる。

　激しい愛撫に、ヘロは思わずあえいだ。

　彼が顔をあげて言った。「今、何か言ったかい？」

「あなたとトマスを間違えたことなんてないわ」彼女は薄目を開けてグリフィンを見た。「最初の夜、真実の愛について話したのを覚えてる？」

「忘れるはずがない」グリフィンが上掛けをさらにさげ、もう一方のふくらみもあらわにした。そのまま胸の先端をもてあそぶ。「わたしは不安だったんだ。あのとき、自分にはきみしかいないと知ってしまったから」

　あまりにも甘美な快感に、うまく言葉を口にできない。ヘロはごくりと唾をのみこんだ。

「わたしにもあなたしかいないわ。今もこの先もね。自分の臆病さのせいで、わたしはあなたに背を向けてしまうところだった。たまにそれを思い出すたびに、泣きたくなってしまうの」

「しいっ」彼は指で愛撫を続けながら、そっと唇にキスをした。「でも、きみはわたしに背を向けたりしなかったし、わたしたちは今も一緒だ。この先ずっと永遠に」

「約束してくれる？」ヘロはかすかに触れているグリフィンの唇にささやきかけた。

「約束だ」そう言って、彼はキスを深めた。

夫が顔をあげたとき、ヘロの体は彼を求めて熱く濡れていた。だが、グリフィンはあいかわらず彼女にまたがったままだ。

「ずっとそうしているつもり？」

「いいや」グリフィンが満足そうに答える。「こうしているのは気分がいいね。わたしが何をしようと、きみは動くことも文句を言うこともできない」

ヘロがわずかに身をよじると、やわらかな上掛けが肌にこすれる感触がした。

「わたしも気分がいいわ。でも、ひとつ問題があるわよ」

「問題って？」グリフィンは彼女の胸をもてあそぶのに夢中になり、どこかうわの空で尋ねた。

「このままだとあなたにキスできないわ」

「どういうことだい？　このままでも……」ヘロの言葉の意味に気づいたらしく、彼が口をつぐんだ。

「違うキスよ」喉を鳴らすような声が出た。まさか自分の口からこんな官能的な声が出るとは思ってもいなかった。

グリフィンが視線をあげ、懇願まじりに光る緑色の瞳で彼女を凝視した。飛び跳ねるように身を起こし、彼はいそいそと服を脱ぎはじめた。

その機を逃さずに上掛けをどけて、ヘロは奔放な女性のように横たわった。マットレスに肘をついて手に頭をのせ、雄々しく欲望をたぎらせた夫が振り向くのを見つめる。

グリフィンはヘロの裸体に目を走らせると、紅潮した彼女の顔で視線をとめた。

「愛している」

「わたしも愛しているわ」あらたな官能の予感を覚えながら息を吸いこみ、指を立てて曲げてみせた。「いらっしゃい。永遠に忘れられないキスをしてあげる」

そして、ヘロは言葉どおりのことをした。

エピローグ

女王が廏舎に入っていくと、いちばん奥の方で廏舎頭が彼女の愛馬の世話をしていました。「候補者たちはみな出ていってしまったわ、イアン」彼女は馬の世話をする男性に言いました。

振り向いた廏舎頭の顔には、かすかな驚きが浮かんでいます。

「わたしの名前をご存じだったのですか、女王陛下？」

「知っていたわ」女王は答え、足を進めて彼に近づいていきました。「わたしの質問に答えられるかしら？」

「やってみましょう」廏舎頭が言いました。

「わたしの心にあるものは何？」

廏舎頭は馬をなでていたブラシを落とし、女王の方に体ごと向き直りました。あたたかな光を放つ茶色の瞳で、彼女をじっと見つめます。

「愛です、陛下。あなたの心は愛で満ちています」

女王は険しい表情で眉をあげました。「そうかしら？　では、あなたの心にあるものは何か教えていただける、イアン？」

イアンは女王に近づき、ごつごつした大きな手で優雅な白い手を取りました。

「愛です、陛下。あなたへの愛に満ちています」

「では、あなたはわたしをレイブンヘアと呼ぶべきね、イアン」女王はそうつぶやき、彼にキスをしました。

イアンが首をうしろに傾けて大声で笑いました。「わたしは完璧とはほど遠い人間です、いとしいレイブンヘア。ですが、もしあなたの夫にしていただければ、この世でいちばんの幸せ者になれるでしょう」

「そしてわたしはあなたの妻となり、この世でいちばん幸せな女になるのね」女王は喜びに胸を高鳴らせながら微笑みを返し、つま先立ちになってイアンの耳にささやきました。「わたしだって、完璧なんてはじめから望んでいないのよ」

『黒髪の女王』

「マムー！」サイレンスが台所の床に丁寧に重ねたブリキのカップを、メアリー・ダーリンが豪快に倒して無邪気に笑った。

カップが大きな音をたてて散らばり、赤ん坊は大喜びで手を叩いた。

「まあ！　すごい音ね」サイレンスが陽気に言うと、メアリー・ダーリンは座ったままで飛び跳ね、続きをせがむ声をあげた。

「いいわ。もう一度積みましょう。でもそれが終わったら、あなたはお昼寝の時間よ」

「今日はご機嫌だね、サイレンス」ウィンターが台所にやってきて、抱えていた本を置いた。

「そうかしら？」夫のウィリアムが亡くなってからというもの、兄がずっと気にかけてくれているのを彼女は知っていた。

「そうさ」ウィンターがいきなり変な顔をしてみせると、メアリー・ダーリンは声をあげて笑った。「新しい帽子のおかげかな」

サイレンスは少し悲しげに微笑んだ。帽子ではない。小さなメアリー・ダーリンのおかげだった。世話をしなければならない赤ん坊がいるというのに、いつまでも悲しみに打ちひしがれてはいられない。こういうふうに思えるようになってよかったのだと思いながら、彼女はメアリー・ダーリンのやわらかな頬を指でなでた。結局のところ、どうあっても人生は続くのだから。

「またシチューかい？」ウィンターが炉火にかけてある鍋をのぞきこんだ。

「ビーフとキャベツのね」

「いいね」世の男性たちと同じように、ウィンターもまた目の前の現実には疎いところがあるが、おいしい料理には目がない。「食べる前に手を洗ってくるよ」

「急いでね」サイレンスは台所を出る兄の背中に声をかけた。「メアリー・ダーリンを寝かさないといけないから」

わかったというしるしに、ウィンターは背を向けたまま肩の上で手をひらひらと振った。

「ウィンターおじさんが階上で本を読みはじめなければいいけどね」サイレンスはメアリー・ダーリンに話しかけた。

赤ん坊は高らかに笑い、カップをはじき飛ばしてみせた。

「ミセス・ホリングブルック！」孤児院では年長のひとりであるジョセフ・ティンボックスが台所に駆けこんできた。「階段でこんなものを見つけたよ」

少年は小さな木の箱を差し出した。

サイレンスは毒蛇でも見るように箱を見つめた。あのひどい暴動があってからというもの、階段に贈り物が置かれることはなかった。彼女としては、このまま贈り主が自分たちを忘れてくれればいいと思っていたのだ。

「開けてもいい？」ジョセフ・ティンボックスがせがんだ。

「だめよ」少しきつすぎる言い方をしてしまい、サイレンスは深呼吸をした。「午後はお勉強の時間じゃなかったの？」

「そんな！」

眉をあげ、彼女は怖い顔をしてみせた。「さあ、行って、ジョセフ」

不満そうに鼻にしわを寄せながらも、少年は勉強に戻っていった。

震える指で箱を手に取り、サイレンスはふたを開けて中をのぞきこんだ。緋色《ひいろ》のリボンで結ばれた髪がひと房入っていた。親指と人差し指でつまんで持ちあげてみたが、箱の底に書きつけは入っていない。

「あなたは誰からだと思う？」サイレンスは赤ん坊に問いかけた。

髪の色は黒だった。つややかに光る見事な黒髪で、メアリー・ダーリンの髪によく似ている。このところ赤ん坊の髪もかなり伸び、インクのような漆黒であることが明らかになってきた。サイレンスはカップを夢中でいじっているメアリー・ダーリンの髪を手に取って、しげしげと見つめた。

やはり、どう見ても同じ髪だ。

だが、箱に入っていた髪がメアリー・ダーリンのものであるはずがない。誰かが赤ん坊の髪を切ったのなら、サイレンスが真っ先に気づくはずだった。そもそも、メアリー・ダーリンの髪は短すぎる。贈られた髪は長い巻き毛で、美しいと言えるほどなのだ。こんな髪をした女性といえば――。

驚きのあまり、サイレンスは思わず手にした髪を落とした。

あるいは男性の髪かもしれない。彼女は漆黒の長い巻き毛の持ち主である男性をひとり知っていた。恐ろしいものを見るような目つきで、遊んでいる赤ん坊を見る。この七ヵ月のあいだ世話をし、一緒に遊んでやり、歌ってあげていた赤ん坊は、サイレンスにとって自分の子供も同然だった。この子の成長に心血を注いできたのだ。

そのメアリー・ダーリンの髪は、まさにチャーミング・ミッキーの髪と同じだった。

訳者あとがき

本書をお手に取っていただき、ありがとうございます。本作は日本でも人気のエリザベス・ホイトによるロンドンを舞台にした〈メイデン通り〉シリーズの第二作。第一作の『聖女は罪深き夜に』でも登場した公爵家の令嬢ヘロ・バッテンをヒロインに据え、放蕩者の悪名高い侯爵家の次男グリフィン・リーディングをあらたにヒーローに迎えたヒストリカル・ロマンスです。

物語はウェークフィールド公爵の妹であるヘロが、マンダビル侯爵トマスとの婚約を発表する夜からはじまります。衣装を直しに別室へ足を踏み入れた彼女は、人妻と逢引中のトマスの弟、グリフィンと出会います。彼の粗野な言動に反発するヘロでしたが、グリフィンもまた完璧な彼女に反感を抱いたのでした。そんなふたりがロンドンでもっとも治安の悪いセントジャイルズで再会します。ヘロは前作で焼け落ちてしまった孤児院〈恵まれない赤子と捨て子のための家〉の後援者のひとりで、再建に奔走しているのですが、うまくいきません。やむなく現場を訪れたところをセントジャイルズでジンの密造をしているグリフィンに見られてとがめられ、今後の同行を約束させられます。会う機会が増えるにつれ、しだいにヘロはグリフィンに惹かれるようになり、やがてトマスとグリフィンのあいだで激しく気持ちが揺れ動くようになるのでした。

ヒロインのヘロは公爵家の娘として〝完璧〟であるように育てられ、また自分でもその自覚のもとに生きてきた女性です。結婚を契約と見なし、家にとって利益になる結婚のためにはみずからも道具だと割りきっています。一方でヒーローのグリフィンはというと、侯爵家の窮状を救うためにジンの密造に手を染めながら、放蕩者の仮面をかぶって暮らしています。この、考え方も生き方もまるで違うふたりの心の動きが、本作のいちばんの読みどころと言えそうです。セントジャイルズの縄張り争いや、前作でも登場した謎のセントジャイルズの亡霊の存在、孤児院建設の行方など、サイドストーリーもふんだんに盛りこまれていて読者を飽きさせません。前作同様ホットなラブシーンも健在です。

本作の重要な舞台となるセントジャイルズはロンドン発展の影の部分とも言える存在で、都市への人口流入とともに生まれた貧民街です。実際の歴史でも賭博《とばく》、売春などあらゆる悪の巣窟《そうくつ》として悪名が高く、ジンが蔓延してさまざまな悲劇が生まれた時代がありました。そうした中でも本作に登場する孤児院のような形で人間らしい営みがあったのかと想像すると、個人的には色々と感慨深いものも感じます。この〈メイデン通り〉シリーズの第三作にあたる“SCANDALOUS DESIRES”では、本作でも登場する孤児院の責任者、サイレンスがヒロインとなるので、セントジャイルズの生き生きとした描写も楽しみです。

著者のエリザベス・ホイトは二〇〇六年にプリンス三部作の第一作となる“THE RAVEN

PRINCE”（邦題『あなたという仮面の下は』）でデビューしたあとも順調に著作を重ね、現在まで長編一二作を刊行（別名義ジュリア・ハーパーのコンテンポラリー作品二作を含む）、今年も七月に本シリーズの第四作“THIEF OF SHADOWS”が発表される予定です。

最後に本作の翻訳の機会を与えてくださった原書房と編集担当者さまに御礼申しあげます。原書の特徴はヒストリカルらしい重厚な雰囲気の描写だと思いますが、拙訳でその雰囲気が読者のみなさまにも伝われば幸いです。では、純情で頑固な主人公たちと魅力あふれる脇役たちが織りなす物語を、どうぞお楽しみください。

二〇一二年七月

ライムブックス

無垢《むく》な花《はな》に約束《やくそく》して

著　者　エリザベス・ホイト
訳　者　川村《かわむら》ともみ

2012年8月20日　初版第一刷発行

発行人　成瀬雅人
発行所　株式会社原書房
〒160-0022東京都新宿区新宿1-25-13
電話・代表03-3354-0685　http://www.harashobo.co.jp
振替・00150-6-151594
ブックデザイン　川島進(スタジオ・ギブ)
印刷所　中央精版印刷株式会社

落丁・乱丁本はお取り替えいたします。
定価は、カバーに表示してあります。

ISBN978-4-562-04434-4　Printed in Japan